Sebastien de Castell
HOCHVERRAT

SEBASTIEN DE CASTELL

HOCHVERRAT

GREATCOATS

Aus dem kanadischen Englisch
von Andreas Decker

Piper München Zürich

Entdecke die Welt der Piper Fantasy:

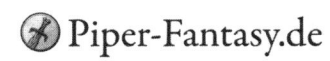

Piper-Fantasy.de

Von Sebastien de Castell liegen bei Piper vor:
Blutrecht
Hochverrat

Die kanadische Originalausgabe erscheint 2015
unter dem Titel »Knight's Shadow« bei Quercus, England.

MIX
Papier aus verantwortungsvollen Quellen
FSC® C083411

ISBN 978-3-492-70322-2
© 2014 Sebastien de Castell
Copyright der deutschsprachigen Ausgabe:
© Piper Verlag GmbH, München 2014
Karte: Sebastien de Castell
Satz: Tobias Wantzen, Bremen
Druck und Bindung: CPI books GmbH, Leck
Printed in Germany

*Für meinen Vater, Gustave de Castell-Junghertz,
den ich mehr aus Erzählungen kannte
als aus dem wirklichen Leben, doch wie wundervoll
waren diese Erzählungen ...*

INHALT

Prolog 9

1 Das Wartespiel 13
2 Der Nachtnebel 21
3 Das tote Mädchen 31
4 Die Täuschung 45
5 Die Gefangene 55
6 Der Verrat 61
7 Die Maske 81
8 Die Straße 99
9 Der Herzog 105
10 Die Troubadoure 133
11 Das Dorf 147
12 Der Prozess 161
13 Heiligenfieber 177
14 Das Dekret 197

15 Die peinliche Leiche 215
16 Die Untersuchung 231
17 Die Schneiderin 249
18 Ein letzter Becher 265
19 Die Bardatti 283
20 Der Herzog von Luth 295
21 Des Königs Arm 309
22 Die Gemahlin des Herzogs 321
23 Carefal 335

PROLOG

Reisender, solltest Du in einer Winternacht in einem der Gasthäuser entlang der Handelsstraßen von Tristia Zuflucht suchen und Dich ans Feuer setzen, das aller Wahrscheinlichkeit nach verwässerte Ale trinken und Dir alle Mühe geben, nicht die Aufmerksamkeit der örtlichen Raufbolde zu erregen, siehst Du vielleicht einen Greatcoat eintreten. Man erkennt ihn an dem langen Ledermantel, dem Zeichen seines Amtes, den die raue Witterung dunkelbraun verfärbt hat und der vielleicht hier und da sogar einen dunkelroten, grünen oder manchmal sogar blauen Schimmer aufweist.

Er oder sie werden ihr Bestes tun, in der Menge unterzutauchen. Darin sind sie sehr gut – solltest Du nach links blicken, werter Reisender, siehst Du einen zweiten Greatcoat allein in den Schatten sitzen. Der am Eingang wird sich mit ziemlicher Sicherheit zu ihm setzen.

Solltest Du Dich näher zu ihnen beugen (aber sei vorsichtig!) und ihre Unterhaltung belauschen, wirst Du ein paar Einzelheiten über die Streitfälle aufschnappen, die sie in den Städten, Dörfern und Siedlungen auf dem Land geschlichtet haben. Sie werden über diesen Herzog oder jenen Lord sprechen und welche Verbrechen sie an ihrem Volk verübt haben. Einzelheiten über die Rechtsprechung in jedem Fall werden zur Sprache kommen, und ob der Greatcoat ein Duell führen musste, damit das Urteil auch vollstreckt wurde.

Beobachtet man die beiden nur lange genug, wird einem auffallen, wie sie gelegentlich den Raum mustern und die anderen Gäste einschätzen. Betrachtet man die Mäntel genauer, erkennt man Muster unter dem Leder. Das sind die eingenähten Knochenplatten, die hart genug sind, um Pfeil, Klinge oder Bolzen zu widerstehen. Und doch bewegt sich der Mantel so natürlich wie der, den Du vermutlich trägst. Solltest Du je Gelegenheit erhalten, in ihn hineinzugreifen, findest Du verborgene Taschen – manche behaupten, es seien beinahe hundert –, die alle mit Tricks und Fallen, esoterischen Pillen und Pülverchen gefüllt sind, die ihnen bei dem Kampf gegen einen Mann oder auch einen ganzen Mob einen Vorteil verschaffen sollen. Und auch wenn die unter den Mänteln verborgenen Blankwaffen nichts Besonderes sind, sind sie dennoch gut geölt, scharf geschliffen und spitz genug, um ihre Arbeit zu erledigen.

Den Legenden zufolge fingen die Greatcoats als Duellkämpfer und Meuchelmörder an, bis sie ein gütiger König oder eine gütige Königin unter den Befehl der Monarchie stellte, um dafür zu sorgen, dass in den neun Herzogtümern von Tristia die alten Gesetze befolgt werden. Natürlich reagierten die Herzöge auf diese unerwünschte Einmischung mit dem Ersinnen der vorstellbar qualvollsten Todesarten für jeden Greatcoat, den ihre Leute im Kampf besiegen konnten. Aber für jeden getöteten Greatcoat erhob sich ein anderer, der den Mantel anlegte und durch das Land zog, um den Adel zu verärgern, indem er den Gesetzen Geltung verschaffte, die diesen Herrschaften nur eine Last waren. Bis dann vor ungefähr hundert Jahren eine Gruppe reicher Herzöge die Dashini in ihre Dienste nahm – jenen Orden von Meuchelmördern, die selbst einen so verdorbenen Ort wie Tristia noch mehr verderben konnten. Die Dashini gaben ihnen eine beständigere Methode in die Hand, jeglichen Widerspruch zu entmutigen. Sie bezeichneten es als die Wehklage der Greatcoats.

Ich werde Dich nicht mit den Einzelheiten schockieren, werter Reisender – sie gehören nicht in eine Unterhaltung zwischen Leuten aus gutem Hause. Es reicht zu wissen, dass, nachdem die Dashini den letzten erwischten Greatcoat der Wehklage unterzogen, fast ein ganzes Jahrhundert lang niemand mehr vortrat, um den Mantel zu tragen. Nicht bis ein übertrieben idealistischer junger König namens Paelis und ein närrischer Bauer namens Falcio entschieden, sich dem Lauf der Geschichte entgegenzustemmen und die Greatcoats zurück ins Leben zu rufen.

Aber das ist alles Vergangenheit. König Paelis ist tot, und die Greatcoats sind seit über fünf Jahren aufgelöst. Die beiden, die Du beobachtest, riskieren bei jedem Versuch, ihre traditionellen Pflichten zu erfüllen, den Tod und Schlimmeres. Also werden sie einfach ihre Gläser austrinken, die Zeche zahlen und in die Nacht verschwinden. Vielleicht kannst Du ihr Lächeln sehen, wenn sie sich gegenseitig versichern, dass die Wehklage der Greatcoats nur eine weitere dieser Geschichten ist, die sich Reisende vor einem warmen Feuer in einer kalten Nacht erzählen; dass, selbst wenn sie einst existierte, heute niemand mehr wissen würde, wie man sie durchführt. Aber diese beiden Reisenden würden sich irren. Denn Du musst wissen, ich weiß aus sicherer Quelle, dass die Wehklage der Greatcoats durchaus real ist. Sie ist sogar noch qualvoller und schrecklicher, als die Geschichten erahnen lassen. Ich würde Dir ja mehr darüber berichten, aber leider bin ich selbst die erwähnte »sichere Quelle«.

Mein Name ist Falcio val Mond, einer der letzten Greatcoats des Königs, und wenn Du ganz genau lauschst, hörst Du mich noch immer schreien.

1
DAS WARTESPIEL

Ich kann an einer Hand abzählen, wann ich friedlich und glücklich aufgewacht bin, ohne unmittelbare Todesangst oder erfasst von tiefem Zorn, der mich jemanden umbringen lassen wollte. Der Morgen an dem Tag, vier Wochen nachdem Patriana, die Herzogin von Hervor, mich vergiftet hatte, gehörte nicht dazu.

»Er ist tot.« Trotz des Nebels in meinem Kopf, der auch meine Ohren verstopfte, erkannte ich Brastis Stimme.

»Er ist nicht tot«, sagte eine andere, etwas tiefere Stimme. Sie gehörte Kest.

Das leichte Dröhnen von Brastis Schritten auf dem Holzfußboden der Hütte wurde lauter. »Für gewöhnlich ist er wieder daraus erwacht. Ich sage dir, dieses Mal ist er tot. Sieh doch. Er atmet kaum.«

Ein Finger bohrte sich in meine Brust, dann meine Wange, dann mein Auge.

Sicherlich fragt Ihr Euch mittlerweile, werter Leser, warum ich Brasti nicht einfach mit einer Klinge durchbohrte und weiterschlief. Zwei Gründe. Erstens lagen meine Rapiere ungefähr drei Meter entfernt auf einer Bank neben der Tür der kleinen Hütte, die wir bewohnten. Zweitens konnte ich mich nicht rühren.

»Hör auf, an ihm herumzubohren«, sagte Kest. »Kaum zu atmen bedeutet *lebendig*.«

»Was auch so eine Sache ist«, meinte Brasti.»Neatha soll eigentlich tödlich sein.« Ich stellte mir vor, wie er mit dem Finger vor meiner Nase herumwackelte.»Wir sind alle glücklich, dass du das überlebt hast, Falcio, aber dieses Herumlungern jeden Morgen ist ein äußerst unpassendes Benehmen. Man könnte es sogar egoistisch nennen.« Trotz meiner wiederholten Versuche weigerten sich meine Hände einfach, sich um Brastis Hals zu legen.

In der ersten Woche nach meiner Vergiftung hatte ich eine gewisse Schwäche in meinen Gliedern bemerkt. Ich schien mich nicht mehr so schnell bewegen zu können. Tatsächlich versuchte ich manchmal die Hand zu bewegen, und es dauerte eine ganze Sekunde, bis sie gehorchte. Dieser Zustand hatte sich langsam verschlimmert, bis ich mich jeden Morgen nach dem Aufwachen mehrere Minuten lang in meinem Körper gefangen fand.

Eine Hand auf meiner Brust drückte stark. Brasti lehnte sich auf mich.»Trotzdem musst du zustimmen, dass Falcio größtenteils *tot* ist.«

Wieder trat eine Pause ein, und ich wusste, dass Kest über die Sache nachdachte. Brasti ist ein Idiot, das ist nun einmal das Problem mit ihm. Er sieht gut aus, ist charmant, kann jeden Mann mit dem Bogen besiegen. Und er ist ein Idiot. Das fällt einem zuerst gar nicht auf; er kann hervorragende Konversation betreiben und viele Worte benutzen, die den Worten ähneln, die schlaue Leute von sich geben. Er benutzt sie nur nicht im richtigen Kontext. Oder in der richtigen Reihenfolge.

Das Problem mit Kest ist jedoch, dass er zwar ausgesprochen intelligent ist, aber dem Glauben anhängt, philosophisch zu sein bedeute, jede Idee in Betracht zu ziehen, selbst wenn sie von dem eben erwähnten Idioten geäußert wird.

»Schon möglich«, sagte er schließlich.»Aber wäre es nicht passender, wenn man sagt, er ist irgendwie *lebendig*?«

Noch mehr Schweigen. Vielleicht sollte man in diesem

Zusammenhang erwähnen, dass die beiden fraglichen Narren meine besten Freunde sind. Beide sind Greatcoats, und ich verließ mich darauf, dass sie mich beschützten, falls Lady Trin genau diesen Augenblick wählte, um uns ihre Ritter auf den Hals zu hetzen.

Vermutlich hätte ich mich mittlerweile daran gewöhnen müssen, sie *Herzogin* Trin zu nennen. Ich hatte ihre Mutter Patriana (richtig, die, die mich vergiftet hatte) bei dem Versuch getötet, die Erbin des Königs zu beschützen. Vermutlich war das Letztere der wahre Grund für Trins Problem mit mir, da es ihren Plänen im Weg stand, sich selbst auf den Thron zu setzen.

»Er bewegt sich noch immer nicht«, sagte Brasti. »Ich glaube wirklich, dieses Mal ist er tot.« Ich spürte seine Hand kurz an einer eher intimen Stelle meines Körpers und begriff, dass er meine Taschen nach Geld durchsuchte, was wieder einmal bewies, dass es nicht zu den besten Ideen des Königs gehört hatte, einen ehemaligen Wilderer zu einem reisenden Magistrat zu machen. »Übrigens haben wir nichts mehr zu essen«, fuhr er fort. »Sollten diese verdammten Dörfler uns nicht Vorräte bringen?«

»Sei dankbar, dass sie uns erlaubt haben, uns hier zu verstecken«, sagte Kest. »Für ein so kleines Dorf ist es eine schwere Bürde, mehr als hundert Greatcoats zu ernähren. Außerdem haben sie vor wenigen Minuten Lebensmittel aus ihren Wintervorratslagern in den Bergen gebracht. Die Schneiderin verteilt sie.«

»Warum höre ich dann nicht diese lästigen Kinder schreien und uns anbetteln, ihnen unsere Schwerter zu leihen oder noch schlimmer, mit einem meiner Bögen spielen zu können?«

»Vielleicht haben sie mitbekommen, dass du dich deswegen beschwert hast. Ihre Familien haben sie heute Morgen in den Bergen gelassen.«

»Nun, wenigstens etwas.« Brastis Finger klappte mein

rechtes Augenlid hoch. Grelles Licht blendete mich, dann verschwand der Finger und mit ihm das Licht. »Wie lange dauert es wohl noch, bis Falcio *größtenteils* lebendig und nicht länger *völlig* nutzlos ist? Ich meine, was passiert, wenn Trins Ritter davon erfahren? Oder Dashini-Meuchelmörder? Oder sonst jemand?« Je länger Brasti sprach, umso nervöser wurde er. »Egal welche Gruppe man auch nennt, die weiß, wie man einen Mann auf schreckliche Weise umbringen kann, irgendwie hat Falcio sie sich alle zum Feind gemacht. Jeder von ihnen könnte ...«

Ich konnte fühlen, wie sich meine Brust schneller bewegte. Ich bemühte mich, meine Atmung zu kontrollieren, aber langsam überwältigte mich die Panik.

»Halt den Mund, Brasti. Du verschlimmerst seinen Zustand nur noch.«

»Sie werden kommen und ihn holen, Kest. Möglicherweise sogar in diesem Augenblick. Willst du jeden Einzelnen von ihnen töten?«

»Falls das erforderlich ist.« Wenn Kest so spricht, liegt eine gewisse Kälte in seiner Stimme.

»Du magst ja der Heilige der Schwerter sein, trotzdem bist du immer noch nur ein Mann. Du kannst nicht gegen ein ganzes Heer antreten. Und was passiert, wenn sich Falcios Zustand weiter verschlechtert und er einfach zu atmen aufhört? Was passiert, wenn wir nicht da sind und ...«

Ich hörte die Laute einer Rangelei und fühlte das Bett erzittern, als jemand gegen die Wand gedrückt wurde.

»Nimm deine von den Göttern verdammten Hände von mir, Kest. Heiliger oder nicht, ich werde ...«

»Ich habe auch um ihn Angst«, sagte Kest. »Wir alle haben Angst.«

»Er war ... Bei allen Höllen, in denen wir waren. Er ist doch angeblich der Schlaue von uns. Wie konnte er es nur zulassen, noch einmal vergiftet zu werden?«

»Um sie zu retten«, sagte Kest. »Um Aline zu retten.«

Ein paar Augenblicke lang herrschte Stille, und zum ersten Mal an diesem Morgen konnte ich mir Kests und Brastis Gesichter nicht vorstellen. Das war besorgniserregend, als wäre jetzt auch mein Hörvermögen weg. Glücklicherweise ist Schweigen ein Zustand, den Brasti nicht lange durchhält.

»Und noch etwas«, sagte er. »Wenn er so verdammt brillant ist, warum muss man nur ein Mädchen nach seiner toten Frau benennen, um ihn dazu zu bringen, sein Leben für sie zu riskieren?«

»Sie ist die Erbin des Königs.«

»Trotzdem, wenn ...«

»Und wenn du Falcios Frau noch einmal erwähnst, wirst du entdecken, dass es schlimmere Dinge gibt, als gelähmt zu sein.«

»Das Risiko ginge ich ein, wenn es ihn da herausholt«, sagte Brasti. »Verdammt, Kest! Er ist hier der Schlaue. Trin hat Heere und Herzöge auf ihrer Seite. Wir haben nichts. Wie sollen wir ohne ihn ein dreizehnjähriges Mädchen auf den Thron bringen?«

Ich fühlte, wie meine Augen zuckten. Leeres Grau blitzte zu grellem Weiß und wieder zurück, immer wieder. Der Effekt war beunruhigend.

»Dann müssen du und ich wohl versuchen, schlauer zu werden«, sagte Kest.

»Und wie sollen wir das machen?«

»Nun, wie macht Falcio es?«

Eine lange Pause trat ein. »Er ... nun, er durchschaut Dinge, nicht wahr?«, sagte Brasti dann. »Du weißt schon, sechs Dinge geschehen, von denen keines wichtig erscheint, und plötzlich springt er auf und verkündet, dass Meuchelmörder kommen oder ein Karawanenlord einen Konstabler bestochen hat. Oder was weiß ich.«

»Dann müssen du und ich das tun«, sagte Kest. »Diese Dinge erkennen, bevor sie passieren.«

»Wie?«

»Was geschieht denn in diesem Augenblick?«

Brasti schnaubte. »Trin hat fünftausend Soldaten auf ihrer Seite und den Rückhalt zweier mächtiger Herzogtümer. Uns stehen ungefähr hundert Greatcoats und die widerwillige Unterstützung des alten, klapprigen Herzogs von Pulnam zur Verfügung. Oh, und vermutlich verspeist sie gerade ein nettes Frühstück und sieht noch einmal ihre Pläne zur Thronergreifung durch, während wir uns hier in diesem beschissenen kleinen Dorf verstecken und Falcio dabei zusehen, wie er mit Bravour eine Leiche spielt. Und dabei verhungern.«

Wieder trat Stille ein. Ich versuchte einen Finger zu bewegen. Ich glaube nicht, dass ich Erfolg hatte, aber ich konnte die grobe Wolle der Decke fühlen. Das war ein gutes Zeichen.

»Immerhin musstest du keine schreienden Kinder auflisten«, sagte Kest.

»Immerhin.«

Ich hörte Kests Schritte, als er an mich herantrat, und fühlte eine Hand auf der Schulter. »Also, was würde Falcio davon halten, was glaubst du? Was bedeutet das alles?«

»Gar nichts«, erwiderte Brasti. »Das sind nur ein Haufen Einzelheiten, die aber auch gar nichts miteinander zu tun haben. Glaubst du, dass Falcio immer nur so clever tut und ihn bis jetzt noch keiner dabei erwischt hat?«

Am liebsten hätte ich über Brastis Frustration gelacht. Dann fühlte ich die kleinen Muskeln am Rand meines Mundes zucken. Nur ein klein wenig. Bei den Göttern, ich schüttelte es ab. *Beweg dich*, befahl ich mir. *Steig aus dem Bett und hilf der Schneiderin, Trins Heer zu besiegen. Bring Aline auf den Thron und zieh dich aus Politik und Krieg zurück. Kümmere dich wieder um Grundstücksstreitereien und jage korrupte Ritter.*

Ein Ziehen im Magen ließ mich erkennen, wie hungrig ich war. *Zuerst Frühstück*, dachte ich, *dann kannst du darüber nachdenken, wie du die Welt retten willst.* Ich war froh, das nicht tun zu müssen, während die schreienden Dorfkinder überall herumrannten und mit allem in Sichtweite spielen wollten.

Was seltsam war. Warum brachten die Dörfler ihre Kinder nicht mit? Das Dorf schwebte in keiner großen Gefahr. Die Schneiderin hatte Kundschafter ausgesandt, von denen keiner mehr als eine Handvoll von Trins Männern gemeldet hatte – keineswegs genug, um uns Ärger zu machen. Und wenn man so darüber nachdachte, wo steckte der Rest von Trins Männern? Möglicherweise befanden sie sich ja auf Missionen, aber man hätte sie in dem Moment zurückgerufen, in dem bekannt wurde, dass wir hier waren. Und die Kinder ...

»Rapiere!«, brüllte ich.

Nun, brüllen ist nicht so ganz richtig. Meine Zunge lag noch immer dick in meinem Mund. Aber meine Augen öffneten sich, was gut war.

Brasti kam angerannt. »Rappen? Was meinst du damit?« Unbeholfen strich er mir über den Kopf. »Keine Angst, Falcio, wir lassen dich nicht von irgendwelchen Rappen niedertrampeln.« Er wandte sich Kest zu. »Ich glaube, er phantasiert.«

Ich bemühte mich, meine Zunge unter Kontrolle zu kriegen. Kest warf mir einen Blick zu, dann griff er nach den Schwertern auf der Bank. »Hilf ihm hoch«, sagte er. »Falcio hat nach seinen Rapieren verlangt. Etwas ist nicht in Ordnung.«

Brasti legte den Arm um meine Schultern, dann half er mir aus dem Bett auf meine unsicheren Beine. Verflucht! Ich bewegte mich wie ein alter Mann.

»Was ist es, Falcio?«

»Die Kinder«, erwiderte ich.

»Sie sind nicht hier, hörst du das denn nicht?«, sagte Brasti.

»Genau darum geht es ja. Die Dorfbewohner ließen ihre Kinder in den Bergen zurück. Man greift uns an.«

2
DER NACHTNEBEL

Ich stolperte aus der Hütte und konnte kaum meine Rapiere halten. Das morgendliche Sonnenlicht quälte meine Augen und verwandelte die Reihe aus Lehmziegelhäusern in einen rotbraunen Schimmer in der Farbe von getrocknetem Blut.

Ich trat auf einen kleinen Stein und verlor das Gleichgewicht. Kests Hand auf meiner Schulter verhinderte meinen Sturz. »Du solltest drinnen bleiben und das Brasti und mir ...«

Zu meiner Linken arbeitete ein Dorfbewohner in einem der kleinen Gärten vor den Häusern. »Wo ist die Schneiderin?«

Das verwitterte Gesicht des Mannes verzog sich zu einem verwirrten und furchtsamen Ausdruck.

»Er fragt dich, wo die Schneiderin ist«, übersetzte Kest.

Mein Mund war noch immer größtenteils taub von der Lähmung, und vermutlich klang ich wie ein Zwischending aus Dorftrottel und Verrückter. Der Mann richtete sich auf und zeigte auf ein etwa fünfzig Meter entferntes Haus. Seine Hand zitterte etwas. »Sie ist dort. Den ganzen gestrigen Tag und die Nacht mit dem Mädchen und ein paar der anderen Greatcoats.«

»Hol deine Leute«, sagte ich. »Schaff sie hier weg.«

»Ihr hättet längst gehen sollen«, erwiderte er in einer Mischung aus Nervosität und Unwillen, die mir seltsam vorge-

kommen wäre, hätte ich Zeit gehabt, darüber nachzudenken.
»Ist nicht gut für uns, wenn man uns dabei erwischt, Greatcoats zu beherbergen.«

»Wo sind deine Kinder?«

»In Sicherheit«, erwiderte er.

Ich stieß den Mann aus dem Weg und rannte auf das Haus zu. Drei Schritte schaffte ich, bevor ich mich auf die Nase legte. Kest und Brasti knieten nieder, um mir aufzuhelfen.

»Verflucht, lasst mich und holt Aline!«

Sie rannten zum Haus, während ich mich aufrappelte. Wieder blickte ich mich um und erwartete, überall Feinde zu finden. Aber dort gab es nur dieselben Dorfbewohner, die ich in den drei Tagen unseres Aufenthalts gesehen hatte, sowie ein paar der Greatcoats der Schneiderin. Konnten sich unter ihnen Feinde verbergen? Die meisten Männer kümmerten sich um ihre Gärten, wie sie es jedes Mal nach ihrer Rückkehr aus den Bergen taten.

Unbeholfen stolperte ich auf das Haus zu, das Kest und Brasti betreten hatten, und wünschte mir, das taube Gefühl wiche aus meinen Beinen. Ich kam gerade rechtzeitig, um zu sehen, wie die Schneiderin aus der Tür stürmte. Ihr stahlgraues Haar flatterte im Wind, ihr zerfurchtes Gesicht zeigte ihre schlechte Stimmung. Sie sah nicht im Mindesten wie die Mutter eines Königs aus. Vermutlich hatte sie es darum nach Paelis' Tod so lange geheim halten können. »Was im Namen der heiligen Birgid, die Flüsse weint, ist los, Falcio? Wir versuchen hier Schlachtpläne zu schmieden.«

Ich verspürte einen kurzen Anflug von Ärger, dass sie uns von ihren Strategiesitzungen ausgeschlossen hatte, unterdrückte ihn aber. »Die Kinder«, sagte ich. »Die Dorfbewohner haben ihre Kinder zurückgelassen.«

»Und? Vielleicht waren sie es leid, dass Brasti ihnen das Fluchen beibringt.«

»Deine Kundschafter«, sagte ich und zeigte auf zwei Greatcoats in der Nähe. »Sie haben mir gesagt, dass sie im

Umkreis von fünfzig Meilen keine Spur von Trins Streitmacht gefunden haben.«

Die Schneiderin grinste bösartig. »Das kleine Miststück ist klüger, als uns anzugreifen. Bei jeder Begegnung haben wir sie in die Waden gebissen. Die versuchen es nicht noch einmal, es sei denn, sie wollen noch mehr von ihren Männern am Boden sehen.«

»Bei allen Heiligen! Begreifst du nicht? Genau darum geht es doch. Es ist etwas anderes. Die Dorfbewohner haben uns verraten!«

Das Gesicht der Schneiderin verdüsterte sich. »Pass auf, was du sagst, Junge. Ich kenne die Menschen dieses Herzogtums seit Jahren. Sie sind auf unserer Seite.«

»Und hast du in diesen Jahren erlebt, dass sie ihre Kinder in den Bergen zurücklassen, wenn sich keine Gefahr näherte?«

Die Wut auf dem Gesicht der Schneiderin wich Misstrauen, als sie sich wieder umsah. Sie rief zu einem der Männer hinüber, die ihre Gärten pflegten. »Cragthen! Was machst du da?«

Der Mann war in den mittleren Jahren, kahl und hatte einen kurzen Bart. »Ich sehe nur nach meinen Verdenwurzeln.«

Die Schneiderin ging auf ihn zu. Sie zog ein Messer aus ihrem Mantel. »Was vergräbst du dann in der Erde, Cragthen, wenn die Ernte so nahe ist?«

Cragthen stand auf. Sein Blick huschte zwischen uns und einigen der sich zusammenrottenden Dorfbewohner hin und her. »Ihr solltet euch nicht so lange hier aufhalten. Das ist unser Dorf, verdammt, nicht eures. Wir müssen an unsere Familien denken. Die Herzogin Trin ...«

Die Schneiderin griff mit der linken Hand zu und packte Cragthen am Hemd. »Was für einen Unsinn hast du angestellt, Cragthen? Du glaubst, vor Trin Angst zu haben? Verrate mich, und ich gebe dir etwas, wovor du Angst haben kannst. Und zwar etwas bedeutend Schlimmeres als eine achtzehnjährige Hure, die für die Heere ihres Onkels mit ihm ins Bett steigt und sich für eine Königin hält.«

Zuerst schien Cragthen von der Schneiderin eingeschüchtert zu sein, aber dann konnte er sich losreißen. »Sei verflucht, wir haben Kinder.« Er drehte sich um und rannte auf das Dorfende zu.

»Haltet ihn auf«, rief die Schneiderin.

Zwei ihrer Greatcoats brauchten nur Augenblicke, um Cragthen einzuholen und zurückzuschleifen. »Lasst mich los!«, sagte er leise, aber voller Entsetzen. »Bitte, bitte nicht! Wenn sie sehen, dass ich mit dir spreche, dann töten sie sie!«

Die Schneiderin bückte sich, um zu sehen, was Cragthen gepflanzt hatte. Ich gesellte mich zu ihr und sah eine Mischung aus schwarzer Erde und einem dunklen, gelbgrünen Pulver. »Bei allen Höllen«, grunzte sie.

»Was ist das?«, fragte ich.

»Nachtnebel. Der verdammte Narr verteilt Nachtnebel!«

Ich blickte mich im Dorf um, wo andere Männer ebenfalls so taten, als würden sie in ihren Gärten etwas pflanzen. Andere trugen Eimer, aus denen Wasser schwappte.

»Lasst sie dieses Wasser nicht auf den Boden kippen!«, rief ich den anderen Greatcoats zu.

Als die Dorfbewohner die Greatcoats auf sich zukommen sahen, schleuderten sie das Wasser aus den Eimern auf die frisch umgegrabene Erde.

»Zu spät«, sagte die Schneiderin, als die ersten Wassertropfen den Nachtnebel trafen. Grauer und schwarzer Nebel so dicht wie Moorwasser stieg in die Höhe. Nur eine Handvoll dieser Mischung aus Schwefel, Gelbflocken und was die Heiligen sonst noch wussten, kann hundert Meter mit so dichtem Rauch füllen, dass man die Hand nicht vor Augen sehen kann. War Nachtnebel im Spiel, war es völlig egal, ob Tag oder Nacht war. Die Dorfbewohner hatten das Zeug eimerweise verteilt.

Ich wandte mich der Schneiderin zu. »Sag mir, wo Aline ist!«

»Dort!« Sie zeigte auf einen Weg. »Sie wollte nach ihrem verfluchten Riesengaul sehen. Geh!«

Kest und Brasti rannten los, und ich folgte ihnen. Innerhalb von Sekunden hörten wir die schweren Schritte von Männern, untermalt vom lärmenden Klirren von Eisen.

Hätten wir nur Minuten früher einen Angriff vermutet, wären wir vielleicht besser darauf vorbereitet gewesen, aber ich hatte wie ein kranker alter Mann gelähmt im Bett gelegen. Jetzt starteten unsere Feinde einen Angriff, der nur einem Zweck dienen konnte: die Tochter meines Königs zu töten.

Der wallende schwarze Nebel überholte mich, bevor ich zehn Schritte weit gekommen war. Über mir schien noch immer die Sonne, und der Himmel blieb blau und klar, aber am Boden bestand die Welt auf Mannshöhe aus Schatten, die auf andere Schatten gemalt waren.

Ich fuchtelte mit den Rapieren durch die Luft, als wären sie die Fühler einer Ameise, führte sie so leise ich konnte in tiefen und hohen Bögen. Ich musste meine Feinde finden, bevor sie mich fanden und vor allem bevor sie Aline fanden. Am liebsten hätte ich sie gerufen, um ihre Stimme zu hören und zu wissen, dass sie am Leben war. Um in ihre Richtung zu eilen. Aber das hätte sie nur zum Ziel für Trins Männer gemacht.

Ein traumähnliches Chaos senkte sich auf das Dorf. Im einen Augenblick klärte sich der Nachtnebel genug, um in der Ferne kämpfende und sterbende Gestalten erkennen zu können, im nächsten erstickte er mich und enthüllte nur Bruchstücke des Lichts von oben, das sich auf Stahlschwertern widerspiegelte wie Glühwürmchen in der Nachtluft.

Ich hasse Magie.

»Falcio!«, rief Brasti.

Seine Stimme klang weit weg, aber ich musste nur wenige

Schritte laufen, bevor ich ihn gegen zwei in dunklen Stoff gekleidete Männer mit Masken vor dem Gesicht kämpfen sah. Einen Augenblick lang erstarrte ich. *Dashini*, dachte ich. *Trin hat uns die Dashini auf den Hals gehetzt.* Ich stellte mir Hunderte der dunklen Meuchelmörder vor, die wie immer zu zweit kämpften und uns einen nach dem anderen töteten. Ich hatte die beiden in Rijou nur mühsam überlebt. Wenn Trin es geschafft hatte ...

»Etwas Hilfe wäre nett«, rief Brasti und riss mich aus meiner Erstarrung.

Ich erreichte ihn in dem Moment, in dem einer seiner Gegner ein Kriegsschwert in einem hinterhältigen Bogen schwang, der ihm den Kopf vom Leib getrennt hätte. Ich kreuzte meine Rapiere über Brastis Kopf und hielt den Schlag auf. Meine Knie spürten die Wucht des Angriffs. Brasti warf sich nach vorn und rollte sich aus dem Weg – ein gefährliches Manöver, wenn man ein Kurzschwert hält. Mit einem Fuß trat er nach der Kniekehle des Mannes und warf ihn zu Boden.

Der andere wandte sich mir zu und winkte einladend mit seinem Schwert. »Komm, Trattari«, sagte er. Seine Stimme hallte im Nebel. »Erfreue mich mit deinen Greatcoats-Tricks, bevor ich dich breche. Oder noch besser, zeig mir den, der sich der Heilige der Schwerter nennt. Ich nehme ihm den Titel gern.«

Es sah den Dashini nicht ähnlich, im Kampf zu prahlen. Sie geben entnervende Dinge von sich wie: »Du bist müde ... deine Lider werden ganz schwer ... ergib dich dem Frieden« und dergleichen mehr. Und ein Kriegsschwert? Sie kämpften mit langen, stilettähnlichen Klingen und nicht mit Militärwaffen. *Also sind das keine Dashini. Irgendjemand anders.*

Ich trat vor und stieß ihm die Rapierspitze ins Gesicht. Er versuchte nicht zu parieren, sondern schlug die Klinge einfach mit dem Unterarm zur Seite. Ich hörte das Klirren von Eisen auf Eisen. *Rüstung*, dachte ich. *Unter diesem dunkel-*

grauen Tuch trägst du Rüstung. »Solltest du dich nicht vorstellen, Ritter?«, fragte ich.

Er schlug mit seinem großen Schwert nach mir. Ich bewegte mich noch immer viel zu langsam und lehnte mich kaum rechtzeitig genug zurück, um es an mir vorbeirasen zu sehen. Ich versuchte einen Stoß in seine rechte Achselhöhle, aber ich hatte die Reste meiner zeitweiligen Lähmung noch immer nicht ganz abgeschüttelt, also verfehlte ich um einen guten Zoll und traf Stahl statt Fleisch. Wäre Kest da gewesen, hätte er mich daran erinnert, dass ein guter Schwertkämpfer die Steifheit einfach kompensiert hätte.

Das Problem beim Kampf gegen Ritter liegt darin, dass sie meistens ziemlich viel Rüstung tragen. Also muss man sie entweder zu Tode prügeln, was mit einem Rapier nur schwer zu schaffen ist, oder eine Lücke in ihrer Rüstung finden, um dort zuzuschlagen. Das dunkelgraue Tuch, das mein Gegner trug, erschwerte es, diese Stellen zu finden. Der Nachtnebel war auch nicht gerade hilfreich. Brasti und sein Gegner waren bereits aus der Sicht verschwunden.

»Nicht gerade sportlich«, sagte ich und lockte den Mann, indem ich ihn im Uhrzeigersinn umkreiste und mich darauf verließ, dass seine Plattenrüstung es ihm erschwerte, sich anmutig zu drehen. »Müssen herzogliche Ritter im Kampf nicht ihre Wappenröcke tragen und ihre Farben zeigen?«

»Du belehrst mich in Ehrendingen, Trattari?« Sein Tonfall verspottete mich. Und um mich noch weiter zu beleidigen, versuchte er, mir sein Schwert in den Bauch zu rammen. Ich drehte mich auf dem Absatz, damit es links von mir vorbeifuhr, und schlug den Rapierknauf gegen die Breitseite seiner Klinge, um die Spitze zu Boden zu lenken. Er trat zurück, bevor ich seine gesenkte Deckung ausnutzen konnte.

»Nun ja, ich prahle nicht gern über Ehre«, sagte ich. »Aber ich bin hier nicht derjenige, der sich im Schutz von Nachtnebel anschleicht, um ein dreizehnjähriges Mädchen umzubringen. Wie ein Feigling in der Dunkelheit.«

Ich glaubte, das würde ihn wütend machen, aber er lachte nur. »Siehst du? Darum könnt ihr Greatcoats niemals Ritter werden.«

»Weil wir keine Kinder umbringen?« Ich stieß ihm wieder die Klingenspitze entgegen, aber er wehrte sie mit der Hand ab.

»Weil ihr glaubt, Ehre käme von Taten – als wäre ein Pferd, das dreimal mit den Hufen aufstampft, wenn man ihm drei Äpfel zeigt, ein Gelehrter.« Er griff mich mit schnellen, brutalen Hieben an und verwandelte den Schwung eines jeden Angriffs in den nächsten, während ich vor- und zurückrutschte, um ihnen zu entgehen. Ich stolperte zurück und betete zur heiligen Werta, die auf den Wellen wandelt, nicht auf einen Stein oder eine Wurzel zu treten und zu stürzen. Ein gesegnetes Alter zu erreichen hatte ich mir schon lange aus dem Kopf geschlagen, aber ich wollte dann doch etwas würdevoller sterben als mit dem Hintern im Matsch zu sitzen, während mir ein Ritter den Kopf abschlug.

»Ehre gewähren die Götter und der Herr eines Menschen«, belehrte mich der Ritter und griff weiter an. »Man verdient sie sich nicht, indem man irgendwelchen Kinderreimen folgt. Was für dich eine Sünde ist, Trattari, ist für mich eine Tugend.« Seine Klinge fegte in einem seltsamen Winkel heran, und ich war gezwungen, mit beiden Rapieren zu parieren. Die Wucht des Schlags prellte sie mir beinahe aus den Händen. »Die nobelste Tat deines kurzen Lebens wird dir nichts einbringen«, sagte er. »Aber ich empfange den Segen der Götter, wenn ich dieser kleinen Hure das Leben aus dem Leib würge …«

Da hörte er auf zu reden, möglicherweise, weil die Spitze meines Rapiers die Öffnung seines Mundes unter der Maske gefunden hatte. Ich stieß die Klinge weiter, bis sie die Innenseite seines Schädels gefunden hatte, und hörte am Stahl seines Helms auf. Zuckend sackte der Ritter auf die Knie, noch nicht ganz tot, aber auf dem besten Weg dorthin.

Manchmal zieht mich Kest damit auf, dass ich im Kampf zu viel rede, aber ich hatte genug Übung darin, dabei nicht meine Konzentration zu verlieren.

Ich riss die Klinge heraus und gönnte mir einen Augenblick, um zu Atem zu kommen, während mein Gegner zu Boden stürzte. Nur ein Ritter Tristias würde das Argument bemühen, dass ehrenhaft zu sein kein ehrenhaftes Verhalten erforderte; dass der Mord an einem jungen Mädchen gerechtfertigt ist, solange es sein gesetzmäßiger Herr verlangt. Aber so ist das eben. Das ist das Land meiner Geburt und der Ort, den ich den größten Teil meines Lebens versucht hatte, vor sich selbst zu beschützen. Wenn das bedeutete, dass ich dabei ein paar Ritter töten musste, dachte ich, während ich tiefe Atemzüge nahm und meinen Herzschlag zu beruhigen versuchte, dann konnte ich gut damit leben.

»Brasti?«, rief ich.

Keine Antwort. Ich fürchtete, er wäre niedergestreckt worden. Er hatte sein Schwert getragen, und das war nicht seine beste Waffe, nicht einmal bei so einem Nahkampf. Ich musste ihn und Kest finden, damit wir Aline aufspüren konnten. Ich hatte mich viel zu lange mit dem Ritter aufgehalten. Verflucht, wir hätten nie so lange in dem Dorf bleiben dürfen, nur weil wir gehofft hatten, dass sich mein Zustand besserte statt verschlechterte. Man brauchte kein großartiger Militärstratege zu sein, um zu wissen, dass man bei dem Kampf gegen eine fünfzigfache Übermacht nicht zu lange an ein und demselben Ort blieb.

Während ich durch den Nebel rannte, hätten mich mein Zorn und meine Frustration beinahe über einen Körper am Boden stolpern lassen. Der Nebel riss auf, und ich entdeckte die blutige Leiche eines jungen Mädchens in einem hellblauen Kleid, das sein Gesicht mit beiden Armen schützte, als würde es sich noch immer vor dem Hieb ducken, der es bereits getötet hatte.

DAS TOTE MÄDCHEN

Ich stand mehrere Sekunden lang über der Leiche, lauschte meinen rauen Atemzügen und versuchte mich für das zu stählen, was ich gleich sehen würde. *Beim heiligen Zaghev, der für Tränen singt, bitte nein. Nicht jetzt. Lass es nicht sie sein.* Ich fiel auf die Knie und zog dem Mädchen die Arme vom Gesicht.

Die weit aufgerissenen Augen des Kindes kamen zum Vorschein, sein Mund war in einer verzerrten Mischung aus Furcht und Qual vor der Klinge erstarrt, die sich so tief in seinen Schädel gegraben hatte. Das Blut aus der Wunde färbte das rote Haar zu einem noch intensiveren Blutrot.

Rotes Haar. Allen Heiligen sei Dank! Das Mädchen hatte rote Locken, nicht die glatten braunen Locken mit den gelben Strähnen, die Aline von ihrem Vater geerbt hatte. Die Glückseligkeit unerwarteter Erleichterung wandelte sich schnell in lähmende, übelkeiterregende Schuldgefühle. Dieses Mädchen, das ich so schnell der Bedeutungslosigkeit übergeben hatte, hatte nichts, aber auch gar nichts getan, um ein solches Ende zu verdienen. Ganz allein. Als die Klinge auf sie zugerast war, hatte sie nach ihrer Mutter gerufen? Ihrem Vater?

Ein erstickter Schrei drang an mein Ohr. Eine Gestalt rannte auf mich zu, der Nebel klebte an ihren ausgestreckten Armen. Es war einer der Dorfbewohner. Bannis? Baris? Ich hatte nie seinen genauen Namen erfahren; ich wusste nur, dass er auf einem kleinen Feld Gerste anbaute und ein allgemein geschätztes Bier braute.

»Celeste!«, schrie er und stieß mich zur Seite, ignorierte meine Klingen und riss das Mädchen in seine Arme. »Ich habe ihr doch befohlen, in den Bergen zu bleiben. Ich habe es ihr befohlen. Ich ging zurück, aber sie war weg. Sie folgte mir. Du ... daran sind allein du und deine verdammten Greatcoats schuld ... deine verdammten Trattari!« Dann sagte er Dinge zu mir, schreckliche Dinge, die Dinge, die ein Mann sagte, wenn sein Kind tot war und er jemanden dafür verantwortlich machen musste. Ich widersprach ihm nicht. Ich sagte ihm nicht, dass, hätten er und der Rest der Dörfler uns nicht verraten, sein Kind eine Chance gehabt hätte. Er hatte recht – ohne uns wäre nichts davon passiert.

Meine Finger verkrampften sich um die Griffe meiner Rapiere. Solange sich noch Feinde auf dem Schlachtfeld befinden, verfliegt Trauer schneller, als sie sollte. Zorn bringt seine eigene Klarheit mit sich. Ich würde Trin finden und sie dafür bezahlen lassen, für die Männer, Frauen und Kinder, die in diesem Augenblick überall im Herzogtum Pulnam starben, während sie Herzog Erris weiterhin unter Druck setzte, damit er sich ihr verschwor. Für den Mord an Lord Tremondi und vor allem für das, was sie Aline antun wollte.

Das Klirren von Stahl durchbrach den Nebel, und die Schuldgefühle wichen der Furcht. *Beweg dich*, befahl ich mir. *Sitz hier nicht herum, um dich in deinen Gefühlen zu suhlen. Aline ist irgendwo allein dort draußen und wartet darauf, dass du sie findest.*

Ich rannte auf den Lärm im Nebel zu. Ich würde sie finden, das versprach ich mir. Aline war ein kluges Mädchen, das, falls nötig, sehr mutig sein konnte. Wir hatten beinahe die ganze Blutwoche in Rijou zusammen überlebt, bevor man uns gefangen genommen hatte. Sie versteckte sich, davon war ich überzeugt. Sie würde einen Ort gefunden haben, an dem sie auf mich wartete, und ich würde sie vor Trins

Männern finden, sie auf mein Pferd setzen und schnell und weit von diesem Ort fortbringen. Die Tochter meines Königs würde nicht meinetwegen sterben.

Fünfzig Meter weiter fand ich Brasti in der Nähe eines der beiden Dorfbrunnen. Er hielt sich die Hand, während er auf der Leiche seines Gegners hockte, die kopfüber im Schlamm versunken lag.

»Der Hurensohn hat mich erwischt«, sagte er und zeigte mir eine Wunde, die kaum tiefer als ein Schnitt beim Rasieren war.

»Du wirst es überleben«, erwiderte ich. »Steh auf.«

»Das ist meine Hand, Falcio«, klagte er und kam auf die Beine. »Ich bin Bogenschütze, kein Fechter. Meine Kunst erfordert Geschick und Können; ich fuchtele nicht wie ein alter Mann mit seinem Stock mit einem Stück Eisen herum.«

»Erinnere mich daran, die Schramme später zu küssen, damit sie besser wird«, sagte ich und zerrte ihn mit mir.

Vorbei an den Leichen von Dorfbewohnern, Greatcoats und Trins Männern liefen wir in den Nebel hinein. Von Aline war noch immer keine Spur zu entdecken, also betete ich kurz, dass einer der Unseren sie gefunden hatte.

»Wo ist Kest?«, wollte ich wissen.

»Keine Ahnung. Er stürzte sich auf einen besonders großen gepanzerten Bastard, der blitzschnell zwei der Greatcoats der Schneiderin erledigte. Ich rief ihm noch zu, wir müssten zusammenbleiben, aber er glühte plötzlich rot auf und ignorierte mich.« Brastis Miene nahm einen grimmigen Zug an. »Er macht es noch immer, Falcio. Er geht einfach ...«

»Ich weiß.« Seit Kest Caveil, dessen Schwert Wasser schneidet, besiegt und den Mantel des Heiligen der Schwerter übernommen hatte, hatte sich etwas in ihm verändert. Bei jedem Ärger stürzte er sich auf den stärksten Kämpfer – und *nur* den stärksten Kämpfer. Als würde ein Zwang über seine Vernunft siegen.

»Falcio, wir brauchen einen Plan. Wir haben nicht die geringste Ahnung, wie viele von Trins Männern hier sind. Sie könnten uns zehnfach überlegen sein, und sie tragen Rüstungen.«

Die Tatsache, dass Brasti Gutbogen, ein Mann, der noch keinen Plan richtig verstanden geschweige denn für gut befunden hatte, mich daran erinnern musste, dass wir eine Strategie benötigten, hatte etwas schockierend Beunruhigendes. Aber er hatte recht. Greatcoats waren für das Duell ausgebildet und nicht für den Kampf gegen andere Heere. Und der dunkle Stoff, den Trins Ritter trugen, machte es zusammen mit dem Nebel noch schwerer, die Schwachstellen ihrer Rüstungen zu finden. Wir brauchten einen Vorteil – einen Trick, der sie im richtigen Moment überraschen konnte.

»Brasti, du musst dir Ausschweifung besorgen und auf ein Dach rauf.«

»Das funktioniert nicht. Dort oben herrscht klare Sicht, aber in dem Nebel kann ich Freund nicht von Feind unterscheiden. Ich treffe vermutlich auch welche der Unseren. Warum können sie nicht mit ihren funkelnden Rüstungen rumrennen wie sonst auch?«

Ich griff in meinen Mantel in eine winzige Tasche – eine von Dutzenden, die die Werkzeuge und Tricks der Greatcoats enthielten. Meine Finger ertasteten drei Stücke brüchiges Bernsteinglühen. »Überlass das mir«, sagte ich. »Hol nur deine verfluchten langen Eisenholzpfeile und geh aufs Dach.«

Er drehte sich um und rannte zurück in Richtung Dorfmitte, während ich weiter nach Aline suchte.

Ein paar Augenblicke später öffnete sich der Nebel erneut, und eine Gestalt tauchte vor mir auf – eine Frau mit dunklen Haaren, die zu groß für Aline war. Sie blickte zur Seite, und ich konnte die eleganten und sinnlichen Züge eines Gesichts ausmachen, für das die meisten Männer buchstäblich alles getan hätten. *Trin*, dachte ich. Hass und Furcht vermengten sich in meinem Inneren wie die Zutaten des Nachtnebels, erfüllten mich mit Verlangen und ließen mich die Rapiere fester fassen. *Sie hat mich nicht gesehen. Sie hat nicht einmal ihr Schwert gezogen.* Ein Teil von mir wollte ihren Namen rufen, ihn über meine Lippen kommen lassen, um ihr Gesicht zu sehen, während ich ihr endlich ein Ende bereitete. Aber ich blieb stumm. Falls ich sie herausforderte oder versuchte gefangen zu nehmen, war das Risiko viel zu groß, dass ihre Männer mich hörten. Ich konnte einfach nicht das Wagnis eingehen, dass sie sich auf mich stürzten, bevor ich mit ihrer Herrin abgerechnet hatte. *Wenn ich sie einfach töte, wird das kein Meuchelmord sein, oder? Das ist eine Schlacht. Das ist Krieg.* Selbst mein König hätte dafür Verständnis gehabt, nicht wahr?

Ich ließ die Spitze meines Rapiers nach oben schnellen und setzte zu den drei Schritten an, die mich zu Trin bringen und sie aus dieser Welt ausmerzen würden. Der ganze Zorn und die Frustration, die mich in den vergangenen Wochen heimgesucht hatten, entzündeten sich in mir wie ein Scheiterhaufen. Noch ein paar Sekunden, und sie würde sich zu ihrer verfluchten Mutter in der Hölle gesellen, die für Kindsmörder reserviert war. Die Haut auf meinem Gesicht spannte sich. Offenbar lächelte ich.

Im nächsten Augenblick hatte ich den Abstand zum Zustechen gerade überbrückt, als sie sich umdrehte und mich erblickte. Sie riss die Augen weit auf, als das Licht auf meiner Klinge funkelte, aber dann erkannte sie mich, und die Furcht verwandelte sich in Erleichterung. »Falcio?«

Ich konnte meine Klinge kaum noch rechtzeitig stoppen. *Valiana. Es ist Valiana, du Narr.* Sie und Trin hatten genügend Ähnlichkeit miteinander, dass mein Rachedurst im Nebel meinen Verstand ausgeschaltet hatte.

»Was treibst du denn hier?«, verlangte ich zu wissen. *Sei verdammt. Sei verdammt, dass du nicht sie bist.* »Scher dich in eine der Hütten und versteck dich, bevor du dich umbringen lässt.« Meine Erwiderung war schärfer, als sie verdient hatte; darüber hinaus war sie an das falsche Ziel gerichtet.

»Ich … ich bin jetzt ein Greatcoat«, sagte sie mit so viel Trotz in der Stimme, wie ihn nur ein achtzehnjähriges Mädchen zustandebringen konnte, das in seinem ganzen Leben noch kein Duell ausgefochten hatte. »Ich muss Aline finden und beschützen.«

Valianas Entschlossenheit war das Einzige, das wirklich ihr Eigen war. Ihr Leben als Prinzessin war eine List gewesen, ein grausamer Scherz der Herzogin Patriana, die sich nicht nur mit der kalten, berechnenden Hinterhältigkeit amüsiert hatte, die allein den wirklich Reichen und wirklich Verdorbenen zu eigen war, sondern die ihre wahre Tochter Trin auch vor allen Augen hatte verstecken wollen. Jetzt hatte Valiana ein Schwert, und die Schneiderin hatte ihr im Austausch für ihren Schwur, sich jeder Klinge in den Weg zu werfen, die nach Aline zielte, einen Greatcoat verliehen. *Und deinen Namen*, erinnerte ich mich. *Du hast ihr deinen Namen gegeben. Jetzt ist sie Valiana val Mond – was einer Tochter so ziemlich am nächsten kommt von allem, das du je haben wirst.*

»Du musst für mich in eine der Hütten gehen«, sagte ich diesmal sanfter. »Ich muss wissen, dass du in Sicherheit bist.«

»Ich schwor den Eid, sie zu beschützen«, erwiderte Valiana. Ihre Stimme klang nun entschiedener und überzeugter, als sie das Recht hatte. »Wenn ich dabei sterbe, dann soll es eben so sein.«

Kurz zog ich in Betracht, ihr das Schwert aus der Hand zu schlagen und sie in Sicherheit zu zerren. Sie hatte die gleiche Fechtausbildung aller behüteten Adligen erhalten – als wäre das alles ein Spiel, in dem Punkte vergeben wurden und man für den Stil Beifall leistete. Hier draußen aber war das das Rezept für einen schnellen Tod.

»Falcio!«, schrie sie.

Ich habe im Laufe der Jahre gelernt, dass, wenn sich das

Gesicht der Person, die vor einem steht, plötzlich vor Entsetzen verzerrt und sie deinen Namen ruft, gleich etwas Unerfreulicheres geschehen wird. Ich duckte mich, während ich mich umdrehte. Die mit Stacheln versehene Eisenkugel eines Kriegsflegels sauste an der Stelle vorbei, wo sich gerade noch mein Kopf befunden hatte. Ich riss die Rapiere hoch, während der Träger des Kriegsflegels den Rückschwung benutzte, um einen zweiten Schlag auszuführen.

Ich habe noch nie verstehen können, was an einem Kriegsflegel als Waffe so toll sein soll. Sein Einsatz erschien mir stets unbeholfen, was zu seinem Namen passte. Aber mein Gegner war da offensichtlich anderer Meinung und brachte die kleine stachelige Eisenkugel am Ende ihrer Kette in einem über den Kopf geführten Hieb auf mich zu. Ich trat zur Seite und rechnete damit, dass sich die Kugel in den Boden grub und meinen Gegner aus dem Gleichgewicht brachte. Stattdessen nutzte er den Schwung, um die schwere Kugel zur Seite und dann horizontal gegen mich zu lenken. Der Aufprall der stachelbewehrten Kugel am Ende eines Kriegsflegels kann einem in einer Rüstung steckenden Gegner die Rippen brechen. Die Knochenplatten meines Greatcoats waren stark, aber ich wollte nicht herausfinden, ob sie einem Flegel standhalten konnten. Ich stieß mein rechtes Rapier senkrecht nach oben in Richtung Himmel und trat zurück, beugte mich gerade weit genug zurück, dass die Kugel mich verfehlte, sich die Kette aber um meine Klinge wickelte. Dann riss ich so hart ich konnte daran und zog den Mann auf mich zu, während ich mit dem anderen Rapier in seine Achselhöhle stach, wo sich eine Lücke in seiner Rüstung befinden würde. Mein Stoß ging fehl, und wieder einmal verfluchte ich den dunklen Stoff.

Valiana versuchte den Ritter mit ihrem Schwert zu treffen, aber ihr fehlte die Ausbildung, um mit einem gepanzerten Gegner fertig zu werden. Ihre leichte Klinge lenkte ihn nur ab. Ich klammerte mich derweil an seinem Waffenarm fest, als hinge mein Leben davon ab, und stach auf der Suche nach einer Lücke so schnell ich konnte auf ihn ein. Das war kaum die Art von Fechtkunst, wie man sie in den Heldenepen besang, aber die meisten dieser Epen drehen sich sowieso nicht um Greatcoats. Nach drei Versuchen fand meine Klingenspitze eine Stelle zwischen seinem Helm und seinem Hals. Er ließ den Flegel fallen und stürzte zu Boden.

Meine Erleichterung dauerte nur wenige Sekunden, denn Valiana stieß erneut einen Schrei aus. Ich drehte mich um und sah sechs Ritter auf uns zukommen. *Bei allen Höllen!* Wäre ich nur etwas schneller gewesen, hätten wir entkommen können, bevor sie uns entdeckten.

Drei trugen Schwerter, die anderen Streitkolben. Im Augenblick konnte ich es unmöglich mit zwei Gegnern zugleich aufnehmen, geschweige denn sechs. Kest hätte es geschafft. Ich verfluchte mein Pech und dass Kest nicht da war, wenn ich ihn brauchte. »Lauf!«, brüllte ich Valiana zu. »Lauf und finde Kest. Bleib bei ihm.«

Sie gehorchte nicht. Stattdessen nahm sie neben mir die Fechtgrundstellung ein, die ein schönes Gemälde im Korridor eines herzoglichen Schlosses abgegeben hätte, beim Angriff unserer Feinde aber nichts bewirken würde.

»Falcio!«, hörte ich Brasti irgendwo hinter und über uns rufen. »Wo bei allen Höllen steckst du?«

»Ich bin hier«, rief ich zurück.

»Ich kann nichts sehen. Da sind Umrisse, aber ich weiß nicht, wer du bist und wer die verdammten Ritter!«

»Pech für dich«, sagte einer der Ritter. Er nickte in Valianas Richtung. »Herzogin Trin wird den Mann, der die da in Ketten zurückbringt, ganz besonders belohnen.« In seiner Stimme lag ein Hunger, der in mir Bilder von dem, was sie ihr antun würden, aufsteigen ließ. *Nein,* dachte ich. *Bleib hier. Bleib ruhig. Allein mit Zorn wirst du nicht siegen.*

Ein Pfeil zischte durch die Luft und hätte beinahe meinen Arm gestreift, bevor er sich in den Boden bohrte.

»Habe ich ihn getroffen?«

»Geh nicht nach dem Klang ihrer Stimmen!«, rief ich. »Der Nachtnebel verzerrt alle Geräusche.« Irgendwo auf der Welt lebt ein Gott oder ein Heiliger, der unbedingt die Magie erfinden musste. Eines Tages finde ich ihn und bringe ihn um.

»Wie dann ...?«

Als der erste Ritter herankam, griff ich in die Tasche und holte ein Stück Bernsteinglühen heraus. Das ist eine leichte Substanz, die zerdrückt gerade genug glüht, damit man die Stelle markieren kann, an der man beispielsweise Beweisstücke in einem Mordfall findet. Ich schleuderte es gegen die Brust des Ritters. Zunächst geschah nichts, aber nach ein paar Sekunden fing eine kleine Stelle auf dem Stoffüberzug an zu glühen. Einen Moment lang schien der Ritter in Panik zu geraten, aber er begriff schnell, dass er nicht in Flammen stand. »Alberne Greatcoat-Schliche«, sagte er verächtlich und hob die Klinge.

»Was ist das?«, rief Brasti. »Falcio, ist das ...?«

»Ziel auf das Glühen, Brasti!«

»Jetzt stirbst du, Trattari!«, brüllte der Ritter. »Jetzt kommt der Tod!« Er stürmte auf uns zu.

»Darauf kannst du wetten, dass der Tod kommt, Blechmann«, rief Brasti.

Dem Ritter blieb nur ein kurzer Augenblick, um aufzusehen, bevor sich ein zweieinhalb Fuß langer schwarzer Pfeil mit einem metallischen Dröhnen so tief in seine Brust bohrte, dass ich glaubte, er käme auf der anderen Seite wieder heraus.

»Feigheit ...«, murmelte der Mann und kippte auf die Knie.

»Das ist keine Feigheit, Ritter«, erwiderte ich, »das ist Ausschweifung.«

Ich schickte ein stummes Dankgebet an den heiligen Merhan, der die Pfeile lenkt, dass er Brasti zu einem Greatcoat gemacht hatte. Ganz egal, wie dick eine Rüstung auch ist, einem zweieinhalb Fuß langen, mit einer Stahlspitze versehenen Pfeil, den ein Mann, der Ritter mehr hasst als sonst jemand auf der Welt, von einem sechs Fuß langen Langbogen aus roter Eibe und schwarzem Hickholz abschießt, kann sie nicht widerstehen.

Die anderen Angreifer waren jetzt vorsichtiger geworden und versuchten uns zu umzingeln. Ich warf ein zweites Stück Bernsteinglühen auf einen der Ritter, aber er klopfte es vom Tuch und trampelte es in den Boden, bevor es glühen konnte. Nun, vermutlich war die Hoffnung, dass mein Glück länger als eine Sekunde lang anhalten würde, ja auch anmaßend gewesen. Der Ritter, der mir gegenüberstand, fasste meine Gedanken in Worte. »Dein Trick hat einmal geklappt, Trattari. Er wird kein zweites Mal funktionieren.«

»Falcio, was ist los?«, rief Brasti. »Wo bleibt das nächste Ziel?«

»Ich arbeite daran«, erwiderte ich.

Der Ritter hieb mit dem Schwert zu, und ich wich zurück, ließ es vor meinem Gesicht zu Boden gehen. Dann schlitzte ich ihm mit beiden Rapieren quer über die Brust. Er lachte nur und machte sich nicht einmal die Mühe, die Klingen zu parieren. Ein Rapierschnitt auf einer Plattenrüstung ist ungefähr so tödlich wie das sanfte Streicheln von Seide. Aber ich versuchte gar nicht, die Rüstung zu zerschlagen. Ich zerschnitt einfach den Stoff, der sie verbarg.

»Etwas funkelt«, rief Brasti.

»Das ist dein Ziel! Triff es!«

Der Ritter erkannte, was passieren würde, und versuchte hektisch das Glitzern seiner enthüllten Rüstung zu verdecken. Es war zu spät. Einen Augenblick später hatte ein Pfeil seine Brust durchbohrt.

»Valiana«, sagte ich. »Übernimm einen der Ritter mit den Streitkolben. Halte dich aus seiner Reichweite. Versuch nicht ihn zu töten – zerschneide nur so viel von dem Stoff über seiner Rüstung, wie du kannst.«

Die anderen Ritter wollten uns nun überrennen, aber diesem Kampf war ich gewachsen. Die beiden Schwertträger wollten mich an den Seiten umgehen, aber meine Rapiere waren genauso lang wie ihre Kriegsschwerter und doppelt so schnell. Und ich brauchte nicht einmal besonders gut zu zielen.

Brastis Stimme ertönte. »Ich glaube, ich sehe ...«

»Warte, bis du sicher bist!«, rief ich zurück in der Furcht, er könnte das Aufblitzen meiner Klingen für entblößte Panzer halten.

Einer der Ritter versuchte mich zu enthaupten, und ich duckte mich unter dem Schlag hinweg und setzte mich hinter ihn, enthüllte mit zwei schnellen Schnitten seinen Rückenpanzer. Er drehte sich um. Die Sonne am Himmel brannte sich langsam durch den Nachtnebel – gerade gut genug, dass sich ihre Strahlen auf der Rüstung des Ritters spiegelten. Einen Augenblick später bohrte sich ein Pfeil in seinen Körper.

Ein weiterer Pfeil pfiff durch die Luft, und ich fuhr herum und sah, dass er sich in das Bein von Valianas Gegner bohrte. *Braves Mädchen. Versuch ihn nicht für den tödlichen Schuss zu entblößen – gib dich mit dem zufrieden, was du schaffst.* Als er auf ein Knie sackte, schlug sie wieder nach ihm. Im nächsten Augenblick traf ihn ein Pfeil in den Hals.

Mein zweiter Gegner versuchte in meiner Nähe zu bleiben, aber bei diesem Kampf drehte sich alles um Schnelligkeit und Gewandtheit; selbst mit meinen Gebrechen hatte ich einen Vorteil. Ich tänzelte zurück und hieb dreimal zu, entblößte ein großes Stück Plattenpanzer auf seinem Bauch. Augenblicke später traf ihn Brastis Pfeil. Jetzt musste ich nur noch den zweiten Streitkolben-Kämpfer ausschalten.

Ein Schrei ertönte, und ich fuhr zu Valiana herum. Ihr Schwert lag mehrere Fuß entfernt am Boden, und der letzte Ritter hob seine Waffe. *Er wird sie mit einem Schlag töten,* dachte ich, und vor meinem inneren Auge sah ich sie mit eingeschlagenem Schädel dort liegen. Ich rannte auf sie zu, obwohl mir klar war, dass ich zu spät kommen würde. Der Ritter war noch immer von Kopf bis Fuß in grauschwarzes Tuch gehüllt, und es gab zu viel Nebel, um Brasti etwas anderes als verzerrte Schatten sehen zu lassen. Valiana rutschte aus und stürzte zu Boden. Wenn Brasti jetzt schoss, konnte er genauso gut mich oder Valiana erwischen statt den Ritter, aber wir hatten keine andere Wahl.

»Brasti! Schieß!«

»Falcio, ich sehe nichts ...«

»Nimm den ...«

Plötzlich teilte sich der Nebel, und eine Gestalt erschien, rannte mit einem Kriegsschwert in der Hand wie ein wilder Mann auf Valiana und ihren Gegner zu. Er glühte rot, als würde unter seiner Haut ein Feuer lodern. *Ein Dämon*, dachte ich. *Jetzt hat Trin eine Möglichkeit gefunden, Dämonen auf uns zu hetzen.* Im letzten Augenblick sprang die Gestalt in die Luft, flog mit nach unten gehaltenem Schwert über das Mädchen hinweg. Als ihn die Schwerkraft wieder in Richtung Boden zog, trieb er die Klinge angetrieben von der Wucht seiner Bewegung in die Brust des Ritters. Das Schwert durchbohrte die Plattenrüstung und versank tief im Körper des Mannes. Einen kurzen Augenblick lang erstarrte die Welt.

»Das habe ich noch nie zuvor versucht«, sagte Kest und zog die blutige Klinge aus dem Ritter. Seine Stimme war so ruhig und entspannt, als stiege er gerade aus einem warmen Bad.

»Was passiert da?«, rief Brasti. »Ich kann nichts ...«

»Alles in Ordnung«, sagte ich und streckte die Hand aus, um Valiana aufzuhelfen. »Der Heilige der Schwerter hat sich endlich entschieden aufzutauchen.«

Kest sah mich mit hochgezogener Braue an. »Ich war damit beschäftigt, sieben von ihnen zu töten. Wie viele hast du getötet?«

»So viele nicht«, gab ich zu.

Brasti kam aus dem Nebel, Ausschweifung in der einen und ein halbes Dutzend Pfeile in der anderen Hand. »Ich tötete acht.« Ich war mir ziemlich sicher, dass er log.

Meine Erleichterung über Kests Eintreffen war schwer zu beschreiben. Er war mein bester Freund und der tödlichste Kämpfer, der mir je begegnet war. Mit ihm und Brasti an meiner Seite fühlte ich mich, als würde der Nebel gleich verblassen. Zusammen konnten wir es mit Trins Männern aufnehmen. Wir konnten Aline finden.

Ein Mann trat aus dem Nebel. »Ihr da!«, rief er. Es war einer der Greatcoats der Schneiderin. Plötzlich wurde er totenbleich, und mir wurde bewusst, dass Kest, Brasti, Valiana und ich alle die Waffen auf ihn richteten.

»Begleitet mich«, sagte er und fasste sich auf beeindruckende Weise. »Die Schneiderin will euch sehen.«

»Wo?«

»Bei den Pferden. Der Rest von Trins Rittern ist geflohen. Sie haben Aline.«

4
DIE TÄUSCHUNG

Wir brauchten nur wenige Minuten, um das andere Ende des Dorfes zu erreichen, und da hatte sich der größte Teil des grauen und schwarzen Nebels aufgelöst – als hätte der Nachtnebel gewusst, dass seine Mission erfüllt war. Zurück blieb nur das Chaos, das jeder Schlacht folgte, und Rauchfahnen, die mir in den Lungen brannten.

Leichen lagen auf den Dorfwegen. Ich zählte vier gefallene Greatcoats und fast fünfundzwanzig von Trins Rittern. Männer aus dem Dorf übertrafen diese Zahl deutlich. Die, die uns verraten hatten, waren in dem Nebel gefangen gewesen, den sie zu erschaffen geholfen hatten, gefangen zwischen zwei feindlichen Streitkräften. Der Boden war förmlich mit ihnen übersät. Ein paar waren verletzt und riefen nach Hilfe. Nur wenige hatten noch genug Kraft, um diese Hilfe zu leisten. Die meisten waren tot oder lagen im Sterben.

Die Schneiderin stand umgeben von ihren Greatcoats hundert Meter von der Reihe der provisorischen Pfosten entfernt, an denen unsere Pferde angebunden waren. Sie trug ihren Greatcoat, und ihr normalerweise ungebändigtes graues Haar war zurückgebunden. Ihre Augen funkelten hell und klar. Sie sah wie ein in der Schlacht gestählter General aus und nicht wie die rätselhafte, streitsüchtige Schneiderin, die ich schon so viele Jahre kannte. Keines der Pferde war gesattelt.

»Was bei allen Höllen steht ihr da rum?«, verlangte ich zu wissen. »Habt ihr nicht ...?«

»Warte«, sagte die Schneiderin, löste sich von der Gruppe und hob eine Hand, um mich zum Schweigen zu bringen.

»Bist du verrückt? Sie haben Aline!« Ich wollte mich an ihr zu den Pferden vorbeidrängen. Zwei ihrer Männer versperrten mir, die Hände auf den Waffen, den Weg. Kest und Brasti stellten sich zu meinen Seiten auf. Ich wandte mich wieder der Schneiderin zu. »Willst du mich davon abhalten, die Erbin des Königs zu retten? Sie ist deine Enkelin!«

»Das habe ich nicht vergessen«, sagte sie, und ihr Blick richtete sich auf die Dorfbewohner. »Wir haben einen Plan, und an den halten wir uns.«

Die Ruhe in ihrer Stimme, das völlige Fehlen eines jeden Hinweises, dass sie die Panik teilte, die mich ergriffen hatte, machte es mir sehr schwer, mich zu beherrschen. Für Brasti war das unmöglich. »Ich habe da eine Idee. Wie wäre es, wenn wir deine Männer bewusstlos schlagen, auf die Pferde steigen, das Mädchen retten, und du erzählst uns alles über deinen kleinen Plan, wenn wir zurückkommen?«

»Haltet die Klappe und kommt mit«, sagte sie. Der Stahl in ihrer Stimme ließ keinen Widerspruch zu.

»Zu allen Höllen damit«, sagte Brasti. »Komm schon, Falcio, zeigen wir diesen Stutzern in schwarzem Leder, warum sich richtige Greatcoats niemandem beugen.«

Ich wollte es tun, die Götter wissen, wie sehr ich mich danach sehnte. Die Schneiderin musste erfahren, dass, selbst wenn sie ihre kleine Privatarmee aus Männern und Frauen beherrschte, die wie Greatcoats aussahen und sich Greatcoats nannten und doch mehr wie Soldaten und Spione benahmen als wie Magistrate, sie uns keineswegs kontrollierte. Aber etwas in ihrer Miene ließ mich zögern. Sie wusste etwas, das ich nicht wusste. »Wir kommen mit«, sagte ich.

»Aber du solltest lieber sehr schnell etwas sagen, das deine Loyalität zur Erbin des Königs beweist.«

Wortlos betrat sie eine der Hütten. Ich bedeutete Kest und Brasti, mir hineinzufolgen.

Ein paar schwache Sonnenstrahlen drangen durch Spalten in den Wänden der kleinen Hütte, die aus einem Raum bestand, aber die dort drinnen herrschende Finsternis konnten sie kaum erhellen. Als wir eintraten, bedeutete mir die Schneiderin, die Tür zu schließen. »Hier drinnen sprichst du leise und ruhig, das gilt für euch alle.«

Ich wollte weder ruhig noch leise sein. Ich wollte meine Empörung herausschreien, aber dann zeigte die Schneiderin in die Ecke des Raumes. Zuerst erkannte ich nichts anderes als Schatten, da sich meine Augen noch nicht von dem Wechsel von Finsternis zu Licht und wieder zu Dunkelheit erholt hatten. Langsam nahmen Umrisse Konturen an, und die Schatten verfestigten sich zu einer Gestalt auf einem Stuhl. Ein Mädchen.

Ich wollte ihren Namen rufen, aber Brasti legte eine Hand auf meinen Mund. Seine Augen sind besser als meine oder Kests, und er musste sie eine Sekunde vor uns gesehen haben. Sie stand von dem Stuhl auf und trat näher. Jetzt konnte ich das schulterlange, zerzauste braune Haar erkennen, das abgetragene grüne Kleid, das hübsche Gesicht, dessen Züge genau wie bei ihrem Vater einen Hauch zu ausgeprägt waren, um als schön bezeichnet zu werden. *Sie ist es, allen Heiligen sei Dank. Es ist Aline.*

Brasti nahm die Hand von meinem Mund, und ich ging auf die Knie und umarmte das Mädchen. *Ihr Götter,* dachte ich erleichtert. *Haltet sofort die Welt an. Lasst mich nur noch ein paar Augenblicke lang dieses Glück fühlen.*

»Ich hatte Angst«, flüsterte mir Aline ins Ohr.

»Wirklich?«, fragte ich mit bebender Stimme. »Ich kann mir nicht vorstellen, weswegen du Angst hättest haben müssen.«

Sie ließ mich los und erwiderte meinen Blick. »Ich konnte dort draußen nicht an deiner Seite stehen und wie in Rijou deine Wurfmesser für dich halten. Ich hatte Angst, dass du ohne mich verletzt wirst.«

Es überraschte mich jedes Mal – die Art und Weise, wie Aline mir trotz ihres scharfen Verstands manchmal so viel jünger erschien als ihre dreizehn Jahre.

Brasti schnaubte. »Wir haben hier ein wirklich kluges Mädchen, Falcio. Großartige Überlebensinstinkte. Ich kann es gar nicht erwarten, sie auf den Thron zu bringen.«

»Also gut«, sagte die Schneiderin. »Schluss mit dem Schwulst. Das Mädchen ist in Sicherheit, und wir sind wieder alle Freunde. Jetzt gehen wir wieder da raus, und ihr haltet die Klappe. Ein paar der Dorfbewohner leben noch, und wir können keinem von ihnen länger vertrauen.«

»Aber wen haben die Ritter verschleppt?«, wollte ich wissen. »Dein Mann sagte, sie hätten Aline.«

»Er sah sie ein Mädchen mitnehmen«, sagte die Schneiderin. »Das sie für Aline halten. Mehr braucht ihr nicht zu wissen.«

»Du hast ihnen ein Mädchen gegeben, das sie für Aline halten? Sie werden sie umbringen.«

»Vor wenigen Minuten hast du meine Loyalität zur Erbin des Königs infrage gestellt. Jetzt behauptest du, dass ich zu viel für sie tue? Hör mir zu, Falcio, und hör mir gut zu. Es gibt nur eine einzige Sache, die von Bedeutung ist. Aline muss beschützt werden, damit sie den Thron besteigen kann. Dem kann nichts im Wege stehen. Und das wird es auch nicht.«

Ich dachte an das tote Mädchen im Dorf. Rotes Haar, das das Blut noch roter gemacht hatte. War sie eine weitere Schachfigur der Schneiderin gewesen? War sie gestorben, um Trins Ritter von der Spur abzulenken? Wie weit hätte der König gewollt, dass wir gehen, um Aline zu beschützen? So weit nicht, sagte ich mir. Er hätte niemals so etwas getan. Vorsichtig sagte ich: »Im Dorf war ein Kind. Es hatte Alines Alter. War es …«

»Damit hatte ich nichts zu tun. Dieser Narr Braneth wusste genau, dass Celeste es hasste, allein bleiben zu müssen. Er hätte dafür sorgen sollen, dass sie jemand im Bergversteck im Auge behält. Jetzt zahlt er den Preis für seinen Verrat, möge ihn ein nachsichtiger Heiliger behüten.«

Die Erinnerung an die Trauer des Mannes, als er sein totes Kind in den Armen hielt, erfüllte mich zu gleichen Teilen mit Mitleid und Verwirrung. »Du hast dich auf diesen Angriff vorbereitet«, sagte ich. »Das musst du. Aber wie? Wie hättest du wissen sollen, dass sie sie holen wollten?«

»Das habe ich nicht«, sagte die Schneiderin und ging zu dem Stuhl, auf dem eben Aline gesessen hatte, um sich dort niederzulassen. »Aber ich wusste, dass so etwas bald passiert.« Sie betrachtete die kleine Theke in der Ecke und streckte die Hand aus. »Aline, Liebes, bring mir doch einen Becher von dem, was in diesem Krug ist. Würdest du das für mich tun?«

Aline nickte und füllte einen alten, verbeulten Zinnbecher mit einer Flüssigkeit, die möglicherweise mal Bier gewesen war.

»Trin ist schwach«, sagte die Schneiderin und nahm einen Schluck. »Trotz der bösartigen Brillanz, die ihr Patriana vererbt hat, ist sie noch immer ein achtzehnjähriges Mädchen, das bis vor ein paar Wochen alle nur für Valianas Zofe hielten.«

»Sie verfügt über ein Heer, das viermal so groß ist wie das des Herzogs von Pulnam«, meinte Kest.

»Aye, sie hat ein Heer. Eine Armee doppelt so alter Männer wie sie, die abgesehen von Tradition und Herkunft keinerlei Gründe haben, ihr gegenüber loyal zu sein. Patriana hat Hervor mit Geschick und Hinterlist beherrscht. Ihre Armee hat in den vergangenen zwanzig Jahren jede Schlacht gewonnen, und das Herzogtum ist auch dementsprechend aufgeblüht. Aber Patriana ist jetzt tot, und dafür sollten wir alle den Göttern danken.«

»Jetzt haben sie Trin«, folgte ich dem Gedankengang der Schneiderin. »Jung. Unerprobt ...«

»Nein.« Die Stimme der Schneiderin klang verdächtig nach Schadenfreude. »Sie wurde auf die Probe gestellt! Sie versucht den Herzog von Pulnam nun seit fast einem Monat dazu zu bringen, sich ihr zu beugen. Und was hat sie vorzuweisen? Nichts als die Leichen ihrer Soldaten.«

Ich bezweifelte, dass Pulnam länger als einen Tag durchhalten würde, falls die erbärmlichen und schlecht ausgebildeten Streitkräfte von Erris, dem Herzog von Pulnam, Trins Armee von Hervor auf dem Schlachtfeld gegenüberstehen würden. Aber die Greatcoats der Schneiderin hatten ihre Männer ständig mit Guerillaangriffen in Atem gehalten, und sie waren fleißig damit beschäftigt, uns auszulöschen. Eine Armee, die seit zwei Jahrzehnten keine Niederlage mehr erlebt hatte, wurde nun von nicht mehr als hundert Greatcoats daran gehindert, ihren Feind zu vernichten. »Sie musste uns angreifen«, sagte ich. »Aber falls die Dorfbewohner uns an sie verraten haben, warum hat sie dann nicht ihr ganzes Heer geschickt?«

»Sie sind noch zu weit entfernt«, sagte Kest und sah aus, als würde er im Kopf die Chancen abwägen. »So viele Männer so schnell zu bewegen würde sie verwundbar für Angriffe von Pulnam machen.«

Ich stellte mir Trin vor, wie sie vor den Generälen von Hervor ihre Schönheit und Arroganz zur Schau stellte. Wenn sie musste, war sie eine meisterhafte Schauspielerin – sie konnte genauso gut unschuldiges und verführerisches Verlangen vortäuschen, wie sie zu gnadenloser und teilnahmsloser Gewalt fähig war. Sie hatte uns alle getäuscht, hatte das schüchterne junge Mädchen gespielt, während sie gleichzeitig Lord Tremondi ermordet und ihre ganze Umgebung manipuliert hatte. Trin liebte Spielchen.

»Sie muss ihren Rittern beweisen, dass sie genauso schlau ist wie ihre Mutter«, behauptete die Schneiderin. »Sie muss sie davon überzeugen, dass sie großartige Siege erringen werden. Nicht nur zehntausend Männer ausschicken, um hundert zu besiegen. Um Eindruck zu machen, muss sie uns mit nur wenigen Männern großen Schaden zufügen. Ein Sieg, der sie wenig kostet. Dich zu ermorden, Falcio, war eines der wahrscheinlicheren Szenarien.«

»Hast du einen Plan, um mich zu beschützen?«

Ruckartig zeigte sie mit dem Finger auf Kest. »Ich bin davon ausgegangen, dass er das macht.«

»Dir ist schon klar, dass ich hier stehe?«, sagte Brasti.

Die Schneiderin ignorierte ihn. »Aber der größte Erfolg würde Alines Entführung sein. Stellt euch Trin nur vor, wie sie König Paelis' Erbin vor den Augen ihrer Generäle durch den Schlamm zerrt und zum Jubel ihrer Soldaten die Geschichte ihres schlau eingefädelten Sieges erzählt, bevor sie ihnen das Mädchen überlässt.«

Bei den Göttern, die Dinge, die sie ihr angetan hätten, bevor sie ihr schließlich den Hals durchgeschnitten hätten. *Das werden sie auch mit derjenigen machen, die ihnen die Schneiderin überlassen hat,* wurde mir plötzlich klar. »Das Mädchen, das du als Aline verkleidet hast ...«

»Sie weiß sich zu schützen«, schnitt mir die Schneiderin das Wort ab. »Mehr verrate ich dir nicht. Sie wird uns eine Spur hinterlassen, und wir schicken die Greatcoats in einer Stunde los.«

»Warum nicht sofort?«

»Zwischen hier und Trins Heer wird sich eine kleinere Streitmacht befinden – eine Vorhut, die den Angriff unterstützen soll. Sie wird eines der kleineren Dörfer besetzt oder ein Lager errichtet haben. Ich will wissen, wo das ist. Ich *will* diese Männer.« Die Schneiderin lächelte. Es war kein nettes Lächeln. »Glaubt das kleine Miststück ernsthaft, sie könnte mich reinlegen? Soll sie doch vor ihren Militärbefehlshabern stehen und erklären, dass sie nicht nur Aline nicht entführen konnte, sondern dabei hundert Männer verloren hat.

Sehen wir mal, ob das nicht ein paar Generäle über die herzogliche Nachfolge in Hervor nachgrübeln lässt.«

»Und wenn sie herausfinden, dass sie gar nicht Aline haben, bevor sie ihr Lager erreichen? Wenn sie sich entscheiden, sie auf der Stelle zu ... benutzen?«

Die Schneiderin zuckte mit den Schultern. »Dieses Risiko gehen wir alle ein. Davon abgesehen hat keiner von Trins Rittern Aline jemals zu Gesicht bekommen. Ich gehe davon aus, dass sie sich gut um sie kümmern, bis sie das Lager erreichen.« Die alte Frau stand auf und bedeutete Aline, ihren Platz einzunehmen. »Also. Sie bleibt hier und ist still. Der Rest von uns geht wieder nach draußen und verliert kein Wort über das alles hier.«

Ich begriff die Notwendigkeit, die Täuschung vor den Dorfbewohnern aufrechtzuerhalten. Trotzdem erschien es grausam, den anderen Greatcoats zu verschweigen, dass Aline in Sicherheit war. Als ich geglaubt hatte, sie sei entführt worden, hatte ich fast den Verstand verloren ... Bei den Göttern!

»Wir müssen Valiana finden! Sie kennt deinen Plan nicht. Sie glaubt noch immer, dass Aline entführt wurde.«

»Prima. Du darfst es ihr sagen«, sagte die Schneiderin. »Aber leise. Keine Freudenschreie oder ...«

»Du verstehst nicht! Sie hält es für ihre Aufgabe, Aline zu beschützen. Da sie nicht schon versucht hat, diese Tür einzutreten, um herauszufinden, was wir machen, bedeutet das, dass sie bereits aufgebrochen ist!«

Ich rannte aus der Hütte und blickte mich um. Da waren nur die anderen Greatcoats. Bei den Pferden fehlte eine graue Stute. Valianas.

Ich fühlte die Hand der Schneiderin auf meiner Schulter und drehte mich um. »Falcio, du kannst ihr nicht folgen. Du wirst unsere Pläne gefährden. Valiana hat ihre eigene Entscheidung getroffen.«

»Sie glaubt, unser Feind hätte Aline, verflucht! Man wird sie gefangen nehmen. Und wenn Trin in diesem Lager ist?«

Bei allen Heiligen, das durfte nicht sein. Trins Hass auf Valiana war grenzenlos. Was sie ihr antun würde, ließe die Folter, die ich durch ihre Mutter erlitten hatte, lächerlich erscheinen.
»Du kannst nicht gehen«, sagte die Schneiderin. »Und selbst wenn, ihr Vorsprung ist viel zu groß. Du holst sie niemals ein. Wir halten uns an den Plan.«
»Zu den Höllen mit deinen Plänen«, erwiderte ich und stieß sie zur Seite. Ich rannte zur anderen Seite der Scheunen, wo ein Pferd getrennt von den anderen festgezurrt war. Eine narbige und misshandelte Kreatur aus Zorn und Hass. Sie war eines der legendären Fabelpferde gewesen, bis Patriana, die Herzogin von Hervor, sie jahrelang gefoltert hatte, um sie zu einem Kriegswerkzeug zu machen. Jetzt war sie eine gewaltige, wütende Bestie mit scharfen Zähnen und einem Zorn in ihrem Inneren, der meinem gleichkam. Wir nannten sie Ungeheuer.

Ich löste ihre Zügel und stieg auf. Sie gab diese seltsame Mischung aus einem Wiehern und einem Knurren von sich, mit dem sie signalisierte, dass sie keineswegs die Absicht hatte, sich heute reiten zu lassen.

»Valiana braucht unsere Hilfe«, sagte ich dem Pferd verzweifelt ins Ohr. »Sie gehört zu unserer Herde. Ven'he vath fallatu. *Sie gehört zu deiner Herde.* Trin wird sie gefangen nehmen, das Fohlen der Stute, die deine Jungen gefoltert hat. Trin wird Valiana die Haut abziehen, falls du und ich nicht für sie kämpfen.«

Ein Aufbäumen aus Muskeln und Zorn schleuderte mich beinahe von ihrem Rücken. Ungeheuers Hufe rissen Klumpen aus dem Boden und schickten Staub und Sand in die Luft, während sie über die verbrannte Prärie außerhalb des Dorfes auf die Berge zuritt. Das Große Pferd hatte Mordgelüste in seinem Herzen. Genau wie ich.

5

DIE GEFANGENE

Die Ritter hatten ihre Spuren schlecht verborgen. Bei jeder Gabelung der breiten staubigen Pfade, die in diesem Teil Pulnams als Straßen durchgingen, waren sie ein paar Dutzend Meter in die falsche Richtung gegangen, bevor sie wieder umgekehrt waren. Davon ließ ich mich nicht täuschen, und nach Valianas Spuren zu urteilen, sie auch nicht. Was bedeutete, dass sie sie eingeholt haben würde, bevor ich sie einholte.

Etwa zehn Meilen vom Dorf entfernt erspähte ich in der Ferne fünf Pferde. Eines davon erkannte ich als Valianas graue Stute, dann entdeckte ich sie selbst am Boden. Einer der Ritter hielt sie dort mit dem Fuß fest. Seine Kameraden wehrten die weit ausholenden Angriffe eines jungen Mädchens ab, dessen gelbes Kleid vom Staub braun gefärbt war. Die Kleine schwang eine Klinge, die beinahe so groß war wie sie selbst. Sie musste sie einem der Ritter abgenommen haben. Trotz ihres Gewichts führte sie sie mit beeindruckendem Geschick. Aber da waren vier Ritter, und ich bezweifelte, dass sie sie sich noch lange vom Leib halten konnte. Ich war noch zu weit weg.

»K'hey!«, rief ich Ungeheuer zu und zog ein Rapier. *Fliege!*

Die große Bestie stieß ein Knurren aus, das unser Ziel hörte. Einer der Ritter wandte sich uns zu, während wir die Lücke zwischen uns schlossen. Er trug keinen Helm, und seine

Augen weiteten sich vor Furcht, als er Ungeheuer auf sich zustürmen sah. Er hätte seine Aufmerksamkeit besser auf das Mädchen gerichtet. Im nächsten Augenblick flog sein Kopf vom Körper, denn ihr erbeutetes Schwert durchtrennte seinen Hals mit einem Schlag.

Ich sprang von Ungeheuers Rücken und griff den Ritter an, der Valiana am Boden hielt. Ein Rapierstoß in sein Gesicht zwang ihn zurück. Valiana erhob sich nicht, und ein schneller Blick nach unten verriet mir, dass sie bewusstlos war. Der Ritter entging meinem nächsten Hieb nur, um von Ungeheuers Hufen getroffen zu werden. Ich musste aus dem Weg springen, als die Bestie anfing, den Mann zu zertrampeln.

Einer der noch übrigen Ritter erlangte einen Vorteil gegenüber dem Mädchen im gelben Kleid. So stark sie auch sein mochte, erkannte ich doch, dass die schwere Klinge sie ermüdete. Als er einen schwungvollen Hieb austeilen wollte, packte ich seinen Schwertarm von hinten und zog so kräftig ich konnte. Ich wollte ihn aus dem Gleichgewicht bringen. Ritter in ihren Rüstungen sind nicht besonders beweglich, wenn sie auf dem Rücken liegen. Als er meine Hand spürte, schlug er mit dem Ellbogen nach hinten. Den Kopf konnte ich rechtzeitig aus dem Weg nehmen, dafür traf er mein Schlüsselbein mit solcher Wucht, dass ich für die Knochenplatten in meinem Mantel dankbar war.

Ich schlug mit dem Rapierknauf nach seinem Gesicht. Er trug einen geschlossenen Helm, aber ich ließ seine Glocke hart genug läuten, dass er stolperte. Unglücklicherweise befand sich das Mädchen gerade hinter ihm, und so riss er sie mit sich zu Boden und begrub sie unter sich.

»Sorg dich nicht um mich, du Narr«, rief sie und arbeitete eine Hand mit einem Dolch unter dem Körper des Mannes frei, der sich umzudrehen bemühte. »Der andere verschwindet! Wenn er mit ihr entkommt, ist der ganze Plan vernichtet!«

Aus dem linken Augenwinkel sah ich einen Schemen vorbeirasen. Der letzte Ritter hatte sich Valiana geschnappt und hielt auf einem schwarzen Pferd auf die Berge zu.

Ich rannte zu Ungeheuer, und sie galoppierte bereits los, während ich auf ihren Rücken sprang. Das schwarze Streitross des Ritters war schnell, aber Ungeheuer war aus Schnelligkeit und Zorn gemacht. Nur Sekunden später überholten wir sie. Ungeheuer rammte das andere Pferd und schleuderte den Ritter zusammen mit Valiana zu Boden, was mich wieder einmal daran erinnerte, dass man einen Preis dafür bezahlen musste, wenn man eine Kreatur benutzte, die so gefährlich wie ein wütendes Großes Pferd war.

Der Ritter erholte sich genug, um sich auf die Knie zu erheben und nach dem Streitkolben an seiner Taille zu greifen, aber da schwebte bereits die Spitze meines Rapiers oberhalb des Schutzes seiner Halsberge, direkt unter seinem Kinn.

»Ergib dich«, sagte ich.

Der Ritter nahm die Hand vom Streitkolben. »Ich ergebe mich«, verkündete er.

Ich hielt die Klinge auf ihn gerichtet und warf einen schnellen Blick auf Valiana, die anscheinend das Bewusstsein wiedererlangt hatte und nur benommen erschien. Dann sah ich, dass das Mädchen mit einem Dolch in der Hand auf uns zukam. Ihr Gegner lag zusammen mit den anderen auf dem Boden, vermutlich bereits tot.

»Du musst ihn töten«, sagte die Kleine. »Niemand darf erfahren, was hier passiert ist.«

»Er hat sich ergeben. Er ist unser Gefangener.«

Sie kam weiter auf uns zu. Jetzt erkannte ich, dass die Bezeichnung Mädchen nicht auf sie zutraf. Sicherlich war sie jung, vielleicht zwanzig Jahre alt, aber nicht älter als fünfundzwanzig. Für eine Frau war sie klein, kaum mehr als fünf Fuß, und mit Sicherheit nicht größer als Aline. Ihre Züge waren jugendlich genug, um sie als halbwüchsiges Mädchen auszugeben. Aber ein guter Blick in ihre Augen entfernte jeden Zweifel, ob sie ein Kind war.

»Ich sagte, töte ihn.«
»Und ich sagte, er ist mein Gefangener. Jetzt verrate mir deinen Namen und ...«

Das Mädchen ging einfach an mir vorbei, und zwar so beiläufig, dass es mich völlig überraschte, als sie mein Rapier zur Seite stieß und dem Ritter, ohne mir auch nur einen Blick zu schenken, den Dolch in den Hals stieß. Sie drückte langsam, aber energisch zu und zwang seinen Körper nach hinten, bis sie die Klinge mit einem plötzlichen Ruck wieder herausriss. Blut spritzte aus seinem Hals, und er starb.

Die Gleichgültigkeit, mit der sie einen Mann getötet hatte, der sich bereits ergeben hatte, entsetzte mich, aber ich war nicht auf eine Konfrontation aus. Noch nicht. »Wer bist du?«, fragte ich. Sie gab keine Antwort, und ich wartete auch nicht darauf. Valiana hatte sich aufgesetzt, wirkte aber immer noch benommen. Ich kniete mich nieder, um nach ihren Wunden zu sehen. »Valiana, ich bin es, Falcio. Bist du verletzt?«

»Mein Name ist Dariana«, sagte die Frau hinter mir. »Und die Kleine ist nicht halb so verletzt, wie du es sein wirst, wenn du mir jemals wieder in die Quere kommst.«

Valiana hatte eine Prellung an der Wange und erweckte den Eindruck, einen Schlag auf den Kopf davongetragen zu haben, aber Blut konnte ich keines entdecken. »Du bist nicht halb so groß, wie du sein müsstest, um diese Drohung in die Tat umsetzen zu können«, meinte ich.

Ich spürte eine Klingenspitze im Nacken. Diese Dariana war schlau. Hätte sie mir die Klinge an die Kehle gehalten, hätte ich ihren Arm schnappen und sie über die Schulter werfen können. Auf diese Weise behielt sie die Kontrolle.

»Hast du es noch nicht gehört?«, fragte sie. »Es kommt bei einem Mann nicht auf seine Größe an, sondern auf die Größe seiner Klinge.«

»Du arbeitest für die Schneiderin, also wirst du vermutlich eine ihrer neuen Greatcoats sein. Vielleicht solltest du dich dann auch dementsprechend benehmen.«

»Ein Greatcoat?« Die Frau namens Dariana spie den Namen beinahe aus. »Warum sollte ich ein verfluchter Greatcoat sein wollen?«

Wäre Kest da gewesen, hätte er ein halbes Dutzend Möglichkeiten vorschlagen können, diese Klinge abzuwehren, gefolgt von den jeweiligen Erfolgsaussichten und der Feststellung, dass ich jemandem, den ich gerade kennengelernt hatte, nicht den Rücken hätte zuwenden dürfen. Aber ich ignorierte seinen weisen, wenn auch imaginären Rat und beugte mich stattdessen vor, um Valiana vom Boden aufzuhelfen. Falls Dariana mich töten wollte, sollte sie es tun. Ich war müde und wund und wütend und alles drei herzlich leid. »Ich bringe Valiana zurück ins Dorf«, sagte ich. »Du kannst helfen oder es auch lassen.«

Der scharfe Druck in meinem Nacken verschwand. »Ich hole die anderen Pferde«, sagte sie. »Versuche zur Abwechslung mal nichts zu vermasseln, während ich weg bin.«

6
DER VERRAT

Stunden später war ich wieder in meiner Hütte, sammelte meine Besitztümer ein und bereitete mich auf unseren Aufbruch am kommenden Morgen vor. Wenn wir Trins Truppen weiterhin bedrängten, würden wir sie lange genug beschäftigen, dass Herzog Erris seine Streitkräfte sammeln konnte. Zumindest vertrat die Schneiderin diese Ansicht. Wir mussten Trin nur lange genug den Sieg vorenthalten, damit ihre Generäle den Glauben an sie verloren. Dann konnten wir sie vielleicht sogar davon überzeugen, dass eine naive Dreizehnjährige einer psychotischen Mörderin mit Geschmack an exotischen Foltermethoden auf dem Thron vorzuziehen war.

Ich fragte mich, was nach unserer Abreise wohl aus dem kleinen Dorf werden würde. Die Schreie der wenigen Männer, die man nicht mehr hatte retten können, waren mittlerweile verklungen. Ihre Familien waren aus der Zuflucht in den Bergen gekommen, um sich die Zerstörungen anzusehen, die ein Ort, der seit Hunderten von Jahren Überfälle und Grenzstreitigkeiten überlebt hatte, seit der Ankunft der Greatcoats erlitten hatte. Die Frauen und Kinder waren so entsetzt und zornig gewesen, dass ich befürchtete, sie würden uns auf der Stelle angreifen. Aber am Ende hatten wir die Überzahl und die Waffen, also hatten sie einfach ihre Toten und Sterbenden genommen und sich wieder in die Berge zurückgezogen. Und uns die ganze Zeit über verflucht.

Die Erinnerung an ihre Gesichter hatte vielleicht zum ersten Mal in meinem Leben meinen Glauben an den König erschüttert. Er hatte diese ganzen Jahre mit Planen verbracht und Strategien und Taktiken entwickelt, um diesem zerbrochenen und verbitterten Land Frieden und Gerechtigkeit zu bringen. Und was hatte er uns am Ende hinterlassen? Keiner von uns hatte seinen Plan gekannt, nicht einmal die, die ihm am nächsten gewesen waren. Stattdessen hatte Paelis jedem von uns in den Tagen, bevor er seinen Thron und seinen Kopf an die Herzöge verloren hatte, ein Geheimnis und einen individuellen Befehl mit auf den Weg gegeben. Dann hatte er uns in alle Winde verstreut – hundertvierundvierzig Männer und Frauen auf hundertvierundvierzig verschiedene Reisen geschickt. Und nicht einer hatte gewusst, was aus den anderen geworden war.

Fünf Jahre lang hatte ich nach den »Charoiten« des Königs gesucht, wie Paelis sie bezeichnet hatte, ohne überhaupt eine Ahnung zu haben, was damit eigentlich genau gemeint gewesen war. Oder überhaupt zu wissen, was ein Charoit war. Schließlich war da Aline gewesen. Die geheime Tochter eines Königs. Sein Blut. Seine Erbin. Des Königs Charoit.

Und was sollte ich jetzt tun?

Aline auf den Thron bringen?

War das dein ganzer Plan, du halb verhungerte, schlaksige Entschuldigung für einen König? Du und ich, wir hatten einen Traum geteilt. Zuerst waren es nur wir beide, aber wir hatten andere dazu gebracht, ebenfalls daran zu glauben.

Jeder einzelne der ursprünglichen Greatcoats konnte das Gesetz des Königs auswendig zitieren. Wir konnten sie so gut singen, dass sich selbst ein betrunkener Bauer noch ein Jahr später Wort für Wort daran erinnerte. Wie viele von ihnen glaubten noch immer an das ganze Gerede von Gesetz und Gerechtigkeit, von weniger Mühsal? Wie viel davon glaubten Brasti und Kest und die anderen Greatcoats der ersten Stunde, wo auch immer sie sich aufhielten, noch?

Wie viel glaubte ich noch davon?

Ich zog meinen Mantel aus und legte ihn neben meine Rapiere auf die Bank. In dieser Nacht würde ich schlecht schlafen, gleichermaßen voller Angst vor meinen schuldbewussten Träumen wie vor dem, was Patrianas Gift für mich beim Erwachen bereithielt.

Ein leises, zögerliches Klopfen an meiner Tür unterbrach meine Gedanken. Ich wusste sofort, dass das nur Aline sein konnte, was seltsam war. Vielleicht lag es ja daran, dass wir auf unserer Flucht in Rijou immer leise gewesen waren, weil wir uns davor gefürchtet hatten, jemand würde uns hören und Alarm schlagen. Ich öffnete die Tür, und sie trat ein. Sie trug noch immer das fadenscheinige grüne Kleid.

»Was machst du hier?«, fragte ich und warf einen Blick hinaus, um zu sehen, ob sie jemand beobachtet hatte. »Wenn die Dorfbewohner ...«

»Die sind alle weg«, sagte sie. »Außerdem ist es vorbei. Trin wird wissen, dass ihre Männer versagt haben.«

»Du solltest schlafen.«

»Ich sollte tot sein.«

Ich ging auf die Knie und sah ihr in die Augen. Sie war eher verstört als ängstlich. »Was ist passiert?«

»Nichts.«

»Warum dann ...?«

»Nichts. Mal davon abgesehen, dass eine mächtige Person Männer geschickt hat, die mich töten sollten. Schon wieder. Wie sie es immer tun. Wie sie es für alle Zeiten tun werden.«

Ich erhob mich und schenkte jedem von uns einen Becher Wasser aus dem Krug in der kleinen Küche ein. »Sie sind gescheitert«, sagte ich und reichte ihr den Becher.

Sie trank, und ich nahm das als Zeichen, dass die Dinge nicht so schlimm sein konnten. Ich trank ebenfalls.

»Danke«, sagte sie und gab mir den Becher zurück.

»Willst du noch etwas?«

Sie schüttelte den Kopf.
»Willst du dich setzen und reden?«
Aline blickte zu der noch immer offen stehenden Tür. »Könnten wir einen Spaziergang machen? Ich möchte die Sterne sehen.«
Das würde der Schneiderin nicht gefallen. Auch ihren Greatcoats nicht. Ich war müde und hatte keine Lust auf den nächsten Streit. Aber Aline war die Thronerbin und nicht unsere Gefangene, und mittlerweile würden die Männer der Schneiderin eine vernünftige Stellung um das Lager aufgebaut haben.
Außerdem war ich streitlustig.
»Klar«, erwiderte ich. »Lass mich nur eben etwas holen.« Ich nahm meinen Mantel und die Rapiere, dann fand ich eine dicke Wolldecke, die ich Aline um die Schultern legte.
Wir verließen die Hütte und nahmen den Hauptpfad. Flackerndes Kerzenlicht drang durch die kleinen Holztüren, die in diesem Dorf als Fenster dienten, und beleuchtete unseren Weg. Gelegentlich konnten wir die anderen Greatcoats reden hören.
»Wo sollen wir hingehen?«
»Können wir bitte auf den kleinen Hügel vor dem Dorf?«
Das war eine unerfreuliche Bitte. Ich wollte sie nicht aus dem Schutz unseres Lagers bringen. Aber ein erneuter Angriff war ziemlich unwahrscheinlich – Trin hatte es versucht, und ihre Männer hatten dafür den Preis bezahlt. »Also gut. Aber nur einen Augenblick lang.«
Aline ergriff meine Hand, und wir gingen den Weg entlang, passierten sechs Greatcoats der Schneiderin. Sie machten sich nicht die Mühe, uns zu grüßen, aber sie registrierten unsere Anwesenheit. Solange wir nicht zu weit gingen, würden sie vermutlich nicht einschreiten. Ein Stück hinter uns hörte ich leise Schritte, aber die gab es bereits, seit wir die Hütte verlassen hatten.
Wir überquerten den breiten Pfad, der durch die seltsa-

men Felsformationen namens Der Torbogen führte. Dahinter lagen die Ost-Wüste und die nordsüdliche Handelsroute namens Der Bogen, die nach Rijou führte.

Rijou. Die Erinnerung an diesen Ort ließ mich noch immer frösteln.

»Ist dir kalt?«, fragte Aline.

»Nein, ich denke nur nach.«

»Das passiert mir auch, wenn ich nachdenke«, meinte sie.

»Ach? Worüber denkst du denn nach, das dich frösteln lässt?«

Sie schaute nach oben. »Ich mag die Sterne«, sagte sie und ignorierte meine Frage. »In Rijou konnte man ein paar davon sehen, aber nie so viele wie hier. Es ist, als wären sie uns ganz nahe. Komm. Ich will noch näher an sie heran.«

Wir stiegen den schmalen Pfad zum Hügel hinauf. Oben wurde das Gelände flacher, und wir setzten uns an den Rand der Klippe. In der Dunkelheit huschten kleine Tiere umher und übertönten beinahe den anderen Laut, der uns folgte.

»Sie folgt mir überallhin«, sagte Aline.

Zuerst überraschte mich, dass sie die Schritte überhaupt wahrnahm. Aber sie war ein schlaues Mädchen, und sie hatte sich daran gewöhnt, auf ihre Umgebung zu achten. »Sie ist verletzt«, sagte ich. »Sie sollte sich besser ausruhen.«

»Du könntest es ihr ja sagen, aber ich glaube nicht, dass sie darauf hört. Sie hat sich verloren, Falcio.«

Ich sah Aline an, um herauszufinden, was sie damit meinte, aber sie betrachtete immer noch die Sterne. »Was meinst du damit?«

»Man hat ihr alles genommen«, sagte sie. »Sie hat ihr ganzes Leben als Prinzessin verbracht, und jetzt ist sie nur noch ein Mädchen. Ich habe mein ganzes Leben in der Gewissheit verbracht, nur ein Mädchen zu sein, und jetzt sagt man mir, ich muss eine Königin sein. Das erscheint nicht gerecht.«

»Wem gegenüber?«

Sie wandte sich mir zu und legte mir eine Hand auf den Arm. »Ich will nicht, dass Valiana für nichts und wieder nichts stirbt. Wirst du sie beschützen?«

»Was soll das heißen, ›für nichts‹? Dein Leben zu retten ist doch nicht ›nichts‹.«

Sie lehnte sich zurück und schaute wieder in den Himmel. »Kann man auf den Südinseln so viele Sterne sehen?«

»Ich ... keine Ahnung. Vermutlich. Ich glaube, das liegt hauptsächlich daran, wie viele Wolken es gibt und wie viel Licht. Das erschwert es uns, die Sterne zu sehen.«

Die Antwort schien sie zufriedenzustellen. »Wenn man sich also nicht in einer großen Stadt aufhält und es nicht so bewölkt ist, sollte man auch auf einer Insel viele Sterne sehen können, richtig?«

»Aline, worum geht es hier?«

»Denkst du manchmal an Ethalia?«

Das erwischte mich unvorbereitet. Natürlich dachte ich noch immer jeden Tag an Ethalia. So lange war es noch nicht her, dass sie meine Verletzungen geheilt und den letzten kleinen Teil meiner Seele gerettet hatte. »Ich denke an sie, ja.«

»An diesem Morgen, als du in ihrem Zimmer warst – als sie mich nach unten schickte. Ich bin nicht runtergegangen. Ich blieb an der Tür und hörte, was sie dir sagte.«

Einen Augenblick lang befand ich mich wieder in dem kleinen Zimmer, und da war der Duft sauberer Laken und eines einfachen Mahls, von frischen Blumen und vor allem von ihr. *Hältst du es denn für völlig unmöglich, dass du glücklich sein sollst, dass ich glücklich sein soll und dass unser Glück ein gemeinsames sein könnte?*

Ich war eine Nacht mit Ethalia zusammen gewesen und hatte mich in dieser kurzen Zeit zum zweiten Mal in meinem Leben verliebt. Minuten nachdem sie diese Worte gesagt hatte, hatte ich sie dort allein zurückgelassen. Weinend.

»Warum sagst du mir das, Aline?«

»Glaubst du, sie würde uns noch immer auf diese Insel

bringen, die sie erwähnte? Sie hat doch gesagt, dass ich auch kommen könnte, richtig?«

»Ich ... ich bin mir sicher, dass du eines Tages, wenn du keine Lust mehr hast, Königin zu sein, ich meine, du könntest ...« Ich klang wie ein Narr, also hielt ich den Mund.

»Nein. Ich meine jetzt sofort. Wenn wir jetzt dorthin reisen, natürlich nicht nach Rijou hinein, wir müssten ihr eine Botschaft zukommen lassen, aber wenn uns das gelänge, glaubst du, sie würde uns noch immer zu dieser Insel bringen?«

»Aline. Du bist die Tochter von König Paelis. Du wirst die Königin sein.«

Sie schüttelte den Kopf. Aber sie weinte nicht. Als hätte sie diese Unterhaltung immer wieder im Kopf durchgespielt und wäre auf jeden Einwand vorbereitet. »Ich muss nicht die Königin sein. Niemand kann mich dazu zwingen, die Königin zu sein.«

»Ich will auch nicht immer ein Greatcoat sein, aber ich bin es trotzdem. Wo wärst du, wenn ich das an den Nagel hängen würde?«

»Tot«, sagte sie nüchtern. »Ich wäre tot. Als Shiballes Männer versuchten, mich umzubringen, oder die Straßenbande auf uns losging. Oder als Laetha und Radger mich verrieten, oder als die Dashini kamen. Oder heute.«

Ich kam mir wie ein Narr vor. Ich hatte vergessen, wie jung sie doch war, dass sie als Kind bereits so viel Tod gesehen hatte wie jeder Soldat. »Und ich habe dich immer beschützt, nicht wahr?«

»Ja, das hast du. Du hast Shiballes Männer getötet und diese falschen Greatcoats und die Dashini. Und heute hast du noch mehr Männer für mich getötet. Wie viele Menschen wirst du für mich töten, Falcio?«

Ich nahm ihre Hand. »Ich töte so viele, wie nötig sind. Ich töte sie, bis keiner mehr kommt.«

Sie zog die Hand weg und sprang auf. »Du verstehst gar nichts! Ich will nicht, dass du für mich tötest. Ich will nicht, dass Valiana ihr Leben gibt, um mich zu beschützen. Ich wollte nicht, dass uns die Dorfbewohner verraten und deswegen sterben mussten! Ich bin erst dreizehn, Falcio, und ich habe bereits den Tod von mehr Menschen verursacht, als ich zählen kann. Ich will das alles nicht!«

Ich erhob mich. »Wir bekommen nicht immer, was wir ...«

»Nein! Das ist nicht das Gleiche. Ich will keine Königin sein. Und du bist auch kein Greatcoat, weil du es sein musst. Du bist ein Greatcoat, weil du nicht weißt, wie du etwas anderes sein sollst.« Sie drehte sich um und lief weg.

Natürlich hatte sie recht. Es war nicht gerecht. Sie hätte etwas Besseres verdient, hätte verdient, ein Kind sein zu dürfen und zu lachen und zu weinen, wütend zu werden und in die Dunkelheit zu laufen, um zu schmollen. Aber die Welt hatte sie bis jetzt nicht gerecht behandelt, und sie schien das auch nicht ändern zu wollen. Ich konnte sie nicht allein loslaufen lassen, also holte ich sie ein, bevor sie den Weg den Hügel hinunter erreichte.

»Lass mich allein!«, brüllte sie.

»Halt«, sagte ich und nahm ihren Arm. »Bleib stehen und sag mir, was du willst. Willst du, dass ich dich hier wegbringe? Dich nach Süden bringe, um zu sehen, ob Ethalia uns noch haben will?« Alines Arm zitterte. Nein, das war gar nicht sie. Ich war das. Es war der Gedanke an das, was möglicherweise alles passieren könnte, wenn sie mir befahl, sie fortzubringen. *O ihr Götter, sag Ja, und mit diesem Ja befreist du mich von den Fesseln, die mich an deinen Vater binden. Mir hast du keine Instruktionen gegeben, mein König. Du hast nur gesagt, ich soll sie finden, das habe ich. Wenn sie mich bittet, sie fortzubringen, dann werde ich das tun, und zu allen Höllen mit den Plänen, die du geschmiedet hast, ohne sie mir jemals mitzuteilen.*

Aber sie sagte nicht Ja. Mir kam es so vor, als wüsste sie genau, dass ich sie auf der Stelle nach Süden bringen würde, sobald sie fragte. Also sagte sie stattdessen: »Ich will keine

Angst mehr haben.« Sie wusste nicht, dass das das Mutigste war, was sie in diesem Augenblick hätte sagen können.
»Das ist nicht das Gleiche. Ich bin mir nicht einmal sicher, ob so etwas überhaupt möglich ist.«
Sie fing an zu weinen. »Warum muss ich denn die Königin sein?«
»Das musst du nicht«, erwiderte ich. »Das Land kann auch so weitermachen. Die Herzöge können so weitermachen, wie sie es immer schon tun. Trin kann den Thron besteigen.«
»Mattea ... die Schneiderin hat gesagt, es gäbe noch andere.« Sie klang völlig frustriert. »Warum hast du keinen von ihnen gefunden?«
»Ich weiß es nicht. Ich wusste nicht einmal, dass es sie gibt. Oder dich. Aber ich glaube nicht, dass noch welche von ihnen leben. Patriana hat sie zur Strecke gebracht.« Ich dachte einen Augenblick lang darüber nach. Patriana hatte Aline in ihren Klauen gehabt, sie geschlagen und gefoltert. Trotzdem hatte sie sie nicht umgebracht, sondern dazu benutzt, um mich zu quälen. Sie hatte mich immer wieder gefragt, wo die anderen waren. Damals war ich davon ausgegangen, dass sie die anderen Greatcoats meinte, aber jetzt erschien es wahrscheinlicher, dass sie die anderen Erben gesucht hatte, die Charoite, wie der König sie rätselhafterweise bezeichnet hatte. Was, wenn es noch andere überlebende Erben gab?
»Aline, wenn es noch andere geben würde, würdest du sie deine Stelle einnehmen lassen wollen?«
»Ich ...« Sie stand einfach da, während ihr langsam Tränen über die Wangen liefen. Ich wollte sie in den Arm nehmen, aber ich wusste, dass sie nicht angefasst werden wollte. Also blieben wir einfach dort stehen, bis sie schließlich zu mir hochschaute. »Sie würden sich mit den gleichen Dingen auseinandersetzen müssen wie ich, oder?«
Ich nickte. Ich wollte nichts sagen, denn ich konnte sehen, dass ihr Herz eine Entscheidung getroffen hatte, und jetzt holte ihr Verstand es ein.

»Und für sie wäre es noch schlimmer, nicht wahr? Denn sie würden nicht das erlebt haben, was ich erlebt habe. Es würde alles auf einmal über sie hereinstürzen.«
»Das stimmt vermutlich.«
»Dann muss ich die Königin sein, nicht wahr? Wenn ich es nicht mache, wird es auf jemand anderen zurückfallen, und für den könnte es noch schwerer sein. Sie würden viel tapferer sein müssen als ich.«
Mit stockender Stimme sagte ich: »Ich glaube nicht, dass es jemanden gibt, der tapferer ist als du, mein Liebling.«
Sie legte die Arme um sich. »Wir können nicht immer derjenige werden, der wir werden wollen, oder?«
Ich brauchte eine Minute, bevor ich sprechen konnte. Bis zu diesem Moment war mir gar nicht bewusst gewesen, wie sehr ich mir gewünscht hatte, sie würde auf ihr Geburtsrecht verzichten, mir befehlen, sie fortzubringen. Mir war nie bewusst gewesen, wie sehr ich mich danach gesehnt hatte, zu Ethalia zurückzukehren und ein normales Leben zu führen. Ohne die Last, den verblassenden Traum eines toten Königs weiterzuführen. Ich musste an den Tag denken, an dem ich König Paelis das erste Mal begegnet war, und an den idealistischen Wahnsinn, der dem gefolgt war. Ich dachte an Kest und Brasti und all die anderen. Jeder von ihnen hatte seine eigene Geschichte, jeder von ihnen hatte die gleiche Entscheidung getroffen. »Ich glaube … ich glaube, wir werden zu dem, wozu die Welt uns braucht.«
Aline schniefte noch einmal, als wollte sie die Tränen zurücknehmen, die sie vergossen hatte. »Dann muss das reichen. Dann werde ich die Königin sein, Falcio. Falls das die Dinge besser macht. Falls das die Welt von mir will.«
Eine Weile standen wir noch da, bevor sie meine Hand nahm und wir wieder hinunter ins Dorf gingen.
In diesem Augenblick hätte ich der Nacht und dem, was uns auch immer am nächsten Tag erwartete, einen Schwur leisten sollen. Ich hätte versprechen sollen, immer für Aline

da zu sein und sie immer zu beschützen. Ich hätte allen Göttern und Heiligen einen Eid leisten sollen. Aber ich tat es nicht. Aline war ein kluges und ernsthaftes Mädchen, und es gefiel ihr nicht, wenn Leute Eide leisteten, die sie nicht halten konnten.

Am nächsten Tag erwachte ich wie schon an den meisten Tagen zuvor, zu keiner Bewegung fähig und stumm. Das erste Mal hatte es nur ein paar angsteinflößende Sekunden gedauert. Als ich jetzt versuchte, die Minuten zu zählen, fühlte sich die Lähmung fast schon natürlich an.

Jemand war im Raum. Mein Besucher atmete langsam und leise, und alle paar Minuten gab es ein Stöhnen aus Schmerz oder Furcht, das seinen Schlaf nicht ganz durchbrach. *Valiana*, dachte ich. Erst vor wenigen Stunden hatte sie beinahe ihr Leben verloren, und doch war sie hier und passte auf mich auf. Vermutlich hatte die Schneiderin sie gezwungen, sich von Alines Hütte fernzuhalten, und sie hatte sich entschieden, stattdessen auf mich aufzupassen. Wie sehr unterschied sie sich doch von der hochmütigen Adligen, die ich vor wenigen Monaten kennengelernt hatte, die von allen in ihrer Umgebung bedient und dazu erzogen worden war, das Land zu beherrschen. Wie musste das sein, wenn man sich für eine Prinzessin hielt, nur um dann zu entdecken, dass man das Kind einer unbekannten Bäuerin ohne Titel, Familie oder Name war? Ich wünschte, ich hätte die Augen öffnen und sie sehen können. Ich wünschte, ich könnte überhaupt etwas sehen.

Jahre zuvor war ich einem Blinden begegnet, der an der Handelsstraße Obst verkaufte. Er wurde von einer sehr alten Frau geführt, die ich für seine Ehefrau hielt. Ich hatte ihn gefragt, wie es war, nichts mehr sehen zu können. *Schließ deine Augen*, hatte er erwidert. *Denk an eine schöne Frau. Das sehe ich jede Minute eines jeden Tages.* Seine Frau hatte ihn liebevoll angesehen. Er hatte mir gesagt, die Welt sei der schönste

Ort, den man sich nur vorstellen konnte, solange die Vorstellungskraft von Liebe angetrieben wurde. Ich hatte ihm sagen wollen, dass ich, wenn ich die Augen schloss, ebenfalls meine Frau sah und der Anblick mich mit Qualen, Trauer und einem Zorn erfüllte, den ich nie kontrollieren konnte. Aber ich hatte die Befürchtung gehabt, dass ihm das seine Aussicht kaputt machen würde, also hielt mich sein zahnlückiges Grinsen davon ab.

Jetzt, Jahre später, konnte ich mich nicht mehr an das Gesicht meiner Frau erinnern. Jedenfalls nicht richtig. Ich könnte sie Euch beschreiben, werter Leser, ihr Haar, ihre Haut, das schiefe Lächeln, wenn sie sich über irgendeine Dummheit lustig machte, die ich gesagt hatte. Dieses Lächeln. Es versprach Lachen und Küsse und mehr. Ich könnte Euch jede Einzelheit beschreiben, weil ich mich dazu gezwungen hatte, sie nie zu vergessen. Aber das wären nur Worte. Wir waren arm gewesen. Es hatte keine Bilder oder Zeichnungen von ihr gegeben. Ihr Anblick war für mich für alle Zeiten verloren, und es gab nur eine Möglichkeit, ihn zurückzubekommen.

Eine grobe Hand packte meinen Kiefer, die Hitze von jemandes Atem ließ mich eine unbehagliche Wärme auf dem Gesicht spüren. Ich hörte, wie sich Valiana auf ihrem Stuhl bewegte. »Halt!«

Ich spürte das erste Kribbeln in meinen Fingerspitzen. Ich vermochte nicht mit Gewissheit zu sagen, wie lange ich dieses Mal gelähmt gewesen war, aber es fühlte sich länger als noch am Vortag an. Meine Augen öffneten sich blinzelnd. Falls es je ein Gesicht gegeben hatte, das ich in genau diesem Augenblick nicht hatte sehen wollen, dann war es das der Schneiderin.

»Aufwachen, Erster Kantor«, sagte sie in einer Mischung aus Sarkasmus und Eile. »Zeit, aufzustehen und den Tag zu begrüßen.«

Valiana trat in mein Blickfeld, als sie versuchte, die Schnei-

derin dort wegzuziehen, und scheiterte.»Es sind noch Stunden bis zu unserem Aufbruch, den du festgesetzt hast.«
»Das war davor«, erwiderte die Schneiderin.
»Vor was?«, fragte ich, und das wattige Gefühl in meiner Zunge ließ mich die Worte lallen.
Die Schneiderin sah mich an, und erst dann erkannte ich, wie zornig ihr Blick war.»Bevor uns der Herzog von Pulnam verraten hat.«
Vor der Hütte trafen die anderen Greatcoats Vorbereitungen zum Aufbruch. Pferde zogen Tragen mit toten Rittern, und einige der bei dem Kampf beschädigten Häuser wurden hastig repariert.
»Es bringt nichts, den Dorfbewohnern kaputte Häuser und einen Haufen toter Ritter zum Begraben zurückzulassen«, sagte die Schneiderin und ging etwas zu schnell für meinen derzeitigen Zustand auf das andere Ende des Dorfes zu.»Wir bringen sie weg und schichten sie zu einem hübschen Haufen für Trin und diesen Bastard Erris, den Herzog von Pulnam, auf.«
»Ich verstehe nicht«, sagte ich.»Warum hat er uns verraten? Du hast doch behauptet, dass unsere Angriffe Wirkung zeigen.«
Sie lachte hämisch.»Sie zeigten zu viel Wirkung. Trin hat ihm einen Waffenstillstand angeboten. Sie nimmt ihm das Herzogtum nicht weg, dafür gewährt er ihren Truppen den Durchmarsch durch das südliche Pulnam, damit sie die Verteidigung des Herzogtums Domaris umgehen können. Außerdem bezahlt er für die Passage ihrer Truppen.«
»Er bezahlt? Wofür?«
»Schutz. Anscheinend stiften hier Greatcoats Unruhe.«
Als wir das Dorfende erreichten, sah ich Kest und Brasti, die ihre Pferde bereit machten.»Endlich«, sagte Brasti.»Falcio, würdest du ihr bitte sagen, sie soll aufhören, uns herumzukommandieren, ohne uns den Grund dafür zu sagen?«

»Was wird das?«, fragte ich die Schneiderin.
»Ihr geht nach Süden.«
»Wohin?«
»Aramor. Wo alles begann.«
»Bei allen Heiligen!« Brasti verdrehte die Augen. »Du weißt schon, dass man uns in Aramor wegen Mordes sucht?«
»Trin hat Lord Tremondi ermordet«, sagte Kest. »Das wird Herzog Isault mittlerweile sicherlich wissen.«
»Das spielt keine Rolle«, behauptete die Schneiderin.
»Warum nicht?«, fragte Brasti. »Weil wir drei entbehrlich sind?«
»Weil uns keine verdammte Wahl bleibt, du Narr. Herzog Isault hat Geld und Soldaten. Wir brauchen beides, und wir brauchen es jetzt.« Die Schneiderin hob einen Stock vom Boden auf und fing an, Linien in die Erde zu malen. »Trin wird von hier aus nach Süden ziehen«, sagte sie. »Ins Herzogtum Domaris mit seinen endlosen Wäldern. Hadiermo, der viel gepriesene Eiserne Herzog von Domaris, ist ein Idiot, aber er wird gegen sie kämpfen. Er weiß genau, dass Herzog Perault, Trins Liebhaber, seine Grenzen verschieben will. Wenn Domaris fällt, nimmt sich Perault die eine Hälfte und Trin die andere, und Herzog Hadiermo steht dann im Nachthemd in der Kälte.«

»Wie lange kann er den vereinten Streitkräften Trins und Peraults standhalten?«, wollte ich wissen.

»Ein paar Wochen. Vielleicht einen Monat.«

Kest, Brasti und ich sahen uns an, als uns die Größenordnung der Ereignisse bewusst wurde. Hervor, Orison, Pulnam und schließlich Domaris. Alle vier nördlichen Herzogtümer. Trin würde sie alle mit einer Armee halten, die den Süden erobern würde, falls er sich nicht vereint gegen sie stellte. Was aber niemals passieren würde – nicht ohne einen König oder eine Königin, die ihn anführte.

»Ah«, sagte die Schneiderin. »Anscheinend dringt das Licht irgendwann sogar in die dunkelsten Orte vor.«

»Warum sollte sich Isault, der Herzog von Aramor, auf Alines Seite schlagen?«, fragte Kest.

»Aramor hatte stets ein ganz besonderes Verhältnis zu den Königen von Tristia«, erwiderte die Schneiderin. »Isault hat meinen Sohn nicht geliebt, aber er hat ihn auch nicht so wie die anderen gehasst. Und er ist ein Opportunist. Er weiß, dass er von uns einen besseren Handel als von Trin bekommt.«

Ich war noch immer nicht überzeugt. Isaults »besonderes Verhältnis« hatte König Paelis nicht viel geholfen, als er und die anderen Herzöge kamen, um seinen Kopf zu fordern.

»Einmal angenommen, wir können Isault auf unsere Seite ziehen«, sagte ich.

»Ihr *werdet* ihn auf unsere Seite ziehen«, sagte die Schneiderin. »Damit das klar ist – wenn er sich mit Trin verbündet, ist es vorbei, und die Welt wird nicht groß genug sein, um uns verstecken zu können. Ihr werdet dort hinreisen und sein Ego streicheln und ihm versprechen, was immer nötig ist, um seine Unterstützung zu gewinnen.«

»Schön. Ich gewinne ihn für uns. Und dann?«

Sie tippte mit ihrem Stock auf jedes der Herzogtümer im Staub. »Von Aramor aus sichert ihr uns die Unterstützung der Herzöge von Luth und dann Pertine. Das Herzogtum Baern wird sich hinter sie stellen.«

»Trin wird den Norden haben und wir den Süden.«

Die Schneiderin schenkte mir ein grimmiges Lächeln und stieß den Stock mitten in das Herz des Landes. »Und die letzte Schlacht wird in Rijou ausgetragen, wo dein alter Freund Herzog Jillard über das Schicksal der Welt entscheidet. Bist du noch immer stolz darauf, dass du ihn nicht getötet hast, als du dazu die Gelegenheit hattest?«

»Er schwor, Alines Anspruch zu unterstützen«, erwiderte ich. »Außerdem gibt es selbst in Kriegszeiten Gesetze, die man befolgen muss.«

»Aye. Aber das erste Gesetz scheinst du nicht zu kennen.

Der Sieger macht die Gesetze.« Mit dem Fuß verwischte sie die Zeichnung. »Ich führe die Greatcoats nach Domaris, wo wir unser Bestes tun werden, um Trin zu behindern. Wenn sie unsere Überfälle bis jetzt für lästig hielt, wird sie erstaunt sein, wie viel Schaden wir anrichten können, sobald ihre Soldaten durch hundertfünfzig Meilen Wald marschieren müssen.«

»Was ist mit Aline?«, fragte ich. »Du wirst sie doch wohl nicht weiterhin auf solche Schlachtfelder mitnehmen?«

»Hast du eine bessere Lösung?«

»Wir nehmen sie mit uns. Wir schaffen sie so schnell wie möglich von Pulnam und Domaris weg in den Süden, wo wir einen sicheren Ort für sie finden, bis das alles vorbei ist.«

Die Schneiderin lächelte. »Perfekt. Mir gefällt, wie du denkst, Falcio.«

Ich suchte in der Miene der alten Frau nach Anzeichen von Spott. Ich konnte einfach nicht glauben, dass sie sich mit einem Plan einverstanden erklärte, den ich in zehn Sekunden geschmiedet hatte. »Ist das dein Ernst? Du lässt sie mich mitnehmen?«

Sie schüttelte den Kopf. »Natürlich nicht, du Narr. Aber ich verlasse mich auf die Tatsache, dass du nicht der Einzige bist, nach dessen Ansicht der Platz einer Frau versteckt hinter den Männern ist.«

Ich wollte protestieren, aber sie hielt die Hand hoch. »Jetzt fang nur nicht mit den vielen weiblichen Greatcoats an, die du rekrutiert hast. Wäre Aline ein Mann, würdest du behaupten, sie müsse der Welt zeigen, dass sie tapfer genug ist, um sie zu führen.«

Auf der langen Liste von Dingen, die ich an der Schneiderin hasste, stand an zweiter Stelle die arrogante Weise, mit der sie glaubte, jeden meiner Fehler erkennen zu können. An erster Stelle stand, dass sie vermutlich damit recht hatte.

»Wenn meine Instinkte so mies sind ...«

»Weil auch Trin wie ein Mann denkt. Sie wird glauben, dass wir Aline nach Süden schicken, und sie wird davon überzeugt sein, dass du sie begleitest. Du bist wirklich ziemlich vorhersehbar, Falcio.«

Brasti schnaubte. »Ihre Spione werden nicht lange brauchen, bis ihnen klar ist, dass Aline nicht bei uns ist. Was sollen wir tun, Kest im Kleid umherstolzieren lassen?«

»Darum reist ihr ja auch nicht allein«, sagte die Schneiderin. Sie zeigte auf eines der Pferde, und Dariana trat hinter einem der Pfosten hervor. Sie trug einen Greatcoat. »Da bist du ja, Dari.«

»Ich habe dich doch gewarnt, mich so zu nennen.«

»Drohe mir noch öfter, dann komme ich vielleicht auf die Idee, dass mir das nicht egal ist.« Die Schneiderin wandte sich an mich. »Sie begleitet euch.«

»Scheint was klein zu sein, um kämpfen zu können«, meinte Brasti und musterte sie von Kopf bis Fuß. »Oder sonst etwas zu tun.«

Dariana hatte nur einen flüchtigen Blick für Brasti übrig, bevor sie verächtlich schnaubte, dann starrte sie Kest abschätzend an. »Du bist also der Heilige der Schwerter?« Sie ließ den Blick von seinem Gesicht zu seinen Händen und dann zu seinen Füßen gleiten und wieder zurück. »Es fällt mir schwer, beeindruckt zu sein.«

»Vier Klingenkontakte«, sagte Kest.

»Was?«

»Du fragst dich, ob du mich besiegen könntest. Du würdest vier Klingenkontakte überstehen.«

»Nun«, erwiderte sie, lächelte unschuldig und streckte die Hand aus, um seine Brust zu berühren. »Und angenommen, ich greife dich im Schlaf an?«

»Das habe ich vorausgesetzt, als ich vier sagte. Willst du wissen, wie lange du durchhalten würdest, wenn du mich nicht überraschend angreifst?«

»Also schön«, unterbrach die Schneiderin sie. »Ihr beiden

könnt die Länge eurer Schwerter anderswo vergleichen. Es ist Zeit, dass ihr losreitet.«

»Ist es das?«, fragte ich. »Ich will mich wenigstens noch von Aline und Valiana verabschieden.«

»Aline hat sich bereits mit meinen Männern versteckt«, sagte die Schneiderin. »Du hast dich gestern Abend verabschiedet, auch wenn dir das da nicht klar war. Was Valiana betrifft, kannst du auf dem ganzen Weg nach Süden mit ihr sprechen. Da kommt sie.«

Ich sah zurück zum Dorf. Zwei der Greatcoats der Schneiderin zerrten Valiana mit sich und hoben sie schließlich an den Armen hoch, als sie sich wild wehrte.

»Halt!«, rief die Schneiderin. Zuerst glaubte ich, sie würde den Befehl ihren Männern geben, aber dann wurde ich mir bewusst, dass ich mein Rapier in der Hand hielt. »Valiana ist unverletzt«, sagte die Schneiderin.

»Das kann ich von mir nicht gerade behaupten«, sagte einer der beiden Greatcoats. Sie warfen sie vor uns in den Staub. »Die kleine Närrin hat mir einen Schnitt an der Wange beigebracht, bevor wir ihr das Schwert abnehmen konnten.«

Die Schneiderin trat vor ihn und versetzte ihm ohne Vorwarnung eine harte Ohrfeige. Sein Blick verfinsterte sich.

»Wofür war das denn? Du hast uns befohlen, sie herzubringen.«

»Die ganze geheime Ausbildung, all deine tödlichen Künste? Und eine Närrin, die kaum weiß, wie sie ihr Schwert ziehen muss, ohne sich zu schneiden, kann dir beinahe das Auge ausstechen?«

»Wenn er mich noch einmal anfasst, verliert er mehr als das«, sagte Valiana, stand auf und riss mir das Rapier aus der Hand.

Der andere Greatcoat griff nach der Waffe. Dariana legte Valiana die Hand auf den Arm. »Warte, mein hübsches Vögelchen. Wie wäre es, wenn wir dir beibringen, wie man dieses Ding benutzt, damit wir dann losziehen und ein paar Männer auf die richtige Weise umbringen können, hm?«

Die Schneiderin wandte sich wieder uns zu. »Sind wir jetzt fertig mit den Spielchen? Die Zeit verstreicht, und ich habe wichtigere Dinge zu erledigen, als mich um euren Trotz zu kümmern.«

»Ich habe mein Leben verschworen, Aline zu beschützen«, sagte Valiana. »Ich verlasse sie nicht.«

»Ja, und wenn wir alle Glück haben, wird Trin genau das denken.«

»Aber ...«

»Willst du so verzweifelt eine Heldin sein? Wie diese Narren da?« Die Schneiderin zeigte auf Kest, Brasti und mich. »Du willst in der Gewissheit sterben, dass du Aline gerettet hast, dass dein Leben am Ende mehr wert war als am Anfang? Schön. Dann tu, was ich dir sage, und begleite sie. Geh und fang diese Klinge mit deinem Bauch auf und wisse, dass du einen kleinen Beitrag zu ihrem Schutz geleistet hast. Vielleicht veranlasst Trins Hass auf dich sie dazu, Mittel zu verschwenden, um dich zu jagen. Hier bist du für sie nutzlos. Davon abgesehen, dass du denen, die die nötige Kraft und das Geschick haben, für ihre Sicherheit zu sorgen, im Weg stehst.«

Der Zorn wich aus Valianas Gesicht. Zusammen mit ihrem Stolz. Mir wurde klar, wie verzweifelt sie sich an den Schwur klammerte, den sie Aline geleistet hatte. Sie musste einfach glauben, dass sie für etwas stand, egal was, damit ihr Leben wenigstens eine Bedeutung hatte. Sie war genau wie ich vor diesen vielen Jahren, als ich dem König begegnet war. Er hatte an mich geglaubt. Er hatte dafür gesorgt, dass ich an mich selbst glaubte. König Paelis war ein Idealist und ein Romantiker gewesen, ein Träumer. Aber die Schneiderin war nichts davon. »Ich tue, was du sagst«, sagte Valiana schließlich. Sie drehte sich um und ging zu den Pferden.

Die Gefühllosigkeit in den Worten der Schneiderin, wie

sie so einfach Valianas Schmerz und Trauer abtat, die Qualen, die jeder von uns durchgemacht hatte, ließen in mir ein Feuer auflodern. Ich musste sie wissen lassen, wie sehr ich das hier hasste, ihre eiskalten, kalkulierenden Strategien, die Art und Weise, wie sie ihre Pläne schmiedete – das alles unterschied sich kaum von den Herzögen, die wir alle verabscheuten.

Die anderen sahen mich an und warteten auf meine Reaktion. Ich wollte nicht zornig und trotzig wie ein Kind sein. Ich wollte mich edel und tapfer verhalten, all das darstellen, das ich seit dem Tag, an dem mich mein König aus meinem Wahnsinn geholt hatte, versucht hatte darzustellen. Aber ich konnte es nicht. Ich hatte es einfach nicht in mir. Also sagte ich: »Du bist ein verfluchtes Miststück.«

Die Schneiderin lächelte. »Aye, das bin ich. Ich bin genau das, was die Welt von mir zu sein verlangt – was ich für meine Enkelin sein muss. Und jetzt geht und seid, was sie von euch verlangt zu sein. Bringt mir die Unterstützung der südlichen Herzöge, damit wir diesen verdammten Krieg gewinnen können, bevor das Mädchen, das wir beide zu beschützen geschworen haben, getötet wird.«

7
DIE MASKE

Die uralte Handelsstraße, die man als Der Bogen kannte, war unser Weg aus Pulnam. Lief der Handel wie zu König Paelis' Herrschaft gut, fuhren jedes Jahr Hunderte Pferdekarren und Karawanen die dreihundert Meilen seiner Länge ab. Gasthäuser und Tavernen hatten durch den Erfolg und den überschwänglichen Optimismus der Kaufleute und jenen, die in den östlichen Herzogtümern ihr Glück machen wollten, gute Geschäfte getätigt. Fünf Jahre nach dem Tod des Königs wurden die vor Jahrhunderten verarbeiteten Pflastersteine langsam unter Schichten aus Sand und Erde begraben. Wüstengräser in der Farbe verbrannter Blätter arbeiteten sich langsam von den Straßenrändern vor und bohrten sich zwischen die Steine. Mittlerweile gab es mehr Banditen als ehrliche Reisende, und selbst sie hatten Probleme, ihr Auskommen zu machen.

Während der ersten Woche ritten wir schnell, da ein sich rasch bewegendes Ziel schwerer zu treffen ist als ein langsames. Diese Annahme erwies sich als richtig, dem Heiligen Gan, der würfelt und lacht, sei Dank, sonst wäre vermutlich jeder von uns innerhalb von Stunden nach unserem Aufbruch aus dem Dorf gestorben. Bevor wir überhaupt den Bogen erreichten, stießen wir auf sechs von Trins Kundschaftern, die sich mit Armbrüsten bewaffnet in den Büschen versteckten. Wir hatten keine Wahl, als durch ihre Gasse zu reiten, wollten wir uns nicht im offenen Gelände erwischen lassen. Ich wusste, dass sie frische Pferde dabeihaben würden, und so wandten wir uns gegen sie, sobald sie ihre Armbrüste abgeschossen hatten, statt uns von ihnen verfolgen zu lassen. Kest, Brasti und Dariana kämpften gut zusammen. Kest erkannte sofort den stärksten Kämpfer der Gruppe und griff ihn an. Brasti schoss auf die Männer, die versuchten, uns an den Flanken zu umgehen, während sich Dariana einen Weg am Rand des Kampfs vorbeibahnte und Hälse durchschnitt und Bäuche aufschlitzte, bevor ihren Gegnern überhaupt klar wurde, dass sie bereits in Reichweite war. Die drei benötigten nur wenige Augenblicke, um alle sechs Kundschafter zu töten. Ich für meinen Teil verbrachte diesen und alle in den nächsten Tagen folgenden Kämpfe mit dem Versuch zu verhindern, dass Valiana den Tod fand.

»Du bleibst zurück«, sagte ich. »Du wirst nicht versuchen, jemanden anzugreifen, bevor du dazu bereit bist.«

»Wann wird das sein?«

»Irgendwann nachdem ich im hohen Alter friedlich im Bett gestorben bin.«

Während dieser ersten Woche wurden wir zwei weitere Male angegriffen, und es wurde klar, dass die List der Schneiderin erfolgreich gewesen war. Trin glaubte, dass Aline bei uns war, und ihre Kundschafter verwechselten die klein geratene Dariana tatsächlich mit der Erbin des Königs. Am Anfang bestand Darianas bevorzugte Taktik darin, zu Beginn eines jeden Angriffs scheinbar entsetzt zu fliehen und laut zu schreien, während einer von Trins Männern sie verfolgte. Nur um sich dann umzudrehen und ihm lächelnd ihre Klinge durch den Hals zu stoßen. Brasti fing an, sie »Tödliche Dari« zu nennen. Im Gegenzug drohte sie jedesmal, wenn er den Spitznamen in ihrer Hörweite benutzte, ihm den Bauch aufzuschlitzen.

Darianas unverhohlene Freude am Kampf ließ mich frösteln, aber Valianas Leichtsinn machte mir Angst. Bei einem

Kampf war dem letzten unserer Angreifer klar geworden, dass Dariana nicht Aline sein konnte, nachdem er zugesehen hatte, wie sie zwei Männer getötet hatte. Also hatte er sich auf Valiana gestürzt. Sie hätte einfach die Flucht ergreifen und ihn mir überlassen können. Stattdessen griff sie ihn ungestüm an, versperrte mir den Weg und machte mit ihrer langen, schmalen Klinge einen Ausfall, ohne die Angriffe des Mannes parieren zu wollen. Sie kämpfte wie bei einem Fechtwettkampf – wo die Klingenspitzen stumpf waren und man schlimmstenfalls einen bösen blauen Fleck davontrug.

Der Kundschafter war nicht besonders schnell, aber er hatte einen sicheren Stand und brachte sie mit einer Reihe Finten aus dem Gleichgewicht. Ich sah, wie Valiana zurückstolperte und ihre Klinge senkte. Das gab mir die benötigte Öffnung. Mit dem linken Rapier schlitzte ich den Schwertarm des Mannes auf, mit dem rechten stach ich in seine Seite. Als er zu Boden stürzte, zog ich die Klinge wieder heraus und hielt sie für den Fall bereit, dass er noch immer kampfeslustig war. Blut quoll aus der Wunde, und er verlor das Bewusstsein und fing an zu sterben.

»Ich kann meine Kämpfe selbst ausfechten«, sagte Valiana ärgerlich.

»Nicht bis du ...« Mein Blick war noch immer auf den sterbenden Kundschafter gerichtet gewesen, aber dann sah ich aus dem Augenwinkel, dass sie eine Hand auf die Brust gelegt hatte. »Bei allen Höllen«, stieß ich hervor und schob mein Rapier in die Scheide, um nach ihr zu sehen.

»Das ist kaum ein Kratzer«, sagte sie und wich vor mir zurück, bevor ich die Wunde untersuchen konnte. Da wurde mir erst klar, dass sie mit offenem Mantel gekämpft hatte.

»Du hast vergessen, deinen verdammten Mantel richtig zu schließen«, fauchte ich. »Jeden Tag übst du stundenlang mit deiner Klinge, und dann vergisst du die einzige Sache, die dir das Leben retten wird!«

Kest und Brasti wussten es besser, als sich einzumischen,

aber Dariana kam und untersuchte Valianas Verletzung. »So schlimm ist das nicht«, sagte sie. »Du bekommst eine hübsche kleine Narbe, mit der du angeben kannst.«

Ich zog ein kleines schwarzes Töpfchen aus dem Mantel und hielt es Valiana hin. »Schmier etwas von der verdammten Salbe drauf. Selbst eine oberflächliche Verletzung kann sich entzünden.«

»Du hast nur wenig davon«, erwiderte Valiana ärgerlich. »Was passiert, wenn einer von euch verletzt wird? Aline braucht euch alle lebendig.«

»Ich nehme an, sie würde es zu schätzen wissen, wenn auch du überlebst«, meinte ich.

»Was mit mir geschieht, spielt keine Rolle.«

»Ich ...« Ein Teil von mir wusste, dass ich mich um dieses Gefühl der Wertlosigkeit in ihrem Inneren hätte kümmern müssen, sie dazu hätte bringen müssen, darüber zu reden, um dann eine Möglichkeit zu finden, ihre Ansicht zu ändern. Aber ich war kein Heiler. Bei allen Höllen, meine einzige Qualifikation, über Krankheiten des Gemüts zu sprechen, bestand gerade mal darin, dass ich selbst viele Jahre wahnsinnig gewesen war. Also sagte ich stattdessen: »Wenn du es nicht selbst tun willst, dann zieh das verfluchte Hemd aus, damit ich die Salbe draufschmieren kann.«

Sie riss mir das Töpfchen aus der Hand und ging auf ein Gebüsch am Straßenrand zu. »Wenn es dir nichts ausmacht, stolziere ich nicht vor dir, Kest und Brasti ohne Hemd herum.«

Verflucht, dachte ich. *Ich hätte ihr verbieten sollen, uns zu begleiten, und zu allen Höllen mit den Befehlen der Schneiderin.*

»Sie braucht eine Ausbildung«, sagte Dariana. »Jetzt. Nicht in irgendeiner imaginären Zukunft, wenn ihr bereit seid.«

»Ich bilde sie aus«, bot Kest an und kniete nieder, um an einem anderen Busch am Straßenrand das Blut von seiner Klinge zu wischen.

Dariana lachte. »Du?«

»Er *ist* der Heilige der Schwerter«, meinte Brasti. Nicht, dass er oder ich oder auch Kest, was das anging, überhaupt wusste, was das eigentlich zu bedeuten hatte.
»Außerdem ist er doppelt so groß wie sie und vermutlich dreimal so stark«, hielt Dariana dagegen. »Was nutzen ihr da seine Methoden?« Sie begab sich zu Valiana, die gerade wieder ihren Mantel anzog. »Komm mit, mein hübsches Vögelchen, ich zeige dir, wie man einen Mann richtig tötet. Du musst deinen Gegner einschätzen und seine Schwächen finden können. Und gelegentlich musst du wissen, wann du besser die Finger davon lässt.«
Im ersten Augenblick sah Valiana verwirrt aus, als wäre sie sich nicht sicher, ob Dariana sich über sie lustig machte. Sie trug einen Mantel, den sie nicht verdient hatte, und ein Schwert, mit dem sie nicht umgehen konnte, und sie wusste, dass das auch jedem anderen klar war. Dass die mächtigste Frau der Welt sie tot sehen wollte, war auch nicht unbedingt hilfreich. »Bring mir einfach nur bei, wie man kämpft«, sagte sie. »Den Rest finde ich schon selbst heraus.«
Dariana führte sie ein paar Meter weiter in die Landschaft und ließ mich mit Kest und Brasti zurück. »Die Vorstellung, dass Dariana ihr beibringt, wie man kämpft, erfüllt mich nicht gerade mit Zuversicht«, sagte ich zu Kest.
»Glaubst du, sie wird sie verletzen?«
»Ich glaube nicht. Dariana weiß zweifellos, wie man kämpft. Aber sie ist im Kampf so verdammt eifrig. Ich weiß nicht, wie ich das nennen soll. Es ist, als wäre sie ...«
»Völlig verrückt?«, schlug Brasti vor.
»So etwas in der Art.«
»Nun, wenn du dich dann besser fühlst, Valiana wird von ihr mehr lernen als von ihrem letzten Lehrer. Zu diesem Mann hat sie aufgesehen, als wäre er ein Heiliger, und doch hat er sie völlig ignoriert.«
»Wer war das denn?«
Brasti schlug mir auf die Schulter. »Na, du.«

Der nächste Tag war der zehnte, seit wir die Schneiderin und ihre Greatcoats verlassen hatten. Der Morgen und der frühe Nachmittag vergingen ohne Zwischenfall, und ich hatte die leise Hoffnung, dass wir den letzten von Trins Kundschaftern entkommen waren. Je weiter wir nach Süden vordrangen, umso mehr Seitenstraßen und Reitpfade anliegender Dörfer gab es, die uns zusehends mehr Gelegenheiten boten, die Handelsstraße zu verlassen und trotzdem weiter nach Aramor zu reiten.

Ich hatte nach einer passenden Stelle gesucht, um den Bogen zu verlassen und ein Lager aufzuschlagen, als ich ein Mädchen in einem hellgelben Kleid weinend am Straßenrand entdeckte. Sie kniete etwa hundert Meter vor uns am Boden, das Gesicht in den Händen verborgen. Hinter ihr erhob sich ein kleines, aus Steinen und Holz erbautes Haus, das von einem Steinkreis umgeben wurde. Ich hielt es für eine alte Kirche. Ich bedeutete den anderen anzuhalten.

»Siehst du außer dem Mädchen noch jemanden?«, fragte ich Brasti.

Er kniff die Augen zusammen und spähte in die Ferne. »Niemanden.«

»Wie alt ist sie, was meinst du?«

»Ich würde sagen, sie ist fünf Fuß groß. Vielleicht zwölf oder dreizehn?« Er warf Dariana einen Blick zu. »Es sei denn, sie ist unterentwickelt.«

Dariana blieb stumm, die Aufmerksamkeit auf die Straße vor uns konzentriert.

»Irgendwelche Anzeichen für eine Falle?«, fragte ich.

»Nicht, dass ich sehen könnte«, meinte Brasti. »Es gibt keine Spuren von Hufen oder Fußabdrücken, die am Straßenrand zu den Bäumen führen. Natürlich hätte sie sie verwischen können, aber dann würde es Hinweise geben. Die Wände dieser alten Kirche weisen ziemlich viele Lücken auf. Würden sich dort mehr als ein paar Männer aufhalten, würde ich sie sehen.«

Kest schaute in die Richtung, aus der wir gekommen waren. »Es ist auch nichts davon zu hören, dass jemand von hinten kommt.«

»Keinerlei Anzeichen einer Gefahr«, sagte Brasti.

Ich lockerte beide Rapiere. »Also ist es definitiv eine Falle.«

»Oh, mit Sicherheit«, sagte Brasti und bedeutete mir, den Anfang zu machen. »Ich nehme an, du willst direkt hineintappen.«

»Ich begleite dich«, sagte Valiana.

»Nein. Du bleibst hier. Brasti, gib Valiana deinen Köcher.« Er schnallte ihn los und reichte ihn ihr. »Deine Aufgabe besteht darin, ihm so schnell Pfeile zu reichen, wie er sie abschießt. Das klingt einfach, aber du darfst nicht ins Stocken geraten. Falls sich in der Nähe eine Horde von Trins Männern aufhält, muss er so viele wie möglich für mich ausschalten.«

»Was ist mit mir?«, fragte Dariana.

»Du bleibst auch hier.«

»Um was zu tun?«

»Versuche hilflos auszusehen. Angeblich bist du Aline. Wenn es eine Falle ist, will ich nicht das Risiko eingehen, dass jemand herausfindet, dass sie gar nicht bei uns ist.«

»Das Mädchen hat uns gesehen«, sagte Kest und deutete mit dem Kopf in seine Richtung.

Ich betrachtete die Kleine. Sie hatte dunkles, braunes Haar, das ungekämmt aussah. Sie war zu weit weg, um ihre Züge oder ihren Gesichtsausdruck erkennen zu können, aber da sie sich uns jetzt zugewandt hatte, konnte ich einen dicken, ovalen Holzrahmen ausmachen, der von ihrem Kopf bis zu ihrem Kinn reichte.

»Was trägt sie da?«, fragte ich.

»Keine Ahnung«, meinte Brasti. »Sieht irgendwie wie der Rahmen eines ovalen Spiegels aus. Nicht gerade schmeichelnd, aber vielleicht arbeitet sie ja für den örtlichen Priester, und das ist das Neueste in priesterlichen Trachten.«

Das Mädchen hielt die Hand hoch und winkte mir zu. Als ich nicht zurückwinkte, drehte sie sich um und lief in das kleine Steingebäude.

»Sie könnte dort eine Armbrust oder sogar eine Pistole haben«, warnte Kest.

»Oder sie ist ein unschuldiges Mädchen, das angegriffen wurde und jetzt Angst um sein Leben hat.«

Dariana schnaubte. »Ist das dein Ernst?«

»Nein. Ich bin mir ziemlich sicher, dass es eine Falle ist.«

»Warum dann in sie hineinlaufen?«

»Damit ich herausfinden kann ...«

»Weil er das nun einmal so macht«, unterbrach Brasti sie. »Er fragt sich in jeder Situation, was das Dümmste wäre, das er jetzt tun könnte, und dann tut er es.«

»Gehen wir«, sagte ich zu Kest.

Er zog sein Kriegsschwert und folgte mir. Ich ließ die Rapiere in ihren Scheiden stecken und zog ein Wurfmesser aus meinem Mantel. Mit dem Bogen bin ich schrecklich, aber gelegentlich habe ich mit dem Wurfmesser Glück. Und falls das Mädchen irgendwie an eine Pistole gekommen war, wollte ich etwas haben, das die Distanz zwischen uns überbrücken konnte, bevor es schoss.

Als wir uns dem Eingang der kleinen Kirche näherten, legte Kest eine Hand auf meine Schulter. »Etwas stimmt nicht.«

»Was?«

»Ich weiß es nicht.« Seine Stirn war schweißüberströmt.

»Dann ...«

»Ich kann nicht näher heran«, sagte er.

Er hatte die Augen weit aufgerissen, und er biss die Zähne zusammen, als versuchte er mühsam zu schlucken. In meinem ganzen Leben hatte ich Kest noch nie Angst um sich selbst zeigen sehen. »Was ist los mit dir?«

»Ich weiß es nicht. Ich ... ich kann da nicht rein.«

Erneut betrachtete ich das kleine Steingebäude. An der

kleinen Kirche war nichts Besonderes – von dieser Art fand man Dutzende am Bogen. Als ich einen Blick auf den Boden warf, erkannte ich, dass der breite Steinring darum größtenteils noch intakt war. »Das ist nur eine heruntergekommene Gebetsstätte für irgendeinen Heiligen«, sagte ich. »Du wirst mir doch jetzt nicht religiös werden.«
»Ich ... ich scheine ...« Er versuchte einen weiteren Schritt darauf zu zu machen, und sein Bein zitterte dabei. Mit einer gewaltigen Anstrengung setzte er den Fuß schließlich auf den Boden auf, aber dann senkte er den Kopf und sackte auf die Knie.
»Kest, steh auf«, sagte ich.
»Ich kann nicht.«
»Er sagt die Wahrheit«, rief eine Frauenstimme aus der Kirche.
Das Mädchen im gelben Kleid stand im Eingang. Genau wie Brasti geschätzt hatte, war sie vielleicht fünf Fuß groß, und ihr unterernährter Körper war der eines Mädchens nicht älter als dreizehn Jahre. Aber ihr Gesicht war Jahre älter, es war das einer erwachsenen jungen Frau. Große dunkle Augen blickten mich unter dichten Wimpern an. Ihre Nase war gerade und zierlich, ihre Wangen gemeißelt wie eine Statue der Göttin Liebe. Die Haut ihres Gesichts wies einen goldenen Schimmer auf, der nicht zu den blassen Armen und Beinen des Mädchenkörpers passte. Volle rote Lippen schmückten einen Mund, der etwas zu breit und doch irgendwie perfekt war. Ihr Gesicht hatte die Art von Sinnlichkeit, von der Troubadoure sangen.
Trin.
Ich hatte bereits den Arm nach hinten genommen, um ihr das Messer in den Hals zu schleudern, als Kest meinen Knöchel packte. »Nein, Falcio. Sie kann es nicht sein. Trin ist so groß wie Valiana. Das ist jemand anders.«
»Mein Name ist Cantissa«, sagte das Mädchen mit zitternder Stimme. Ihre Hände waren gefaltet, als würde sie

uns um Gnade bitten.»Ich lebe bei meinen Eltern in dem Dorf in der Nähe.«

»Schluss mit dem Unsinn«, sagte ich. »Ich habe schon bessere Schauspieler Einakter für einen Pfennig in den Gassen hinter einem Bordell aufführen sehen.« Das Mädchen war jetzt nahe genug herangekommen, dass ich den seltsamen ovalen Rahmen aus dunklem Holz um ihren Kopf besser sehen konnte. Dicke Eisenschrauben mit Holzflügeln hielten die Apparatur an Ort und Stelle fest. Der Effekt war beunruhigend und obszön – weder Spiegel noch Maske. Aber dieses Ding – was auch immer es war – verlieh dem Mädchen Trins Gesicht. *Magie,* dachte ich. *Bei allen Heiligen, wie ich Magie hasse!*

Einen Augenblick lang bebten die Lippen des Mädchens, als hätte ich ihre Gefühle verletzt, dann verzogen sie sich zu einem breiten Lächeln. »Ach, mein schöner Lumpenmantel, dich konnte ich noch nie täuschen, nicht wahr? Außer damals, als ich Lord Tremondi vor deinen Augen tötete. Ach ja, und diese vielen Wochen, die wir zusammen auf der Straße verbrachten und ich die Rolle der Zofe spielte. Wo ist übrigens Valiana? Habe ich sie zusammen mit dir bei den Pferden gesehen? Ich würde sie zu gern wiedersehen.«

»Ich würde sie ja holen, aber ich fürchte, sie würde dich umbringen, bevor ihr klar wird, dass du gar nicht in Wirklichkeit hier bist.«

»Hat sie sich endlich ein Rückgrat zugelegt? Zu meiner Zeit konnte sie sich ohne meine Hilfe nicht einmal allein kämmen. Hast du sie eigentlich schon ins Bett bekommen? Als ich sie verließ, war sie noch Jungfrau. Für eine so attraktive junge Frau ist das ein schrecklicher Zustand.«

»Wirklich? Dein Onkel, Herzog Perault, hat dieses besondere Problem ja schon vor einiger Zeit für dich gelöst, wenn ich richtig informiert bin.«

»Nicht eifersüchtig sein, Falcio. Du darfst nicht vergessen, dass ich mich dir zuerst angeboten habe.« Ihre Hände fingen an zu zittern, als würde das Mädchen versuchen, Widerstand zu leisten, aber nach einem Moment entspannten sie sich und griffen nach ihrem Hals. Trin strich mit ihnen langsam nach unten über ihre Brust. »Würdest du mich mit diesem Körper vielleicht anziehender finden? Schließlich ist sie ja ungefähr in Alines Alter.« Sie steckte den Kopf aus der Tür und blickte zur Straße herüber. »Ist sie das da hinten? Diese Straßen scheinen ein schrecklich gefährlicher Ort für ein junges Mädchen zu sein. Cantissa würde mir da zustimmen, könnte sie sprechen.«

»Cantissa kann Trost aus dem Wissen ziehen, dass du Aline niemals anrühren wirst. Sie wird den Thron besteigen und Königin werden, und du wirst für diese Welt nichts weiter als eine schlimme Erinnerung sein.«

Einen Augenblick lang zitterten die Hände des Mädchens, und da wusste ich, dass Cantissa irgendwo dort drin steckte und kämpfte. Erneut warf ich einen Blick auf die kleinen Holzflügel. Würde es den Zauber brechen, wenn ich die Schrauben entfernte? Ich machte einen zögernden Schritt auf sie zu.

»Ah, ah, ah«, sagte Trin. »Ich glaube nicht, dass du mich küssen willst, mein Lumpenmantel, also bleib da stehen, oder ich lasse Cantissa sich die Augen aus den Höhlen reißen.«

Ich hielt mich zurück. Trin beobachtete mich und runzelte dann theatralisch die Stirn. »Im Ernst? Du willst nicht einmal das Leben eines albernen kleinen Bauernmädchens riskieren? Und wenn mich ihr Tod ebenfalls umbringen würde, solange ich in ihr stecke, Falcio?«

Ich sagte nichts, sondern wartete auf Anzeichen, dass sie die Wahrheit sagte. Konnte ich es tun? Wie viele Leben konnte ich retten, wenn ich Trin auf der Stelle tötete? Würde Cantissa das verstehen? Würde sie mich sogar anflehen, es zu tun?

»Du bist wirklich kein Vergnügen, wenn du nicht in einem Kerker an einen Stuhl gefesselt bist, Falcio. Dafür müssen wir bald sorgen.«

Ich sah keinen Sinn darin, Trins Spiel mitzumachen. Welches Ziel verfolgte sie? Uns aufzuhalten? Gab sie in diesem Augenblick ihren Männern irgendwie die nötigen Befehle, wo wir steckten, damit sie endlich genug schicken konnte, um uns zu töten? »Was passiert mit Kest?«, fragte ich.

Ihr Blick glitt zu der Stelle, an der Kest noch immer kniete. »Ist das nicht offensichtlich? Er kann keine heiligen Orte betreten.« Sie beugte sich vor. »Du hättest Caveil, dessen Schwert Wasser schneidet, nicht töten dürfen«, sagte sie übertrieben laut in seine Richtung, als würde sie einem halb tauben Einfaltspinsel etwas erklären. »Das war wirklich sehr schlimm. Du hast jemanden aufgebracht, den ich sehr mag.«

»Warum sollte er keine heiligen Orte betreten können? Kest ist jetzt der Heilige der Schwerter«, sagte ich.

»Stimmt. Aber ich glaube, die Bezeichnung ›Heiliger‹ ist nicht so ganz richtig. Eigentlich sind sie eher verflucht. Der arme alte Caveil wanderte durch die Welt auf der Suche nach Gegnern, die seiner Klinge wert waren. Wie man mir erzählt hat, hätte er einmal beinahe seine eigene Frau und seinen Sohn getötet.«

»Warum sollte ein Heiliger verflucht sein?«

»Die Götter halten nicht viel von Menschen, die über ihre Stellung hinauswachsen, Falcio. Hast du das noch immer nicht begriffen? So sind die Dinge auf der Welt nun einmal – sie haben ihren Platz und ihren Zweck, und wenn man sich dem widersetzt, zahlt man einen Preis.«

Ich sah auf Kest herunter. Sein ganzer Körper schien zu zittern, während er weiterhin darum kämpfte, sich zu bewegen, aber es war, als wäre er an den Boden gekettet worden. Ich ging das Risiko ein und steckte das Wurfmesser zurück in den Mantel, dann schob ich die Hände unter seine Achselhöhlen und zerrte ihn zurück. Sobald ich ihn einen Fuß weit weg hatte, hob er die Hand. »Ich kann mich wieder bewegen«, sagte er.

»Gut. Gehen wir.«
Er zögerte kurz, blickte zurück zu dem Mädchen. »Ich mache ihr Spiel nicht mit«, sagte ich.
Trin lachte. »Alberner Kerl, wenn du nicht mit mir spielen willst, hole ich mir eben jemand anderen.« Sie legte die Hände an den Mund und rief.
Bei allen Höllen, damit hätte ich rechnen müssen. »Bleib, wo du bist«, rief ich, aber es war umsonst. Beim Klang von Trins Stimme kam Valiana zur Kirche gerannt. Als sie ihr Gesicht an dem Mädchen sah, warf sie sich auf sie, ohne die Klinge zu ziehen.
»Hör auf«, sagte ich, schnappte sie am Mantelkragen und zerrte sie zurück. »Das ist nicht Trin. Es ist ein Trick.«
»Ich wollte doch nur meine schöne Valiana wiedersehen«, sagte Trin und tat verletzt. »Und du hast es gerade nötig, von Tricks zu reden, Falcio. Gibst du nicht vor, Aline bei dir zu haben, damit ich mir die Mühe mache, all diese Männer hinter dir herzuschicken? Da ich die kleine Aline jetzt endlich gefangen genommen habe, muss ich meinen Männern befehlen, besonders streng mit ihr zu sein.«
Mein Mut sank. Hatte die Schneiderin so schnell versagt? Wenn Trin Aline in ihrer Gewalt hatte, dann waren die Schneiderin und ihre Greatcoats vermutlich tot. Andererseits, wozu dann diese Vorstellung, wenn sie doch schon gewonnen hatte?
Trin hielt die Hand ans Ohr, als würde sie nach etwas lauschen. »Kannst du das hören? Ich glaube, unsere kleine Aline ist gerade zur Frau geworden.«
Zorn drohte mich zu übermannen, aber der klügere, gesündere Teil von mir wusste, dass etwas nicht stimmte. Ich hatte nicht den geringsten Zweifel, dass Trin ihren Männern etwas Derartiges befehlen würde, aber ich wusste auch, dass sie dabei auf jeden Fall hätte zusehen wollen. *Eine List. Es ist eine List.* Zu spät begriff ich, warum sie nach Valiana gerufen hatte.

»Wagt es ja nicht, sie anzurühren!«, brüllte Valiana, als könnte ihre Stimme Trins Männer irgendwie durch den Holzrahmen erreichen. »Ihr rührt sie nicht an! Habt ihr mich verstanden? Wagt es ja nicht, sie anzurühren!«
Trin lächelte mich an. »War das wirklich so schwer?« Verwirrt sah Valiana mich an. Ich schüttelte den Kopf. »Sie hat Aline nicht. Sie wollte nur wissen, ob sie bei uns ist.«
»Ach, sei Valiana nicht böse. Ich hätte es sowieso herausgefunden. Außerdem braucht man wahrlich kein Meisterstratege zu sein, um sich denken zu können, dass euch die alte Frau losgeschickt hat, um die Unterstützung der südlichen Herzöge zu gewinnen, und einer von ihnen hätte mich irgendwann darüber informiert, dass das Mädchen nicht bei euch ist.« Trin hielt kurz inne. »Ich frage mich, welchen Herzog ihr zuerst besucht. Roset in Luth hat die meisten Soldaten. Aber Isault ist reicher. Vielleicht der alte Meillard in Pertine? Es würde schon Sinn machen, wenn du mit deiner Heimat anfängst, nicht wahr?«
»Du bist wirklich nicht so gut darin, wie du glaubst«, sagte ich.
»Das spielt eigentlich keine Rolle. Keiner von ihnen wird Greatcoats vertrauen, und wenn du schlau bist, vertraust du keinem von ihnen. Wir leben wirklich in einer sehr kalten Welt, Falcio.«
»Vielleicht macht deine Existenz sie ja kälter«, erwiderte ich. »Ein Problem, das die Schneiderin bald aus der Welt schafft, falls ihr deine eigenen Generäle nicht zuvorkommen.«
»Jetzt werde nicht gemein, mein Schatz. Ich habe mir viel Mühe machen müssen, um dich zu sehen.« Sie senkte den Blick und setzte einen koketten Gesichtsausdruck auf, als wäre sie ein junges Mädchen, das einen Jungen zum Tanz auffordern will. »Ich habe ein Geschenk für dich.«
Zum ersten Mal öffnete das Mädchen die Faust. Darin lag etwas, das wie ein kleiner, weißgelblicher Stein von der

Größe eines halben Fingernagels aussah. Sie hielt ihn mir hin.

»Ich habe ihn für dich aufpolieren lassen. Als wir ihn fanden, war er ziemlich braun und hässlich.« Ich rührte mich nicht. »Komm schon, nimm ihn. Es hat mich viel Zeit und Geld gekostet, ihn zu besorgen. Er ist von deiner Frau Aline.« Die Luft in meinen Lungen schien zu gefrieren. Trin *wusste* Bescheid. Sie wusste von Aline und dass der König seine Erbin nach ihr benannt hatte. Es war dumm von mir zu glauben, dass sie oder einer ihrer Leute nicht irgendwann auf meine Vergangenheit stoßen würden. Trotz des Risikos zog ich ein kleines schwarzes Tuch aus meinem Mantel, mit dem ich sonst meine Klingen reinigte, und nahm das winzige Ding entgegen. Ich betrachtete es näher und erkannte, dass es sich um einen Zahn handelte. *Sie hat mir einen Zahn von meiner Frau gegeben.*

»Man hat mir gesagt, dass man ihn in einer Schenke fand, wo er seit mindestens fünfzehn Jahren lag. Eigentlich wollte ich ihn an eine kleine Kette hängen, aber das erschien so altmodisch.«

Meine Hand verkrampfte sich so fest um das Tuch und den Zahn, dass ich glaubte, gleich würden entweder meine Finger brechen oder der Zahn zu Staub zermalmt werden. Kest legte die Hand auf meinen Arm. Er wusste, wie kurz ich davorstand, meine Klinge zu ziehen und Trin in den Hals zu rammen. Aber natürlich war sie in Wirklichkeit gar nicht da, und mein ganzer Zorn würde nur dazu dienen, das arme Mädchen zu töten, das sie hier benutzte.

Ganz langsam und ganz vorsichtig öffnete ich die Hand und nahm den Zahn vom Tuch. Dann drehte ich mich um und warf ihn so weit weg wie ich konnte.

Trin schnalzte mit der Zunge. »Geht man so mit einem Geschenk um? Und dann auch noch eine so seltene Kostbarkeit? Egal. Ich habe noch einen. Ich verwahre ihn für dich, damit er bereit ist, wenn der Augenblick gekommen ist.«

Ich wollte etwas erwidern, aber dann nahm etwas anderes meine Aufmerksamkeit gefangen. Die Haut auf dem Gesicht des Mädchens wurde blasser, und ihr Blick schien zu verschwimmen. Eine Träne rollte ihre Wange herunter. »Ach, nun hör schon auf, du albernes Balg, es ist fast vorbei.« Sie seufzte. »Anscheinend hat meine kleine Cantissa nicht mehr lange. Die Magie nimmt einen so zerbrechlichen jungen Körper sehr mit.«

»Gut. Du hast deinen Standpunkt klargemacht. Lass das Mädchen gehen.«

»Habe ich meinen Standpunkt klargemacht? Ich bin mir da nicht sicher, und es ist so ungemein wichtig, dass du es verstehst, Falcio. Cantissa ist genau wie Tristia. Sie ist dumm, unterernährt und existiert allein, um für den Dienst zu sterben, den ihre Höhergestellten ihr abverlangen. Das ist die Welt, in der wir leben – ein Ort, an dem nicht einmal ein unschuldiges Mädchen die Hoffnung hat, unbehelligt und in Freiheit von den Machenschaften der Herzöge, Ritter, Adligen und Heiligen leben zu können. Im Ernst, warum machst du dir überhaupt die Mühe, für einen so schrecklichen Ort zu kämpfen? Es wäre viel besser, ihn hinter sich zu lassen. Viel besser, ihn mir zu überlassen. Mir stehen Armeen und Einfluss und viel mehr Geld zur Verfügung, als du dir überhaupt vorstellen kannst.«

»Wenn du über so große Macht verfügst, warum bist du dann überhaupt so sehr an mir interessiert?«

»Alberner Kerl. Es geht nicht um dich. Das tat es nie. Es geht um das, was andere Leute *deinetwegen* tun. Falcio, du wiegelst Leute dazu auf, dumme Sachen zu tun – Taten, die für eine neue Königin sehr lästig werden könnten.«

»Der einzige Thron, den du je besteigen wirst, ist der tiefste Sitz in der tiefsten, dunkelsten Hölle, die ich für dich finden kann.«

Das Mädchen stemmte die Hände in die Hüften, als wollte sie mich schelten. »Du hast nicht den geringsten Humor, nicht wahr? Aber vielleicht hast du ja recht, mein schöner Lumpenmantel. Wollen wir doch mal sehen, wie viel Spaß ich auf dem Weg ins Ziel habe!« Trins Lächeln wurde breiter, dann griff sie zu den Schrauben an den Schläfen des Mädchens. Bevor ich etwas unternehmen konnte, vollzog sie eine volle Drehung.

»Aufhören!«, brüllte ich. Valiana und ich rannten auf Cantissa zu, aber bevor wir sie erreichten, stolperte sie zurück in die Kirche. Sie schaffte es, noch zweimal an den Schrauben zu drehen. Sie stürzte zu Boden und fing am ganzen Körper an zu zucken.

Hinter uns kam jemand angerannt. Brasti kam mit seinem Bogen in der Hand. »Was ist los? Was hat das Mädchen? Wer ist sie?«

»Lass es«, rief Kest von draußen.

Ich betrat die Kirche. Das Mädchen wies jetzt sein eigenes Gesicht auf. Cantissa hatte die groben Züge einer Bauerstochter. Kleine runde Augen über einer etwas flachen Nase. Ihre Augen waren weit aufgerissen und voller Furcht. Blut rann aus den Stellen, an denen die Schrauben in ihren Schädel gebohrt worden waren; ihr Körper erbebte in immer neuen kleinen Krämpfen. Ich kniete nieder und drückte Cantissa an meine Brust, versuchte ihr Zittern zu lindern, bis sie diese Welt schließlich losließ.

8

DIE STRASSE

Im Verlauf der nächsten Woche wurde die Landschaft grüner, während wir vom südlichen Rand Pulnams zur Nordspitze von Aramor kamen. Die Wüste im Osten beschützte uns, während die braunen Büsche und der Sand, der auf der breiten Straße lag, langsam von dichten Feldern mit Korn und Gerste ersetzt wurden, die seit ewigen Zeiten für Aramors Wohlstand sorgten.

Jeden Morgen konnte ich beim Aufwachen weder sehen, hören noch mich bewegen. Ich redete mir ein, dass die Zeitspanne, die ich in diesem Zustand verbrachte, nicht länger wurde, dass das alles nur einem Fieber ähnelte, das irgendwann wieder von selbst verschwand.

An den ersten Morgen stellte ich mir vor, Cantissa sei bei mir, und ihre Hände griffen nach den Eisenschrauben mit den breiten Holzflügeln, ohne sie je berühren zu können, während sie langsam in ihren Schädel getrieben wurden. Manchmal stellte ich mir vor, wie ihr Gesicht Alines Züge annahm.

Für die Tochter meines Königs konnte ich jetzt nichts mehr tun. Ich musste einfach darauf vertrauen, dass die Schneiderin und ihre Greatcoats sie in einem Versteck beschützten. Ich musste mich auf Aramor und Herzog Isault konzentrieren. Nur wenn ich seine Unterstützung gewinnen würde, konnte ich Aline die Chance verschaffen, die sie brauchte, um den Thron zu besteigen. Die Worte der Schneiderin hallten in meinen Ohren. *Aline muss beschützt werden, damit sie den Thron besteigen kann. Dem darf nichts im Wege stehen.* Und das wird es auch nicht.

Als wir schließlich die Nordgrenze des Herzogtums Aramor überschritten, ließ ich anhalten. »Wir sollten die Pferde trinken lassen«, sagte ich, schwang ein Bein über den Sattel und sprang zu Boden.

»Mir ist egal, was du sagst, Falcio«, verkündete Brasti und sprang ebenfalls vom Pferd. »Ich schlafe heute Nacht in einem Gasthaus. Ich habe genug davon, dass mir der kalte Wüstenwind die Eier abfrieren lässt.«

»Deine Eier können eine Abkühlung gut brauchen«, meinte Dariana, die noch immer im Sattel saß.

Brasti blickte sie nur angewidert an. »Keine Angst, Dariana, du lässt meine Eier schon gefrieren.«

Seine Worte klangen nicht echt. Auf ihre Weise war Dariana durchaus hübsch, obwohl ich mich nie dazu überwinden könnte, sie als attraktiv zu bezeichnen. Ihr Benehmen erinnerte mich etwas zu sehr an das der Schneiderin. Andererseits hatte Brasti einen, nun, sagen wir weltoffeneren Geschmack, was seine Eroberungen anging. Unterwegs hatte er Dariana häufige und zusehends kompliziertere Anträge gemacht, bei denen meistens eine Aufzählung seiner Vorzüge dabei gewesen war, die die Grenzen der Naturgesetze gesprengt hätten, wenn sie denn der Wahrheit entsprochen hätten. Dariana hingegen fand Brasti abstoßend. Sie nutzte jede Gelegenheit, um ihn an dieses Urteil zu erinnern, was zumindest für mich ihre liebenswerteste Eigenschaft war.

»Da kommt jemand«, sagte Brasti und zeigte voraus.

»Wo?«, fragte ich.

»Ungefähr zweihundert Meter.«

Die Hand am Schwertgriff, gesellte sich Valiana zu uns. »Ich sehe da nichts.«

»Hör hin.«

Ein paar Sekunden später vernahm der Rest von uns die Geräusche eines Pferdekarrens, dessen Räder über die Handelsstraße polterten.
»Verstecken, kämpfen oder flüchten?«, wollte Kest wissen.
Ich sah Brasti an. »Wird der Karren von anderen Pferden begleitet?«
»Nein, ich bezweifle, dass das mehr als ein Kaufmann ist.«
»Bleibt in der Nähe der Pferde«, befahl ich.
Eine Minute später kam ein alter Mann auf einem von zwei traurig aussehenden Maultieren gezogenen Karren in Sicht. »Greatcoats, was?«, sagte er und hielt an.
Ich nickte.
»Ich habe Rotkraut«, meinte er. »Gut für kaputtes Zahnfleisch.« Er musterte uns, als wollte er unsere Zähne sehen.
»Danke, aber uns geht es gut«, sagte ich.
»Ich habe auch noch viele andere Dinge. Stängel von Jackwurzel, die sind gut gegen Gelenkschmerzen. Geben euch auch einen kleinen Anschub bei den Damen, behaupten jedenfalls meine Kunden.«
»Nein, danke.«
Er ließ die Zügel los und zog die Decke über der Ladefläche zurück. Dort standen Dutzende Fässer und Kästen.
»Ihr könnt mir doch nicht erzählen, dass ihr keine Medizin braucht. Kerle wie ihr? Ihr müsst doch dauernd in irgendwelche Schlägereien verwickelt sein. Wie wäre es mit etwas schwarzem Thelma? Wirkt Wunder bei Blutergüssen.«
»Ich ...« Mir kam ein Gedanke. »Hast du etwas gegen eine Neathavergiftung?«
»Neatha? Bist du sicher, dass das der richtige Name ist?«
»Ja, Neatha.«
Der alte Mann schüttelte den Kopf. »Da könntest du mich genauso gut fragen, ob ich ein Mittel gegen Regen habe. Meide ihn, das ist die Medizin. Neatha ist tödlich, mein Sohn. Eine Nase voll, und du bist tot. Soll angeblich nicht die schlech-

teste Todesart sein. Obwohl das mit dem ›angeblich‹ immer so eine Sache ist.«

»In Ordnung. Hast du je davon gehört, dass ein Mann am Morgen gelähmt ist, nachdem sein Körper ein paar Stunden lang geruht hat?«

»Wie lange dauert das an?«

»Ein paar Minuten. Vielleicht höchstens eine Stunde. Danach sind die Glieder ganz steif.«

»Ich glaube, das nennt man Alter, mein Sohn.«

»Das ist es nicht, es ist …«

»Ist völlig egal«, erwiderte er. »Neatha ist tödlich. Kommt man damit in Berührung, ist man tot. So einfach ist das.«

»Ich bin damit in Berührung gekommen«, sagte ich. »Und ich lebe noch.«

Der Mann griff wieder nach den Zügeln. »Kommst du mit Neatha in Berührung, dann bist du tot, mein Sohn. Dein Körper muss das nur noch kapieren, das ist alles.«

»Ein fröhlicher alter Bastard«, sagte Brasti. Er warf einen Blick auf die Sonne, die langsam am Himmel unterging. »Ich brauche was zu trinken. Hey, alter Mann«, rief er. »Gibt es in der Nähe ein Dorf mit einer Schenke?«

»Shalliard«, rief der Alte zurück. »Drei Stunden in die Richtung, in der ihr unterwegs seid. Immer vorausgesetzt, du fällst vorher nicht vom Pferd und stirbst.«

Brasti grinste. »Ich glaube, zumindest ein paar von uns schaffen das, habe ich recht?«

Wir verbrachten die Nacht in einem kleinen Gasthaus namens *Goldene Glocke*, und als ich am nächsten Morgen erwachte, stand mein König vor mir, was irgendwie erstaunlich war, da er mittlerweile seit über fünf Jahren nicht mehr unter den Lebenden weilte. Seine Gestalt war verschwommen und dunkel, was Sinn ergab, waren meine Augen doch noch geschlossen. Ich konnte weder seine Züge noch seine Kleidung erkennen, aber etwas an dieser dürren, knochigen Gestalt war so unverkennbar, ganz zu schweigen von der unbeholfenen Haltung, die mich immer glauben ließ, er wolle gleich einen schmutzigen Witz erzählen.

Langsam füllte weißes Licht mein Sichtfeld, und mir wurde klar, dass sich meine Augen öffneten. Ich ließ die Lähmung hinter mir. Seltsamerweise wurde meine Halluzination aber klarer. Schärfer. Einen kurzen Augenblick lang konnte ich König Paelis sehen, als stünde er nur wenige Zoll entfernt. Er sah genauso aus wie bei unserer letzten Begegnung in diesem kalten Turm auf Schloss Aramor, in dem er seine letzten Stunden verbracht hatte. Sein Blick war sanft, und er öffnete den Mund. Es überraschte mich, dass ich seine Stimme so deutlich hören konnte. Er sagte nur vier Worte, bevor sich meine Augen endgültig dem kalten Morgenlicht öffneten.

»Du wirst sie verraten.«

Das grelle Morgenlicht verdrängte meine Vision, und das Gesicht des Königs wurde durch Kest ersetzt.

»Kannst du dich schon bewegen?«, fragte er.

»Ich glaube schon.«

»Ruhe dich noch eine Minute lang aus.«

Ein kluger Rat. »Was machen die anderen?«

»Brasti ist zur Jagd gegangen. Angeblich gibt es in dieser Gegend einen wilden Fasan, den der Adel von Pulnam so schätzt. Ich glaube, er vermisst es, Wilderer zu sein.«

»Und Valiana?«

»Wie immer. Sie übt fechten. Dariana ist eine gute Lehrerin, und das trotz ihres seltsamen Fechtstils. Ich kann den noch immer nicht unterbringen.«

»Ein Geheimnis für einen anderen Tag«, sagte ich, stützte mich auf meinen Ellbogen und kam dann unsicher auf die Beine.

Kest half mir. Als ich endlich stand, sagte er: »Heute waren es zwölf Minuten.«

»Wovon sprichst du?« Aber ich kannte die Antwort bereits. Ich wollte nur nicht darüber nachdenken. Als ich das erste Mal gefangen in meinem Körper aufgewacht war, hatte die Lähmung nur ein paar Sekunden lang gedauert. Dann war es eine ganze Minute. Jetzt waren es zwölf.

»Was wirst du tun?«, fragte Kest.

»Nichts. Wir reiten zum herzoglichen Palast von Aramor und klopfen höflich und leise ans Tor. Wenn alles gut geht, sichern wir uns Isaults Unterstützung und reisen weiter nach Luth und Pertine. Und zu allen anderen, die wir brauchen, um die Erbin des Königs auf den Thron zu bringen.«

»Und dann?«

»Dann? Dann sorgen wir dafür, dass ich geheilt werde, und finden etwas anderes, das uns beschäftigt.« Ich grinste.

Kest zuckte mit den Schultern und half mir, meine Sachen zusammenzupacken. Dabei dachte ich an eine Insel direkt vor der Küste von Baern am warmen Südmeer, von der ich gehört hatte, und eine Frau mit dunklem Haar und hübschem Gesicht, die winzige Falten um die Augen hatte und mir Hoffnung und Erholung gegeben hatte, als ich sie am meisten gebraucht hatte. *Lasst mich vor dem Ende noch einmal Ethalia sehen*, dachte ich. *Um mehr bitte ich nicht.*

»Gehen wir«, sagte ich. »Aramor erwartet uns. Wenn es den Heiligen gefällt, können wir das schaffen, ohne die ganze Welt ins Unheil zu stürzen.«

Falls ich das noch nie zuvor erwähnt haben sollte, in Tristia erwidern die Heiligen nur die Gebete der Reichen, der Mächtigen und der von den Göttern Gesegneten. Ich war nichts davon.

9

DER HERZOG

Gegen Mittag erreichten wir den Herzogspalast von Aramor und klopften höflich am Tor, um den Wächtern die Papiere zu übergeben, die dafür sorgen sollten, dass wir Herzog Isault unversehrt gegenübertraten. Dann liefen die Dinge schlecht, und wir standen zwei Dutzend Rittern in voller Rüstung und mit gezogenen Schwertern gegenüber.

»Brasti, wenn du es das nächste Mal für nötig hältst, einem Ritter einen Pfeil in die Brust zu schießen«, sagte ich so ruhig, wie ich es meiner Stimme befehlen konnte, »versuch es bitte nicht vor zwanzig seiner Kameraden zu tun.«

»Oder töte zumindest mehr als einen«, schlug Dariana vor.

Wir fünf standen in einem engen Kreis auf einem gewaltigen steinernen Hof einer Abteilung herzoglicher Ritter gegenüber. Sie hielten ihre Kriegsschwerter mit beiden Händen und kamen Schritt für Schritt näher. Manchmal hielten sie inne, als warteten sie auf einen Befehl ihres Hauptmanns, dann sagte einer von ihnen unweigerlich etwas Bedrohliches und rückte nur einen Zoll oder zwei weiter auf uns zu. Die anderen folgten dann seinem Beispiel. Von oben gesehen mussten wir wie eine Balletttruppe wirken, die sich uneins war, wann die Vorstellung beginnen sollte.

»Nur um das festzuhalten, Falcio, diesen Rat erteilt man am besten vor der fraglichen Aktion. Außerdem wollte er dich umbringen.«

»Das kannst du nicht wissen.«
»Er hatte das Schwert gezogen und zielte auf deinen Hals.«
»Vielleicht wollte er nur seinen Standpunkt klarmachen.«
»Richtig, nämlich die Meinung, dass man den Kopf eines Mannes in der Tat mit einem Schlag von seinem Rumpf trennen kann.«
Natürlich hatte er recht. Der fragliche Ritter hatte keinerlei Anstalten gemacht, zu einer Unterhaltung bereit zu sein. Er hatte lediglich unablässig »Trattariabschaum« gemurmelt. Man musste ihm allerdings zugutehalten, dass er den ganzen Morgen in der heißen Sonne gestanden hatte und den Eindruck machte, im Inneren seiner Rüstung zu kochen. Ich hatte nicht einmal Zeit gehabt, nach meinen Rapieren zu greifen, also hatte Brasti eine Entscheidung getroffen. Sie war nicht schlecht gewesen, wenn man einmal davon absah, dass wir jetzt alle sterben würden. Die Ritter kesselten uns ein und warteten nur auf den Befehl ihres Hauptmanns, bevor sie uns überwältigten.
»Ihr solltet noch einmal über euren nächsten Zug nachdenken«, warnte ich die Ritter vor uns. »Heute muss keiner mehr sterben.«
»Redet ihr Greatcoats immer so viel, wenn ihr kämpfen solltet?«, wollte Dariana wissen.
»Immer«, sagten Brasti und Kest wie aus einem Munde.
»Ich verstehe langsam, wieso die Herzöge den König so mühelos umbringen konnten.« Darianas Stimme verriet keine Furcht. Ihre linke Hand ruhte auf Valianas Arm. Ich wusste nicht, ob sie ihr damit Mut machen oder nur verhindern wollte, dass sie sich Hals über Kopf in den Tod stürzte.
Ich musterte die Wappenröcke der Ritter. Jeder von ihnen trug den silbernen Hirsch von Aramor auf grünem Untergrund. Einer der Ritter hatte drei Sterne über seinem Hirsch.
»Ritterhauptmann«, rief ich ihm zu. »Wir kamen in gutem Glauben, um uns mit Herzog Isault zu treffen.«

»Welchen Wert hat schon der Glaube eines Trattari?«
Seine Stimme ertönte hinter dem Stahlhelm.
»Heutzutage anscheinend mehr als der eines Herzogs«, meinte Brasti.
»Du bist nicht gerade hilfreich.« Die Ritter rückten noch immer langsam vor, aber warum hatten sie noch nicht angegriffen? Ich wandte mich Kest zu. »Wie stehen unsere Siegeschancen?«

Er musterte die zwanzig Ritter, die uns auf dem Hof umzingelten, betrachtete dann das große Tor, das man hinter uns geschlossen hatte, und die hohen Mauern. Vermutlich suchte er nach möglichen Stellen zum Hochklettern, falls wir den Kreis durchbrechen konnten. »Wir haben nicht die geringste Chance.«

»Wirklich nicht?« Ich hatte nichts Gutes erwartet, aber auch nichts so Endgültiges.

»Zwanzig gegen fünf, und sie tragen Rüstungen. Wir müssen sie während ihrer Übungen oder eines Appells überrascht haben«, meinte er. »Vielleicht gibt es heute noch eine Parade. Ist in Aramor ein Feiertag?«

»Perfekt«, sagte Brasti. »Wir sterben gleich, und der Heilige der Schwerter ist mit der Frage beschäftigt, ob es später noch ein Festmahl gibt.«

»Na schön, und wenn wir den Kreis durchbrechen?«, fragte ich.

»Sieh mal nach oben.«

Ich gehorchte und entdeckte erst dann die vielen Männer mit ihren Armbrüsten. »Ach, bei allen Höllen!«

Der Ritterhauptmann sah meine Reaktion. »Für euch Trattari gibt es hier nur einen Weg hinaus. Durch einen Fluss aus eurem Blut. Kommt und begegnet dem Schicksal, das ihr hundertmal verdient habt.«

»Ihr brecht die Gesetze und Traditionen Aramors und entehrt euren Herzog!«, rief Valiana und streckte das Schwert aus.

Der Ritterhauptmann lachte. »Was weißt du schon von der Ehre des Herzogs, du Hure?«

»Ich ...«

»Nichts«, sagte ich. »Über solche Dinge weiß sie gar nichts, Ritter. Lass sie und die andere Frau gehen. Sie sind nur Reisende nach Aramor, die nichts damit zu tun haben.«

»Und warum tragen sie dann diese Mäntel?«, wollte der Mann wissen.

Dariana schnaubte nur. »Ist er immer ein so großartiger Stratege?«

Der Ritterhauptmann lachte wieder. »Ich überlasse euch den ersten Schlag, Trattari.«

Ich fing Kests Blick ein und dann Brastis. Sie nickten mir nacheinander zu, denn sie wussten genau wie ich, was jetzt passieren würde. Eines Tages stößt jeder Duellkämpfer auf einen überlegenen Gegner. Der Tag, an dem man den ersten Fechtunterricht erhält, ist der Tag, an dem man anfängt, sich auf den Augenblick vorzubereiten, in dem sich eine Klinge in den eigenen Bauch bohrt. Aber Valiana war kein Greatcoat, jedenfalls nicht für mich. Sie war eine unschuldige junge Frau, die nie Gelegenheit gehabt hatte, sich auf so einen Tod vorzubereiten. Sie verdiente Besseres.

Ich flüsterte Dariana zu. »Wenn der Kampf beginnt, versuchen wir ihren Kreis zu durchbrechen. Dann schnappst du dir Valiana und hältst auf die Wachstube neben dem Tor zu. Dort steht nur ein Mann, und ihr könnt durch seine Tür durch das Tor.«

Sie warf mir ein hämisches Lächeln zu. »Willst du mein Leben oder meine Seele retten? Glaubst du, dass ich nicht bereit bin, beim Kampf gegen diese Bastarde zu sterben? Glaubst du, ich hätte Angst?«

»Dariana, ich halte dich für völlig wahnsinnig. Ich glaube, du kannst gar nicht erwarten, im Kampf zu sterben, nein, du ersehnst es sogar verzweifelt. Aber Valiana ist nicht wie wir. Sie ist nicht ...«

»Sie mag ein hübsches kleines Vögelchen sein, aber sie hat das Herz eines Löwen, Erster Kantor. Du beschämst sie, wenn du sie wie ein kleines Kind behandelst.«
»Von mir aus. Dafür kann sie mich später hassen. Aber jetzt tust du, was ich dir sage.«
Fragend blickte sie mich kurz an, bevor sie nickte. Schlau. Sie wusste, wann ein Kampf aussichtslos war. Ich wandte mich wieder den anderen zu.
»Also ist es vorbei?«, fragte Brasti.
»Es ist vorbei«, sagte ich. Eine seltsame Ruhe überkam mich, die mich überraschte. Das Wissen, dass einem nur noch eine einzige Sache bleibt, für die man kämpfen kann, schenkt einem eine tiefe Gelassenheit. Ich fing Kests Blick ein und dann Brastis. Beide nickten.
»Schön«, meinte Brasti. »Wenn heute der Tag ist, auch gut. Aber wenn ich schon sterben muss, nehme ich ein paar dieser verfluchten Ritter mit.«
»Welche von ihnen sollen wir töten?«, fragte Kest. »Wir können sechs ... nein, du hast ja deinen schnellen Bogen, also acht nehmen.«
Wieder rückten die Ritter ein Stück vor. Jetzt waren sie weniger als zehn Fuß entfernt. Beim nächsten Schritt würden sie angreifen.
»Entschuldigung?«, rief Brasti. »Wir haben hier ein kleines Dilemma.«
»Das würde ich auch sagen, Trattari«, meinte einer der Ritter und lachte.
Brasti ignorierte ihn. »Seht ihr unseren Freund hier, den Heiligen der Schwerter? Er schätzt, dass er acht von euch töten kann, bevor ihr uns tötet. Ich bin wirklich von ganzem Herzen davon überzeugt, dass einige von euch richtig nette Kerle sind, obwohl ich mich wirklich frage, warum eine richtig nette Person eine Karriere als Ritter einschlagen sollte, aber jeder macht Fehler. Einmal habe sogar ich ...«
»Komm zur Sache, Brasti«, sagte ich.

»Gut. Verprügelt einer von euch gern Frauen, ermordet Kinder oder vielleicht auch alte Leute? Könnten diejenigen bitte die Hand heben oder nicken? Das würde uns die Sache viel einfacher machen.«

»Brasti, das ist lächer–« Fassungslos sah ich, wie einer der Ritter die Hand hob und sie schnell wieder senkte, als er die Blicke seiner Kameraden spürte. Es hatte nie einer behauptet, dass man besonders schlau sein musste, um eine Rüstung zu tragen.

»Gut. Was ist es?«, fragte Brasti. »Die Frau schlagen, Kinder töten? Hast du ... ach, vermutlich spielt es keine Rolle.« Er spannte einen Pfeil ein und schoss. Die Spitze bohrte sich durch die Halsberge des Mannes, Blut spritzte aus seinem Hals, und er stürzte zu Boden. »Schön. Wer ist der Nächste? Quält jemand gern Tiere?«

Die Ritter brüllten auf und eilten auf uns zu, um die Lücke zwischen uns zu schließen. Ich bin bei Weitem nicht so gut wie Kest darin, den Ausgang eines Kampfs einzuschätzen, aber vermutlich blieb uns eine Minute, bevor man uns überwältigt hatte.

»Geht!«, rief ich Dariana zu.

Ich richtete meine Aufmerksamkeit auf unsere Feinde. Steht man viel zu vielen Gegnern gegenüber, dann liegt der Schlüssel in dem Versuch, dafür zu sorgen, dass sie einander behindern. Am besten versucht man, so nahe wie möglich an sie heranzukommen. Allerdings bedeutet das auch, ihnen den Rücken zuzuwenden. Eine andere Methode besteht darin, sie einfach so rasend zu machen, dass sie einander buchstäblich aus dem Weg stoßen. Das geht übrigens einfacher, als man glaubt. Tatsächlich haben wir sogar ein Lied dafür.

Ich zog meine Rapiere. »Jeder Ritter ist ein dummer Narr«, sang ich.

Kest stimmte sofort ein. »Er ist feige, eitel, hässlich und grausam.«

»Er würde seine eigene Mutter vergewaltigen«, sang Brasti fröhlich.

»Seine Schwester oder seinen Bruder«, fügte Kest hinzu.

»Und meistens würde er sich mit seinem Maultier begnügen.«

Die Ritter stürzten sich auf uns. Das erwies sich als hilfreich, denn es erschwerte den Armbrustmännern auf den Mauern, uns zu treffen. Ein Kriegsschwert sauste direkt auf mich zu. Ich hob den Korb meines rechten Rapiers, hielt die Spitze nach unten gerichtet und ließ den Schlag an der Klinge abgleiten. Funken sprühten. Ein anderer Ritter führte das Schwert in einer geraden horizontalen Linie, also schlüpfte ich an der ersten Klinge vorbei und ließ den Mann sich von dem Hieb im Magen treffen. Besser, seine Rüstung fing den Treffer ab als mein Mantel. Ein schneller Blick verriet mir, dass Dariana und Valiana ein paar Meter entfernt noch bei uns waren. Ich verfluchte alle Heiligen, hatte aber keine Zeit, deswegen etwas zu unternehmen.

Wir versuchten in der Masse der Ritter zu bleiben, um den Armbrustschützen kein leichtes Ziel zu bieten. Unsere Mäntel können ein paar Bolzen widerstehen, aber der Aufschlag würde hart genug sein, um uns für die gegnerischen Schwerter verwundbarer zu machen. Ein kurzer Blick auf die Armbrustmänner verriet mir, dass sie reglos verharrten. Ihr Ritterhauptmann hielt den rechten Arm erhoben und verhinderte, dass sie schossen. Hier stimmte etwas nicht. Warum versuchte eine Gruppe Ritter uns umzubringen, die andere aber nicht?

Brasti schwang weit ausholend den Bogen und hielt sich die Ritter vom Leib. Diese Taktik würde nicht lange Erfolg haben. Kest hatte bereits drei der Männer in einen Kampf verwickelt, und ich konnte sehen, dass ihm zwei andere in den Rücken fallen wollten. Es war vorbei für uns. *So schnell*, dachte ich. Ich glaube nicht, dass die Zeit langsamer vergeht, wenn der Tod kommt. Ich glaube, dass unser Verstand erkennt, dass wir nur noch wenige Momente zu leben haben, und darum einfach nur schneller arbeiten. Brasti würde noch zwei Pfeile abschießen können, bevor man ihn überwältigte. Kest würde sich seine Angreifer vom Leib halten, nur um Armbrustbolzen in den Kopf zu bekommen. Und ich? Nun ja, da stand ein großer Mann mit einer sehr spitzen Waffe, die das Schicksal mit meinem linken Auge bekannt machen wollte.

Ein Horn so laut wie hundert kreischende Adler durchbrach das Chaos.

Die Ritter zogen sich fast augenblicklich zurück. Der Mann, der mir gerade sein Schwert ins Gesicht stieß, hielt nicht rechtzeitig inne, war aber abgelenkt genug, dass ich es mit meinem Rapier parieren konnte.

Wieder ertönte das Horn, diesmal in drei kurzen Stößen. Die Ritter zogen sich zurück und nahmen in vier Reihen Aufstellung. Die beiden, die wir vor dem Kampf getötet hatten, lagen noch immer am Boden. Fünf weitere hatten sich zu ihnen gesellt.

Einen kurzen Augenblick lang herrschte Stille, während der Staub langsam zu Boden wehte. Eine Stimme zerschnitt sie.»Ritterhauptmann Heridos, Bericht.«

Einer der Ritter trat aus der vordersten Reihe zwei Schritte vor, als wollte er Kest, Brasti und mich ansprechen.

»Ritteroberst, Herr«, sagte er.

Hinter den Soldaten ertönten Schritte, dann trat ein Mann auf uns zu, ein Hüne von Gestalt. Seine Rüstung funkelte im Sonnenlicht. Sein Wappenrock zeigte den Hirsch von Aramor, aber im Gegensatz zu den anderen Rittern umgaben ihn vier Sterne. Er blieb vor seinen Rittern stehen, die Vorderseite uns zugewandt, als wollte er beweisen, dass er seine Männer nicht im Auge behalten musste, um zu wissen, dass sie seine Befehle befolgten.

»Bericht, sagte ich.«

»Wir ...«, setzte Brasti an.

Ich stieß ihm den Ellbogen in den Leib.« Er meint nicht uns.«
»Sir Shuran, diese Trattari griffen uns an.«
Der große Ritter, Sir Shuran, blieb unbewegt.» Ach? War einer von ihnen als Sir Kee gekleidet? Denn ich glaube von oben gesehen zu haben, wie Sir Kee diesem Mann den Kopf von den Schultern trennen wollte, bevor er überhaupt nach seiner Waffe griff.«
»Habe ich doch gesagt«, flüsterte Brasti.
Heridos bewegte sich unbehaglich.» Herr ...«
»Welche Befehle gab ich Euch heute Morgen, Hauptmann Heridos?«
»Ja, Herr, aber ...«
»Die *Befehle*. Wie lauteten sie?«
Hauptmann Heridos' ganze Haltung verriet brodelnde Verachtung für den Oberst.» Sir Shuran, Herr, Eure Befehle lauteten, die Ankunft der drei Boten der Thronprätendentin zu erwarten.«
»Und?«
»Eure Befehle lauteten, die Boten nicht anzugreifen, bei welcher Provokation auch immer.«
Sir Shuran nahm den Helm ab. Kurz geschnittenes schwarzes Haar krönte kantige Züge. Er schien Anfang vierzig zu sein, obwohl das schwer zu sagen war, denn seine linke Gesichtshälfte wies die lederartige, vernarbte Haut einer schweren Verbrennung auf.» Hauptmann Heridos, ich habe gelernt, dass die Reaktion auf eine Provokation zu unerfreulichen Ergebnissen führen kann.«
Der Hauptmann zögerte kurz.» Aber, Herr, nachdem Sir Kee getötet wurde und wir angriffen, ermordete der Bogenschütze Sir Retaris. Und fünf weitere von uns liegen tot am Boden.«
Shuran ging zu der Leiche von Sir Retaris, dem Mann, den Brasti getötet hatte. Er stieß sie mit der Stiefelspitze an.» Was, glaubt Ihr, war es?«

»Herr?«

»Frauenschläger, Kindsmörder oder Mörder alter Menschen. Was glaubt Ihr, wozu er sich bekannte?«

Sir Shuran fing an, mir zu gefallen. Aber dann erinnerte ich mich daran, dass er ein Ritter war, und die Neigung legte sich wieder. »Sir Shuran, mein Name ist Falcio val ...« Er hob die gepanzerte Hand. »Bitte einen Augenblick. Ich bin noch nicht mit meinen Männern fertig. Hauptmann Heridos, Ihr habt Sir Kee erlaubt, die Männer anzugreifen, die ich Euch ausdrücklich befahl, nicht anzugreifen. Dann habt Ihr sie umzingelt und deutlich zum Ausdruck gebracht, dass Ihr sie gefangen nehmen oder töten wollt.« Der große Ritter beschattete die Augen und spähte zu den Wehrgängen hoch. »Ihr werdet bemerken, dass Sir Nemeth seine Männer auf den Wehrgängen wie befohlen unter Kontrolle hielt. Schließlich komme ich nicht umhin, darauf hinzuweisen, dass Ihr mit zwanzig der besten Ritter Aramors genau keinen Eurer auserwählten Feinde getötet habt, während sie fünf meiner Männer erschlugen.«

»Herr?«, fragte der Ritterhauptmann.

»Ja?«

»Sie töteten nur sieben der unseren.«

Sir Shuran trat von der Leiche fort und baute sich vor dem Ritterhauptmann auf. »Danke für Eure Erinnerung. Kniet nieder und entfernt Euren Helm, Sir Heridos.«

Einen Augenblick lang blickte der Hauptmann von rechts nach links, als hoffte er, dass jemand für ihn Partei ergreifen würde. Dann ging er auf die Knie und nahm den Helm ab. Er hatte lange blonde Haare und ein jugendliches Gesicht.

Sir Shuran zog das Schwert. Es handelte sich um eine schlichte Waffe, die Klinge wies keinerlei Verzierungen oder Inschriften auf. Aber mir entging nicht, dass sie genau die richtige Länge für einen Mann von Sir Shurans Größe hatte, wie man sie nur selten fand. Außerdem war sie breiter als ein normales Schwert, als wäre sie für jemanden von seiner offensichtlichen Kraft schwerer gemacht worden. Das war eine speziell für ihn hergestellte Klinge, die trotz ihres schlichten Erscheinungsbilds teuer gewesen war. Dieser Mann legte viel Wert auf seine Waffe, war aber nicht eitel genug, um sie schmücken zu lassen.

Sir Shuran nahm das Schwert in beide Hände und hielt es an den Hals des Ritterhauptmanns.»Seid Ihr bereit, Hauptmann Heridos?«

»Ja, Ritteroberst.«

»Braucht Ihr einen Augenblick, um zu Euren Göttern zu beten oder Euren Männern Anweisungen zu erteilen, wie sie persönliche Gegenstände an von Euch geliebte Menschen verteilen sollen?«

»Nein, Ritteroberst. Ich bin bereit zu sterben.«

»Hier, im Staub des Hofes? Aus keinem besseren Grund, als dass ich es fordere?«

»Ja, Ritteroberst.«

»Gut«, sagte Sir Shuran.»Dummheit hat Euch Euer Leben gekostet, Ritterhauptmann. Es ist nur passend, dass Gehorsam es zurückkauft.« Er schob die Klinge wieder in die Scheide an seiner linken Seite.»Bleibt hier, bis die Sonne untergegangen und wieder aufgegangen ist.« Er ließ den Mann dort knien und kam zu mir.»Ich bin Sir Shuran, Ritteroberst von Aramor und loyaler Diener von Isault, Herzog von Aramor.« Er zog den Panzerhandschuh aus und hielt mir die rechte Hand hin.

Eine ganze Minute lang stand ich erstarrt wie eine Statue. Ich habe in meinem Leben mehr als hundert Ritter kennengelernt. Keiner von ihnen hat mir jemals die Hand schütteln wollen oder die eines anderen Greatcoats.

»Falcio val Mond«, sagte ich, nahm seine Hand und schüttelte sie unbeholfen.»Erster Kantor der königlichen Greatcoats.«

»Verzeih mir die Bemerkung, aber wie kannst du zu den ›königlichen Greatcoats‹ gehören, wo der Mann doch tot ist?«

»Das ist hauptsächlich eine Ehrensache«, sagte Brasti. Er streckte fröhlich die Hand aus und wartete darauf, dass der Ritter sie nicht nahm. »Brasti Gutbogen.«

Zu seiner Überraschung ergriff Sir Shuran auch seine Hand. Dann sah der große Ritter an mir vorbei und nickte. »Meine Damen«, sagte er. »Ich entschuldige mich für die Unhöflichkeit meiner Männer.«

Ich drehte mich um und sah Dariana und Valiana hinter mir stehen. »Die Tür war versperrt«, sagte Dariana schulterzuckend.

»Und du«, sagte Sir Shuran und wandte sich an Kest. »Habe ich recht mit der Annahme, dass du der Greatcoat Kest Murrowsohn bist?«

»Das bin ich.«

»Man erzählt sich, dass du für dich in Anspruch nimmst, der größte Fechter der Welt zu sein.«

»Das muss ich selten in Anspruch nehmen«, erwiderte Kest.

»Er ist ein Heiliger«, sagte Brasti. »Allerdings nicht der Heilige der Bescheidenheit.«

Sir Shuran lächelte. »Ich frage mich, ob du in einem Wettkampf gegen mich antreten würdest, sollten wir dazu Zeit haben.«

Kest musterte den Ritter, dann betrachtete er seine Fußabdrücke im Sand. »Du belastest den linken Fuß schwer«, sagte er, »wendest deinem Gegner die rechte Seite zu, vielleicht um die verbrannte Seite deines Gesichts vor einem Angriff zu schützen?«

»Vielleicht«, erwiderte Sir Shuran.

»Oder liegt es daran, dass dein linkes Auge etwas beeinträchtigt ist und du nicht so gut sehen kannst, wie du müsstest?«

Der Ritter lächelte. »Auch das ist eine Möglichkeit.«

»Du würdest zehn Klingenkontakte überstehen. Vielleicht zwölf, falls mich die Sonne blendet.«

»Nun, dann macht ein Wettkampf nicht viel Sinn, wenn du bereits alles ...«
»Das habe ich.«
»Trotzdem, falls wir dazu die Gelegenheit haben, würde ich es gern selbst herausfinden. Kannst du mich besiegen, ohne mich dabei zu töten?«
Kest dachte darüber nach. »Vierzehn Klingenkontakte.«
»Sir Shuran«, sagte ich. »Ich ...«
»Verzeih, du hast recht«, sagte er. »Im Herzen bin ich sehr auf Wettbewerb eingestellt. Aber darum seid ihr nicht hier. Ich bringe euch zum Herzog. Er erwartet euch schon.«
Als wir den Palast betraten, versuchte ich diesen großen Ritter zu verstehen, der anscheinend nichts gegen mich oder die Greatcoats hatte. Eigentlich hätte ihm deshalb zugestanden, auf die ehrenvolle Weise angesprochen zu werden, die alle Ritter einforderten. Aber Greatcoats verneigten sich vor niemanden. Erst recht nicht vor Rittern. Nur bei Herzögen siegte die Diplomatie.
Nun gab es kein Gesetz, das allen Rittern befahl, uns zu verabscheuen. Zumindest hatte ich es noch nie zu Gesicht bekommen. Und trotzdem störte mich etwas. »Du hast deinen Männern befohlen, auf unsere Ankunft zu warten«, sagte ich, während wir eine breite Steintreppe emporstiegen.
»Richtig.«
»Woher wusstest du, dass wir heute kommen?«
»Das tat ich nicht. Sie warten auf euch, seit wir die Botschaft von eurem Besuch erhielten.«
»Wann war das?«
»Vor sechs Tagen.«
Ich blieb am Treppenabsatz stehen. »Also befahlst du zwanzig Rittern und zwanzig Armbrustmännern eine Woche lang, jeden Tag in der Sonne zu stehen und auf drei Greatcoats zu warten.«
»Gibt es ein Problem, Erster Kantor? Ich befahl ihnen auch, euch nicht anzugreifen.«

»Ja, ja. Du befahlst, uns nicht anzugreifen. Aber du wusstest doch, dass sie es tun würden. Ein Ritter würde selbst an einem guten Tag, nachdem er einen Beutel Gold und ein volles Weinfass gefunden und die heilige Laina, die für die Götter hurt, gevögelt hätte, einen Vorwand finden, einen Greatcoat anzugreifen. Diese Männer ...«

Sir Shuran setzte sich wieder in Bewegung, und wir folgten ihm durch einen langen, mit roten und grünen Wandteppichen geschmückten Korridor. »Diese Männer hätten ihre Befehle befolgen sollen. Ein Ritter braucht vor allem Disziplin. Aber meistens fällt es einem Ritter nicht schwer, Befehle zu befolgen. Wir bitten sie, Dinge zu tun, die sie erwarten. Dinge, die sie sogar gern tun.«

»Also wolltest du die Gelegenheit nutzen, um zu sehen, wie gut deine Männer ausgebildet sind.«

»Ja. Und jetzt weiß ich es.«

»Und wenn sie uns vor deinem Eingreifen getötet hätten? Hätte deinen Herzog das nicht gestört?«

»Erster Kantor, soviel ich weiß, seid ihr drei die besten von König Paelis' Greatcoats.« Er deutete mit dem Kopf auf Dariana und Valiana. »Ich will euch damit nicht zu nahe treten. Ihr seid bestimmt zähe Kämpferinnen. Aber wenn man den Geschichten Glauben schenken will, ist Falcio aus einem herzoglichen Gefängnis entkommen, hat ein Fabelpferd gezähmt, Dashini besiegt – was angeblich unmöglich sein soll – und den Herzog von Rijou getötet.«

»Was nicht annähernd so beeindruckend ist wie die Tatsache, dass er ihn dann wieder ins Leben zurückgeholt hat, weil er noch lebt«, meinte Brasti.

»In der Tat. Daraus kann ich nur schließen, Erster Kantor, dass, hätten meine Männer euch vor meinem Eingreifen getötet, Herzog Isault keine Verwendung für euch haben würde.«

Wir erreichten das Ende eines Korridors, der breit genug für eine Karawane war. Sir Shuran nickte den beiden Wächtern zu, die die beeindruckende Flügeltür hinter ihnen öffneten. Sie führten uns in einen großen Raum, an dessen anderem Ende ein Thron stand. Sir Shuran zeigte darauf. »Geht voraus«, sagte er. »Der Herzog empfängt euch, wenn er bereit ist.«

Die nächste Stunde verbrachten wir damit, wie Statuen im Thronsaal der Herzöge von Aramor zu stehen. »Was machen wir hier eigentlich, Falcio?«, fragte Brasti zum dritten Mal.

»Halt den Mund«, erwiderte ich zum vierten Mal. Das erste Mal war der erfolglose Versuch gewesen, die folgenden Male zu verhindern.

Der Raum passte beinahe perfekt zu jedem anderen herzoglichen Thronsaal, den ich im Laufe der Jahre besucht hatte. Soll heißen, er sah eigentlich so aus, wie man sich den Thronsaal eines Königs vorstellte. Wandteppiche zeigten verschiedene Schlachten. (Man konnte davon ausgehen, dass hier nur Siege Aramors dargestellt wurden.) Die rechteckigen Säulen in genau bemessenem Abstand an den Seiten des Raumes wurden von Schwertern und Schilden geschmückt, von denen jeder das herzogliche Wappen zeigte, das allerdings mit genügend Einzelheiten versehen war, um die Mitglieder des Geschlechts derer von Isault voneinander zu unterscheiden. Es funkelte gerade genug Silber und Gold, um nach königlicher Eleganz zu streben, ohne sie allerdings ganz zu erreichen.

Für einen Mann wie Isault musste es schwer gewesen sein, hier in dem Wissen zu leben, dass Schloss Aramor keine dreißig Meilen weit entfernt stand und sowohl prächtiger als sein Palast war wie auch seit König Paelis' Absetzung und Tod völlig leer stand. So nahe am Sitz von Tristias Macht zu sein und doch nicht einmal durch sein Tor treten zu dürfen, ohne einen Krieg mit den anderen Herzögen anzufangen, musste für Isault eine ständige Beleidigung gewesen sein.

Schließlich kam ein alter Mann in der Begleitung von vier Pagen mit schweren Silbertabletts durch die Tür, die auch wir benutzt hatten. Zwei Tische wurden aufgestellt, einer zu jeder Seite des Throns, und mit Essen und Wein beladen, dann verschwanden die Diener wieder, während der alte Mann sich neben dem Eingang aufstellte. Ich fragte mich, ob man das Essen dort aufgebaut hatte, um zu sehen, ob wir uns vor dem Eintreffen des Herzogs bedienten.

»Dir ist schon klar, dass du Falcio diese Frage oft stellst?«, sagte Kest.

»Was?«, fragte Brasti

»›Was machen wir hier?‹ Du stellst ihm diese Frage, egal wo wir sind.«

»Und?«

»Mittlerweile müsste dir eigentlich klar sein, dass er darauf keine Antwort hat.«

Danke, Kest. Ich schaute zurück zur Flügeltür, da sie sich geöffnet hatte. Sir Shuran trat ein und nickte mir zu. Ich nickte zurück. Der alte Kammerherr stand direkt neben ihm und würdigte mich keines Blicks. Eigentlich hätte ich beleidigt sein müssen, aber ich war mir nicht sicher, ob der Alte überhaupt wach war.

»Ihr haltet den Mund«, befahl ich den anderen. »Shuran war bis jetzt höflicher, als wir überhaupt hätten hoffen können, und ich will niemanden beleidigen.«

»Sie wollten uns umbringen, Falcio«, meinte Brasti.

»Herzogliche Ritter wollen uns immer umbringen. Die hier sind wenigstens höflich. Neun Herzogtümer im Königreich – es muss zumindest eines geben, wo man uns respektiert.«

»Aha, da sind sie ja«, sagte da eine tiefe, grollende Stimme hinter dem Thron. »König Paelis' Hurensöhne, deren Zungen noch immer von den getrockneten Krümeln seiner Scheiße braun sind.«

Ich war Isault noch nie zuvor begegnet, also musterte ich ihn ganz genau, als er den Raum durch eine Tür in einem Alkoven direkt hinter dem Thron betrat. Er war ein Mann in

mittleren Jahren von durchschnittlicher Größe und einem ordentlichen Wanst; seine Kleidung war aus Seide oder etwas Ähnlichem in den Farben Grün und Gold geschneidert. Sie schmeichelte seiner Figur nicht gerade. Genauso wenig wie die Holzkrone mit goldenen Einlegearbeiten und einem großen grünen Juwel in der Mitte. Nur in Tristia können Herzöge Kronen tragen.
»Euer Gnaden«, sagte ich.
»Scheißefresser«, erwiderte er und stieg die beiden Stufen zum Thron hinauf. Er ließ sich darauf plumpsen. »Wenn ihr wollt, da steht Essen. Aber bedient euch an dem Tisch.« Er zeigte auf den zu seiner Rechten. »Der andere ist für mich bestimmt.«
Klar, weil es nie Probleme gibt, wenn man etwas isst, das allein für einen selbst zubereitet wurde, während der andere Kerl sein eigenes Essen hat. »Vielen Dank, Euer Gnaden. Wir haben schon gegessen.«
Der Herzog beugte sich vor und rutschte beinahe vom Thron. Die Krone fiel von seinem Kopf und landete scheppernd am Boden. Es schien ihn nicht zu stören. Er schnappte sich eine Keule, die von irgendeinem Vogel stammte. »Hühnchen«, meinte er und biss hinein. »Wie ich sehe, hast du Huren mitgebracht. Welche ist für mich?«
»Das dürfte ich sein, Euer Gnaden«, sagte Dariana.
Isault sah das furchteinflößende Grinsen auf ihrem Gesicht und wandte sich mir zu. »Warum habe ich das Gefühl, dass diese hässliche kleine Kreatur andere Dinge als mein Vergnügen im Kopf hat? Vielleicht würde sie es ja mehr genießen, wenn ich sie zuerst fessle.«
Augenblicklich änderte sich ihr Ausdruck. »Ich würde mich freuen, wenn Ihr es versucht, Euer Gnaden.«
Ich legte Dariana eine Hand auf den Schwertarm. Ihr Blick huschte von meiner Hand zu meinem Gesicht. Mich sah sie viel wütender an als zuvor den Herzog.
»Garstiges kleines Ding. Wie ich sehe, trägt auch sie den

Mantel, was es erklärt. Das Problem mit euch Greatcoats ist … ach, bei allen Höllen. Beshard«, rief er dem Alten am Eingang zu,»was sage ich immer, ist das Problem mit den Greatcoats? Du weißt schon, letztens?«

»Sie sind eingebildet, Euer Gnaden«, rief der Kammerherr zurück.

»Richtig! Ganz genau. Eingebildet. Das seid ihr.« Seine Gnaden beugte sich vor und flüsterte theatralisch:»Beshard ist eine schlaffe alte Tunte, die davon träumt, mich im Schlaf zu besteigen, aber er ist so loyal wie ein Pitbull.« Isault warf die Hühnerkeule zurück auf das Tablett auf dem Tisch. Er verfehlte es.»Wirklich. Ihr solltet versuchen, mich anzugreifen. Der alte Beshard wird noch vor Shuran hier sein, das schwöre ich.«

»Herzog Isault …«, setzte ich an.

»Nun fragt ihr euch vermutlich, warum ich euch herbestellt habe«, unterbrach er mich.

»Äh … Ihr habt uns nicht herbestellt, Euer Gnaden. Wir kommen aufgrund der Befehle der Schneiderin im Namen von Aline, der Tochter von …«

»Ja, ja, Aline, Tochter von jemandem, Herrscherin von etwas, Erbin des Throns von irgendwo. Aber das ist alles ein Haufen Scheiße, nicht wahr?«

»Ich verstehe nicht ganz, Euer Gnaden.«

»Ich sagte, das ist alles Scheiße.«

»Ja, Euer Gnaden, Eure Worte habe ich gehört. Ich verstehe nur ihren Sinn nicht.«

Herzog Isault beugte sich wieder vor und nahm sich ein anderes Stück des Vogels – diesmal einen Flügel.»Wen interessiert es, wer was ist? Du kennst mich nicht. Soweit es dich betrifft, könnte ich genauso gut der Sohn eines Schweinehirten und einer Wäscherin sein, die mich mit dem echten Herzogssohn verwechselt haben. Soweit es mich betrifft, kippt der wahre Herzog von Aramor irgendwo gerade Schweinefraß in eine Tränke.«

Wie ich Isault so betrachtete, dessen Gesicht mittlerweile ordentlich fettverschmiert war, fand ich die Vorstellung zusehends plausibler.

Mit dem Ärmel wischte er sich den Mund ab. »Adelspatente, Herzprüfungen, Stadtweise ... das ist alles nur ein Haufen Scheiße. Aber ihr habt eure Schwerter, nicht wahr?« Es war eine rhetorische Frage. »Die sind von Bedeutung. Hundert Greatcoats treten fünfhundert von Jillards Männern in den Arsch? Das ist von Bedeutung. Wiederholt diesen Trick noch ein paarmal, dann steht ihr einem Heer aus dreißigtausend Männern gegenüber. So wird das laufen, das ist dir doch klar?«

»Was, Euer Gnaden? Irgendwie bin ich noch immer bei der Wäscherin.«

Er lachte. »Ha! Das ist die eine Sache, die ich an euch mag. Ihr Greatcoats. Ihr habt ... verdammt! Was sagte ich noch einmal, was diese Greatcoats haben, Beshard?«

»Eier, Euer Gnaden!«, rief Beshard vom anderen Ende des Raumes. »Ihr sagtet, sie hätten Eier.«

»Eier! Riesige Eier.« Isault kicherte und hielt beide Hände in die Höhe, um uns einen Eindruck von dem geschätzten Gewicht und der Größe der eben erwähnten Eier zu geben.

»Ihr alle seid sowieso schon von Anfang an verrückt mit eurem ›das Gesetz sagt dies‹ und ›das Gesetz sagt das‹. Fügt man der Gleichung noch einen kleinen Krieg hinzu, stürzt ihr euch im Handumdrehen auf ein Heer, ganz egal, wie groß es ist.« Er drohte mir mit dem Finger. »Dreißigtausend Männer, mein Junge. Die könnten die Herzöge gegen euch ins Feld führen, würden sie sich zusammenrotten. Dreißigtausend. Glaubst du, dass du und deine hundert Greatcoats es mit einem Feind von dieser Größe aufnehmen könntet?«

»Nein, Euer Gnaden. Dreißigtausend könnten wir nicht besiegen.« Ich dachte sehr sorgfältig über meine nächsten Worte nach. »Aber das werden wir auch nie müssen.«

»Ach, wieso das denn?«
»Weil ihr einander nicht vertraut. Ständig redet ihr darüber, diesen Gegner auszulöschen oder jenen, aber am Ende fürchtet ihr mehr als alles andere, dass ein Herzog seine Macht vergrößert. Euer ausgetauschter Schweinebauer wird lange auf Eurem Thron sitzen, bevor dieses mythische Heer, das Ihr beschrieben habt, jemals auf dem Schlachtfeld eintrifft, Euer Gnaden.«
Isault fing an zu lachen. Ein lautes, ausgelassenes Lachen. »Ha! Das ist die andere Sache, die ich an den Greatcoats mag! Beshard, weißt du noch, was ich letztens sagte?«
Beshard wollte antworten, aber ich hielt eine Hand hoch.
»Unseren Sinn für Humor. Euer Gnaden, verzeiht mir meine Impertinenz, aber könnten wir auf den Punkt kommen?«
Der Herzog hörte auf zu lachen. »Den Punkt? Der Punkt ist, was du wissen würdest, wärst du nicht so eingebildet, hättest nicht so große Eier und diesen Sinn für Humor, den du wie einen Schild hochhältst, der Punkt ist, dass man den Herzögen niemals erlauben sollte, sich zu vereinen.«
»Dann ...«
»Es sei denn, man jagt ihnen genug Angst ein. Wir haben uns schon einmal vereinigt, nicht wahr, Falcio val Mond, Erster Kantor der Greatcoats?«
»Ja, das habt ihr«, sagte ich mit kalter Stimme.
»Oohh, Shuran, Ihr solltet schnell mit Eurem großen Schwert kommen. Der Junge wirft mir einen finsteren Blick zu. Oje!« Herzog Isault fuchtelte wieder mit dem Finger in der Luft herum.
Es war ziemlich sinnlos, darauf zu antworten, also ließ ich es bleiben.
Isault beobachtete mich einen Augenblick lang, dann sagte er: »Gut. Du bist nicht so dumm, wie du aussiehst. Wer hat eigentlich diese Mäntel entworfen? Ihr seht aus wie ... egal. Der Punkt ist, der König sorgte dafür, dass wir alle vor ihm mehr Angst hatten als voreinander. Das war ein Fehler.

Er vereinigte uns. Uns blieb keine andere Wahl, als ihn zu stürzen. Er musste weg.«

Wieder fühlte ich in mir eine finstere Hitze aufsteigen.

Herzog Isault starrte mir in die Augen, dann stand er von seinem Thron auf und ging die beiden Stufen herunter, um direkt vor mir stehen zu bleiben. »Noch einmal dieser Blick, mein Junge, und ich schnappe mir mein Schwert und verabreiche dir die Prügel, die du verdienst. Traust du mir das nicht zu?«

»Ihr haltet zwei Klingenkontakte durch«, sagte Kest. »Falcio wird Eurem ersten Hieb ausweichen und dann …«

»Die Frage war theoretisch gemeint«, flüsterte Brasti so laut, dass es vermutlich noch die toten Vorfahren des Herzogs gehört hatten.

»Ich glaube, du meinst ›rhetorisch‹«, erwiderte Kest.

Ich hielt die Hand hoch. »Gebt Ruhe.«

»Schlau«, sagte Isault. »Und jetzt seid wieder schlau. Wenn ihr euer kleines Mädchen auf den Thron setzen wollt, solltet ihr lieber dafür sorgen, dass wir weiterhin einander und nicht dich und deine fahrende Truppe Verrückter bekämpfen.«

»Ihr scheint sehr entschlossen zu sein, dass wir einen Weg finden, die Herzöge zu schlagen, wenn man in Betracht zieht, dass Ihr einer von ihnen seid, Euer Gnaden.«

Er begab sich zum rechten Tisch, von dem er uns aufgefordert hatte zu essen. Er nahm sich eine neue Hühnerkeule. »Aye, das ist wohl wahr.«

»Darf ich nach dem Grund fragen?«

»Ich habe auch meine eigenen Gründe. Aber der wichtigste Grund besteht darin, dass wir einen König brauchen. Oder eine Königin. Von mir aus auch eine beschissene Ziege. Bei allen Höllen, selbst eine deiner kleinen Frauen hier würde es tun. Aber wir brauchen jemanden auf dem Thron in Schloss Aramor. Wir brauchen die Gesetze des Königs.« Er hielt einen Finger in die Luft. »Nicht viele. Bestimmt nicht so viele, wie Paelis wollte. Aber ein paar. Genug. Ein Mann muss seinen Acker bestellen und seine Kinder großziehen können, ohne Angst zu haben, dass irgendein verfluchtes Lordlein zu Besuch kommt, um seine Töchter zu vergewaltigen und sein Geld zu stehlen. Das schadet nur der Wirtschaft, aber das weißt du ja, nicht wahr?«

Auf diese Weise hatte ich es noch nie betrachtet. »Ja, Euer Gnaden, das weiß ich.«

»Und was passiert, wenn diese barbarischen Pissetrinker drüben in Avares eines Tages über die Berge kommen? Sie reißen uns in Stücke. Ich sprach von dreißigtausend Mann, nicht wahr? Das würden alle Herzöge zusammenbringen, falls wir uns verbünden. Nun, mein Junge, Avares könnte hunderttausend ins Feld schicken, wenn es das wollte.« Er biss in seine Keule.

Seine Worte ergaben Sinn. Seine Einschätzung über den Zustand des Landes entsprach der Wahrheit, und auch wenn ich mir nicht sicher sein konnte, ob er das Potenzial von Avares richtig einschätzte, hätte mich die Zahl keineswegs überrascht. Andererseits würde ich nie den Tag vergessen, an dem das herzogliche Heer vor Schloss Aramor Aufstellung bezogen hatte. Es war nicht besonders groß gewesen, aber es waren Truppen aus jedem Herzogtum dabei, Aramor eingeschlossen. »Warum habt Ihr dann nicht den König unterstützt, als Ihr die Gelegenheit hattet? Warum nicht Stellung beziehen?«

»Stellung beziehen?« Er warf die zur Hälfte verspeiste Keule nach mir. Sie prallte von meinem Mantel ab und hinterließ einen kleinen Fettfleck. »Nenn mich nicht einen Feigling, mein Junge. Ich sagte es bereits: Dein verfluchter König machte zu schnell zu viel Druck. Dieses Miststück Patriana hatte uns alle damit aufgewiegelt, dass die Greatcoats als Nächstes die Macht in den Herzogtümern übernehmen würden. Zuerst hätte er Herzog Jillard in Rijou angegriffen; ihm wäre nichts anderes übrig geblieben. Und rate mal, wer zwischen der stinkenden Achselhöhle von Hervor und dem Arschloch von Rijou sitzt?« Isault zeigte mit dem Daumen auf sich. »Aramor.«

»Der König wollte niemals die Herzogtümer übernehmen«, sagte ich. »Nicht eines davon. Dazu wurde nicht ein Befehl erteilt oder auch nur ein Dekret geschrieben. Er wollte nur das Leben des einfachen Volkes erträglicher machen.« Isault schnaubte. »Wirklich? Ist das die Lüge, die er dir erzählt hat?«

Ich hörte, wie am anderen Saalende das Kriegsschwert eines Ritters gezogen wurde. »Was?«

Kest legte mir die Hand auf den Arm. »Du hast zuerst gezogen, Falcio«, sagte er, die rechte Hand selbst auf dem Schwertgriff. Ich schaute nach unten und erkannte, dass es stimmte. Ich hatte mein Rapier zur Hälfte gezogen.

»Vergebt mir, Euer Gnaden«, sagte ich. »Ich habe den Kopf verloren.«

»Aye, mein Junge, das hast du beinahe. Hör zu, ich behaupte ja nicht, der König wäre ein schlechter Mann gewesen. Auch er war sich der Gefahr bewusst, die von Avares ausgeht. Er wusste, dass wir zu einem wirtschaftlich blühenden Land werden müssen, um je ein Heer aufstellen zu können, das Tristia vor Eindringlingen beschützen kann.« Er hob die Hand. »Ich sehe dir an, dass wir uns in diesem Punkt nicht einigen werden, also lassen wir das. Soll Paelis in deinen Augen der Held des kleinen Mannes sein und in meinen der verschlagene und egoistische Stratege. Vielleicht haben wir ja beide recht. Aber wie dem auch sei, ohne einen Herrscher auf dem Thron kann Tristia nicht stark sein.«

»Dann werdet Ihr Aline unterstützen?«

Er schnaubte und blickte mir in die Augen. »Ist sie wirklich das Beste, das dir dazu einfällt?«

»Ich verstehe nicht, Euer Gnaden.«

»Ein dreizehnjähriges Mädchen, das nicht die geringste Ahnung hat, wie man herrscht. Das ist unsere beste Hoffnung?«

»Sie ist die Erbin des Königs.«
»Und die anderen?«
Ich hielt meine Miene so neutral, wie ich konnte, während ich mir meine Antwort überlegte.
»Aha«, sagte er. »Also hast du keine Ahnung, ob noch welche der anderen am Leben sind. Nun dann. Vielleicht erleben wir ja beide eines Tages eine Überraschung.«
»Und im Augenblick?«, fragte ich. »Werdet Ihr Aline als Königin von Tristia unterstützen?«
»Aye, das werde ich.«
Die Enge in meiner Brust löste sich. Aramor war kein besonders starkes Herzogtum, aber es verfügte über Reichtum und genügend Nahrung. Es war ein verdammt guter Anfang. Es würde anderen einen Grund liefern, unsere Unterstützung in Betracht zu ziehen. Wir konnten ...
»Für einen Preis.«
»Ich verstehe nicht, Euer Gnaden?«
Er griff sich das Tablett mit dem Huhn und nahm es zurück mit auf den Thron. »Verarsch mich nicht, mein Junge. Die alte Hexe hat dich doch nicht mit leeren Händen geschickt, oder?«
»Nein. Für Eure Unterstützung wird Aline ...«
»Du meinst die Schneiderin.«
»Ich ...«
»Aline hat einen Dreck zu bieten, mein Junge. Sie könnte einen Steuerbescheid vermutlich nicht einmal mit zwei Sekretären und einem riesigen Vergrößerungsglas lesen. Die Alte zieht hier die Fäden. Wir können uns alle verdammt glücklich schätzen, dass sie nicht in der Thronfolge steht. Eine Welt, in der dieses alte Miststück auf dem Thron sitzt, möchte ich nicht erleben.«
»Aline«, sagte ich und betonte ihren Namen, »ist bereit, den Steuersatz der Krone um zehn Prozent niedriger anzusetzen, als es Paelis tat. Außerdem verspricht sie, diesen Satz zehn Jahre lang zu garantieren.«

»Nun, im Augenblick zahle ich eigentlich nichts, also ist das kein besonders gutes Angebot.«
»Das stimmt so nicht ganz, Euer Gnaden«, sagte Valiana.
»Was?« Er musterte sie von Kopf bis Fuß. »Sie kann reden? Wunderbar! Was kann sie sonst noch mit ihrem Mund machen?«
Valiana ignorierte die Bemerkung. »Ihr zahlt jedes Jahr eine beträchtliche Summe an den Herzogsrat.«
»Immer noch nur die Hälfte von dem, was ich Paelis an Steuern zahlte.«
»Der größte Teil der an die Krone gezahlten Steuern floss in die Instandhaltung der Straßen und sicherte den Handel, der für die Wirtschaft Eures Herzogtums so wichtig ist. Wie viel von den Geldern, die Ihr dem Rat zahlt, findet seinen Weg nach Aramor zurück, Euer Gnaden?«
»Ich glaube, du hast mir besser gefallen, als du still warst und ich mir vorstellen konnte, wie du …«
»Stellt Euch vor, was Euch beliebt«, erwiderte Valiana. Sie lächelte, und einen kurzen Augenblick lang sah ich die Rückkehr der hochmütigen Adligen. »In der Zwischenzeit schlucken andere Herzöge Ländereien im Norden und werfen begehrliche Blicke nach Süden auf die Felder und Herden Aramors. Euer Gnaden, was glaubt Ihr, woran sie so denken?«
Der Gedanke schien Isault sehr unglücklich zu machen. Ich betrachtete das als gutes Zeichen. »Aline wird dafür sorgen, dass Eure Grenzen und Handelswege sicher sind. Außerdem wird sie die Karawanenherren dazu drängen, die Tarife und Währungskurse auf Speer und Bogen zu senken.«
»Ach was?«, fragte Isault. »Und wie genau will sie das schaffen?«
»Sie wird einen Teil der Steuern dazu verwenden, um die Straßen instand zu setzen und die Handelswege mit Wachstationen auszurüsten.«
»Schlau«, sagte Isault. »Könnte sogar funktionieren. Aber das reicht nicht.«

»Außerdem erklärt sie sich dazu bereit, für die Dauer von fünf Jahren keine neuen Gesetze zu erlassen, die die Herzogtümer beeinträchtigen.«

»Also gerade lange genug, dass sie erwachsen werden und sich mit den derzeitigen Gesetzen vertraut machen kann? Schön. Das reicht noch immer nicht.«

»Vergebt mir, Euer Gnaden. Was wollt Ihr noch?«

Isault hielt mir den Teller mit dem Huhn hin. Da ich nicht wusste, was ich sonst damit machen sollte, nahm ich ihn und stellte ihn auf dem Tisch ab.

»Ist dir das klar, mein Junge?«, fragte er. »Vor zehn Minuten hättest du den Teller niemals von mir genommen. Jetzt kannst du einen Handel riechen und erniedrigst dich.«

»Das ist doch keine …«

»Oh, das soll keine Kritik sein. Tatsächlich erleichtert es mich, dass du einen Funken Verstand hast. Denn dein kleines Mädchen kann mir nicht bieten, was ich haben will.«

»Was wollt Ihr dann, Euer Gnaden?«

Er zeigte mit dem Finger auf mich. »Dich.«

»Mich?«

»Dich. Die Greatcoats. Ihr sollt doch den Gesetzen Geltung verschaffen, richtig?«

»Das stimmt, Euer Gnaden.«

»Und ein Herzog hat das Recht, einen Mann, der in einem seiner Dörfer lebt, zu besteuern, nicht wahr?«

»Das darf er, solange die Steuer nicht …«

»›Solange die Steuer nicht so hoch ist, dass sie nicht aufgebracht werden kann, oder die Strafe für den Verzug so schwer ist …‹ Und so weiter. Wenn ich nichts dergleichen getan habe, müssen sie bezahlen, richtig? Nun, ich will, dass du und deine Jungs ins Dorf Carefal reitet, das etwa drei Tagesreisen von hier entfernt an meiner Westgrenze liegt.«

»Euer Gnaden, ich verstehe nicht. Wollt Ihr sagen, dass wir für Euch in dieses Dorf reisen sollen, weil sich ein Mann weigert, seine Steuern zu bezahlen?«

»Nicht ganz«, erwiderte Isault. »Ich will, dass ihr dem Dorf einen Besuch abstattet, weil sich ganz Carefal weigert, die Steuern zu bezahlen. Ihr reist dorthin, macht euren kleinen Greatcoat-Tanz und singt ein Lied über das Gesetz, dann bringt ihr sie dazu, ihre Pflicht zu tun.«

»Aber habt Ihr keine ...« Ich warf einen Blick auf Shuran.

»Ich werde nicht meine Ritter und Soldaten losschicken, um ein Dorf zu bekämpfen. Ich verliere entweder Männer oder Steuerzahler. Nein, mein Junge. Du willst dein kleines Mädchen auf den Thron setzen? Du willst das Gesetz des Landes sein? Schön. Beweise uns, dass du das Gesetz für alle durchsetzen kannst.«

»Und wenn wir das tun?«

Isault stieg vom Thron, schritt die Stufen herunter und streckte die Hand aus. »Ich unterstütze dein kleines Mädchen mit Aramors ganzer Macht. Wir mögen kein großes stehendes Heer haben, aber die Ritter von Aramor sind die tödlichsten im ganzen Land. Wenn ich Shuran losschicke, damit er sich vor Trins Soldaten stellt, dann wette ich mit dir, dass die Hälfte von ihnen auf der Stelle desertiert.«

»Ich ...« Ich sah die anderen an. Kest erschien desinteressiert und betrachtete die Schilde und Schwerter im Raum. Valiana schien enttäuscht von mir, und Dariana grinste hämisch, als hätte sie gerade einen Streit gewonnen. Brasti sah einfach nur beunruhigt aus. Das war ich auch. Aber ich hatte keine andere Wahl. Ohne die Unterstützung zumindest eines Herzogs konnten wir Aline niemals auf den Thron bringen, und abgesehen von Isault würde uns vermutlich keiner der anderen Herzöge helfen. »Also gut. Ich gehe nach Carefal. Wenn sich die Leute dort weigern, Steuern zu zahlen, wie Ihr sagt, dann urteile ich zu Euren Gunsten.«

Wir schüttelten uns die Hände.

»Dann geht«, sagte der Herzog. »Shuran begleitet euch mit ein paar seiner Männer, damit man euch nicht umbringt.«

Wir fünf gingen zur Tür.

»Dieses Mädchen«, rief Isault mir hinterher. »Ich sagte, ich würde dir helfen, sie auf den Thron zu bringen, und das werde ich auch. Aber sie wird nicht lange herrschen. Falcio. Dreizehn Jahre alt? Eine Woche nach der Krönung ist sie tot.«

10

DIE TROUBADOURE

Carefal liegt hundert Meilen vom Herzogspalast von Aramor entfernt. Es ist ein netter, zweitägiger Ritt, wenn man gern hört, wie sich Pferde geschwungene Hügel hinauf- und wieder hinunterquälen, während sie immer mal wieder auf dem zerbrochenen grauen Schiefer ausrutschen, der wie die Krusten von den Armen eines Aussätzigen von den schmalen Bergen abblättert.

»Eure Straßen könnten eine Reparatur brauchen, Sir Shuran«, rief ich dem Ritteroberst zu, der dicht hinter mir mit seinen Männern ritt. Er hatte sich die Zeit genommen, mir alle neun von ihnen vorzustellen, aber da keiner von ihnen bereit gewesen war, mir die Hand zu schütteln, hatte ich mich dazu entschieden, ihre Namen zu vergessen.

»Der Zustand der Straßen von Aramor gehört nicht unbedingt in den Verantwortungsbereich seiner Ritter«, erwiderte Shuran. »Gehörte es zu den Aufgaben der Greatcoats, auf Schloss Aramor die Böden zu putzen und die Treppen zu fegen?«

»Lasst ihm Zeit«, sagte Brasti, verließ Kests Seite und ritt neben mich. »Falcio wird sich darum kümmern, sobald er die restlichen Drecksarbeiten der Herzöge für sie erledigt hat, da bin ich mir sicher.«

»Halt den Mund, Brasti«, sagte Kest mehr aus Gewohnheit als durch die Erkenntnis, dass das jemals etwas genutzt hätte.

Falls man findet, dass hundert Meilen im Sattel, bei denen man ständig gegen seine Übelkeit ankämpft, zu schnell vergehen, nimmt man am besten einen Mann mit, der zumindest theoretisch ein Untergebener ist, um sich von ihm auf dem ganzen Weg wie ein Fischweib beschimpfen zu lassen.

Ich hoffte, dass Dariana mich davor bewahren würde, indem sie einen ihrer polemischen Diskurse über die mannigfaltigen, bis jetzt von ihr entdeckten Beweise der Qualität von Brastis Männlichkeit anstimmte. Leider ritten sie und Valiana hinter uns, und das Einzige, das ich gelegentlich von ihnen zu hören bekam, war Gelächter. Es hätte mich nicht stören sollen, dass die beiden Freundschaft schlossen, aber das tat es. Dariana war eine ausgezeichnete Fechtlehrerin für Valiana, und auf ihre Art und Weise (bei der es für gewöhnlich darum ging, sich darüber auszulassen, wie man Menschen verstümmelte) konnte sie auch ganz leutselig sein, aber unter ihrem wagemutigen Verhalten steckte eine blutbesudelte Mörderin, die ihre Gegner gleichgültig abschlachtete. Mein Pferd rutschte auf einem Stück Schiefer aus und warf mich beinahe ab, was mich daran erinnerte, mich auf die Straße vor mir zu konzentrieren.

Einer von Shurans Leuten sagte etwas, das ich nicht verstand, dem ein lautes Schnauben folgte. Es dauerte einen Moment, bis ich begriff, dass sich die Ritter noch immer über Brastis Bemerkung amüsierten. Ritter haben ihren Spaß daran, wenn sich Greatcoats gegenseitig beleidigen. Vermutlich hätte es sie auch amüsiert, wenn sie dabei hätten zusehen dürfen, wie wir uns gegenseitig erschlugen, was stetig zu einer durchaus vorstellbaren Möglichkeit wurde.

Shuran sah mich an, als wollte er ein heikles Thema ansprechen, und rang sich schließlich dazu durch. »Erster Kantor, ich muss gestehen, dass ich eure Befehlskette nicht so richtig verstehe. Würde einer meiner Ritter so zu mir reden, könnte er sich auf eine schwere Rüge gefasst machen.«

»Darum kümmere ich mich, wenn ich Zeit habe.«

»Vielleicht kannst du ihm ja einfach den Sold kürzen«, schlug Shuran hilfsbereit vor.
Brasti lachte so plötzlich und schrill, dass es einem Kichern ähnelte. »Da muss es erst einen Sold geben, den man kürzen kann.«
Shuran sah überrascht aus. »Du bezahlst deine Männer nicht?«
»Sehe ich wie ein König aus?«, erwiderte ich. »Bezahlst du etwa deine Männer?«
Shuran wandte sich an den Ritter, der eben gelacht hatte. »Sir Elleth, wer bezahlt Euren wöchentlichen Sold?«
»Ihr, Ritteroberst.«
»Und solltet Ihr verletzt werden, wer bezahlt den Heiler?«
»Ihr, Ritteroberst.«
»Solltet Ihr im Kampf fallen, wer bezahlt Eurer Familie eine Rente?«
»Ihr ...«
»Warte, warte«, unterbrach ich ihn. »Arbeitet er nicht für den Herzog?«
»Er dient dem Herzog«, sagte Shuran. »Das tun wir alle, aber der Ritteroberst trägt die Verantwortung, seine Männer zu bezahlen.« Shurans Stimme wurde hörbar andächtig. »Müsste uns unser Herr eine Vergütung zahlen, würde das den heiligen Bund besudeln, der unser Dienst für den Herzog ist. Da könnte man ja gleich die Götter bitten, uns dafür zu bezahlen, dass wir ein anständiges Leben führen.«
»Endlich eine religiöse Doktrin, die ich unterstützen würde«, meinte Brasti. Er hielt die Zügel, als stimmte er ein andächtiges Gebet an. »O große Göttin namens Liebe, ich werde die langen und einsamen Straßen dieses Landes durchwandern, um deine Botschaft der Barmherzigkeit jedem zu vermitteln, der sie braucht. Ich werde den Kopf bei jedem Anzeichen von Schönheit neigen und dich morgens, mittags und die ganze Nacht lang lobpreisen.« Er schenkte uns ein durchtriebenes Grinsen. »Dafür hätte ich gern einen wö-

chentlichen Lohn von zwölf Silberhirschen und an Markttagen zwei zusätzliche Silberhirsche. Eine kleine Hütte wäre auch nett. Nichts zu Tolles, verstehst du, aber ...«
»Halt den Mund, Brasti«, sagten Kest und ich gemeinsam. Die Ritter amüsierten sich prächtig. Brasti schien das nicht zu stören. Er stand gern im Mittelpunkt der Aufmerksamkeit, selbst wenn diese Aufmerksamkeit von herzoglichen Rittern kam, die er prinzipiell verabscheute.

Die Vorstellung, dass der Oberst seine Männer aus der eigenen Tasche bezahlte, fand ich merkwürdig. Und teuer. »Sekunde mal. Wenn du jeden Ritter des Herzogs entlohnen musst, der unter deinem Befehl steht, wer bezahlt dann dich?«

»Offensichtlich der Herzog«, sagte Brasti.

»Aber würde das nicht den Dienst beschmutzen, den er leistet?«, fragte Kest, der sich endlich für die Unterhaltung interessierte. Einmal davon abgesehen, dass er der beste Fechter auf der Welt war, hatte er eine unnatürliche Faszination für die Bürokratie.

»In der Tat würde es meinen Dienst beschmutzen, würde man mich bezahlen«, sagte Shuran. »Schließlich sind wir heilige Männer.«

Brasti wollte etwas Höhnisches sagen, aber Kest ließ ihn nicht zu Wort kommen. »Dann nehme ich mal an, dass es deinen Dienst am Herzog nicht beeinträchtigt, wenn er dir gelegentlich in Bewunderung für deinen edlen Charakter ein Geschenk macht?«

Shuran lächelte schmal. »Ein derartiges Geschenk würde würdigen, dass ich den Willen meines Gottes erfülle.«

»Und sollten solche Geschenke mit einer gewissen Regelmäßigkeit erfolgen?«

»Nun ja, ich bemühe mich in wöchentlicher Regelmäßigkeit edel zu sein.« Sein Lächeln wurde breiter. »Ich bin dafür bekannt, vor allem mittwochs ganz besonders edel zu sein.«

Ich versuchte im Kopf auszurechnen, wie Geschenke aus-

sehen mussten, um mehr als tausend Ritter bezahlen zu können. Schließlich gab ich es auf.»Also bezahlst du deine Männer mit den ›Geschenken‹ des Herzogs?«
»Teilweise. Aber sie würden die Kosten meiner Männer kaum decken.«
»Wo kommt dann der Rest her?«
Shuran signalisierte den anderen Männern, das Tempo zu verringern, und zog an den Zügeln.»Um das zu illustrieren, ist eine längere Unterhaltung nötig.«
Valiana trieb ihr Pferd näher zu uns.»Warum werden wir langsamer?«
Shuran zeigte auf ein zweistöckiges Holzgebäude, das hundert Meter voraus fast von den Bäumen verborgen wurde.»Dort vorn ist ein Gasthaus. Sie haben nur wenige Zimmer, aber wir können dort etwas zu essen bekommen und in der Nähe ein Lager aufschlagen.«
»Ich bin diesen Weg schon einmal mit meiner Mutter gereist.« Sie schüttelte den Kopf, als wollte sie ihn klären.»Ich meine, mit der einstigen Herzogin von Hervor.« Ein Hauch Bedauern lag in ihrer Stimme. Es war erst wenige Wochen her, dass Valiana erfahren hatte, dass sie gar nicht die Tochter einer Herzogin war.»Egal«, fuhr sie fort,»ich bin mir ziemlich sicher, dass es zehn Meilen weiter ein besseres Gasthaus gibt, das genug Zimmer für uns alle hätte.«
»Verzeih, meine Dame«, sagte Shuran.»Aber es wird spät, und ich ziehe es vor, die Tiere nicht zu sehr zu erschöpfen. Wir übernachten hier und treffen dann morgen in Carefal ein.«
»Wenn sie für uns keine Zimmer haben, wozu sich dann die Mühe machen?«, wollte Brasti wissen.
»Für uns gibt es eine Mahlzeit, und Futter für die Pferde, und sie sind für eine Unterhaltung bekannt, die ihr bestimmt zu schätzen wisst.«

»Und der Hammer des Herzogs schlug zu«, sagte der Geschichtenerzähler, dessen Stimme trotz seines jugendlichen Erscheinungsbildes so tief und ausdrucksstark klang, als würde der heilige Anlas, der sich an die Welt erinnert, durch ihn sprechen. Das Licht des Kamins tauchte den großen Schankraum in Schatten und beleuchtete seine hübschen Züge, als wäre er ein Geschöpf geboren aus Magie. Glattes, dunkles Haar reichte bis zu seinem Kinn, dazu kamen ein kurzer Schnurrbart und ein Kinnbart. Ein Aussehen, wie es für einen Troubadour üblich war. Vermutlich glauben sie, es ließe sie weise wirken. Oder schneidig. Ich bin mir nicht sicher, warum sie das wollen. Unter einer schwarzen, zur Hose passenden Weste trug er ein blaues Hemd. Mir entging nicht, dass die Hose an einigen Stellen geflickt war.

Neben ihm saß eine Frau auf einem Hocker. Auch ihre Kleidung war blauschwarz, und sie begleitete seine Geschichte auf einer kurzen Reisegitarre. Sandbraunes Haar umrahmte ein rundes Gesicht auf einem dicken Körper, der weder Kurven noch Sinnlichkeit aufwies. Aber sie entlockte ihrer Gitarre meisterhafte Arpeggios, die die ansonsten banale Vorstellung des Geschichtenerzählers zu einer fesselnden Darbietung machten.

»Aber fürchtete unser Held die Macht des Herzogs?«, verlangte der Erzähler von seinem Publikum zu wissen. »Rückte er auch nur einen Zoll zurück, als sich die Soldaten des Herzogs auf ihn stürzten?«

Die ungefähr vierzig Bauern und Händler, die die Tische im *Gasthaus am Ende der Welt* füllten, waren entweder von der Geschichte oder ihren Getränken so verzaubert, dass sie nichts erwiderten. Der Troubadour nahm das als Anlass fortzufahren und schwenkte die Hände, um den Qualm aus den Pfeifen der Gäste wegzuwedeln. »Er fürchtete sie nicht, meine Freunde, denn sein Schwertarm war stark, jawohl, aber seine Stimme ... seine Worte, die waren mächtig. Man könnte sagen, er hatte etwas von einem Troubadour!«

Das rief Gelächter hervor. Hauptsächlich von Brasti.

»Was willst du haben, Trattari?«, fragte der Mann hinter der Theke leise, als wollte er die Geschichte, die am anderen Ende des Raumes erzählt wurde, nicht stören. »Ein Bier kostet drei schwarze Pfennige den Becher, ein ordentlicher Wein kostet fünf. Eine Portion Rindfleisch kostet nur einen Silberhirsch.«

Ich ließ ihm den »Trattari« durchgehen. Die Hälfte der Leute auf dem Land wusste nicht einmal, dass es Lumpenmantel bedeutet und eine Beleidigung ist. Vielleicht ist es ihnen auch einfach nur egal.

»Hier gibt es nicht oft Rindfleisch«, fuhr der Mann fort und beugte sich uns dabei entgegen, als ginge es hier um das Angebot des Jahrhunderts. »Das ist fast so selten wie Hammelfleisch.«

»Weil wir hier am Ende der Welt sind?«, fragte Kest.

»Nun, äh, aye, vermutlich.«

»Aber wir sind doch gar nicht am Ende der Welt«, sagte Brasti. »Sicher, der Süden ist nicht weit entfernt, aber das ist auf keinen Fall das Ende der Welt. Denn wenn es das wäre, müsste so ziemlich jedes Gasthaus von Baern bis Pertine *Gasthaus am Ende der Welt* heißen.« Er blickte sich um. »Wenn man es recht bedenkt, ist das hier weniger ein Gasthaus als vielmehr eine Schenke.«

»Wir haben ein Zimmer«, sagte der Mann kurz angebunden. »Das macht es zu einem Gasthaus.«

»Wo ist das Zimmer?«, wollte Brasti wissen.

Er zeigte nach draußen. »Dort hinten. Es hat ein Bett und alles.«

»Ist das nicht eine Scheune?«, fragte Kest.

»Dort stehen keine Pferde«, erwiderte der Mann.

»Ja, aber trotzdem ist das eigentlich ...«

»Hör zu, Trattari. Wenn du und dein kleines Gefolge kein Zimmer haben wollt, müsst ihr auch kein Zimmer bezahlen. Wenn ihr das als Schenke statt als Gasthaus bezeichnen wollt, könnt ihr das gern tun. Also was wollt ihr drei nun haben? Das Bier für fünf Pfennige, den Wein für sieben oder das Rindfleisch für eine Silbermünze und drei Pfennige?«

»Moment mal, du sagtest ...«

»Das waren Gasthauspreise. Das sind die Schenkenpreise. Zufrieden?«

Ich fischte fünf Silbermünzen aus einer meiner Taschen und tastete sorgfältig danach, dass ihre Prägung der silberne Hirsch von Aramor war. Ich legte sie nacheinander auf die Theke. »Wir wollen fünfmal das Rind. Und du gibst uns dazu fünf Biere.«

»Was? Das reicht nicht mal annähernd. Was soll das, wollt ihr mich ausrauben, Trattari?«

Ich zeigte auf einige der abgerissen aussehenden Gäste, die an den Tischen aßen. »Diese Männer sind nicht mit Silber eingetreten, und das Essen und Trinken scheint ihnen zu munden. In dieser Gegend ist weder Rindfleisch noch Hammelfleisch selten, vielleicht weil Aramor für sein Vieh bekannt ist«, sagte ich und deutete mit dem Finger auf den Hirsch auf den Münzen. »Und wenn der nächste Satz aus deinem Mund das Wort ›Trattari‹ beinhaltet, zahle ich dir deine verlangten zusätzlichen schwarzen Pfennige, aber du musst sie morgen früh zusammen mit deinen Vorderzähnen ausscheißen, wenn du sie zählen willst.«

Der Mann hinter der Theke sah weniger entsetzt als vielmehr verärgert aus. »Von mir aus. Fünf Mahlzeiten für fünf Silbermünzen.«

»Und zehn Bier«, erinnerte Brasti.

»Aye, und fünf Bier. Ich schütte sie in zehn Becher, wenn du willst.«

»Fünf Becher reichen«, sagte ich.

»Nun denn«, sagte der Mann und wandte sich von uns ab. »Ihr mögt Greatcoats sein, aber ihr seid keine Falsios. Das sage ich euch umsonst.«

Falsios?

Brasti zog mich an der Schulter mit, damit wir uns an den letzten freien Tisch im Schankraum setzen konnten, vor dem Dariana und Valiana bereits auf uns warteten. Er stand in der Ecke weit weg von den meisten anderen Gästen und in den Schatten, was uns nur recht war. Shuran hatte Essen aus dem Gasthaus besorgt (wofür die Ritter anscheinend nicht bezahlen mussten) und war zurück in das Lager gegangen, das seine Männer für die Nacht aufgeschlagen hatten. Anscheinend interessierte sie die hier gebotene Unterhaltung nicht besonders.

Die Troubadourin zupfte so geschickt an ihrer Gitarre, dass man unmöglich feststellen konnte, wann ein Akkord in den anderen überging.

»Sie ist unglaublich«, meinte Valiana und verfolgte jede ihrer Fingerbewegungen.

Dariana zuckte mit den Schultern. »Sie hält die Melodie. Das ist vermutlich mehr, als ich über den Sänger sagen kann.«

»Nein, du verstehst nicht. In Hervor traten oft Troubadoure im Palast auf. Sie alle waren versiert, sonst hätte ihnen die Herzogin niemals Zutritt gewährt. Aber diese Frau, sie ist etwas Besonderes ... ihre Finger sind wie Wasser, das über Flusskiesel gleitet.«

»Ich habe kein Ohr für solche Feinheiten«, meinte Dariana. Dann zuckte sie zusammen. »Obwohl ich ihren Partner vielleicht umbringen muss, wenn er noch einmal den Ton nicht trifft.«

Ich wandte meine Aufmerksamkeit wieder der Darbietung zu und konzentrierte mich sowohl auf das meisterhafte Gitarrenspiel wie auch auf den weniger meisterhaften Gesang, der schon den anderen aufgefallen war.

»Und sehet, das Licht durchbrach die Dunkelheit,
das Wolfsgeheul unterbrach der Lerche Lied,
seine Worte waren für die Ewigkeit,
und verbreiteten sich in diesem heimgesuchten Land.«

Der Sänger hielt inne, aber die Frau spielte leise weiter und verabschiedete ihr Publikum aus der Darbietung. »Und so endet meine Geschichte, Freunde und Landsleute. Möge sie eure Herzen erwärmen und euch Mut spenden, wenn die finstersten Nächte über uns hereinbrechen. Falls ihr es für möglich haltet, könnt ihr einem Troubadour, der schon lange von zu Hause fort ist, ein paar Münzen geben.«

Einer der Gäste rief: »Münzen? Für eine Geschichte? Allein dieses Bier spendet uns Mut!«

»Aye«, sagte ein anderer. »Behalte deine albernen Märchenlieder.«

Der Mann neben ihm boxte ihn gegen die Schulter. »Lass ihn in Ruhe, Rost, dann und wann ist nichts gegen eine Geschichte einzuwenden. Kommt nicht darauf an, ob sie stimmt oder nicht.«

»Ah«, sagte der Geschichtenerzähler noch immer freundlich. »Aber ich gehöre zu den Bardatti, meine Freunde.« Er blickte sich um, als müsste diese Enthüllung beim Publikum eine Reaktion hervorrufen. Das tat sie nicht. »Die Geschichten, die ich erzähle, sind realer als der Mond draußen am Himmel und ehrlicher als selbst die größten Bäume im Wald.«

Rost stand auf. »Willst du behaupten, dass das die Wahrheit war? Ein Kerl bringt den Herzog zur Weißglut? Und die Menschen erheben sich und retten ein kleines Mädchen, nur weil er es will?«

Rost kippte den Rest seines Biers hinunter und betrachtete den Becher, als wollte er ihn dem Barden an den Kopf werfen.

»Jetzt mach mal keinen Ärger, Rost«, sagte der Wirt, während er vor uns Teller abstellte. Da waren bedeutend mehr Zwiebeln und Kartoffeln als Rindfleisch. Eine schlanke junge Frau mit roten Haaren servierte unser Bier und schenkte Brasti ein Lächeln. Brasti lächelte zurück und wollte etwas sagen, aber ich stieß ihm den Ellbogen in die Rippen.

Rost warf die Hände in die Höhe. »Ach, lass mich in Ruhe, Berret, ich tue doch keinem was. Ich kann es nur nicht ausstehen, wenn Leute mich anlügen und dann dafür auch noch Geld verlangen, das ist alles.«
»Dann bist du in der falschen Schenke«, rief ein anderer.
»Gasthaus«, knurrte Berret wütend. Er wandte sich mir zu. »Siehst du, was du angerichtet hast?«
Ich konnte nicht einsehen, wieso das meine Schuld sein sollte, hatte Rost doch während unseres Feilschens dem Troubadour zugehört.
»Freunde! Freunde!« Der Geschichtenerzähler stand auf. Er sah nervös aus, denn ihm war klar, dass ihm die Gelegenheit, Geld zu verdienen, entglitt. Die Frau schenkte ihm keinerlei Aufmerksamkeit, sondern packte einfach ihre Gitarre ein. »Bezahlt mich oder auch nicht, das ist eure Entscheidung. Aber stellt das Wort eines wahren Bardatti nicht infrage.« Seine Stimme wurde tiefer, als könnte sie der Menge genug Angst einjagen, damit man ihm Münzen zuwarf. »Es bringt Pech, einen Mann des heiligen Anlas, der sich an die Welt erinnert, zu schmälern. Ich sage euch, die Geschichte ist wahr, und allein ich kenne sie so gut, denn ich war an diesem Tag dort.« Er stellte einen Fuß auf den Hocker und zeigte nach Süden, als würde er ein Schiff befehligen. »Aye. An diesem Morgen war ich in Rijou. Ich sah ihn sprechen. Ich war einer seiner zwölf. Und wenn ihr noch mehr Beweise braucht, hier.« Der Troubadour hob die Hand, und eine Münze erschien zwischen seinen Fingern. Sie war aus Gold und trug das Symbol des Königs – eine siebenzackige Krone vor einem Schwert. Mein Mund wurde trocken. Das war die Münze eines Greatcoats, die wir den Geschworenen geben, die ihr Leben riskieren, um für die Einhaltung von Urteilen zu sorgen. Eine einzige Goldmünze konnte eine ganze Familie länger als ein Jahr ernähren.
Eine Art Stöhnen entfuhr dem Publikum. »Also ist es wahr ...«, sagte Rost und griff unwillkürlich nach der Münze.

Der Troubadour ließ sie wieder verschwinden. »Jedes Wort.«

»Also dann«, sagte ein anderer Gast, erhob sich und blickte seine Zechgenossen an, um zu sehen, wie viel Unterstützung er wohl bekommen konnte. »Ich finde, ein Mann mit einer Goldmünze kann es sich leisten, uns allen eine Runde zu spendieren, eh?«

»Nein«, sagte der Geschichtenerzähler. »Ein echter Geschworener würde sich niemals von seiner Münze trennen. Und ich würde eher meine Seele verkaufen, bevor ich sie aufgeben würde, denn der Greatcoat selbst gab sie mir.«

»Wo ist er dann, dein Held? Lebt mit einem Dutzend Frauen in irgendeinem Schloss, was?«

Der Troubadour blickte in unsere Richtung, und einen Augenblick lang glaubte ich, er würde sein Publikum auf uns aufmerksam machen, aber die Frau schlug eine misstönende Note auf der Gitarre, und der Mann wandte sich wieder den Gästen zu. »Das weiß ich nicht, mein Freund. Das weiß keiner. Aber wo auch immer er ist, ich bete darum, dass sich Falsio an einem warmen Ort befindet und heute Abend eine gute Mahlzeit und ein schönes Bier zu sich nimmt.« Dann hob er seinen Becher in die Höhe. »Auf Falsio dal Vond!«

Die Gäste hoben ihre Becher. »Auf Falsio dal Vond!«, riefen sie.

Ich sah Brasti an, der mich mit einem breiten Grinsen im Gesicht anstarrte. »Nimm deinen verdammten Becher runter, du Narr«, sagte ich.

»Wo ist das Problem? Wir sind berühmt! Und nicht für die üblichen Dinge wie Mord, Feigheit und Verrat.« Brasti blickte sich um, vermutlich auf der Suche nach der rothaarigen Schankmaid.

»Ich wüsste nicht, wieso Falcios Ruhm auf uns abfärben sollte«, meinte Kest.

»Erinnerst du dich nicht? Wir standen direkt neben ihm. Zwanzig, nein, fünfzig herzogliche Wächter eilten auf ihn zu, als du und ich vortraten und Falcio mit meinem Bogen retteten. In den ersten paar Minuten tötete ich fünfzehn von ihnen.«

»Und wie viele tötete ich?«, fragte Kest.

Brasti schürzte die Lippen und blickte nach oben, als würde er etwas im Kopf addieren. »Zwei«, sagte er schließlich. »Vielleicht auch drei.«

»Das ist so ein ...«

»Es reicht«, unterbrach ich sie.

»Was denn?«, meinte Brasti. »Kein Grund, so ...«

»Halt den Mund!« Ich ging die Einzelheiten der Geschichte des Troubadours durch und wünschte mir, ich hätte sorgfältiger zugehört. Ich hatte keine Ahnung, ob er tatsächlich in Rijou gewesen war oder nicht, aber er war keiner der Geschworenen. Daran hätte ich mich erinnert. Was mich wirklich daran störte, war, dass Brasti recht hatte. Es war Jahre her, dass einer von uns eine Geschichte über die Greatcoats gehört hatte, in der wir nicht der Feigheit und des Verrats beschuldigt wurden. Der Troubadour wagte es, in der Öffentlichkeit etwas Gutes über uns zu sagen, was mich überraschte. Und das Publikum hatte applaudiert. Sie schienen tatsächlich bereit zu glauben, dass ich eine Art Held war, der sich den Herzögen widersetzte. Einem Mann wie Isault würde so eine Geschichte kaum gefallen, garantiert nicht. Bei allen Höllen!

»Was ist?«, fragte Kest.

»Ich weiß, warum Isault uns losgeschickt hat, damit wir diesen Dorfaufstand beenden.«

»Wegen dem Troubadour? Das ist doch nur eine Geschichte, Falcio.«

»Die wird nicht nur hier kursieren«, meinte Valiana.

»Wenn eine Geschichte in so einer kleinen Schenke im Nirgendwo erzählt wird, erzählt man sie sich überall. Falcio hat recht. Es muss sich herumsprechen, dass die Greatcoats zurückkommen. Isault befürchtet, das einfache Volk könnte euch wieder bewundern.«

Es könnte *euch* wieder bewundern. Wieder sah ich diese Traurigkeit in ihren Augen, die mir verriet, dass sie sich als Außenseiterin betrachtete. Neben ihr fing Dariana meinen Blick ein und bildete lautlos das Wort *Narr*.

»Uns bewundern«, sagte ich und schlug ihr auf die Schulter. »Glaub nicht, du könntest dich aus diesem Schlamassel herauswinden. Wir stecken da alle drin.«

Zaghaft lächelte sie, und Dariana sagte lautlos: *Besser*.

»Schön«, sagte Brasti, dessen Aufmerksamkeit noch immer der Magd galt. »Wir stecken alle in schrecklichen, schrecklichen Schwierigkeiten. Man mag uns wieder. Was sollen wir nur tun?«

»Du verstehst nicht«, sagte ich. »Darum wollte Isault, dass wir herreiten. Wir sollen nicht dem Gesetz Geltung verschaffen und damit beweisen, wie vertrauenswürdig wir sind. Wir sollen für ihn die Dorfrebellion niederschlagen, und dann wird er dafür sorgen, dass es alle Welt erfährt. Er benutzt uns dazu, unseren eigenen Ruf zu vernichten.«

Brasti nickte der Magd zu, die jetzt neben der Tür stand, und erhob sich. »Sorge dich so viel darüber, wie du willst, Falcio. Aber verbring nicht zu viel Zeit damit. Schließlich ist es nur eine Geschichte.«

Brasti hat nie verstanden, wie mächtig eine Geschichte sein konnte.

DAS DORF

»Können wir wieder das Dashinipulver inhalieren?«, fragte Brasti. »Auch wenn es mir vor Angst den Atem raubt und mich wie ein Verrückter vor mich hin murmeln lässt, während ich mich vollscheiße und nass mache, ist das hier schlimmer, das schwöre ich.«
»Was? Wovon redest du da?«, fragte ich. Als kein Laut aus meinem Mund drang, begriff ich, dass wieder Morgen war und die Lähmung mich ergriffen hatte. Ich fragte mich, wie lange sie wohl dieses Mal andauern würde.

Trotz meiner geschlossenen Augen sah ich einen großen Raum, dessen nackter Steinboden einen großen Kontrast zu den silbernen und purpurnen Wandbehängen bot. Natürlich war alles verschwommen, wie es bei Halluzinationen immer der Fall ist. Trotzdem fühlte es sich so an, als befände ich mich tatsächlich dort. Zusammen mit zwei Dutzend Greatcoats, Männern und Frauen, die ich seit Jahren nicht mehr gesehen hatte. Sie saßen neben Kest und Brasti auf dem Boden. Wir waren wieder in Schloss Aramor und übten uns in einer Art des Kampfs, die wir nie zu üben erwartet hätten.

Salima, die Troubadourin, die der König eingestellt hatte, um uns das Singen zu lehren, schlug auf ihrer Gitarre einen wütenden Akkord. Ich schwöre, jedes Mal, wenn sie es tat, ließ es meinen Hinterkopf schmerzen.

»Wenn du noch einmal den Mund aufmachst und ich

keine Musik daraus höre«, sagte sie mit ihrer dunklen Stimme, »spiele ich ein Lied, das dich dazu treibt, von einer Klippe in dein Verderben zu springen.«

Einen Augenblick lang schien Brasti unbehaglich zumute zu sein, dann grinste er, öffnete den Mund und sagte in einem Singsang: »Wenn du mich weiter zum Singen antreibst, renne ich auch ohne weitere Ermunterung von der Klippe.«

Salima fing an, einzelne Töne zu spielen, schnelle, wütende Töne, die nie zu einer Melodie zusammenzufinden schienen. Jeder davon schien nicht ganz richtig zu klingen, obwohl ich sie eben erst die Saiten hatte stimmen hören. Die Töne kamen immer schneller, und mein Verstand kämpfte immer mehr darum, ihnen einen Sinn zu entlocken. Aber das gelang ihm nicht. Was als leichte Irritation anfing, verwandelte sich bald in eine Art furchtsame Nervosität, die mich zu überwältigen drohte. Plötzlich kam mir der Gedanke, dass die alten Geschichten möglicherweise der Wahrheit entsprachen und die Bardatti einen Mann tatsächlich mit ihren Liedern in den Wahnsinn treiben konnten. Langsam, ganz langsam fing ich an, durch den Schleier aus Schmerz und Unsicherheit das Schwert zu ziehen.

»Bei allen Heiligen, werden wir angegriffen?« Das war die Stimme des Königs, und sie ließ den Zauber sofort zerplatzen und hörte auf zu spielen. »Troubadourin? Versuchen wir uns heute Abend an experimenteller Musik?«

Sie saß mit untergeschlagenen Beinen auf dem Boden und lächelte zu ihm hoch. Bardatti schienen kein Problem damit zu haben, Adlige zu beleidigen. »Ich züchtige sie nur, Euer Majestät. Eure sogenannten Greatcoats haben nur wenig Disziplin.«

Der König nickte. »Das Problem muss ich noch lösen. Aber deine Lösung scheint auch mir Schmerzen zu bereiten, und ich habe kein Problem mit meiner Disziplin.«

»Euer Majestät«, sagte Brasti und stand auf. »Wollt Ihr dem hier kein Ende bereiten? Ich kann mir weder vorstellen, mich aus einem Duell herauszusingen, noch wird meine Stimme jemals einen Herzog dazu bringen, ein missliebiges Urteil zu akzeptieren.«

»Das ist nicht für die Herzöge gedacht, Brasti. Es ist auch nicht für dich gedacht.«

»Dann vergebt mir, Sire, aber ich verstehe es nicht. Es ist ja nicht so, als wollte ich demnächst in Schenken und Gasthäusern für Bauern und Schmiede singen. Also warum lasst Ihr uns das tun?«

Der König antwortete nicht. Er hatte die Angewohnheit, uns Dinge tun zu lassen, ohne uns dafür einen Grund zu nennen. Seiner Meinung nach blieb eine Lektion, die einem erklärt werden musste, nur selten so nachhaltig hängen wie eine, die man selbst ergründete. Der König hatte eine übertriebene Meinung von unseren Fähigkeiten als Schüler.

»Es sind die Melodien, richtig?«, fragte Kest. Er schien in die Ferne zu blicken, als würde er rechnen. »Die Menschen in den Städten und Dörfern müssen die Urteile in Erinnerung behalten, die wir fällen. Aber die meisten von ihnen können nicht lesen, und keiner wird sich an unsere Worte erinnern.«

Der König nickte. »Aber jeder erinnert sich an ein gutes Kneipenlied. Richtig, Brasti?«

Brasti grinste. »Davon kenne ich viele, Euer Majestät. Habe ich Euch je das von der Jungfrau erzählt, die aufwachte und Diamanten fand? Und zwar in ihrer ...«

»Halt den Mund, Brasti«, sagte ich.

Salima nickte. »Die Diamanten der Jungfrau. Die Melodie heißt ›Die Dritte Rolle des Reisenden‹. Man benutzt sie auch für ›Kupferstücke und Ale‹ und ›Des Alten Biss‹.«

Darüber dachte ich kurz nach. ›Des Alten Biss‹ hatte ich mal gehört, und ›Kupferstücke und Ale‹ sang man in der Hälfte der Schenken von Tristia. »Du hast recht«, sagte ich. »Das ist mir noch nie aufgefallen.«

»Und kennst du die Worte dieser Lieder?«, fragte der König.

Ich nickte. Die anderen auch.

»Gut«, sagte König Paelis. »Dann lernt ihr ›Die Dritte Rolle des Reisenden‹. Und die erste und zweite und vierte und so viel ihr sonst noch braucht. Dann werdet ihr lernen, eure Urteile darin zu kleiden. Auf diese Weise ...«

»Auf diese Weise wird sich jeder Bauer und Schmied an die Urteile erinnern, die wir sprechen«, sagte ich. »Sie werden sich noch lange daran erinnern, nachdem wir weg sind. Bei allen Höllen, vermutlich singen sie sie sogar, wenn sie betrunken sind.«

Der König lächelte. Manchmal war er ein sehr kluger Mann. Als er mich dabei erwischte, wie ich ihn anstarrte, hörte er auf zu lächeln. »Und dann wirst du sie verraten, Falcio«, sagte er, drehte sich um und ging.

»Was? Nein!« Ich wollte aufstehen, konnte mich aber nicht bewegen. Das Gefühl der Lähmung brachte mich zurück zu mir und zu dem harten Boden, auf dem ich schlief.

»Ganz ruhig«, sagte eine Stimme, und ich verspürte einen sanften Druck an der Schulter.

Widerstrebend öffneten sich meine Augen und ließen das Morgenlicht herein. Kest beobachtete mich. »Du bist wach«, sagte er.

Ich wollte etwas Schlagfertiges erwidern, bekam die Worte aber noch nicht heraus.

»Die anderen bereiten sich zur Abreise vor«, sagte er. Er richtete sich auf und streckte die Hand aus, um mir auf die Beine zu helfen. »Diesmal war es fast eine Stunde, Falcio.«

An diesem Tag reisten wir schweigend. Selbst Brasti war klug genug, mich nicht noch wütender zu machen, als ich bereits war. Würde ich dem Herzog nicht das gewünschte Ergebnis liefern, würde er Aline niemals unterstützen. Tat ich es, würde er seinen Schwur vielleicht dennoch brechen, und man würde die Greatcoats erneut als Verräter am Volk von Tristia betrachten. *Du wirst sie verraten.*

»Wir erreichen Carefal in Kürze«, sagte Shuran und lenkte sein Pferd an meine Seite.

Ich antwortete nicht. An diesem Tag verspürte ich keine große Lust, mich mit dem Ritteroberst von Aramor zu unterhalten.

Nach ein paar unbehaglichen Augenblicken sagte er: »Vielleicht noch eine Meile.«

»Was geschieht bei unserer Ankunft?«

»Wir treffen einen Mann namens Tespet. Er ist der Steuereintreiber des Herzogs für diese Region. Er und sein Schreiber sollten uns über die derzeitige Situation der Dorfbewohner berichten können.«

»Schön.«

»Du erscheinst heute sehr still, Falcio.«

Als offensichtlich wurde, dass er mich nicht in Ruhe lassen würde, fragte ich: »Kanntest du sie?«

»Kannte ich was?«

»Die Geschichte über mich und was in Rijou geschah. Und dass Isault seinen Handel mit mir abschloss, damit die Greatcoats einen Treuebruch am gemeinen Volk begehen.«

»*Herzog* Isault holt meinen Rat bei vielen Dingen ein, Falcio. Politik gehört indes nur selten dazu.«

»Und doch glaube ich irgendwie, dass du es wusstest.«

»Ach? Wie kommst du darauf?«

»Die ›Unterhaltung‹, die du gestern erwähntest. Hast du uns in diesem Gasthaus Rast machen lassen, damit ich die Geschichten hören konnte? Wusstest du, was die Troubadoure über mich verbreiten?«

Shuran sah mich an. Seine Miene verriet nichts. »Ich bin Ritter, Falcio. Ich habe nicht viel Zeit für Geschichten und Lieder. Sie dienen nur selten meinen Aufgaben.« Er schnalzte mit den Zügeln, und sein Pferd trabte an mir vorbei.

Brasti stellte sich in seinen Steigbügeln auf und spähte voraus. Von uns allen hat er die schärfsten Augen, allerdings vermute ich, dass sie für einen Bogenschützen eine Grundvoraussetzung sind.«»Das Dorf liegt eine halbe Meile voraus.« Er beschattete die Augen vor der Sonne.»Vor dem Dorf ist etwas. Eigentlich sind es sogar zwei Dinge.«

»Was denn?«

»Sieht nach zwei Käfigen aus.«

»Käfige? Kannst du erkennen, was darin ist?«

Er ließ sich wieder in den Sattel sinken.»Ich bin mir nicht sicher, aber wenn ich raten müsste, würde ich sagen: Menschen.«

»Sind sie tot?«, fragte Sir Shuran.

Die beiden Käfige waren aus Schösslingen gezimmert. In jedem hockte ein Mann zusammengesunken am Boden.

Ich stieg vom Pferd und streckte die Hand nach einem von ihnen aus, um nach dem Puls zu fühlen, hielt aber inne, als ich sah, dass sich seine Brust bewegte.»Nein, nur bewusstlos.« Ich wandte mich dem großen Ritter zu.»Sollte ich herausfinden, dass dein Steuereintreiber Tespet sie da reingesteckt hat, kriegen wir ein großes Problem miteinander.«

»Das hat er nicht«, behauptete Shuran.

»Wie kannst du da so sicher sein?«, fragte Dariana und kam näher, um es sich selbst anzusehen.

Er zeigte auf den Mann im rechten Käfig.»Das ist Tespet. Der andere ist sein Schreiber.«

Ich konnte den Atem des Mannes riechen, und ich stand auf und kniete neben dem zweiten Käfig nieder. Beide Männer waren sturzbetrunken.

»Falcio«, sagte Kest.»Gesellschaft.«

Ich stand auf. Hinter den Bäumen am Straßenrand traten ungefähr vierzig Männer und Frauen hervor. Ein paar hielten Bögen, andere trugen primitive Keulen. Aber einige hatten auch Schwerter, und ich fragte mich, wo sie wohl vernünftige Stahlwaffen herhatten.

Sir Shurans Männer zogen die Schwerter.»Auf eure Knie«, befahl einer von ihnen.

»Tut ihr das«, erwiderte eine Frau aus dem Dorf.
»Alle beruhigen sich«, sagte ich. »Wir sind nicht hier, um Ärger zu machen.«
Die Frau kam näher. »Ihr macht uns keinen Ärger, Reisende, wenn ihr kehrtmacht.« Sie hatte kurzes braunes Haar und war recht stämmig. Sie hätte vierzig sein können, war in Wirklichkeit aber möglicherweise erst Mitte zwanzig. Das Leben in den Dörfern war nicht einfach. Sie zeigte mit dem Schwert auf Shuran. »Die Ritter bleiben als unsere Geiseln.«
»Ich glaube nicht, dass das möglich sein wird«, sagte Shuran. »Ich bin mir ziemlich sicher, dass meine Befehle beinhalten, mich nicht gefangen nehmen zu lassen.«
Die Frau ignorierte den Ritter und musterte mich genauer. »Tragen du und deine Begleiter die Mäntel der Greatcoats?«
»Warum nimmt eigentlich jeder an, dass *er* das Sagen hat?«, fragte Brasti Kest.
»Halt den Mund, Brasti«, erwiderte Kest.
»Das *sind* Greatcoats«, sagte ich.
Die Frau verzog das Gesicht. »Dann bleibt ihr auch. Wir halten nicht viel von Leuten, die Greatcoats stehlen.«
Valiana machte einen unbedachten Schritt auf die Frau zu. »Du nimmst uns nicht weg, was von Rechts wegen unser ist«, sagte sie. »Wie kommst du auf den Gedanken, dass wir keine Greatcoats sind?«
Ein alter Mann meldete sich zu Wort. Unbeholfen hielt er einen Langbogen, und die gespannte Sehne ließ seine Arme so sehr zittern, dass ich mir Sorgen machte, er könnte einen von uns nur deshalb umbringen, weil ihn seine Kräfte verließen. »Wer hätte je davon gehört, dass sich Greatcoats mit Rittern zusammentun?«
Brasti warf mir einen Blick zu, als hätte das irgendwie seinen Standpunkt untermauert.
»Mein Name ist Falcio«, sagte ich zu der Frau. »Der Erste

Kantor der königlichen Greatcoats. Das sind Kest, Brasti, Dariana und Valiana. Die Ritter in unserer Begleitung sind ...«

Das Gelächter der Frau unterbrach mich. Sie wandte sich ihren Männern zu. »Seht doch, Jungs, Herzog Isault will uns mit einem Schauspiel unterhalten. Er hat uns Schauspieler geschickt. ›Der Held von Rijou und der Bezwinger des heiligen Caveil‹.«

»Aye«, sagte einer der Männer und stach mit seiner Mistgabel in die Luft. »Falsio höchstpersönlich, der kommt, um uns zu befreien! Komm schon, Vera, Schluss mit den Spielchen. Bringen wir sie um, dann haben wir es hinter uns.«

»Wartet«, sagte Brasti, »was ist mit mir?«

»Was soll mit dir sein?«, wollte Vera wissen.

»Ich bin Brasti Gutbogen. Habt ihr nicht von mir gehört?«

»Ich fürchte nein.«

»Aber mach dir keine Sorgen«, meinte der Mann mit der Mistgabel. »Wir töten dich, als wärst auch du berühmt.«

Sir Shuran legte die Hand auf den Knauf seines Schwertes. »Ich glaube, es wird euch schwerfallen, uns zu töten.«

»Wir sind mehr als ihr«, sagte Mistgabel. Er zeigte auf die anderen Dorfbewohner. Nur wenige von ihnen machten den Eindruck, Krieger zu sein. Die meisten waren einfache Bauern und Kaufleute. Ein junges Mädchen umfasste trotzig ein Messer, und einen Augenblick lang hielt ich sie für Aline. Bei allen Heiligen, hoffentlich fing ich jetzt nicht schon im Wachzustand an zu halluzinieren.

Ein paar von Shurans Rittern lachten.

Vera starrte sie mit zusammengekniffenen Augen an. »Kichert, so viel ihr wollt, *Sir Ritter,* aber ein paar von uns haben genug von eurem Gelächter gehört, dass es uns für alle Ewigkeit reicht.« Sie nickte einem ihrer Männer auf der anderen Straßenseite zu. Zwei von ihnen zogen an Seilen, die um die Äste von Bäumen am Straßenrand baumelten. Ein paar primitive Pfähle erhoben sich vom Boden. Zugleich erschienen zwanzig oder mehr Dorfbewohner hinter den anderen, von denen jeder einen Bogen, eine Schleuder oder ein Schwert hielt. Ein paar hatten auch einfach nur Steine in der Faust. Ich warf Kest einen Blick zu. Er schüttelte den Kopf. Hier gab es keinen einfachen Ausweg. Die Zeit, die es erfordern würde, die Pfähle zu umgehen, um an unsere Gegner zu kommen, konnten uns die Dörfler mit Pfeilen und Steinen beschießen.

»Was ist, Sir Ritter? Warum lacht ihr nicht mehr?«

»Ihr macht einen Fehler«, sagte ich.

»Tatsächlich? Die Männer gefangen zu nehmen, die man losgeschickt hat, um uns umzubringen, und sie als Geiseln festzuhalten, scheint mir kein Fehler zu sein.«

»Wären wir gekommen, um euch zu töten«, sagte Sir Shuran, »wären wir mit dreißig Rittern gekommen, und ihr wärt jetzt alle schon tot. Ich bin Sir Shuran, der Ritteroberst von Aramor. Der Herzog schickt uns, damit wir den Streitfall in gutem Einvernehmen lösen können.«

Die Leute aus dem Dorf sahen misstrauisch aus. Hatte man ein Leben lang versucht, sich unter dem Joch des Adels und seiner Gier eine Existenz aufzubauen, sorgte das nicht gerade für viel Vertrauen. Vera sah mich an. »Du behauptest, ein Greatcoat zu sein. Beweise es!«

»Was soll ich tun?«

»Sag mir das Siebte Gesetz des Eigentums.«

Ich wollte antworten, aber Valiana kam mir zuvor. »Es gibt kein siebtes Gesetz des Eigentums.«

Vergeblich versuchte Vera Valiana niederzustarren. Als ich sie so betrachtete, wurde mir klar, dass die beiden gar kein so großer Altersunterschied trennte, wie ich gedacht hatte. Der Unterschied zwischen ihnen bestand darin, dass Valiana ihre achtzehn Jahre in Sicherheit und Luxus verbracht hatte. Vera nicht. »Na schön. Wie lautet das sechste?«

Valiana zögerte nicht. »›Eine Sache kann nicht höher besteuert werden als ein Viertel ihres Ertrages‹.«

Es hätte mich nicht überraschen sollen, dass sie die Gesetze des Königs aus dem Gedächtnis zitieren konnte – sie hatte den größten Teil ihres Lebens damit verbracht, auf ihre Rolle als Königin vorbereitet zu werden. Zweifellos hatte sie alle Gesetze Tristias auswendig gelernt, selbst die, deren Vollstreckung ihr die Herzöge niemals gestattet hätten.

Vera betrachtete sie misstrauisch. »Das könnte jeder wissen, der das Buch der königlichen Gesetze lesen kann.«

Valiana runzelte die Stirn. Wenn sie wollte, konnte sie wirklich wie eine arrogante Adlige aussehen. »Warum hast du uns das dann überhaupt gefragt?«

»Hättest du die Antwort nicht gewusst, hätte ich mir etwas Zeit sparen können«, sagte sie.

Ich musterte die Dorfbewohner, die zum Kampf bereit waren. Ich bezweifelte, dass auch nur einer von ihnen das Gesetz des Königs über das Eigentum kannte oder seine anderen Gesetze, was das anging. »Nun, das scheint nicht funktioniert zu haben«, meinte ich. »Weißt du überhaupt, warum der König das Sechste Gesetz des Eigentums verfasste?«

»Damit uns die Herzöge nicht das vorenthalten können, das wir durch unsere Arbeit verdienen.«

»Das ist ein Teil davon«, gab ich ihr recht.

»Das ist der einzige Teil, der von Belang ist.«

»Nicht für einen Monarchen«, sagte Valiana. »Setzt der Herzog für euer Land zu hohe Steuern an, verursacht das einen Mangel an Lebensmitteln, Holz und anderen Waren, die ihr zum Handel anbieten könnt. Das wiederum sorgt für einen Mangel an anderen Waren, und schließlich bricht das ganze System zusammen. Das Gesetz hat die Aufgabe, den Zusammenbruch der Wirtschaft zu verhindern.«

»Warum erzählst du mir das?«, wollte Vera wissen.

»Damit du weißt, dass der König wollte, dass ihr eure verdammten Steuern bezahlt«, sagte ich.

Vera schnaubte. »Du bist witzig. Wenn du tot bist, stecke ich deinen Kopf auf einen Spieß, vielleicht lässt er mich dann lachen, wenn ich nach einem schweren Tag auf dem Feld nach Hause zurückkomme.«

»Wenn er stirbt, ist er nicht so komisch«, sagte Brasti. »Er wird dann ziemlich moralisierend.«

Ich hörte einen Pfeil fliegen und verspürte einen Luftzug an meiner linken Wange. Er schoss an mir vorbei und bohrte sich in einen Baum direkt hinter mir. Der Arm des Alten hatte schließlich nachgegeben. Bevor ich reagieren konnte, riss einer von Shurans Männern die Klinge hoch und machte einen Schritt nach vorn. »Ein Angriff auf den Abgesandten des Herzogs ist der Tod, alter Mann!«

»Halt!«, brüllte ich und zog das linke Rapier aus der Scheide.

»Die Trattari verraten uns!«, stieß einer der anderen Ritter hervor, und sie machten sich bereit, mich anzugreifen.

Im nächsten Augenblick standen wir fünf Greatcoats zehn Rittern gegenüber. Zwei von ihnen hielten Armbrüste, während wir zwischen den angespitzten Pfählen der Dorfbewohner festsaßen.

»Falcio ...«, setzte Kest an.

»Verflucht, ich kenne unsere Chancen. Nehmt die Schwerter runter«, sagte ich an die Ritter gewandt. »Darum sind wir nicht hier, Shuran.«

Der Oberst hatte keine Waffe gezogen. »Da stimme ich dir zu. Darum brauche ich dich und deine Leute auch, und diese Dorfbewohner müssen ihre Waffen senken. Ich kann nicht zulassen, dass Bauern auf die Ritter des Herzogs Pfeile anlegen.«

Vera schnaubte höhnisch. »Uns alle töten zu wollen ist viel verlockender, wenn wir nicht bewaffnet sind.«

»Nehmt eure Waffen runter«, wiederholte Shuran. »Oder ich habe keine Wahl, als meinen Männern den Befehl zum Angriff zu geben.«

»Gibst du diesen Befehl«, entgegnete ich, »befehle ich Brasti, dich als Ersten zu töten.«

Der Alte, der das alles erst ausgelöst hatte, stützte sich offensichtlich völlig unbekümmert schwer auf seinen Bogen. »Also, so etwas erwarte ich schon eher von Rittern und Greatcoats.«

Einer der Dörfler fing an, seine Schleuder zu schwingen. »Brasti, behalte den Mann im Auge. Vera, halte deine Leute unter Kontrolle.«

»Falcio?«, sagte Brasti.

»Ich bin beschäftigt.«

»Schon, aber es würde mir helfen, wenn du mir sagst, wen ich nun töten soll.«

»Daran arbeite ich noch.«

Im Unterholz krachte es laut, was um ein Haar den Kampf sofort ausgelöst hätte. Ein junger Mann stürzte atemlos auf die Straße; er war ziemlich dürr und erschien irgendwie unbeholfen. Er hielt ein Rapier. Außer mir tragen nur wenige Männer ein Rapier. Dieses da war mir nicht unbekannt.

»Cairn?«, fragte ich ungläubig.

Arglose braune Augen unter einem braunen Haarschopf erwiderten meinen Blick. »Falcio?« Er rannte auf mich zu und ging auf die Knie. »Erster Kantor! Ich kann nicht glauben, dass du das bist! Hier in Carefal. Hast du nach mir gesucht?«

»Steh auf«, sagte ich. Als ich Cairn das letzte Mal in Rijou gesehen hatte, war er genauso begierig wie ungeeignet gewesen, ein Greatcoat zu werden. Es war offensichtlich, dass sich seitdem nichts daran geändert hatte.

»Ich zeige nur ...«

»Erstens bist du kein Greatcoat, also schuldest du mir auch keine Treue, und zweitens verneigt sich ein Greatcoat vor niemandem.«

Brasti beugte sich vor und flüsterte so laut er konnte: »Abgesehen vor Herzögen, wie sich herausgestellt hat, weil unsere Lippen dann leichter an ihre Ärsche kommen.«

»Brasti, halt den Mund.«

»Cairn, stimmt das?«, fragte Vera. »Ist dieser Mann wirklich der, der er zu sein behauptet?«

Cairn stand auf. »Ich weiß nicht, als wer er sich ausgibt, aber ich kenne ihn als Falcio val Mond, Erster Kantor der Greatcoats.« Der Junge griff in die Tasche und zog eine Goldmünze hervor. »Die gab er mir. Ich war einer seiner zwölf Geschworenen, als er Ganath Kalila beendete. Das ist der Held von Rijou – der Mann, der unsere Rebellion erst ermöglichte!«

In Cairns Stimme lag hauptsächlich Stolz, gemischt mit religiöser Inbrunst. Ich zuckte zusammen. Für mich hörte er sich wie ein geistig zurückgebliebener Dorftrottel an, der in einem Stück Käse gerade das Gesicht eines Heiligen entdeckt hatte. Aber die Mienen der Dorfbewohner veränderten sich etwas, und ich begriff, wie verzweifelt sie glauben wollten, dass es irgendwo draußen in der Welt Helden gab, die kommen und sie retten würden. Und zum ersten Mal seit langer Zeit waren sie sogar bereit zu glauben, dass es sich bei diesen Helden um Greatcoats handeln konnte.

Vera trat vor, bis sie weniger als einen Fuß von mir entfernt war. Sie musterte mein Gesicht wie eine Münze, die sie als Fälschung entlarven wollte. »Nun gut, ›Held von Rijou‹«, sagte sie. »Bist du gekommen, um uns zu retten oder zu verraten?«

12

DER PROZESS

Carefal war ein verhältnismäßig großes Dorf; hier lebten vielleicht zweihundert Menschen so gut, wie das mit Ackerbau möglich war. Es gab eine lange Hauptstraße, die zwar nicht gepflastert, aber dennoch so sorgfältig instand gehalten war, dass man einen Pferdekarren benutzen konnte, ohne ein Rad zu zerbrechen. Die mit Strohdächern versehenen Häuser waren bescheiden, erschienen aber stabil genug, um den Elementen trotzen zu können. Es gab nicht nur eine Kirche, wie mir auffiel, sondern gleich zwei. Die eine war der Münze geweiht, die man in Aramor Argentus nannte, die andere der Liebe, die hier Phenia hieß – die beiden Götter, die die schlichten Wünsche schlichter Menschen am besten repräsentierten. Aber vor allem fielen mir in Carefal die Gesichter der Menschen am Straßenrand auf. Männer, Frauen, ältere Leute und kleine Kinder betrachteten uns. Als hielten wir eine Parade ab, nur dass niemand lächelte.

Als wir den Hauptplatz erreichten, erklomm Cairn den Rand einer steinernen Statue, die beinahe so hoch wie eines der dahinterliegenden Häuser war. Die dargestellte Gestalt war fett und schien trotz der Kriegsaxt in ihrer Hand nicht besonders für den Krieg geeignet zu sein; außerdem war sie unvorstellbar gut gekleidet. Meiner Ansicht nach sollte sie entweder Herzog Isault oder einen seiner Vorfahren darstellen.

»Freunde aus Carefal!«, rief Cairn. »Ihr wisst, dass ich kein Mann großer Reden bin.«

Die Antworten aus der Menge rangierten von »Dann halt die Klappe!« und »Den Heiligen sei Dank dafür« bis hin zu »Seit wann bist du ein *Mann?*«. Anscheinend genoss Cairn hier das gleiche Ansehen wie in Rijou. Zu seiner Ehre ignorierte er die Bemerkungen. »Dort, meine Freunde«, sagte er und zeigte auf mich. »Dort steht Falcio val Mond, der Erste Kantor der Greatcoats. Dort steht der Held von Rijou!«

Einen Augenblick lang trat Stille ein. Dann sagte ein kleiner Junge: »Ich dachte, er heißt Falsio.«

Und alle verloren den Verstand.

Die Bewohner von Carefal stürmten auf mich zu. Hätten sich Shurans Ritter auch nur im Mindesten für meine Sicherheit interessiert, hätten sie sofort angegriffen, aber der Ritteroberst hielt seine Männer von der Menschenmenge fern. Hände berührten mich, mein Name wurde gerufen. Fragen wurden gestellt, die ich nicht beantworten konnte, weil andere an mir zerrten. Aber schließlich verfielen die Stimmen der Menge in die immer wiederkehrenden Worte »Falsio! Falsio! Freiheit für Carefal! Freiheit für Carefal!«.

Vera und ihre Männer fingen an, die anderen zur Seite zu stoßen. »Schluss damit!«, rief sie. »Seid ihr alle verrückt geworden? Seht ihr denn nicht, dass dort zehn herzogliche Ritter stehen? Begreift ihr nicht, dass dieser Mann, dieser ›Falsio‹ oder ›Falcio‹ oder wie auch immer er sich nennt, in ihrer Begleitung gekommen ist? Bewundert ihr diesen abgerichteten Hund, während sich der Herzog unser Dorf nimmt?«

Ein paar der Dorfbewohner brüllten weiterhin meinen Namen, als wäre das die Antwort, aber schließlich hörte es auf. Ich spürte eine Hand auf der Schulter, wandte den Kopf und erblickte Kest, der mich ansah. »Was ist?«

»Vielleicht würdest du gern wissen, dass das der Augenblick ist, in dem du die Menge beruhigst, bevor der Aufruhr losgeht und alle massakriert werden.«

Ich wandte mich wieder den Dorfbewohnern zu. Bei allen Heiligen, Kest hatte recht! In ihren Blicken lag ein schwelendes Verlangen. Seit dem Tod des Königs waren fünf Jahre vergangen. Fünf Jahre des schleichenden Verfalls – des tagtäglichen Vertrauensverlusts in ihren Herrscher, in das Land und am Ende sich selbst. Wer würde sich nicht der ersten scheinbar starken Stimme verschreiben und ihr folgen? Und wenn die einzige Möglichkeit für einen Funken Selbstrespekt in einer leichtsinnigen und zum Scheitern verurteilten Rebellion lag, nun, das war doch wenigstens etwas, oder?

»Mein Name ist Falcio val Mond«, sagte ich und widerstand dem Drang, meinen Vornamen richtig zu betonen. »Und ja, ich bin der Erste Kantor der Greatcoats des Königs. Ich *war* in Rijou ...« Die Menge jubelte. »Nun ja, wie die meisten Geschichten ist sie in der Wiederholung vermutlich bedeutend heroischer und edler ausgefallen.« Das rief Gelächter hervor, wofür ich den Heiligen dankte. »Ich bin nicht gekommen, um einen Krieg anzufangen. Ich bin hier, um einen zu verhindern. Diese Ritter tragen ihre Rüstungen nicht, um damit zu protzen. Solltet ihr sie angreifen, werden sie sich wehren. Überwältigt ihr sie, kommen andere. Sie werden jeden Einzelnen von euch töten. Und das einzig Heroische, das ich oder die anderen Greatcoats an meiner Seite dann tun können, ist an eurer Seite zu sterben. Denkt an eure Familien. Denkt an eure Kinder. Unter den Marschtritt eines Heeres zu geraten und eure Nachkommen zurückzulassen ist nichts Edles.«

Die Menge kam zur Ruhe, aber die hoffnungsvollen und bewundernden Blicke wichen schnell Verzweiflung und Ekel.

»Ich bin neugierig«, sagte Dariana. »Ist das die gleiche Rede, die du in Rijou gehalten hast? Denn in diesem Fall muss ich wirklich sagen, dass sie der Troubadour meiner Meinung nach besser erzählt hat.«

»Falcio hat recht«, rief Valiana der Menge zu. »Wenn ihr jetzt nicht zurückweicht, werdet ihr alle sterben. Jeder Mann und jede Frau in eurem Dorf wird den Tod finden, und wofür?«

»Die da sterben auch«, sagte Vera und zeigte auf die Ritter. »Und sobald ein paar Adlige hungrig zu Bett gehen müssen, weil die Ernte ausfällt, nun, sagen wir einfach, ich bin der festen Überzeugung, dass Isault seinen Bauch seinem Stolz vorziehen wird!« Der letzte Satz rief Jubel hervor.

»Du irrst dich«, erwiderte Valiana. »Ich weiß etwas darüber, wie die Herzöge denken. Sie werden niemals zulassen, dass sich in ihren Herzogtümern Rebellion ausbreitet. Dafür ist ihre Herrschaft viel zu bedroht.«

»Aber ist das nicht gut?«, fragte der Alte mit dem Bogen.

»Nein. Das ist nicht gut. Die Brüchigkeit der herzoglichen Herrschaft bedeutet, dass sie niemals schwach erscheinen dürfen. Eher würden sie ihre Herzogtümer niederbrennen, als vor ihren Rivalen das Gesicht zu verlieren.«

»Was bleibt uns dann, als für sie zu leiden?«

Ein paar der Bauern schienen darauf zu warten, dass ich Valiana widersprach. Ein Teil von mir wollte es auch. Wenn ein Baum bis ins Mark verfault ist, was bleibt einem dann noch anderes übrig, als ihn zu fällen?

»Das Gesetz«, sagte ich laut. »Das Gesetz hat Bestand.«

»Was sollen wir deiner Meinung nach tun?«, fragte Vera. »Unsere Waffen niederlegen und verhungern? Ist es das, was wir deinem Gesetz zufolge erwarten dürfen?«

»Hattet ihr eine schlechte Ernte?«, fragte ich.

Vera schnaubte. »Wir hatten eine der besten Ernten in zehn Jahren.«

»Worum geht es dann?«

»Man besteuert uns zu Tode!«, fauchte sie. »Deine gepanzerten Freunde da drüben und ihre fetten Herzöge treiben uns in den Hungertod.«

Shuran trat vor. Vera sah aus, als wollte sie ihn angreifen, aber der große Ritter hielt glücklicherweise die Hände hoch. »Wenn ich darf?«

Vera nickte, wich aber keinen Zoll zurück. Ich bewunderte sie.

»Ich glaube, dieser Disput hat etwas mit dem Standort dieses Dorfes zu tun.«

»Du meinst geografisch?«, fragte ich. »Oder politisch?«

»Wie sich herausstellte, beides. Carefal liegt an der Grenze zwischen Aramor und Luth. Es gab ... Meinungsverschiedenheiten, zu welchem Herzogtum es gehört.«

»In anderen Worten, sie besteuern uns beide!«, sagte Vera. Cairn trat vor, als wollte er zugunsten des Dorfes sprechen, aber Vera stieß ihn zurück. Anscheinend färbte mein glühender Ruf nicht auf ihn ab.

Valiana wandte sich Shuran zu. »Diese Menschen zahlen zweimal Steuern? Dafür gibt es im herzoglichen Recht keinen Präzedenzfall.«

Shuran korrigierte sie. »Nein. Nach einer Reihe Grenzscharmützel trafen die Herzöge von Aramor und Luth eine Übereinkunft. Aramor sollte die Steuer in den geraden Jahren eintreiben und Luth in den ungeraden.«

»Und beide beanspruchen weitaus mehr, als fair ist«, behauptete Vera.

»Tatsächlich beanspruchen Aramor und Luth die von dem alten König festgesetzte Rate. Ein Viertel des Ertrags.«

»Darum hast du uns nach dem Sechsten Gesetz des Eigentums des Königs gefragt«, sagte ich zu Vera.

»Aye, aber man hat uns nicht diese Rate abverlangt. Tespet und sein Schreiber wollten dieses Jahr die ganze Hälfte unserer Erträge haben.«

Ich sah Shuran an. »Stimmt das?«

Dem Ritter schien unbehaglich zu werden. »In Kriegszeiten lässt das Gesetz eine Ausnahme zu. Herzog Isault machte dieses Jahr die Ausnahme geltend.«

»Krieg? Welcher Krieg?«

»Er hat noch nicht angefangen, aber betrachtet man einige der radikalen Veränderungen in der politischen Landschaft, sind die Berater des Herzogs ziemlich sicher, dass es zu einem Konflikt kommen wird.«

»Welche Veränderungen in der politischen Landschaft denn?«, fragte ich.

»Nun, zum Beispiel hast du die Herzogin von Hervor getötet. Du hast die Bewohner von Rijou gegen ihren Herzog aufgehetzt und das Ganath Kalila beendet.« Er deutete mit dem Kopf auf Valiana. »Außerdem hast du die Pläne des Herzograts zunichtegemacht, Patrianas Tochter auf den Thron zu bringen, was ...«

»Will Herzog Isault, dass Trin den Thron besteigt?«, wollte Valiana wissen.

Shuran ließ sich nicht aus der Ruhe bringen. »Der Herzog war sich ihrer wahren Natur nicht völlig bewusst. Genau wie die anderen Herzöge glaubte er, dass du die Tochter von Herzogin Patriana und Herzog Jillard bist. So gut wie niemand kannte die Wahrheit ihres Komplotts.«

»Trin wird den Thron niemals besteigen«, sagte Valiana, die Hand auf dem Schwertgriff. »Aline wird Königin sein.«

Shuran wandte sich wieder an mich. »Du selbst hast Aramors Unterstützung gegen die Herzogtümer des Nordens gefordert. Folgert daraus nicht unweigerlich, dass wir bald im Krieg sind, und hatte der Herzog nicht das Recht, die für so eine Auseinandersetzung nötigen Ressourcen zu sammeln?«

Brasti wandte sich an Kest und flüsterte theatralisch und laut genug, dass wir alle es hören konnten. »Geht das nur mir so, oder hat es den Anschein, als hätte Falcio die Ordnung des Landes so gut wie zerstört?«

Kest erschien unbehaglich. »Ich ... ehrlich gesagt tut es das, Falcio. Ein bisschen.« Er wandte sich Shuran zu. »Obwohl die Bemerkung gestattet sein muss, dass die zu hohe Abgabenlast des Herzogs mit beinahe ziemlicher Sicherheit einen Krieg vom Zaun brechen wird, selbst wenn wir nicht darauf zusteuern.«

»Ein gerechtfertigter Einwand«, sagte Shuran. »Aber das hier muss geklärt werden. Die Menschen von Carefal können sich nicht einfach weigern, Steuern zu zahlen.«

»Bringt uns dazu, wenn ihr könnt!«, sagte Vera. Die Menge jubelte. Sie hatten genug davon, einfach herumzustehen, und waren gewaltbereit. Wie bei jeder großen Gruppe überschätzten sie bei Weitem, was sie von dieser Gruppe haben würden.

Kest und Brasti sahen mich an. *Verflucht! Warum muss es immer meine Aufgabe sein, solche Dinge zu regeln?*

»Also gut«, sagte ich schließlich. »Der Herzog bat mich, dieses Problem zu lösen, und das werde ich auch tun.« Ich hielt eine Hand hoch. »Friedlich.« Ich wandte mich Vera zu. »Such dir aus, wer für deine Seite sprechen will.« Ich sah Shuran in die Augen. »Repräsentiert Tespet die Position des Herzogs?«

»Ich vermute, dazu ist er noch zu betrunken. Ich kann für den Herzog sprechen. Allerdings verspreche ich nicht, mich mit deinem Urteil einverstanden zu erklären. Du bist hier als Abgesandter des Herzogs, nicht als Schiedsmann des Gesetzes.«

»Ich bin hier, weil ich versuchen will, das Blutvergießen auf ein Minimum zu reduzieren. Wir werden sehen, wo uns das hinführt, aber ich schlage vor, dass du das nicht vergisst.«

Shuran spreizte die Hände. »Wie du sagst, sehen wir, wo uns das hinführt.«

In meiner Zeit als Greatcoat führte ich den Vorsitz bei mehr als hundert Prozessen. Ich hörte mir Dispute über Schafsweiden, Eheverträge und Kriegserklärungen von Herzogtümern an. Ich musste Urteile durchsetzen, indem ich Bürger zu Geschworenen machte, örtlichen Herrschern mit Repressalien des Königs drohte und mich bei mehr Gelegenheiten, als ich zählen kann, mit einem Helden des Herzogs duellierte. Aber noch nie zuvor hatte ich diesen Drang verspürt, mir selbst die Kehle aufzuschlitzen.

»Genug«, sagte ich schließlich.

Die Dorfbewohner hatten mir einen großen und überraschend unbequemen Holzstuhl besorgt, auf dem ich sitzen konnte, während Vera und Shuran vor mir standen und abwechselnd die gleichen Argumente vorbrachten, die sie schon die vergangenen drei Stunden vorgebracht hatten. Es lief alles auf dieselbe Frage hinaus: Hatte der Herzog das Recht, Steuern für den Kriegsfall zu verlangen, wenn es dafür keinen unmittelbaren Anlass gab? Und falls er es tat, was sollte Luth davon abhalten, ebenfalls Steuern für den Kriegsfall zu verlangen? Tatsächlich war es nicht völlig unvorstellbar, dass die Menschen Carefals am Ende sowohl Aramor wie auch Luth Steuern zahlten, während sich beide Seiten bekämpften. Aber Veras Lösung war nicht vernünftig. Aus ihrer Sicht hatte der Herzog jedes Recht verloren, überhaupt Steuern zu erheben. Sie kam sogar der Forderung gefährlich nahe, der Herzog solle Steuern aus den vorangegangenen Jahren zurückzahlen.

»Ich brauche ein paar Minuten, um mich mit meinen Kameraden zu besprechen«, sagte ich und stand auf. Mein Hintern tat weh, und mein Kopf schmerzte nicht nur von dem Groll beider Seiten, sondern vor allem von der Art und Weise, wie Tristia zu zerfallen drohte. Selbst wenn es mir gelingen sollte, Aline auf den Thron zu bringen, wie in aller Welt sollte sie dieses zerrissene Land nur wieder heilen? Immer wieder musste ich an Herzog Isaults Worte denken. *Sie wird eine Woche nach ihrer Krönung tot sein.*

Brasti schien mein Unbehagen zu spüren. »Wir werden doch nicht zulassen, dass sie diese Leute hungern lassen, oder?«

»Nein, aber ... wir brauchen Isaults Unterstützung. Ohne ihn werden wir es nicht schaffen, Aline auf den Thron zu bringen. Was auch immer wir hier zustande bringen, es wird nichts nutzen, bis ein Monarch auf dem Thron sitzt, und ...«

»Lass die Politik aus dem Spiel, Falcio. Du lässt dich jetzt seit Wochen von der Schneiderin an der Nase herumführen, und das hat uns nichts gebracht. Der Herzog von Pulnam hat uns verraten, der Herzog von Aramor manipuliert uns, und jetzt willst du, dass wir diesen Menschen den Rücken zukehren, weil du ein dreizehnjähriges Mädchen geradezu verzweifelt auf den Thron bringen willst. Dabei hast du aber vergessen, dass der eigentliche Sinn des Gesetzes darin besteht, das Leben der Menschen zu verbessern. Ich mag Aline. Und dass du sie die ganze Blutwoche von Rijou am Leben erhalten hast, übertrifft alle Wunder, die ich aus Geschichten und Liedern kenne. Aber sie ist nicht meine Königin. Noch nicht.«

»Du hast König Paelis einen Eid geschworen.«

»Ja. Ich schwor, die Gesetze von Tristia aufrechtzuerhalten.«

»Das Gesetz besagt, dass sie ihre verdammten Steuern bezahlen müssen.«

»Nicht wenn das bedeutet, dass sie deswegen verhungern müssen«, meinte Dariana. Sie lehnte mit verschränkten Armen an einem Pfosten. Ihrem Ausdruck war deutlich zu entnehmen, dass ihr das Endergebnis ziemlich egal war, sie aber trotzdem meine Heuchelei zur Sprache bringen wollte. »Was passiert, wenn morgen die Ritter von Luth vorbeikommen und ankündigen, dass auch sie Kriegssteuern erheben?«

Ich wollte antworten, aber Kest hinderte mich daran. »Falcio, ist dir je in den Sinn gekommen, dass der König möglicherweise genau das wollte?«

»Das hier?« Ich zeigte auf die Menge. »Bewaffnete Dorfbewohner, die sich für unabhängig erklären und Kriege anfangen, die sie nicht gewinnen können?«

»Vielleicht können sie ja doch gewinnen«, meinte er. »Nicht jetzt, nicht heute, aber in der Zukunft. Vielleicht ist das ja der Anfang.«

Aus irgendeinem Grund brachten mich Kests Worte aus dem Gleichgewicht. *Vielleicht ist das ja der Anfang.* Der König hatte nichts für das herzogliche System übrig gehabt.

Er hatte sein Leben mit der Suche nach Möglichkeiten verbracht, den Adel an die Leine zu nehmen, damit der Mann oder die Frau auf der Straße wenigstens in einem Hauch von Freiheit leben konnten. Aber hätte er Chaos und Bürgerkrieg haben wollen, hätte er dafür sorgen können, als die Greatcoats auf dem Höhepunkt ihrer Macht waren. Er entschied sich dagegen. Er hatte den Herzögen erlaubt, ihn vom Thron zu stoßen, statt sie von uns bekämpfen zu lassen. »Nein«, sagte ich. »Er wollte seine Erbin auf dem Thron sehen. Aline ...«

»Du kannst dein Urteil nicht von diesem Faktor bestimmen lassen«, meinte Valiana.

»Ach? Seit wann betrachtest du denn Alines Zukunft mit Ambivalenz?«, fragte ich sie.

»Das tue ich nicht. Sie ist die Erbin des Königs, und ich würde sterben, um sie auf den Thron zu bringen. Aber das Gesetz ist nur dann das Gesetz, wenn es vorurteilsfrei angewandt wird. Du kannst nicht einfach eine Lösung der anderen vorziehen, nur weil das so bequemer ist.«

Es ärgerte mich, dass ausgerechnet Valiana mich darüber belehrte, den Idealen der Greatcoats gerecht werden zu müssen, aber sie hatte recht.

Ich betrachtete wieder die Menge, die hundert Meter entfernt stand, dann Shurans Ritter. Entschied ich zugunsten des Herzogs, würden diese Menschen entweder verhungern oder rebellieren und noch schneller sterben. Entschied ich zugunsten der Dorfbewohner, wie sollte ich dieses Urteil durchsetzen? Ich dachte an eine Unterhaltung zurück, die ich eines Nachts mit dem König geführt hatte und bei der wir über die Feinheiten eines obskuren Gesetzes aus einem seiner alten Bücher diskutiert hatten. »Wenn es unmöglich ist, das Richtige zu tun, dann befehlen uns die Götter, dass wir uns an die Buchstaben des Gesetzes halten«, hatte er gesagt. Ich hatte ihn daraufhin gefragt, ob uns die Götter ihre Gunst schenken würden, wenn wir das taten. »Uns ihre

Gunst schenken? Nein, Falcio, ich bin mir ziemlich sicher, dass die Einhaltung des Gesetzes dich noch schneller zu Fall bringt, als es zu brechen.«
»Was?«, fragte Brasti.
»Hm?«, sagte ich.
»Du hast gekichert. Oder gehustet. Vielleicht wolltest du auch niesen, aber etwas war. Hast du eine Entscheidung getroffen? Schlagen wir uns auf Isaults Seite oder die der Bauern?«
»Das Gesetz«, sagte ich. »Wir folgen dem Gesetz.«
Kommt, ihr Götter, dachte ich. *Kommt und holt mich.*

Mein Urteil hatte genau eine Eigenschaft von Wert. Es gefiel niemandem. Shurans Ritter nannten mich einen Verräter und einen Feigling, weil ich mein Versprechen an den Herzog nicht erfüllte (was ihrer Meinung nach bedeutete, die Dorfbewohner zu unterjochen und rechtzeitig zum Abendessen wieder zu Hause zu sein). Die Dorfbewohner nannten mich einen Verräter und einen Feigling (ihrer Logik zufolge erfüllte alles, außer die Ritter mit meinen bloßen Händen zu erwürgen, den Tatbestand des Verrats).

»Das Gesetz verlangt ein Viertel des Ertrags«, wiederholte ich zum dritten Mal. »Es ist keine gesetzmäßige Kriegserklärung erfolgt, also kann man auch nicht die Kriegssteuer erheben. Es gibt aber auch keinen Grund zur Rebellion, die, wie ich erwähnen möchte, bedeutend mehr Hunger zur Folge haben würde, als die Steuern zu bezahlen. Die bis jetzt vom Steuereintreiber des Herzogs eingezogenen Abgaben – der übrigens sofort wieder freigelassen werden muss, sobald er nüchtern ist – werden mit den diesjährigen Steuern verrechnet.«

Es folgten Argumente, Gegenargumente und Beleidigungen, von denen die meisten auf mich gemünzt waren. Als ich genug davon hatte, ließ ich sie wissen, dass ich jetzt gehen würde und sie sich gern gegenseitig umbringen konnten, falls sie das wünschten. Die Dorfbewohner maulten, aber schließlich war sogar Vera einverstanden. »Mein Wort drauf«, sagte sie zum Schluss.

Ich war der festen Überzeugung, die Ritter würden Ärger machen, aber Shuran brachte sie zum Schweigen und sagte: »Mein Wort drauf.«

»Wirklich?«, fragte ich beinahe ungläubig.

»Es ist keine perfekte Lösung«, erwiderte er. »Aber wir leben auch nicht in einer perfekten Welt.«

»Ritteroberst«, rief einer seiner Männer. Er war jung, vielleicht um die zwanzig, hatte schwarzes Haar und einen spärlichen Bart, der etwas ambitioniert für ihn erschien.

»Ja, Sir Walland?«

»Diese Leute müssen ihre Waffen abgeben, Herr.«

Shuran runzelte die Stirn. »Sir Walland, ich habe Euch nicht nach Eurer Meinung gefragt.«

Sir Walland nahm die Schultern zurück. »Vergebt mir, Sir, aber das ist das älteste der herzoglichen Gesetze. Ein Mann darf nur im direkten Dienst des Herzogs eine geschmiedete Waffe besitzen.«

Shuran musterte seinen übereifrigen jungen Ritter mit zusammengekniffenen Lippen, aber dann seufzte er. »Er hat recht. Diese Leute müssen die Waffen abgeben. Die geschmiedeten Waffen nehmen wir mit.«

Das war mir von Anfang an klar gewesen, aber Ritter kennen sich oft nicht in den Gesetzen aus, selbst wenn es die ihres Herzogs sind. Offensichtlich hatte Sir Walland die Gesetze aufmerksamer studiert als die meisten. Ich blickte Valiana an für den Fall, dass sie eine Ausnahme kannte. »Er hat recht«, sagte sie. »Jedes Herzogtum im Land hat ein ähnliches Gesetz.«

»Warum?«, fragte Brasti. »Was interessiert euch das, solange sie ihre Steuern zahlen?«

Shurans Verstimmung richtete sich auf Brasti. »Weil wir nicht zulassen dürfen, dass bewaffnete Bauern die Repräsentanten des Herzogs angreifen können, wenn ihnen seine Politik das nächste Mal nicht gefällt.«

Dariana lachte bellend. »Also, ich glaube, bewaffnete Bauern sind genau das, was der Herzog braucht, damit er seine Repräsentanten unter Kontrolle hält.«

»Was das angeht, müssen wir uns darauf einigen, dass wir uns nicht einigen können.« Shuran blieb sachlich, aber ich hatte nicht den geringsten Zweifel, dass er keine weitere Aufwiegelung dulden würde.

Ein Mann mit krummem Rücken hob das Schwert. »Und wenn uns nicht gefällt, was du glaubst, Ritter?«

Shurans Hand bewegte sich auf den Schwertgriff zu. »Dann müssen wir einen anderen Weg finden, um das Problem zu lösen.«

»Mit welchem Kompromiss bist du einverstanden?«, fragte ich ihn.

»Mit jedem, der sicherstellt, dass die Menschen in diesem Dorf Gesetze des Herzogs befolgen und nicht in der Lage sind, ihn oder seine Repräsentanten anzugreifen.«

»Welche Garantien gibst du mir, dass diese Menschen nicht bestraft werden, wenn wir weg sind?«

»Solange sie sich nicht wieder bewaffnen, geschieht ihnen nichts. Darauf hast du mein Wort.«

Eine Frau mit dem stämmigen Körperbau einer Bäuerin und grauen Haaren trat vor und spuckte auf den Boden. »Das Wort eines Ritters. Die Ehre eines Ritters.« Sie hob die Arme, um ihre Handrücken zu zeigen. Die lederbraune Haut war mit Narben übersät. »Vor zehn Jahren starb mein Mann bei dem Versuch, Ritter aus Luth abzuwehren, als sie behaupteten, wir schuldeten ihnen Steuern. Sie nahmen uns alles, was wir hatten. Als eine Woche später der Steuereintreiber aus Aramor mit seinen beiden Rittern kam und meine Geschichte hörte, meinten sie, wir würden ihnen trotzdem die Steuern schulden. Sie meinten, da mein Mann unser Land nicht beschützen konnte, würden wir es auch nicht verdienen. Ich gab dem Bastard eine Ohrfeige. Nur eine. Sie zerrten mich in die Schmiede und drückten meine Hände gegen den Ofen. Aber sie nahmen den Handrücken, nicht die Innenseite! Denn sie wollten sichergehen, dass ich das Land, das der Herzog für sich beansprucht, weiterhin bearbeiten kann, um meine Schulden zu bezahlen. Zu allen Höllen mit dem Wort eines Ritters und seiner Ehre!«

Shuran machte einen Schritt auf sie zu. Brasti spannte einen Pfeil ein, und ich zog das Rapier, aber der große Ritter hob nur die Hand. »Wartet«, sagte er.

Dann nahm er den Helm ab und enthüllte die verbrannte linke Seite seines Gesichts. »Ich war nicht immer Ritter. Ich wurde nicht in eine adelige Familie hineingeboren. Mein Vater war genauso wenig ein Ritter, wie ihr es seid.«

Die Frau starrte Shurans Gesicht überrascht an. Sanft nahm er ihre Hand und legte den Handrücken an seine Wange. »So unterschiedlich sind wir gar nicht«, sagte er.

Die Frau zog die Hand zurück. »Mal davon abgesehen, dass ich dafür kämpfe, die Dinge zu verbessern, und du dafür kämpfst, dass sie bleiben, wie sie sind.«

Ich bewunderte Shurans Versuch, die Kluft zu den Bauern zu überbrücken. Er war ein natürlicher Anführer – mehr als jeder, den ich mit Ausnahme von König Paelis kennengelernt hatte. Ich bewunderte auch die Bäuerin, dass weder Drohungen noch Schmeicheleien ihre Ansicht von Recht und Unrecht beeinflussen konnten. Aber am Ende konnte kein Mut der Welt etwas gegen die Tatsache ausrichten, dass den Bauern keine richtigen Waffen erlaubt waren, solange sie nicht im unmittelbaren Dienst des Herzogs standen.

»Die geschmiedeten Stahlwaffen müssen wir mitnehmen«, sagte ich. Ein paar der Ritter fingen an, hämisch zu grinsen. »Aber ihr müsst sie kaufen.«

Einer von Shurans Männern hätte beinahe die Waffe gezogen, aber der Oberst stoppte ihn mit einer Handbewegung. »Wie viel?«

»Zehn … nein, zwanzig Hirsche das Stück«, schlug Vera vor.
»Mein Wort drauf«, sagte Shuran.
Es schien sie zu überraschen, wie schnell er einwilligte.
»Was ist mit unseren Werkzeugen?«, wollte der Mann mit der Mistgabel wissen.
Shuran lächelte. »Eure Werkzeuge könnt ihr behalten. Wie sollen wir Steuern eintreiben, wenn ihr eure Höfe nicht bestellen könnt?«
»Ein Bogen ist zur Jagd gedacht«, sagte Brasti plötzlich. »Sie brauchen sie, um Wild zu schießen, damit sie durch den Winter kommen.«
Einen Augenblick lang glaubte ich, Shuran würde Einwände erheben, aber er nickte nur. »Gut. Für die Jagd braucht man einen Bogen, davon abgesehen sind das ohnehin keine richtigen Waffen.« Er wandte sich der Menge zu. »Aber ich habe bei euch drei Armbrüste gesehen. Die nehmen wir mit.«
Es gab Klagen und ein paar durchsichtige Versuche, Waffen zu verstecken, aber am Ende leistete jeder seinen Teil. Man hätte nicht behaupten können, dass die Ritter und Dorfbewohner als Freunde schieden, aber wenigstens starb niemand.

Eine Stunde später verließen wir das Dorf. Ich lenkte mein Pferd neben Shuran. »Wird der Herzog wütend sein?«, wollte ich wissen.
Shuran sah mich stirnrunzelnd an. »Wieso sollte er?«
»Weil die Dorfbewohner jetzt weniger Steuern zahlen als zuvor. Und dein Geldbeutel ist bei deiner Rückkehr auch beträchtlich erleichtert.«
Der große Ritter fing an zu lachen.
»Was ist so komisch?«
»Es tut mir leid«, erwiderte er. »Ich wollte nicht respektlos sein. Es ist nur …«
»Was?«

»Nun, du hast den Steuersatz des Dorfes bei einem Viertel ihres jährlichen Einkommens angesetzt.«

»Und?«

»Der Herzog hat mich ermächtigt, auf ein Fünftel runterzugehen, damit der Aufstand beendet wird. Und diese Schwerter? Sie in den Schmieden von Aramor herzustellen würde mich mindestens fünfzig Hirsche pro Stück kosten. Wenn wir unsere Waffen das nächste Mal ersetzen müssen, werde ich ein hübsches Sümmchen verdienen.«

Bei allen Höllen!

Shuran schlug mir auf die Schultern. »Du bist ein ausgezeichneter Vermittler. Du solltest den Herzog nach einer Stellung als Steuereintreiber fragen.«

HEILIGENFIEBER

Zwanzig Meilen vom Dorf entfernt fanden wir Zimmer in einem kleinen Gasthaus, in dem die anderen den Abend unten im Gemeinschaftsraum verbrachten. Ich verspürte keine große Lust auf Gesellschaft, und so wurde die erste Person, mit der ich seit unserer Abreise aus Carefal sprach, mein toter König.

Diesmal trug er einen Mantel aus rotem Brokat – ich erkannte ihn als das Geschenk eines Botschafters eines der kleinen, verarmten Länder jenseits der Ost-Wüste. Der Mantel war viel zu lang für einen Mann von des Königs bescheidener Größe, und seine Stickereien waren für sein durchschnittliches Aussehen viel zu übertrieben. Als Paelis noch am Leben gewesen war, hatte er ihn nur dann getragen, wenn er das Bedürfnis verspürte, einen Adligen zu verärgern, der auf einer Privataudienz bestand.

»Es bringt sie aus dem Konzept«, sagte Paelis. Oder vielmehr halluzinierte ich, dass er es sagte.

»Es bringt niemanden aus dem Konzept«, halluzinierte ich als Antwort. »Es lässt sie nur denken, dass Ihr nicht ganz bei Verstand seid.«

Er grinste. »Worin besteht der Unterschied?«

Das ließ mich kurz verstummen. Das machte der König immer: verwandelte auf ihn gezielte Beleidigungen in einen Beweis seiner eigenen Schlagfertigkeit. Zu meiner Verteidi-

gung kann ich nur sagen, dass das Neatha nicht nur meinen Körper lähmte, sondern anscheinend auch meine Sinne verwirrte. »Vielleicht hättet Ihr ihn tragen sollen, als die Herzöge kamen, um Euch zu töten«, meinte ich schließlich.
»Das war aber nicht der Plan. Ich ...« Der König fing wie so oft an zu husten, war er doch sehr für Erkältungen anfällig.

Ich nutzte sein augenblickliches Gebrechen. »Ach? Sich umbringen zu lassen gehörte also zum Plan? Und was ist mit allem, das nach Eurem Tod geschah? Ist das auch der Plan? Mich auf die Suche nach Eurem Erben zu schicken, ohne mir vorher zu sagen, dass Ihr überhaupt einen habt? Und wenn ich sie niemals gefunden hätte?«

Der König hustete weiter. Ich wartete einen Augenblick lang, aber er hörte nicht auf. Aus irgendeinem Grund ärgerte mich das.

»Und wenn ich sie niemals gefunden hätte?«, wiederholte ich. »Wenn Patriana sämtliche Eurer sogenannten ›Charoite‹ getötet hätte? Und wer bei allen Höllen bezeichnet seine Bastarde als ›Charoite‹? War es wirklich so wichtig, dafür zu sorgen, dass ich nicht einmal die geringste verdammte Vorstellung davon hatte, was ich da tun sollte? Und was ist mit den anderen Greatcoats? Wandern sie alle im ganzen Land umher und versuchen Eurem letzten Befehl an sie einen Sinn abzugewinnen?«

Der König lächelte, hustete aber noch immer. Er zog ein rotes Taschentuch aus dem Mantel und wischte sich den Mund ab. Ich vermochte nicht zu sagen, ob es danach blutig war oder nur Speichel den bereits roten Stoff feucht schimmern ließ. Und der König hustete weiter.

»Und was soll ich jetzt machen? Seht mich doch an.« Der König schenkte mir keine Aufmerksamkeit, also fing ich an zu brüllen. »Seht mich an! Ich bin gelähmt! Ein paar Minuten hier, ein paar Minuten da, was macht das für einen Unterschied? Haltet Ihr mich für blöd? Glaubt Ihr, ich wüsste nicht, dass es jeden Tag schlimmer wird? Das Neatha verschwindet nicht aus meinem Körper. Ich werde sterben!« König Paelis hustete noch lauter, was meine Ohren und meinen Verstand erfüllte und meine eigenen Worte übertönte. »Und wenn ich es nicht schaffe, Aline vorher auf den Thron zu bringen? Was ist dann? Was wollt Ihr, dass ich tue?«

Durch das Gebrüll fühlte sich mein Hals ganz rau an, was seltsam war, da ich mir das alles doch nur einbildete. Schließlich hörte der König auf zu husten.

»Ich war der festen Überzeugung, dass ich dir das schon gesagt habe«, meinte er, und ein Rinnsal hellrotes Blut rieselte aus seinem linken Mundwinkel. Er wollte es mit dem Taschentuch abtupfen, hielt aber inne und faltete es stattdessen zu einem ordentlichen Rechteck zusammen, das er wieder im Mantel verstaute. Er richtete sich auf und blickte mir in die Augen. »Du wirst sie verraten, Falcio.«

»Warum sagt Ihr das dauernd zu mir? Warum sollte ich sie verraten?« Ich wollte mit der Faust auf den Tisch schlagen, was ich aber nicht konnte. Langsam drängte sich die Realität in meine Halluzination.

Paelis' Bild fing an zu verblassen, während meine Sehkraft zwischen Licht und Dunkelheit schwankte. Aber selbst als Halluzination ließ er den Anstand eines vernünftigen Königs vermissen. »Und wieder einmal stellst du die falschen Fragen, Falcio.«

»Was ist denn die *richtige* Frage, verflucht noch mal?«

Er lächelte und zeigte auf mich. »Die richtige Frage lautet: ›Warum ist da ein Messer an meinem Hals?‹«

Meine Augen öffneten sich noch gerade rechtzeitig, um zu sehen, wie eine Dolchklinge von meinem Hals entfernt wurde.

»Ich habe mich schon gefragt, ob das wohl funktioniert«, sagte Dariana.

Ich schluckte den Köder nicht, aber ehrlich gesagt auch

nur, weil meine Zunge noch immer ganz taub war und ich mich nicht noch mehr in Verlegenheit bringen wollte. Der Anblick der über mir lauernden Dariana war furchteinflößend. Wie lange war sie schon in meinem Zimmer? Warum sollten Kest und Brasti jemandem, den wir kaum kannten, erlauben, während meiner Lähmung mit mir allein zu sein?

»Ich vermute, du fragst dich, was ich hier mache«, sagte sie. Dann stand sie vom Bett auf und ging zu dem kleinen Fenster, das das einzig Erfreuliche an dem winzigen Raum war, den ich mir mit Kest und Brasti teilte. »Shuran hatte einen Besucher.«

»Wen?«, krächzte ich.

»Einen Ritter. Jedenfalls trug er eine Rüstung. Er traf am frühen Morgen ein und verlangte den Ritteroberst zu sehen. Die anderen Ritter schienen ihn nicht zu kennen, aber Shuran verließ sein Zimmer, um mit ihm unter vier Augen zu sprechen. Dann ging der Mann wieder und ritt zur Hauptstraße. Würdest du gern die Richtung wissen?«

»Nur ...«

»Zu Isaults Palast.«

Ich schüttelte den Kopf, um den Nebel zu vertreiben. Warum sollte Shuran uns einen Mann vorausschicken, wo wir doch ohnehin zum Palast wollten? Wir hatten unseren Teil der Abmachung erfüllt ... es sei denn, Isault hatte nie in Betracht gezogen, dass wir die Rebellion erfolgreich beenden würden. Ließ Shuran eine Botschaft schicken, damit der Herzog Zeit hatte, einen Vorwand zu finden, wie er sich aus der Abmachung herauswinden konnte?

Ich hielt mich am Kopfteil des Bettes fest und zerrte mich in die Höhe, verfluchte dabei die Heiligen, dass ich mich am Abend ausgezogen hatte und nun herumstolpernd vor Dariana anziehen musste.

»Der Ritter ritt vor einer Stunde los«, fuhr sie fort. »Kest und Brasti wollten mit Shuran sprechen, um herauszufinden, was los ist. Denn anscheinend musst du ja den ganzen Morgen verschlafen. Du scheinst einen Großteil der Zeit ziemlich hilflos zu sein. Da stellt sich mir doch unwillkürlich die Frage, warum du der Anführer der drei bist, *Erster Kantor.*«

»Glück«, erwiderte ich und versuchte es nur mit einem Wort, um zu sehen, wie funktionsfähig ich mittlerweile war. Das Ergebnis erfreute mich. Meine Erwartungen waren in diesen Tagen allgemein recht niedrig. Vorsichtig und unbeholfen griff ich nach meinen Hosen und dem Hemd auf dem Boden, nur um auf halbem Weg feststellen zu müssen, dass ich, falls ich damit weitermachte, umkippen würde.

Dariana drehte sich um und sah mich an. Mir fiel zum ersten Mal auf, dass ihre Augen ein schönes dunkles Braun aufwiesen. Dafür gefiel mir ihr Lächeln nicht. »Wirklich? So wie ich die Geschichte kenne, hat dich dein Vater verlassen, deine Frau wurde ermordet, dein König als Tyrann hingerichtet, deine Greatcoats in alle Winde verstreut und sind entweder tot oder zu Banditen geworden. Das Land ist völlig korrupt und einzig und allein noch nicht von Teufeln überrannt worden, weil sie sich hier unwohl fühlen würden. Du wurdest zusammengeschlagen, gefoltert, vergiftet, und jetzt liegst du halb tot hier herum. Ich hätte dich im Schlaf ermorden können, und ich bezweifle, dass jemand daran Anstoß genommen hätte. Was genau treibt dich eigentlich noch an?«

Ich startete den erneuten Versuch, meine Hosen aufzuheben. Sicherlich bot ich keinen eindrucksvollen Anblick, als ich stolperte und nach dem Bett greifen musste, um nicht nackt auf dem Boden zu landen. »Du vergisst etwas«, sagte ich.

»Ach ja?«

»Die Leute, die diese Dinge taten. Yered, Herzog von Pertine. Patriana, Herzogin von Hervor. Ein Dutzend korrupter Konstabler. Genug Frauenschläger, Kindsmörder, Vergewaltiger und Schläger, um ein Schloss damit zu füllen. Zwei Dashini-Meuchelmörder und über fünfzig herzogliche Ritter.«

»Ich nehme an, dies sind die Menschen, die du getötet hast?«

»Ja.«

»Na schön, du hast sie alle getötet. Und was treibt dich jetzt an?«

»Es gibt immer noch ein paar, zu denen ich noch nicht gekommen bin.«

Lächelnd trat Dariana auf mich zu und küsste mich auf die Wange. »Siehst du? Das ist doch etwas, das ich unterschreiben würde.« Sie bückte sich, hob meine Sachen auf und reichte sie mir. »Du solltest dich anziehen. Wenn wir gegen Shuran und seine Männer kämpfen müssen, wirst du das nicht nackt tun wollen.«

»Warum sollten wir gegen Shuran kämpfen müssen?«

»Weil ich ihm nicht vertraue.«

»Vertraust du überhaupt jemandem?«

»Eigentlich nicht. Aber dein eigentliches Problem besteht darin, dass der Heilige der Schwerter ihm anscheinend auch nicht vertraut. Shuran trifft Vorbereitungen, ohne uns abzureisen, und Kest hält das möglicherweise für einen Hinweis, dass Isault Aline verraten wird. Ich habe den Verdacht, dass er etwas Leichtsinniges tut.«

Beinahe hätte ich gelacht. Kest war die am wenigsten leichtsinnige Person, die ich je kennengelernt hatte. Er ließ sich von seinem Verstand leiten, war vorsichtig und geduldig. Vermutlich würde er versuchen, Shuran zum Warten zu überreden, bis ich eingreifen konnte, aber mit Sicherheit würde er deswegen keinen Kampf vom Zaun brechen. »Kest wird eine Möglichkeit finden, den Frieden zu bewahren«, sagte ich. »Wo ist er jetzt?«

»Als ich ihn das letzte Mal sah, wollte der Heilige der Schwerter in den Hof, um den Ritteroberst von Aramor zu konfrontieren. Sag mir, glüht seine Haut immer so rot, wenn er den Frieden bewahren will?«

»Warum bei allen Höllen hast du mir das nicht früher gesagt?«, verlangte ich von Dariana zu wissen, während ich in den Hof des Gasthauses stolperte. Das Morgenlicht blendete mich und verstärkte den Schleier, der noch immer meine Sicht behinderte.

»Wer sagt, dass du den Kampf verhindern sollst?«, fragte sie.

Auf der einen Hofseite standen Shurans Ritter mit gezogenen Schwertern. Auf der anderen Seite standen Brasti mit einem Pfeil auf seinem Reiterbogen und Valiana mit dem Schwert in der Hand. Es wäre ein ungleicher Kampf gewesen, aber weder die Ritter noch die Greatcoats schienen sich füreinander zu interessieren.

Zwischen beiden Seiten stand Shuran. Er war in voller Rüstung; sein Helm war festgeschnallt, und er hielt sein schweres Schwert reglos über die Schulter – die Position für einen schnellen und tödlichen ersten Schlag. Er war das Abbild des ritterlichen Ideals – stark, entschlossen und standhaft. Obwohl es mit einer schweren Rüstung schwierig ist, sich nicht zu bewegen. Ihm gegenüber wartete Kest ungeduldig nur in Hose und Hemd. Sein Mantel lag achtlos auf den Boden geworfen. Das war nicht der Kest, den ich seit meiner Kindheit kannte. Der Mann, den ich kannte, war so geduldig wie ruhendes Wasser unter dem Eis eines zugefrorenen Sees. Er kreiste nicht umher wie ein ruheloser Wolf kurz vor dem Angriff. Der Mann, an dessen Seite ich bei über hundert Kämpfen gestanden hatte, war so lautlos wie die Nachtluft, wenn er seine Klinge gezogen hatte. Er brüllte seinem Gegner keine zusammenhanglosen Drohungen zu. Der Mann, den ich kannte, hatte keine rot glühende Haut, die sich gegen den Morgennebel abzeichnete.

»Komm schon, du Feigling«, rief Kest angespannt und spöttisch, wie ein Verrückter, der sich sein Gelächter verkniff. »Du wagst es, in meiner Gegenwart ein Schwert zu ziehen? Vor dem Heiligen der Schwerter?«

»Ich will dich nicht herausfordern, Kest.« Shurans Stimme klang ruhig und vernünftig, seine Worte waren sorgfältig gewählt. »Du hast die Klinge zuerst gezogen, und ich wollte mich nur schützen. Es gibt keinen Grund für einen Kampf. Lass uns beide die Waffe wegstecken und darüber reden, bevor Blut vergossen wird.«

Kest reagierte nicht auf die Worte des Ritters, und mir war klar, dass hier etwas nicht stimmte. Selbst wenn Kest einen Grund für ein Duell gehabt hätte, hätte er sich sofort damit einverstanden erklärt, über die Sache zu reden, oder zumindest über die nötigen Voraussetzungen zur Aufgabe gesprochen. Stattdessen schien ihn Shurans Zögern nur noch wütender zu machen. »Reden? Warum? Damit du Gelegenheit bekommst, mir im Schlaf die Kehle durchzuschneiden? Glaubst du, so kannst du mir das wegnehmen?«

Shuran schüttelte den Kopf. »Es gibt nichts, das ich dir wegnehmen will.«

Kest fing an zu lachen. »Wirklich? Glaubst du, mir wäre verborgen geblieben, mit welcher Inbrunst du der Heilige der Schwerter sein willst, Shuran? Die Gier steht dir ins Gesicht geschrieben!«

»Selbst wenn ich das wollte, jetzt ist nicht der Augenblick dazu. Du und ich haben wichtigere Dinge zu regeln als die Frage, wer von uns der bessere Fechter ist.«

»Narr«, sagte Kest und fuchtelte mit dem Schwert in der Luft herum. »Das ist das Einzige, das wichtig ist. Das hier. Klingen, die den Wind schneiden, und der Klang aufeinanderprallenden Stahls in der Luft. Blut, das Regen gleich zu Boden fällt. Wichtigeres gibt es nicht.«

»Was bei allen Höllen ist hier los?«, fragte ich Brasti.

Meine Stimme ließ ihn den Kopf wenden. »Falcio! Ich danke den Göttern, die noch nicht gegen uns Stellung bezogen haben. Du musst Kest aufhalten. Er hat den Verstand verloren.«

»Was ist passiert?«

»Shuran hat behauptet, von Isault den Befehl erhalten zu haben, schnellstmöglich zurückzukehren, und er fing an, vor uns aufzubrechen. Kest fand es heraus und ist völlig verrückt geworden. Er fing an, Shuran anzuknurren und zu beleidigen, ihn zum Duell herauszufordern. Tatsächlich bin ich mir nicht einmal sicher, ob er mich nicht auch herausforderte.«

»Bei allen Höllen! Warum hast du ihn nicht beruhigt?«

»Ich habe es versucht. Er ließ sich nicht von meinem Charme bezaubern.« Brasti zeigte auf etwas am Boden, das wie zwei zerbrochene kurze Holzstäbe mit einer Schnur aussah. Es war einer seiner Bögen, der sauber in zwei Hälften zerteilt war.

»Kest!«, rief ich und machte zwei Schritte auf ihn zu. Vor mir schimmerte die Luft, und ich fühlte etwas so Sanftes wie den Atem eines Kindes unter meinem Kinn. Als ich die Aufmerksamkeit wieder auf Kest richtete, hatte er bereits wieder seine Fechtposition eingenommen und nahm den Blick nicht von Shuran. *Scheiße!* dachte ich. *Er hat mir beinahe den Kopf abgeschlagen und dabei nicht einmal einen Blick für mich übrig.* »Kest, zieh dich zurück. Sofort!«

»Halt den Mund, Falcio. Du kommst schon noch früh genug an die Reihe.«

»Hast du den Verstand verloren? Ich bin dein Freund.«

Er warf mir einen schnellen Blick zu, und ich sah nur rote Augen und ein spöttisches Grinsen. »Spar dir deine Worte, Falcio. Ich weiß, dass du glaubst, du wärst besser als ich. Das ist ein Irrtum.«

»Kest, ich halte mich überhaupt nicht ...«

Bevor ich meinen Satz beenden konnte, machte Kest einen Satz auf Shuran zu, überbrückte den Abstand zwischen ihnen und richtete einen verheerenden Stoß auf den Brustpanzer des Ritters. Shuran brachte das Schwert in einer schnellen Parade nach unten, um Kest die Waffe aus der Hand zu schlagen. Es funktionierte nicht. Kests Klinge bewegte sich wie Wasser, wich der Parade aus und raste weiter auf ihr Ziel zu. Der große Ritter stolperte rückwärts, um der Reichweite des Schwertes zu entgehen; allein das rettete ihm das Leben. Kest grinste. »Ich habe dir ja gesagt, dass du zu viel Gewicht auf das Standbein legst.«

Shuran fand wieder Halt. »Ich stelle deine Überlegenheit mit der Klinge nicht infrage, Heiliger der Schwerter.«

Bevor er wieder die Fechtstellung einnehmen konnte, griff Kest an und wirbelte seine Klinge wie eine Schlange in und aus der Linie. Seine Schwertspitze traf Shurans Handgelenke, Kniegelenke und Ellbogen, ließ den spöttischen Klang von Stahl auf Stahl ertönen: einmal, zweimal, dreimal. Bei allen Höllen, wie konnte jemand, selbst Kest, nur so schnell sein? Trotz seiner Größe bewegte sich Shuran rasch und mit tödlicher Kraft. Als Fechter kann man kein Duell beobachten, ohne sich zu fragen, ob man es mit den Gegnern aufnehmen konnte. Ich bezweifelte sehr, Shuran in einem fairen Kampf schlagen zu können. Aber sein schwerer Stand hielt ihn zurück. Welche Verletzungen auch aus seinen Verbrennungen resultierten, sie hatten ihn davon abgehalten, sich zu einem ebenbürtigen Gegner für Kest zu entwickeln. Was Kest wusste. Er setzte die Schwächen des anderen Mannes gegen ihn ein und zwang ihn unerbittlich zu immer kräftigeren Paraden. Es fühlte sich an, als wären Stunden vergangen, dabei waren es nur wenige Sekunden gewesen. Der Kampf würde nicht mehr lange dauern.

»Kest, hör auf!«, rief ich. »Das ist ein verfluchter Befehl!«

Kest ignorierte mich und konzentrierte seine schadenfrohe Aufmerksamkeit auf den Ritter. Dabei drang er auf eine schon hinterhältige Weise auf seinen Gegner ein; mit seiner überlegenen Schnelligkeit und seinen größeren Fertigkeiten band er die Bewegungen des Ritters wie ein Mann, der mit Nadel und Faden ein Leichentuch um einen sich noch immer bewegenden Körper zusammennäht. Er würde den Ritteroberst von Aramor direkt vor seinen Männern tö-

ten. Shuran stolperte erneut zurück und stürzte schwer auf ein Knie.
»Steh auf«, sagte Kest. »Steh ein letztes Mal auf. Oder ergib dich, und ich trenne deinen gierigen Kopf gnädig von seinen Schultern.«
Shuran hielt das Schwert ausgestreckt, während er sich wieder auf die Beine mühte. »Denk nach, Mann! Willst du das wirklich? Einen Krieg anfangen zwischen dem Herzog von Aramor und dem Mädchen, das du zur Königin machen willst?«
Kest antwortete nicht. Er grinste bloß und bedeutete Shuran wieder, sich zu erheben. Bei allen Höllen, für die wir alle bestimmt waren, der Oberst würde den nächsten Angriff niemals überleben! *Mögen die Heiligen mir vergeben*, dachte ich und zog ein Wurfmesser aus dem Mantel.
»Was tust du da?«, fragte Brasti und griff nach meinem Arm.
»Einen Krieg verhindern«, sagte ich.
Ich holte aus und schleuderte die kleine Klinge auf Kests Schulter. Er wandte sich kaum in meine Richtung, während seine Klinge nach oben schnellte und das Messer verächtlich aus der Luft schlug. Aber ich kannte Kest besser als sonst jemand auf der Welt, und ich wusste, wozu er mit einem Schwert fähig war. Darum hatte ich auch in dem Augenblick, in dem das erste Messer meine Hand verlassen hatte, ein zweites Messer gezogen und geworfen. Mit einem dumpfen Aufprall bohrte sich die zweite Klinge in seinen Oberschenkel. Sein Greatcoat hätte ihn geschützt. Hatte er ihn absichtlich ausgezogen? Wollte ein Teil von ihm, dass ich ihn aufhielt?
»Schlau«, sagte er zu mir gewandt und zog das Messer grinsend aus dem Bein.
O Scheiße! Ich schlug gerade noch rechtzeitig den Mantelkragen hoch, fuhr herum und duckte mich, um zu fühlen, wie die Klinge gegen die Knochenplatten in meinem Mantel

prallte. Es tat nicht besonders weh, und doch verletzte es mich tief. Hatte Kest gewusst, dass ich mich rechtzeitig schützen würde? Oder war er so verrückt geworden, dass er wirklich bereit war, mich zu töten?

Ich wandte mich wieder den beiden Männern zu und sah, dass sich Shuran Kests verwundetes Bein zunutze machen wollte, um den Kampfverlauf zu ändern. Aber dazu war es zu spät – der große Ritter hatte so viele Treffer davongetragen, dass es mich überraschte, dass er überhaupt noch in der Lage war, sein Schwert zu halten. Er stieß einen lauten Schrei aus und versuchte es mit einem letzten, weit ausgeholten Angriff, nur dass Kest den Hieb mit der Parierstange abfing und mit einer unvermuteten ruckartigen Bewegung gegen den Uhrzeigersinn Shuran die Klinge aus der Hand hebelte. Kest grinste. »Jetzt ist es so weit, Ritter.«

Shuran sackte auf die Knie, ließ die Hände an den Seiten baumeln. Seine Männer sahen bereit aus, Kest sofort anzugreifen, aber der Ritteroberst hob eine Hand. »Nein! Wir sind Ritter des Herzogs. Männer mit Ehre. Wenn das hier vorbei ist, dann reitet, ihr alle. Nehmt verschiedene Straßen, falls ihr müsst. Wer immer den Herzog zuerst erreicht, sagt ihm, dass uns die Greatcoats verraten haben.«

»Kest!«, rief ich erneut. »Hör auf! Um der Liebe zu unserem König willen, du musst aufhören!«

Er wandte sich mir zu, und einen Augenblick lang erschien er wieder wie er selbst, als hätte der Sieg den Wahnsinn in ihm beschwichtigt. Der Moment war nicht von langer Dauer. »Zu dir komme ich gleich, Falcio«, erwiderte er und wandte sich wieder Shuran zu.

Kest bedeutete mir mehr als ein Bruder. Ich kannte ihn, seit wir Kinder waren, und ich hatte ihn seitdem jeden Tag geliebt. Aber ich konnte nicht zulassen, dass er den Traum des Königs zerstörte. Ich zog meinen Mantel aus und zog beide Rapiere. »Wenn das nicht klappt, musst du ihn erschießen«, befahl ich Brasti.

»Ich soll einen Pfeil auf Kest abschießen?«
»Nicht nur einen. So viele, wie nötig sind. Und du schießt, bis er sich nicht länger bewegt.«
»Einen Pfeil kann er nicht parieren.«
»Doch«, erwiderte ich. »Kann er.« Ich setzte mich in Bewegung. »Du schießt weiter, bis er sich nicht länger bewegt.« Kest hielt die Klinge auf Shuran gerichtet und warf mir einen Seitenblick zu. »Warum hast du deinen Mantel ausgezogen?«
»Wenn du ihn tötest, bin ich der Nächste. Gib mir dein Schwert oder kämpfe gegen mich.«
Er kniff die Augen zusammen. »Du glaubst, du kannst mich schlagen? Sogar ohne den Schutz deines Mantels? Ich glaube, du bist nicht mehr klar bei Verstand.«
»Finden wir es heraus.«
Da veränderte sich sein Gesichtsausdruck, nur einen Hauch, als wüsste er plötzlich nicht mehr genau, wo er sich eigentlich befand. Er stand kurz davor, zu uns zurückzukehren. Ich war mir nur nicht sicher, ob es nahe genug war. Ich tat den nächsten Schritt.
»Falcio, bleib stehen«, sagte er. »Ich will dich nicht töten.«
»Trotzdem, das sind deine Möglichkeiten.« Wir waren fast in Reichweite. Verflucht, von all den Todesarten, die ich mir ausgemalt hatte, wäre ich auf die hier nie gekommen.
Er sah mich an, dann Shuran, seine Lippen bewegten sich, als spräche er mit sich selbst. Unablässig formten sie das Wort »Nein«. Plötzlich riss er das Schwert hoch in die Luft, die Spitze auf Shurans Brust gerichtet. In diesem Winkel würde seine Kraft ausreichen, um die Klinge durch den Brustpanzer zu stoßen.
»Nein!«, schrie ich und verfluchte mich, während ich mich in einen Ausfall warf.
Kest parierte mein Rapier und warf sein Schwert in die Luft, ließ es sich drehen, damit er die Klinge fassen und mit dem Knauf auf den Ritter zielen konnte. Er rammte ihn Shu-

ran wie ein Bauer, der einen Pfosten in den Boden schlagen will, gegen die Brust. Ein Laut wie das Dröhnen einer Kirchenglocke erfüllte den Hof. Als ich wieder zu dem Ritter sah, hockte er noch immer auf den Knien und schwankte durch den Hieb. Auf der linken Harnischseite war ein kleiner runder Abdruck in der Größe von Kests Schwertknauf eingestanzt. Er hatte ihn genau an der Stelle markiert, an der seine Schwertspitze Shurans Herz durchbohrt hätte.

Mein bester Freund schaute mich mit zitterndem Mund und verschleiertem Blick an, dann wandte er sich dem Ritteroberst von Aramor zu. »Ich ergebe mich«, murmelte er, bevor er bewusstlos zu Boden stürzte.

Ein beträchtliches Chaos folgte. In dem Augenblick, in dem Kest stürzte, bildeten Shurans Männer einen Kreis um die beiden Gegner. Fünf von ihnen beschützten den Ritter, während sich die anderen über Kest aufbauten. Mehrere von ihnen machten mit ihren Schwertspitzen deutlich, dass ich nicht an ihnen vorbeikommen würde. Brasti, Valiana und Dariana eilten an meine Seite, und wir stellten uns den Rittern entgegen.

»Halt«, befahl Shuran. Sein Atem ging so schwer, dass er das Wort kaum über die Lippen brachte. Er nahm den Helm ab, und ich konnte den Schweiß sehen, der seine Stirn hinabströmte und der verbrannten Seite einen unnatürlichen Glanz verlieh. »Es ist zu Ende. Keiner ist tot. Keiner muss sterben.«

»Tretet zur Seite und lasst uns nach unserem Mann sehen«, sagte ich.

Die Ritter rückten noch näher zusammen. »Dieser tollwütige Hund ist jetzt unser Gefangener«, verkündete einer von ihnen. »Er wollte den Ritteroberst von Aramor ermorden.«

»Mit ihm stimmt etwas nicht«, sagte ich. »Er würde niemals ...«

Shuran unterbrach mich mit einer Handbewegung. »Das war ein faires Duell«, sagte er an seine Männer gerichtet.

»Aber, Oberst, dieser Mann ...«

»Die erste Reihe hinter mich«, bellte Shuran.

In perfektem Gleichschritt bildeten die Ritter aus einem Kreis eine Reihe, die vier Fuß hinter Shuran stand. Der Ritteroberst trat einen Schritt zurück, um mir Platz zu machen, und ich kniete neben Kest nieder. Ich tastete nach dem Schlag seines Herzens und fand ihn. Er war langsamer, bedeutend langsamer als meiner. Aber war das für Kest jetzt normal? Er bot einen merkwürdigen, beinahe nicht menschlichen Anblick. Das rote Glühen seiner Haut war weniger verschwunden als vielmehr in ihn hineingekrochen, so als hätte er tagelang in der Sonne gestanden. Seine Haut war ganz trocken und beinahe verbrannt.

»Was bei allen Höllen stimmt nicht mit ihm?«, fragte ich halblaut, ohne eine Antwort zu erwarten.

Zu meiner Überraschung meldete sich Shuran zu Wort. »Ich glaube, es ist Heiligenfieber.«

Brasti trat an meine Seite. »Soll das ein Scherz sein? Heiligenfieber ist doch nur die Rotbeerenkrankheit. Das kriegen nur Kinder!«

»Eltern bezeichnen es als Heiligenfieber, weil die Symptome ähnlich sind. Aber für den Namen gibt es einen Grund. Es gibt nur wenig schriftliche Quellen, die sich mit der Natur der Heiligen beschäftigen, aber ich las von einer Krankheit, die sie befällt. Wie lange ist es her, seit sich Kest das letzte Mal in eine Zuflucht begeben hat?«

»Wovon redest du da überhaupt?«, wollte ich wissen.

Shuran sah mich einen Augenblick lang an, als würde er meinen Worten keinen Glauben schenken. »Willst du mir erzählen, dass er sich nicht gebunden hat? Nicht seit seinem Mord an Caveil?«

»Es war ein faires Duell«, erwiderte ich. »Caveil wollte uns ermorden.«

»Trotzdem, hat er denn nicht ...«

Brasti trat vor. »Hör zu, Blechmann, wir sagen dir doch, dass wir keine Ahnung haben, wovon du da redest.«

Der Oberst betrachtete den am Boden liegenden Kest mit weit aufgerissenen Augen. »Bei allen Göttern! Kein Wunder, dass ihn der Wahnsinn ergriffen hat. Ich kann nicht glauben, dass er es so lange unterdrücken konnte.«

»Was hat es denn mit dieser Zuflucht auf sich?«, wollte ich wissen.

»Eine Kirche. Irgendeine. Er muss drei Nächte darin verbringen, bis er ...«

»Er kann keine Kirche betreten«, sagte ich und musste an unsere Begegnung mit Trin denken. »Er konnte den Steinkreis nicht überschreiten.«

Shuran nickte. »So ist das. Ihr müsst zu einer Kirche gehen und den Priester bitten, einen der Steine zu entfernen. Dann kann Kest passieren, und der Priester wird den Stein wieder einsetzen und den Kreis damit wieder weihen.«

»Wird ihn das nicht in die Kirche einsperren?«, meinte Brasti.

»Darum geht es ja. Er wird an die Zuflucht gebunden sein. Die Macht, die in ihm brennt, muss unter Kontrolle gebracht werden. Ein Heiliger muss von der Kirche der Menschen Demut erlernen, um gerettet zu werden. Stimmen die Geschichten, dann kann der Priester den Stein nach drei Tagen wieder entfernen, und der Heilige kann wieder auf der Welt wandeln und den heiligen Wahnsinn in sich kontrollieren.«

»Du scheinst ja eine Menge über Heilige zu wissen«, sagte ich.

»Ist nicht jeder Mann darauf aus, zu etwas Größerem zu werden, als er ist?«

Die beinahe abschätzige Antwort gefiel mir gar nicht, aber ein Blick in Kests Gesicht brachte mich dazu, mich auf das aktuelle Problem zu konzentrieren. Seine Haut schien die

Röte zu verlieren und wieder ihre normale Farbe anzunehmen, aber irgendwie wirkte er schmal und ausgelaugt. »Was machen wir jetzt?«

»Nichts«, sagte Shuran und schob das Schwert in die Scheide. »Ich bin kein Experte, aber wenn ich richtig gelesen habe, müsste es ihm eine Weile gut gehen. Schlägt das Fieber zu, hat es eine starke Wirkung, aber sein Abflauen sollte ihm eine Weile die Kontrolle zurückgeben. Ich rate aber dringend, dass ihr für Kest eine Zuflucht findet, wenn ihr euer Geschäft mit Herzog Isault erledigt habt.«

»Scheiße!«, meinte Brasti. »Ein Heiliger zu sein scheint ja nicht so verlockend zu sein, wie in den Geschichten immer behauptet wird.«

Shuran lächelte. »Das sind nur wenige Dinge. Dennoch vermute ich, dass es den Berufenen schwerfallen dürfte, dem zu widerstehen.«

Ich musste an das zurückdenken, das Kest am Anfang seines Kampfs mit Shuran gerufen hatte. *Glaubst du, der Hunger stünde dir nicht ins Gesicht geschrieben, wenn du mich ansiehst?* »Und was ist mit dir, Shuran? Verspürst du den Ruf, der Heilige der Schwerter zu werden?«

»Im Augenblick folge ich nur dem Ruf meines Herzogs, sofort zu ihm zurückzukehren«, erwiderte der Ritter. »Sir Lorandes, wärt Ihr so nett?«

Einer der Ritter verließ die Formation und begab sich zu den Pferden, nahm die Zügel von Shurans Tier und führte es zu uns.

»Ihr und die anderen reist zusammen zum Herzogspalast«, sagte Shuran. »Wir sehen uns, wenn ihr morgen oder übermorgen eintrefft.« Er wandte sich seinen Männern zu. »Bei meiner Ehre, keiner meiner Männer wird versuchen, Kest oder euch zu schaden.«

»Aber warum ist es so wichtig, dass du sofort aufbrichst? Warum willst du vorausreiten?«

»Weil ich den Befehl erhielt, so schnell wie möglich heimzukehren. Allein kann ich den Palast viel schneller erreichen. Ich befolge die Befehle des Herzogs, Falcio. So funktioniert das nun mal.«

Ich stand nahe genug bei ihm, dass er mich weit zu überragen schien. Ich ließ seinen Blick nicht los. »Und wenn sich der Herzog entscheidet, uns zu verraten?«

Man musste Shuran zugutehalten, dass er nicht einmal blinzelte. »Herzog Isault ist der Herrscher von Aramor. Falls er sich entscheidet, euren Handel nicht einzuhalten, kann ich nichts dagegen machen.«

»Also wirst du uns verraten, falls er es will.«

»Du verstehst wirklich nicht, worum es bei dem Rittertum eigentlich geht, Falcio, oder? Wenn es der Herzog befiehlt, wird es kein Verrat sein.«

Ich verspürte durchaus eine gewisse Bewunderung für Shuran, und in einem anderen Leben, wer weiß! Vielleicht hätten wir Freunde sein können. Aber in diesem Augenblick konnte ich bei allen Heiligen nur daran denken, wie sehr ich Ritter hasste. »Also erwartest du von uns, dass wir den Palast in der Hoffnung betreten, nicht in eine Falle zu laufen? Falls uns Isault an Trin verkaufen will, was sollte ihn dann daran hindern, uns gefangen zu nehmen oder zu töten, um den Handel zu besiegeln?«

»Das würde Herzog Isault niemals tun«, behauptete Shuran. »Falls er vorhat, Trin statt Aline zu unterstützen, wird er es dir ins Gesicht sagen und dich deiner Wege schicken. Er wird mir nicht befehlen, dich in Ketten zu legen, solange du ihn nicht zuerst angreifst.«

Ich warf einen Blick auf seine Männer. Wir waren zu fünft, sie zu zehnt. Falls nötig konnten wir sie bei einem Kampf auf der Straße überwältigen. Vorausgesetzt, Kest erwachte wieder aus seinem Schlaf.

»Ich schwöre Folgendes«, sagte Shuran. »Kommt ihr zum herzoglichen Palast, garantiere ich persönlich für eure Sicherheit.«

»Und falls Isault befiehlt, uns anzugreifen? Was tust du dann? Dich weigern?«

Es war eine logische Frage, und trotzdem machte sie Shuran sichtlich zu schaffen. Aber schließlich sagte er: »Dann werde ich meiner Ritterschaft entsagen und tun, was nötig ist, um dafür zu sorgen, dass mein Versprechen an dich eingehalten wird.«

»Und was ist dann mit deiner kostbaren Ehre?«

Er schob den Fuß in den Steigbügel und stieg in den Sattel. »Falls mir der Herzog den Befehl erteilt, diejenigen anzugreifen, die fair zu behandeln er geschworen hat, dann ist meine Ehre nichts mehr wert.«

Er stieß dem Pferd die Fersen in die Flanken und ließ mich auf dem kleinen Hof des Gasthauses mit dem Gefühl zurück, sowohl verraten wie auch beschämt worden zu sein.

14
DAS DEKRET

Ein paar Stunden später waren wir unterwegs, ritten schweigend zusammen mit Shurans Rittern zurück zu Isaults Palast. Wir hatten gerade eine Trage für Kest zur Hälfte fertiggestellt, als er aus seinem Fieber erwacht war. Das rote Glühen war durch eine graue Färbung ersetzt worden, die möglicherweise von Erschöpfung stammte oder vielleicht auch von etwas Tödlicherem. Jetzt saß er einfach auf seinem Pferd und starrte mit gesenktem Kopf zu Boden, wie ein Betrunkener, der über den Verlust seines ganzen Lohns bei einem Würfelspiel nachsinnt.

Manchmal zügelte ich mein Pferd in der Hoffnung, dass er aufschließen und mit mir reden würde, damit ich besser verstehen konnte, was mit ihm vorging. Aber jedes Mal hob er einfach nur die Hand, sagte: »Nicht jetzt«, und ritt weiter.

Es fing an zu regnen, und die seit dem Tod des Königs vernachlässigte Straße wurde glatt und gefährlich, was uns zu einem langsamen Ritt zwang, falls wir die Pferde nicht riskieren wollten.

Die Schinderei unseres Tempos beeinflusste uns alle auf unterschiedliche Weise. Dariana ließ die vor uns reitenden Ritter nicht aus den Augen für den Fall, dass sich einer von ihnen entschied, Shurans Befehl zu missachten. Aber das tat keiner. Brasti war wegen dem, was er als einen Verrat an den Bürgern von Carefal betrachtete, wieder in finstere Stimmung verfallen. Nur Valiana hielt es für angebracht, mit mir zu reden.

»Wir haben das Richtige getan, weißt du.« Sie lenkte ihr Pferd an meine Seite. »Ich meine im Dorf.«

»Das Gesetz ist das Gesetz«, zitierte ich, obwohl die Worte wie Hohn in meinen Ohren klangen.

Valiana streckte die Hand aus und berührte meinen Arm. »Die Menschen können nur an das Gesetz glauben, wenn sie es in seiner Ausübung erleben.«

»Wir haben gerade das Gesetz bei einer Gruppe tapferer Männer und Frauen vollstreckt, die nichts anderes wollten, als von ihrem Herzog gerechter behandelt zu werden.«

»Aber genau darum geht es doch«, meinte sie. »Die Herzöge waren im Unrecht, aber die Dorfbewohner auch. Sie handelten so, weil sie keine andere Möglichkeit sahen. Genau das stimmt mit diesem Land nicht, Falcio. Die Leute glauben, keine andere Wahl zu haben, als so viel Macht wie möglich an sich zu raffen und sie für ihre Bedürfnisse einzusetzen.«

»Sagt das Mädchen, das sich vor gar nicht so langer Zeit zur Königin machen wollte.«

Ich bedauerte die Bemerkung sofort. Valiana hatte nur das getan, wozu man sie erzogen hatte. Nichts davon war ihre Schuld. Ich wollte mich entschuldigen, als ich ihre Miene sah und erkannte, dass sie gar nicht so verletzt war wie erwartet.

»Wäre ich zur Königin gekrönt worden, hätte ich einen Weg gefunden, dem Gesetz in Tristia wieder seine Geltung zu verschaffen. Das ist doch die Aufgabe des Monarchen. Das hat König Paelis getan, nicht wahr?«

»Bis ihn die Herzöge ermordeten.«

»Und was hat ihnen das eingebracht? Jetzt ist das Land ärmer, die Straßen viel gefährlicher. Die Herzöge sind keineswegs reicher als zuvor, dafür verlieren sie ihr Vermögen jetzt an Räuber und wegen der Kosten für Spione, mit denen sie einander bespitzeln. Sie nehmen immer mehr Ritter in ihre

Dienste, um ihre Heere zu vergrößern, zahlen ihnen dafür aber immer weniger.«
»Ritter werden nicht bezahlt, schon vergessen? Sie dienen wegen ihres profunden Ehrgefühls.«
Valiana ignorierte meinen Sarkasmus. »Sieh dir Shurans Männer an und denke dann an die zurück, die wir im Palast sahen. Ist dir aufgefallen, dass einige von ihnen graue Bärte haben und schon lange über ihr bestes Alter hinaus sind? Einst erhielten Ritter nach ihrem jahrelangen Dienst Land, damit sie sich zur Ruhe setzen und in bescheidenem Wohlstand in Frieden leben konnten. Isault tut das nicht. Genauso wenig wie die anderen Herzöge. Sie nehmen nur immer mehr Ritter auf, ohne aber die zu belohnen, die schon länger in ihren Diensten stehen.«
Das hatte ich nicht in Betracht gezogen. Trotz der vielen Geschichten über die Ehre der Ritter und ihre tapferen Taten war jeder Ritter in den Augen der Greatcoats nicht mehr als ein angeheuerter Schläger, der sich für etwas Besseres hielt. Es war mir nie in den Sinn gekommen, sie als Männer zu betrachten, die von einem Leben nach den Einschränkungen ihrer Rüstung träumten. Zog man in Betracht, wie oft ich gegen sie hatte kämpfen müssen, war es vermutlich einfacher gewesen, überhaupt nicht über sie nachzudenken. Ich schüttelte den Kopf, als wollte ich den Gedanken vertreiben.
»Wenn du mich dazu bringen willst, Mitleid für die herzoglichen Ritter zu entwickeln ...«
»Du solltest für jeden Mitgefühl haben, der leidet«, hielt sie dagegen. »In Rijou hast du mir gesagt, dass es nichts Schlimmeres gibt, als wegzusehen, während das Böse gedeiht. Solltest du für diese Männer nicht wenigstens etwas Verständnis aufbringen?«
Ich dachte an Aline und wie unmöglich es sein würde, sie zur Königin zu machen, und an Trin, die irgendwo dort draußen in der Welt mit Begeisterung Chaos verursachte. Ich dachte an den Rest der ursprünglichen hundertvierundvier-

zig königlichen Greatcoats, die in alle Winde verstreut, allein oder tot waren – oder, viel schlimmer, zu Banditen wurden, um zu überleben. Ich dachte an Kest, der unter dieser Heiligkeit litt, die sich als Fluch erwiesen hatte. Und ich dachte über die Tatsache nach, dass ich, wenn ich heute Abend mein Haupt zum Schlafen bettete, nicht wusste, ob ich mich jemals wieder bewegen konnte. Ich schaute voraus auf die zehn Ritter von Aramor, die sich auf Befehl eines Mannes mit Begeisterung auf uns stürzen würden, um uns die Kehle durchzuschneiden.

»Scheiß auf die Ritter«, erwiderte ich.

Drei weitere Tage und mehr Regen, als ich je erlebt hatte, brachten uns zurück auf den Hof von Herzog Isaults Palast. Bis auf die Knochen durchnässt, warteten wir in einem Regenschauer darauf, dass einer der Wächter Sir Shuran holte.

»Ihr seid sicher angekommen«, sagte der große Ritter, als er aus dem breiten Torbogen aus dem Palastinneren trat. Seine Rüstung funkelte. Im Gegensatz zu unseren Mänteln, die von der Reise verdreckt waren, hatte er sie auf Hochglanz polieren lassen. »Wie ich gehört habe, habt ihr es ohne Zwischenfall geschafft.«

Mir entging nicht, dass in der Nähe mehrere Ritter mit gezogenen Waffen standen. Kest trat mit ausgestreckter Hand vor, als wollte er zeigen, dass er kein Schwert hielt. »Shuran, ich benahm mich … unangebracht. Das war allein mein Werk, und niemand sonst hatte eine Ahnung, dass ich …«

»Was? Mich als Feigling und Verräter bezeichnen wolltest? Mich ohne besonderen Grund zum Duell fordertest und dann erstaunlich gute Arbeit bei dem Versuch leistetest, eine Klinge in mein Herz zu stoßen?« Er zeigte auf die Beule in seinem Harnisch. Er hatte sich die Mühe gemacht, seine Rüstung polieren zu lassen, aber die Einbuchtung nicht beseitigen lassen. »Du hast meinen Feinden eine unerfreulich genaue Zielscheibe besorgt, Heiliger der Schwerter.«

Kest nickte. »Ich bin mit jeder Strafe einverstanden, die du für nötig hältst, solange meine Freunde ...«

»Es reicht«, sagte Shuran. »Ich finde Heilige faszinierend, aber für Märtyrer habe ich nichts übrig. Du hattest das Heiligenfieber. Davon abgesehen habe ich deine Herausforderung technisch gesehen akzeptiert.«

»Ich möchte trotzdem Abbitte leisten.«

Shuran grinste. »Gut. Der Preis soll sein, mir eines Tages, wenn ich nicht gerade damit beschäftigt bin, für den Dienst am Herzog am Leben zu bleiben, in einem fairen Kampf gegenüberzutreten, und zwar wenn du nicht gerade vom blutroten Zorn beherrscht wirst.«

Kest nickte, und die Sache schien im Augenblick erledigt zu sein.

Der Ritter wandte sich an mich. »Ich lasse euch auf eure Zimmer bringen. Der Herzog weiß, was in Carefal passiert ist. Er wird euch am Morgen garantiert sehen wollen.«

Die Vorstellung, hier die Nacht verbringen zu müssen, flößte mir Unbehagen ein. Zweifellos waren seine Ritter schon damit beschäftigt, ihren Kameraden genau zu erzählen, wie die Greatcoats ihren Anführer um ein Haar umgebracht hatten. »Nein«, sagte ich. »Ich muss die Dinge heute Abend erledigen. Wir bleiben nicht im Palast.«

»Heute Abend ist kein guter Zeitpunkt«, erwiderte Shuran. »Der Herzog ist heute Abend beschäftigt.«

Ganz kurz flackerte im Norden ein Blitz auf, einen Augenblick später erreichte der Donner meine Ohren. Aus meinem Haar tropfte mir Wasser in die Augen, und ich konnte nur an einen fetten, arroganten Herzog denken, der auf seinem Thron saß und sich wie auch immer vergnügte. Ich wollte keinen Ärger, aber ich hatte einfach genug davon, mich von Isault herumkommandieren zu lassen. »Das ist mir egal. Sag ihm, er empfängt uns heute Abend.«

Shurans Stimme wurde leise, als wollte er nicht, dass seine Männer mithörten. »Ich fürchte, so läuft das nicht, Fal-

cio. Der Herzog entscheidet, wann du ihn siehst, nicht umgekehrt.«
»Dann sag ihm, dass Aline eines nicht so fernen Tages Königin sein wird. Sag ihm, dass sie alle möglichen Entscheidungen über Steuern und Gesetze und Grenzen zwischen Herzogtümern treffen wird. Sag ihm, dass ich ihr bereits mehrere Male das Leben rettete und es ziemlich wahrscheinlich ist, dass ich diese Tatsache dazu benutzen werde, die Leute zu bestrafen, die mich im Laufe der Jahre wütend gemacht haben.«
Shuran betrachtete mich einen Augenblick lang, als wollte er entscheiden, ob das mein Ernst war oder nicht. »Also gut«, sagte er dann. »Ich richte ihm das alles aus. Was auch immer dann passiert, dafür trägst du die Verantwortung.«

Eine halbe Stunde später stand ich im Thronsaal des Herzogs, diesmal aber aufgrund seines Befehls allein. Vermutlich wollte er mich nervös machen. »Euer Gnaden«, sagte ich und neigte den Kopf gerade genug, um Wasser aus meinem Haar zu Boden tropfen zu lassen.
»Scheißefresser«, erwiderte er. »Man hört zurzeit die Geschichte, dass du ... Beshard, was hat Shuran eben noch erzählt? Dass der Scheißefresser hier ...«
»Euch zu sehen verlangte, Euer Gnaden.«
»Das ist richtig«, sagte Isault. »Du hast verlangt, mich zu sehen. Aber da war noch etwas anderes. Wie war das noch mal, Beshard? Was hat der Scheißefresser noch gemacht?«
»Er hat Euch bedroht, Euer Gnaden?«, meinte Beshard.
Isault klatschte in die Hände. »Richtig. Du hast mir gedroht. Shuran ist ja dafür bekannt, ein unverbesserlicher Lügner zu sein, stimmt's, Beshard?«
»Nein, Euer Gnaden. Vergebt mir, aber das habe ich von Sir Shuran noch nie gehört.«
»Nein? Oh, dann muss es wahr sein, richtig, Falcio val Mond?«

»Vermutlich könnte man meine Worte als Drohung interpretieren«, erwiderte ich.

Isault lächelte und trank einen Schluck aus dem Pokal, der prekär auf der Thronlehne stand. Mit dem grünen Seidenärmel wischte er sich den Mund ab. »Ausgezeichnet. Ich habe für euch eine Unterkunft vorbereiten lassen. In meinem Kerker. Ein hübscher Ort. Natürlich hast du viel mehr Erfahrung darin als ich, in Ketten gefoltert zu werden, also bin ich wirklich auf deine Meinung darüber gespannt. Aber ich befürchtete, ich hätte da etwas falsch verstanden und meine zugegeben hastigen Vorbereitungen wären umsonst gewesen.«

Ich steckte die Hände in die Manteltaschen, denn ich wollte nicht, dass der Herzog sie zittern sah. Es war noch gar nicht so lange her, dass ich ein paar Tage lang in den Kerkern von Rijou gefoltert worden war. Ich konnte noch immer die Handschellen an meinen Gelenken spüren, die Schmerzen in meinen Schultergelenken, weil man mich tagelang an den Armen aufgehängt hatte. Ich hatte diese Erfahrung kaum überlebt, und der Gedanke an eine Wiederholung jagte mir Angst ein. »Ich will nicht, dass Ihr Euch meinetwegen Mühe macht«, sagte ich lässig.

»Nein? Keine Sorge, das bereitet keine Mühe.«

»Trotzdem bin ich der Meinung, dass es eine schnellere Lösung gibt, Euer Gnaden.«

»Wirklich? Nun, hier in Aramor lieben wir schnelle Lösungen. Wie lautet deine?«

»Gebt mir das Dekret, das Ihr versprochen habt, in dem Ihr schwört, Aline zu unterstützen, und ich reise ab. Dann brauchen wir uns nie wieder über den Weg zu laufen.«

Ich rechnete mit einer Beleidigung oder irgendeiner Drohung. Stattdessen kratzte sich Isault nur den Bart. »Und du glaubst, das hättest du dir verdient?«

»Ich tat, worum Ihr mich gebeten habt«, erwiderte ich. »Ich habe die Rebellion beendet.«

»Das ist wohl wahr.« Der Herzog kicherte leise und blickte sehnsuchtsvoll in seinen leeren Pokal. Anscheinend war es heute Abend nicht der erste gewesen. »Der große Falcio val Mond, Erster Kantor der königlichen Greatcoats. Der Held von Rijou. Du hast getan, was man dir befahl.« Sein Tonfall wurde weicher – er war nicht länger spöttisch, sondern irgendwie enttäuscht.

»Du befolgst Befehle überraschend gut, Falcio«, fuhr der Herzog fort. Dann brüllte er quer durch den Raum. »Er würde einen guten Beshard abgeben, nicht wahr, Beshard?«

»Wenn Euer Gnaden das sagt«, erwiderte der Kammerherr.

»Ja, sage ich.« Isault richtete die Aufmerksamkeit wieder auf mich. »Vielleicht willst du mich ja insgeheim genauso ficken wie der alte Beshard.« Er hob die Hand. »Oder nein ... nicht wie Beshard. Vielleicht willst du deinem toten König um jeden Preis loyal sein, dass du dafür alles tun würdest. Vielleicht sollten wir dich ja zum Ritter schlagen, hm? So wie Shuran? Wärst du gern Ritter, Scheißefresser? Das soll keine Beleidigung sein. Ich bin nur neugierig.«

»Ich würde eher einen Eurer Folterknechte heiraten und in eine Zelle in Eurem Kerker einziehen, bevor ich einer Eurer herzoglichen Ritter würde«, sagte ich. »Das soll keine Beleidigung sein.«

Isault lachte, aber nicht über meine Worte, sondern über etwas anderes. Ein kleiner Scherz, den er und nur er allein verstand. Beide schienen erfreut zu sein. »Willst du mal etwas Witziges hören?«

»Ich würde ...«

»Ich denke oft an deinen toten König Paelis.«

»Er war auch Euer König«, sagte ich automatisch.

Isault fuchtelte mit dem Finger herum. »Einzelheiten. Typisch Magistrat, sich auf die Einzelheiten zu konzentrieren und das Offensichtliche zu übersehen.«

Beshard reagierte auf ein Zeichen, das mir entgangen war,

und kam mit einer Silberkanne aus dem anderen Teil des Thronsaals. Er füllte Isaults Pokal auf, verneigte sich und machte sich auf den Rückweg zu seiner vorherigen Position.

Der Herzog stürzte den Inhalt des Pokals herunter, tippte mit einem Finger seiner freien Hand dagegen, und im nächsten Augenblick trat Beshard wieder seine Reise vom anderen Ende des Raumes an.

»Vielleicht wäre es effektiver, wenn Beshard und der Wein in der Nähe bleiben«, schlug ich vor.

»Nein. Nein. Das ist mein letzter Becher. Aber egal, manchmal denke ich an König Paelis. Tatsächlich stelle ich mir manchmal vor, dass er direkt vor mir steht. Wir unterhalten uns. Stellst du dir jemals vor, dich mit dem König zu unterhalten?«

Ich schüttelte den Kopf. »Nein, Euer Gnaden. Ich versuche die Zahl der Unterhaltungen mit Toten einzuschränken.«

»Ich verstehe, da liegst du also falsch. Das ist eine völlig vernünftige Beschäftigung. Ich unterhalte mich mit König Paelis über das Gesetz und das Land, die Grenzen zu sichern und Verträge mit den anderen Herzögen zu schließen.«

»Antwortet der König?«

»Nein. Das ist sogar das Beste daran. Im Leben hat er ununterbrochen geredet, aber im Tod ist er ein erstaunlich guter Zuhörer. Manchmal stelle ich ihm Fragen, aber natürlich antwortet er nicht. Steht einfach mit seinem dämlichen schiefen Lächeln da. Als er am Leben war, hasste ich diesen Ausdruck. Am liebsten hätte ich ihm eine reingehauen. Aber jetzt regt es mich seltsamerweise zum Nachdenken an, und stell dir nur vor: Ich komme ganz allein auf die Antwort. Im Tod ist unser Paelis ein viel besserer König als im Leben. Ich wäre durchaus zufrieden, es nur noch mit toten Monarchen zu tun zu haben.«

»Es freut mich, dass Ihr Eure Beziehung am Ende geklärt habt.«

Isault wackelte mit dem Finger. »Aber manchmal stelle

ich König Paelis eine Frage. Natürlich antwortet er mir nur mit diesem blöden Lächeln, aber nur bei dieser Frage komme ich nie auf die Antwort.«

Wieder trank Isault aus dem Pokal, aber diesmal war es nur ein kleiner Schluck, bei dem er mich keinen Moment lang aus den Augen ließ. Da es offensichtlich war, was er von mir erwartete, tat ich es. »Und welche Frage ist das, Euer Gnaden?«

Der Herzog schleuderte den Pokal so unerwartet in meine Richtung, dass er mich an der Wange traf und mit rotem Wein tränkte. »Was war dein verfluchter Plan?«, brüllte er. Er stand von seinem Thron auf, und einen Augenblick lang glaubte ich, er wollte mich angreifen, aber er stand einfach nur da und brüllte den Raum an. »Du hast dem Land deine verdammten Versprechungen gemacht und gabst uns deine verdammt nutzlosen Greatcoats, und als wir kamen, um dir den Bauch aufzuschlitzen, hast du einfach dagesessen wie ein Lamm, das auf den Scherer wartet. Und die ganze Zeit war ich fest davon überzeugt, dass du irgendeinen brillanten Plan verfolgst, irgendeine ... Intrige, die die Welt verändern würde. Aber es sind fünf beschissene Jahre vergangen, und ich kenne deinen Plan noch immer nicht. Sollte er uns einfach alle in den Wahnsinn treiben, während wir auf seine Ausführung warten? Ist es das? Ein toller Streich, der zu all den anderen Streichen passt, die du uns gespielt hast?«

Der Herzog war fast hysterisch, und ich warf einen Blick zu Beshard auf der anderen Seite des Saals. Der alte Kammerherr reagierte nicht, weil er das alles entweder schon erlebt hatte oder weil er einfach gut darin war, dort stumm an Ort und Stelle zu stehen.

»Euer Gnaden«, setzte ich an, wusste aber nicht, wie ich fortfahren sollte. Glücklicherweise brauchte ich auch nichts zu sagen. Nach einem Moment ließ sich Isault schwer auf seinen Thron fallen.

»Genug. Es reicht«, sagte er. »Geh zu Bett, Erster Kantor

der Greatcoats. Du hast dein Versprechen erfüllt, und ich tue das auch. Morgen früh halten wir eine kleine Zeremonie ab, und ich unterzeichne das Dekret.«

Isault schien noch tiefer in seinen Thron zu sinken, und ich hatte das Gefühl, bei der ganz privaten Trauer eines Mannes zu stören. Hinter mir hüstelte Beshard höflich und signalisierte mir, dass es Zeit zu gehen war.

»Es tut mir leid, Euer Gnaden«, sagte ich. »Aber ich kann nicht gehen, bevor Ihr mir das Dekret gegeben habt.«

»Ich habe es dir gerade gesagt, Scheißefresser, morgen früh, bei der Zeremonie. Es gibt Kuchen.«

»Ich bin sicher, dass mir der Kuchen schmecken wird, Euer Gnaden. Aber ich brauche das Dekret jetzt.«

Der Herzog sah mich aus beinahe zusammengekniffenen Augen an. »Stellst du meine Ehre infrage, Falcio val Mond?«

Ich wusste, dass ich mich jetzt auf gefährlichem Terrain bewegte, aber ich konnte nicht das Risiko eingehen, dass der temperamentvolle Herzog seine Meinung änderte. »Wir hatten eine Abmachung, Euer Gnaden. Mir scheint, dass Ihr Fragen Eure Ehre betreffend selbst beantworten müsst.«

Das Gesicht des Herzogs lief rot an, und einen Augenblick lang glaubte ich, er würde sich von seinem Thron auf mich stürzen und versuchen, mich zu erwürgen. Aber im nächsten Moment schien ihn die Wut wieder zu verlassen. »Schön«, sagte er, griff in den grünen Seidenmantel und zog eine Pergamentrolle hervor. Er warf sie mir vor die Füße. »Da ist der Lohn für deine Sünden, Falcio.«

Ich hob die Rolle auf und wusste nicht so recht, ob ich es wagen sollte, die kleine grüne Seidenschlaufe zu lösen, die sie zusammenhielt.

»Mach schon«, sagte Isault. »Es ist ja nicht so, als könntest du mich noch mehr beleidigen, als du ohnehin schon hast.«

Vorsichtig löste ich die Schlaufe und las das Dekret. Es war das schlichteste und geradlinigste Dokument, das ich je gesehen hatte. Keine Ausflüchte, keine Mehrdeutigkeiten. Isault bestätigte schlicht, dass Aline die rechtmäßige Königin Tristias war und Aramor sämtliche traditionellen Pflichten erfüllen würde, die ihr zustanden. Unten stand seine Unterschrift. »Vielen Dank, Euer Gnaden«, sagte ich. »Ich bedaure, dass ich auf den Kuchen am Morgen verzichten muss, da wir heute Abend noch aufbrechen müssen.«

Isault schnaubte. »Nein, ich glaube nicht, dass du heute Abend noch aufbrichst.«

Ich blickte mich schnell um und erwartete Ritter hereinstürmen zu sehen, die mich festnahmen. Aber da war nur Beshard, der so ruhig wie immer war.

»Ich erwarte einen kleinen Gewinn aus deiner ansonsten wertlosen Anwesenheit zu ziehen«, sagte der Herzog. »Meinen Lords und Markgrafen zu demonstrieren, dass ich eine Allianz geschlossen habe, die Aramor einen bevorzugten Status verleiht, wird sie unter Kontrolle halten.«

»Euer Gnaden …«

Isault zog ein zweites Pergament aus dem Gewand. »Bist du morgen früh nicht hier, Erster Kantor, unterschreibe ich dieses zweite Dekret, das das erste aufhebt.«

Ich blickte auf das Dokument in meiner Hand. »Welchen Wert hat Euer Dekret, Herzog Isault, wenn es ein anderes einfach wieder aufheben kann, und welchen Wert hat Euer Wort, wenn Ihr es so einfach ändern könnt?«

Isault blickte seinen Kammerherrn an. »Hast du das mitbekommen, Beshard? Der Scheißefresser ist gar nicht so blöd, wie er aussieht.«

Beshard führte mich zwei Treppen hinauf und dann durch einen langen Gang zu meinem Zimmer, vor dem er mir zeigte, wo Kest, Brasti, Valiana und Dariana untergebracht worden waren.

»Ich hole dich morgen früh«, sagte der alte Mann, während er die Tür aufschloss.

»Wie lange dienst du dem Herzog schon?«

»Ich habe seinem Vater gedient und ganz kurz auch dem Vater seines Vaters.«
»Würdest du ihn als einen ehrenhaften Mann bezeichnen?«, fragte ich ihn und erwartete eine wütende Antwort. Vermutlich hatte ich es nur gefragt, um sie herauszufordern.
»Auf seine Weise«, erwiderte Beshard völlig ungerührt. »Wir leben in ehrlosen Zeiten und in einem korrupten Land. Man könnte wohl sagen, dass der Herzog so ehrenhaft ist, wie es die Welt zulässt.«
Diese Bemerkung war so offen und logisch, dass mir keine Antwort einfiel. Anscheinend war sie auch nicht nötig. Der Alte legte mir eine Hand auf die Schulter – eine seltsam intime Geste, bis ich bemerkte, dass er eine winzige Klinge zwischen den Fingern hielt, deren Spitze meinen Hals berührte. »Da das nun geklärt ist, ich kümmere mich um Herzog Isault seit dem Tag seiner Geburt. Ich habe ihn geliebt, seit er das erste Mal die Augen öffnete und furzte. Falls du nach dem Gespräch morgen früh versuchen solltest, ihm etwas anzutun, solltest du daran denken, dass du dann bald zur Decke starrst, während dein Blut aus der Wunde an deinem Hals sickert, weil ein alter Mann deine Schlagader durchtrennt hat.« Er nahm die Hand fort und lächelte spöttisch. »Ich denke mir, dass das für einen so fähigen jungen Mann wie dich schrecklich peinlich wäre.« Er drückte mir den Schlüssel in die Hand. »Schlaf gut.« Dann drehte er sich um und ließ mich dort stehen.

Die nächsten Minuten verbrachte ich damit, das Zittern unter Kontrolle zu bekommen. Isaults Drohungen und Beshards winzige Klinge hatten meine Nerven zum Zerreißen angespannt. *Von einem alten Mann, der kaum noch ein Tablett halten kann, wie ein blutiger Anfänger überrumpelt.* Es gab hundert Arten, auf die ich den Kammerherrn hätte überwältigen können, und doch hatte ich ihn nahe genug herangelassen, dass er mir mühelos die Kehle hätte aufschlitzen können – ein einziger Moment der Unachtsamkeit hatte sowohl meine Ausbildung als auch meine Erfahrung zunichtegemacht. Sobald ich davon überzeugt war, ohne zu stottern, sprechen zu können, klopfte ich leise an den Türen der anderen und versammelte sie in meinem Zimmer. Ich erklärte die Situation mit Isault und dem Dekret, dann weihte ich sie in meinen Plan ein.

»Ich habe eine Frage«, sagte Dariana, nachdem ich geendet hatte. Mit untergeschlagenen Beinen saß sie auf meinem Bett und störte sich offensichtlich nicht daran, dass ihre Stiefel meine Laken beschmutzten.

»Was?«

»Hast du auch irgendwelche Pläne, bei denen Valiana und ich nicht gesagt bekommen, uns irgendwo zu verstecken, während du ...«

»Während er versucht, Kest und mich über die Klinge springen zu lassen?«, mischte sich Brasti ein. »Nein. Das ist so ziemlich der Kern aller seiner meisterhaften Strategien, also solltest du dich lieber daran gewöhnen.«

»Es ist nicht das, was du denkst.« Ich gab Dariana das Dekret und warf Valiana einen Blick zu, die anscheinend genau wusste, was sie von meinem Plan hielt. »Wir müssen das Dekret zur Schneiderin schaffen. Selbst wenn Isault ein zweites unterschreibt, könnten wir das hier zu Alines Nutzen einsetzen.« Ich zeigte auf Dariana. »Du bist hier diejenige, die ihre Pläne kennt und weiß, wo sie sich jetzt vermutlich aufhält. Falls du es uns also nicht verraten willst ...«

»Das will ich nicht«, sagte sie schlicht.

»Schön. Dann musst du heute Nacht noch aus dem Palast verschwinden. Warte in dem Gasthaus auf uns, in dem wir vor zwei Tagen vorbeigekommen sind. Bei allen Höllen, wie hieß es noch einmal?«

»Das *Gasthaus zum Roten Hammer*«, sagte Kest.

»Richtig. Es befindet sich am Rand des Speers, der der

schnellste Weg nach Norden, nach Domaris, sein wird. Tauchen wir in den nächsten drei Tagen nicht auf, findest du die Schneiderin und lässt sie wissen, dass wir versagt haben.«

»Das klingt vernünftig«, sagte Dariana.

»Gut, warum ...?«

»Warum willst du dann auch Valiana losschicken? Allein reise ich viel schneller.«

Ich hielt den Blick auf sie gerichtet, bis sie ihn erwiderte.

»Weil ich dir noch immer nicht vertraue. Darum.«

Sie grinste. »Siehst du, jetzt macht es einen Sinn.«

»Gut. Am Ende des Korridors gibt es ein Fenster. Wenn du wartest, bis ...«

Dariana unterbrach mich. »Bitte erkläre mir jetzt nicht, wie man in Gebäude einbricht oder ausbricht. Damit machst du dich nur lächerlich.«

»Du hattest viel Erfahrung darin, dich in herzogliche Paläste zu schleichen, was?«, fragte Brasti.

»Ich hatte ausgezeichnete Lehrer«, erwiderte sie.

»Schön für dich«, sagte ich. »Und jetzt verschwindet aus meinem Zimmer. Wenn alles nach Plan verläuft, hält sich der Herzog an sein Wort, und schlimmstenfalls dürfen sich Kest, Brasti und ich noch mehr seiner Beleidigungen anhören, während wir seinen Wein trinken.«

Ich wollte mich auf mein Bett werfen, als mir bewusst wurde, dass Brasti die Hand hochhielt.

»Hast du noch eine Frage?«

»Nein. Ich will nur den ersten Schlag auf Herzog Isault anmelden.«

»Was meinst du damit?«, wollte Kest wissen.

»Wenn wir am Morgen den Thronsaal betreten und uns Isault verrät und Shuran und seine Ritter uns einkreisen, während Falcio herumspringt und eine Rede über das Gesetz hält und dass man sich an sein Wort halten sollte und den ganzen anderen Scheiß, mit dem er in solchen Augenblicken immer ankommt, steche ich als Erster auf Isault ein.«

»Du bist ein echter Pessimist, was?«, sagte Dariana.

»Glaube es oder nicht, aber einst war ich ein fröhlicher Bursche.«

»Und was hat dich dann so zynisch gemacht?«

Seltsamerweise war es Kest, der darauf antwortete. »Er schloss sich den Greatcoats an.«

Sie ließen mich allein. Ich zog mich aus, zuerst den Mantel und dann die Kleidung, und blieb einen Moment lang fröstelnd auf dem kalten Steinboden stehen. Ich musterte die warmen Decken auf dem Bett und sehnte mich nach Schlaf, aber ich wusste, dass ich ihn mir nicht leisten konnte. Die Tage im Sattel hatten mich steif gemacht, und ich musste meine Muskeln dehnen. Ich musste mich vergewissern, dass meine Klingen geölt und scharf waren. Aber vor allem konnte ich nicht riskieren zu schlafen. Falls Brasti recht behielt und der Herzog einen Hinterhalt für uns vorbereitete, konnte ich es mir nicht leisten, gelähmt zu erwachen und dann benommen und langsam zu sein.

Ans Werk, befahl ich mir und griff nach den Rapieren und dem Öltuch. *Du kannst dich ausruhen, wenn Aline auf dem Thron sitzt und Trin im Grab liegt.*

Aber zwei Stunden später klopfte es an meiner Tür, und ich erfuhr, dass sich Brasti in allem geirrt hatte.

»Ich fürchte, es ist etwas spät für Besucher«, rief ich und nahm eine Position neben der Tür ein für den Fall, dass die auf der anderen Seite eine Pistole hatten, mit der sie das Holz durchlöchern konnten. Kest, Brasti und ich haben unterschiedliche Klopfzeichen, mit denen wir mitteilen, wer vor der Tür steht und warum. Wir haben sogar ein Klopfzeichen für die seltenen Gelegenheiten, bei denen einer von uns ein Messer am Hals hat und gezwungen wird, den anderen in die Falle zu locken. Dieses Klopfen gehörte nicht dazu. Ich hielt mein Rapier bereit und wartete ab.

»Hier ist Ritteroberst Shuran. Mach die Tür auf.« Nach

einer kurzen Pause fügte er hinzu: »Und ich rate dir, die Schwertspitze zu Boden zu richten.«

Die Tatsache, dass er seinen Titel benutzt hatte, verriet mir, dass er nicht allein war. Der Hinweis auf mein Schwert verriet mir, dass er mit Gewalt rechnete. »Ich warne dich, Shuran. Falls sich der Herzog entschieden hat, sein Wort nicht zu halten, mache ich das für jeden zu einer teuren Entscheidung.«

»Öffne die Tür, Erster Kantor. Das ist ein schlechter Augenblick für Drohungen.«

»Wo sind Kest und Brasti?«

»Ich kam zuerst zu dir.«

Ich dachte darüber nach. Wenn er zuerst zu mir gekommen war, dann glaubte er vermutlich, dass die anderen beiden zuerst angreifen würden, weswegen er wollte, dass ich sie davon abhielt. Da mir keine bessere Lösung einfiel, öffnete ich die Tür.

»Vielen Dank«, sagte Shuran.

Hinter ihm standen ein halbes Dutzend Ritter in voller Montur.

»Was ist passiert?«, fragte ich.

»Herzog Isault wurde ermordet.«

15

DIE PEINLICHE LEICHE

Isault, der Herzog von Pulnam, gab eine peinliche Leiche ab. Selbst unter dem grünen Seidentuch, mit dem man ihn bedeckt hatte, war sein dicker Bauch eine Erhebung, die ihn mehr wie einen Erdhügel als wie einen Mann erscheinen ließ.

Die Leiche lag in der Mitte des Raumes, umgeben von zwölf Rittern, die ihre Schwerter umklammert hielten, als käme jeden Augenblick jemand herein, der ihn noch einmal ermorden wollte. Als ich mich bückte, um das Tuch anzuheben, richteten sich alle zwölf Schwertspitzen auf mich.

»Erste Position einnehmen«, befahl Shuran, dessen Stimme weder Zorn noch Nervosität verriet – sondern nur völliges Vertrauen, dass seine Befehle befolgt werden würden.

Die Ritter nahmen wieder ihre vorherige Haltung ein, mit der Klinge an die Schulter gelehnt zur Decke zeigend, falls erforderlich zum Angriff bereit.

Ich zog an dem Tuch. Isaults Gesicht war zu einer Art Knurren erstarrt. Wie das Gesicht eines erlegten Bären, dessen Kopf als Trophäe an der Wand hing. Ich zog das Tuch ganz weg und sah, dass seine über der Brust gekreuzten Arme mit Schnitten übersät waren. Er hatte sich gewehrt und beim Schutz seines Körpers ein Dutzend schmaler Schnitte an den Unterarmen davongetragen. Erst als ich die Arme auseinanderbog, entdeckte ich die kleine Wunde des Stiches, der sein Herz durchbohrt und sein Leben beendet hatte.

»Präzise«, sagte Kest, der hinter mir stand. »Der Mörder hätte ihn viel schneller erledigen können, wäre er nicht so entschlossen gewesen, ihn mit einem einzigen Stich zu töten.«

Der Laut schwerer Stiefel ertönte. Ich wandte den Kopf. Ein Ritter mit langen blonden Haaren eilte auf uns zu. Es war Heridos, der Hauptmann, der bei unserer Ankunft in Aramor vor einer Woche den Angriff auf uns befohlen hatte. Er ignorierte Shuran völlig und sprach die Ritter an, die uns einkreisten. »Verhaftet diese Männer«, befahl er.

»Ignoriert diesen Befehl«, erwiderte Shuran.

»Ihr würdet zulassen, dass diese Mörder den Leichnam des Herzogs entehren?«, verlangte der Hauptmann zu wissen. »Habt Ihr ihnen dabei geholfen?«

Shurans in einem Panzerhandschuh steckende Hand schlug zu, und der Hauptmann stolperte zurück. »Redet keinen Unsinn, Sir Heridos, sonst verliert Ihr den Kopf, den Gehorsam Euch erst kürzlich gerettet hat. Ich bin noch immer der Ritteroberst von Aramor.«

Sir Heridos sah nicht erfreut aus. Oder eingeschüchtert. »Ein Mann kann die Stellung des Ritteroberst nicht bekleiden, wenn er Verrat übt.«

Sir Shuran machte einen Schritt auf ihn zu. »Erinnert Euch an den gefährlichsten Augenblick Eures Narrenlebens, Sir Heridos – der, in dem Ihr glaubtet, nur um Haaresbreite vom Tod entfernt zu sein. Ich versichere Euch, Ihr steht dem Tod jetzt näher als damals.«

»Diese Männer sind Meuchelmörder!«, behauptete Heridos.

»Unsere Leute standen den ganzen Abend vor ihren Zimmern Wache. Wie hätten sie diese Morde verüben sollen?«

Morde? Als man uns hergebracht hatte, waren mir natürlich nicht die beiden toten Wächter vor dem Thronsaal entgangen, aber irgendwie glaubte ich nicht, dass Shuran sie damit meinte.

»Dann sind sie eben Komplizen!«, beharrte Heridos. Er hielt ein Pergament in die Luft. »Seht her.« Der Herzog hatte ein Dekret, das seine Vereinbarung mit den Trattari abstreitet. Hätte er es unterzeichnet, wären ihre Pläne zunichtegemacht worden.«

»Was nichts an der Tatsache ändert, dass ihre Zimmer die ganze Zeit unter Beobachtung standen.«

»Und was ist mit den beiden Frauen? Oder wisst Ihr nicht, dass sie aus dem Palast geflohen sind?«

»Dessen bin ich mir durchaus bewusst, Sir Heridos. Ich ließ sie verfolgen.« Er warf mir einen Blick zu. »Valiana und Dariana ist nichts geschehen. Meine Männer sind ihnen einige Stunden lang gefolgt, bis sie die Gegend verlassen hatten, und dann zurückgekehrt. Sie hätten nicht die nötige Zeit gehabt, um zurückzukehren und diesen Mord zu verüben.«

»Und die andere?«, fragte Sir Heridos.

Welche andere? Sir Shuran sah mich und dann wieder seinen Hauptmann an.

Kest stieß mich an. »Falcio, hier stimmt etwas nicht.«

»Was meinst du?«

»Sie wissen, dass wir es nicht hätten tun können, also warum will Sir Heridos unbedingt glauben, dass es einer von uns war?«

»Weil sie Ritter sind und wir Greatcoats«, meinte Brasti. »So sind die Dinge nun einmal.«

Ich musterte Sir Heridos. Der Hass in seinem Blick war echt. Er war auf uns gemünzt. Der Mann war fest davon überzeugt, dass wir seinen Herzog ermordet hatten. So liefen die Dinge nun einmal. Brasti hatte recht.

»Wer profitiert vom Tod des Herzogs?«, fragte ich Sir Shuran.

»Seine Feinde«, sagte Sir Heridos. »Und wer hasst die Herzöge mehr als Trattari? Die Stiefellecker eines tyrannischen Königs, die sich an jenen rächen wollen, die in den vergangenen fünf Jahren dem Land seine Ehre zurückgebracht haben!«

Ich dachte an die vielen Gelegenheiten in den vergangenen fünf Jahren zurück, in denen ich in Regen und Kälte im Schatten eines Herzogspalastes gestanden hatte und das Blut in meinen Adern so heiß und kratzig geflossen war, dass ich mich davon abhalten musste, mir die Haut abzuziehen, während ich darüber nachsann, ob Mord noch immer Mord war, wenn die beabsichtigten Opfer in jährlichen Feiern prahlerisch den Tag ehrten, an dem sie mit einem Heer angerückt waren und meinen König getötet hatten. Aber Paelis hatte uns alle einen Eid schwören lassen, keine Vergeltung zu üben. Stattdessen waren wir durch das Land gewandert und hatten verzweifelt versucht, die letzten rätselhaften Befehle auszuführen, die er jedem von uns gegeben hatte. Ich hatte nicht die geringste Ahnung, wie viele Greatcoats es abgesehen von Kest, Brasti und mir noch gab.

»Haltet den Mund«, sagte Sir Shuran. Er wandte sich wieder an mich. »Um deine Frage zu beantworten, der Herzog war beim Volk von Aramor sehr beliebt. Die Rebellen von Carefal waren die ersten, die zu meiner Zeit Ärger gemacht haben. Roset, der Herzog von Luth, hat wegen Grenzstreitigkeiten Grund zum Zorn, genau wie Jillard, der Herzog von Rijou. Aber einen Herzog anzugreifen würde beiden Männern viel Ärger vom Herzogsrat einbringen.«

»Wer wird nach Isault Herzog?«

»Sein Sohn Lucan ist sechzehn und der Nächste in der Erbfolge. Danach kommt der zwölfjährige Patrin. Patrin ist zu jung, also würde Yenelle, die Gemahlin des Herzogs, als Regentin regieren. Dann ist da noch seine Tochter Avette. Die ist sechs. Aber es war keiner aus seiner Familie, und auch keiner, der sich von ihnen größere Privilegien erwartet.«

»Warum nicht?«, fragte ich.

Sir Shuran hielt meinen Blick lange Zeit fest. Er wusste etwas und wollte wissen, ob ich es auch wusste. Dann wandte er sich an Sir Heridos. »Sagt ihnen, sie sollen reinkommen«, befahl er.

»Die Priester ...«

»Tut es einfach.«

Der Ritterhauptmann ging zurück zum Eingang des Thronsaals und öffnete die Tür. Er gab einer Gruppe von Rittern im Korridor ein Zeichen, und sie traten ein. Jeder von ihnen trug etwas Großes, das in ein grünes Tuch gehüllt war. Sanft legten sie einer nach dem anderen ihre Last neben dem Herzog ab.

Sir Shuran lüftete nacheinander die Tücher. Die Erste war eine Frau mit lockigen rotblonden Haaren mittleren Alters. »Ihre Gnaden Herzogin Yenelle«, sagte er. Er entfernte das nächste Seidentuch. Ein Junge im Knabenalter, der groß für sein Alter war. »Ihr Sohn Lucan.« Der nächste war kleiner, sein Gesicht blutverschmiert. »Der kleine Patrin.« Er nahm das Tuch von der letzten Leiche, die sehr klein war. Ihr blondes Haar war lockig. Ihr Gesicht wäre hübsch gewesen, wäre es nicht vor Entsetzen erstarrt. Sie trug ein gelbes Kleid, das vom Kragen abwärts rot verkrustet war, wo der Schnitt in ihrem Hals das Blut aus dem Körper hatte fließen lassen. »Avette«, sagte er. »Sie malte gern Bilder von Hunden. Sie glaubte, dass sie, wenn eines davon hübsch genug werden würde, ihren Vater überreden könnte, ihr einen Welpen zum Geburtstag zu schenken.«

Sir Shuran hielt nach meiner Reaktion Ausschau. Er hatte das alles zurückgehalten, um zu sehen, was wir bereits wussten. Wonach er auch immer suchte, ich glaube nicht, dass er es fand. »Die Meuchelmörderin«, sagte er zu Heridos. »Zeigt sie uns.«

»Ihr habt eine *Mörderin* gefangen?«, fragte ich.

»Ja, aber ich glaube nicht, dass uns das weiterhilft«, erwiderte Shuran.

»Aber warum sind wir dann ...?«

»Es ist einfacher, wenn wir es euch zeigen«, sagte der Oberst und gab Sir Heridos ein Zeichen, der sofort so begierig zur anderen Seite des Thronsaals eilte, dass ich einen Moment brauchte, um zu begreifen, dass er von uns erwartete, ihm zu folgen.

Er führte uns in einen der Räume neben dem Thronsaal, eine Art kleinem Schreibzimmer oder Privatbibliothek mit Büchern in Regalen und einem Schreibtisch an einer Wand.

»Hier!« Heridos zeigte auf die Leiche, die mit einem blutigen Breitschwert neben sich bäuchlings am Boden lag. »Sie wurde von euch geschickt, um den Herzog von Aramor und seine Familie abzuschlachten.«

Diese Leiche war nicht von einem Tuch verhüllt. Sie lag mit dem Gesicht zum Boden und trug einen Greatcoat.

Sir Shuran kniete nieder und drehte die Leiche um, enthüllte eine hochgewachsene Frau mit hellbraunen Haaren und blauen, weit auseinanderstehenden Augen, deren scharfe Gesichtszüge zu einem zornigen Lächeln verzogen waren.

»Wie ist sie gestorben?«, fragte ich Sir Heridos. »Haben deine Leute sie getötet?«

»Nein, der Herzog hat sie selbst zur Strecke gebracht, bevor er fiel. Stieß einen Dolch in ihr schwarzes Herz.«

»Kennst du diese Frau?«, fragte Sir Shuran.

Auf ihre Weise war sie schön. Wild, mit einem losen Mundwerk versehen und immer auf der Suche nach einem anständigen Kampf. Auf ihrer Stirn waren Falten, an die ich mich nicht erinnerte, aber es war mehrere Jahre her, dass ich sie zuletzt gesehen hatte.

Ich sah Kest und Brasti an, um mich zu vergewissern, dass mir meine Augen keinen Streich spielten. Brasti stieß einen Fluch aus. Kest musterte sie genauer, untersuchte jede Einzelheit ihres Gesichts. Dann sah er mich an und nickte einmal.

»Ja, ich kenne sie«, sagte ich und dachte an den Tag vor vielen Jahren zurück, an dem sie wie ich ihren Greatcoat bekommen hatte. Sie hatte zum König hochgesehen und gelächelt, dabei waren ihr wie uns allen Tränen die Wangen hinuntergeströmt. Nach diesem Tag hatte ich sie nie wieder weinen gesehen. Oder davor. »Ihr Name war Dara«, sagte ich. »Man nannte sie den Zorn des Königs, die Dritte Kantorin der Greatcoats.«

Als ich den Blick wieder auf die anderen richtete, sah ich, dass Sir Heridos endlich etwas gefunden hatte, über das er lächeln konnte.

Zuzusehen, wie Sir Shuran die nächste Stunde mit seinem Hauptmann diskutierte, war auf eine seltsame Weise entmutigend. Mich störte nicht, dass sich Sir Heridos so energisch für unsere Hinrichtung stark machte, denn das war unter diesen Umständen zu erwarten gewesen. Nein, es war die Tatsache, dass Sir Shuran, der mächtigste Befehlshaber, der mir je begegnet war, nicht bereit oder dazu in der Lage zu sein schien, den anderen Ritter zum Verstummen zu bringen. Jedes Mal, wenn Heridos das Wort ergriff, musterte Shuran die im Thronsaal versammelten Ritter und Priester. Es war, als wäre dort eine Versammlung herzoglicher Magistrate versammelt, die ein Urteil fällen sollten – und nicht etwa Soldaten, die jeden von Shurans Befehlen befolgen mussten. Mir drängte sich der Eindruck auf, dass es Heridos gelungen war, ihm loyale Ritter für die Bewachung des Saales einteilen zu lassen.

»Der Mord an Herzog Isault schreit nach Gerechtigkeit!«, brüllte Heridos erneut. Er schritt zu den Leichen von Isaults Familie. »Seine Gemahlin verdient Gerechtigkeit! Seine Kinder schreien nach Gerechtigkeit! Und zwei der unseren, Sir Ursan und Sir Walland, sind ebenfalls tot – zweifellos von der Trattari-Hure ermordet. Auch ihre Seelen schreien nach Gerechtigkeit. Aber vielleicht klingt ihr Flehen ja *fremd* in Euren Ohren, Sir Shuran.«

»Tatsächlich? Hört Ihr ihre Stimmen, Sir Heridos?«, fragte Shuran.

»Das tue ich! Ich höre sie aus dem Jenseits schreien.« Heridos breitete die Arme aus. »Genau wie jedermann hier, der den Herzog geliebt hat.«

Die Energie im Raum schien in Heridos zu fließen. Sir Shurans Rang, sein Ruf und seine Beziehung zu seinen Männern erschienen jetzt wie Dinge aus einer anderen Zeit. Die Art und Weise, wie Sir Heridos das Wort *Fremder* immer wieder in Bezug auf Shuran betonte, schien bei einigen der anderen Rittern Anklang zu finden, wenn nicht sogar bei allen. Es hätte mich nicht überrascht, wenn sich Sir Shuran in Kürze in Ketten wiedergefunden hätte. Es stand einfach zu viel auf dem Spiel, um sich jetzt auf Loyalität zu verlassen. Die zuvor so genau kontrollierte und verteilte Macht war jetzt in Aufruhr und schwappte beinahe in das Herzogtum Aramor hinaus.

Und genau das ist es, dachte ich. Die Zerbrechlichkeit Tristias, die vor unser aller Augen bloßgelegt wird. Da der Herzog und seine Familie tot waren, wer beherrschte jetzt Aramor? Würde einer der Markgrafen oder Lords der Region die Macht ergreifen und ein neues herzogliches Geschlecht gründen? Und wenn einer von ihnen den Meuchelmord in Auftrag gegeben hatte? Aber nein, eine derartige Übernahme konnten die Ritter niemals zulassen, was bedeutete, dass sie die Kontrolle übernehmen würden, bis irgendeine Art von Rat einberufen werden konnte. Ansonsten würden Chaos und Blut herrschen. Also hatte jetzt Sir Shuran, der Ritteroberst von Aramor, die Macht – aber nur, wenn ihm die anderen Ritter folgten. Noch vor einer Woche waren sie so loyal, so diszipliniert erschienen. Aber seitdem hatte uns Shuran nach Carefal begleitet, und der Herzog war ermordet worden. Jetzt verteidigte er die Greatcoats, die, soweit es den Rest der Ritter betraf, ihren Herzog ermordet hatten. Auf seine eigene Weise befand sich Aramor im Krieg. Es ist erstaunlich, wie schnell die Politik übernimmt, wenn es zum Krieg kommt.

»Priester!«, sagte Shuran schließlich.
In einer engen Gruppe standen mehrere Männer in grünen Gewändern zusammen, von denen keiner vortrat. Schließlich fiel Shurans Blick auf einen jungen Mann, dessen schwarzes Haar bereits dünner wurde. »Ritteroberst?«
»Zu wem hat der Herzog gebetet?«
»Entschuldigung?«
»Das war doch eine ganz einfache Frage. Zu welchem Gott hat Herzog Isault gebetet? Du warst doch sein persönlicher Priester, oder?«
»Das war ich, Sir Shuran.«
»Und hat er dir nicht anvertraut, welchem Gott er Gehorsam schwor? Ich frage mich, wie du ihn spirituell leiten konntest, wenn du dir nicht sicher warst, ob er zum Krieg oder zur Liebe betet.«
Einen Augenblick lang ertönte leises Gelächter. Es hielt nicht lange an.
»Zu Argentus, Ritteroberst. Alle Herzöge von Pulnam folgten der Lehre von Argentus oder dem Gott der Münze, wie ihn das gewöhnliche Volk nennt.«
»Und die Familie des Herzogs? Hat sie auch zur Münze gebetet?«
»Natürlich«, sagte der Priester.
»Gut«, erwiderte Sir Shuran. »Jetzt kommen wir weiter.«
»Wieso denn das?«, mischte sich Sir Heridos ein.
Sir Shuran ignorierte ihn. »Und wenn ein treuer Diener der Münze stirbt, wo geht er hin?«
»Natürlich in die Arme von Argentus«, erwiderte der Priester. »Um voller Freude durch das himmlische Haus zu wandeln, das er durch seinen Reichtum auf der Erde erschaffen hat, und dort Feste zu feiern.«
»Was?«, fragte Shuran. »Willst du behaupten, dass ein treuer Diener von Argentus nicht seine ganze Zeit damit verbringt, vor Schmerz und gequältem Bedauern über die Art seines Todes zu schreien?«

»Natürlich nicht, Ritteroberst. Nur ein Ungläubiger erlitte so ein …«

Der Priester fing Sir Heridos' Blick auf und verstummte.

»Es reicht«, sagte Sir Heridos.

»Hört Ihr noch immer die Stimme unseres Herzogs, Hauptmann?«, fragte Sir Shuran.

»Das ist nicht der Augenblick für …«

»Ich habe Euch eine Frage gestellt, Sir Heridos. Hört Ihr den Herzog rufen?«

Sir Heridos blickte sich im Raum um. Er fand keine große Unterstützung. »Ich meinte damit, Ritteroberst, dass das Volk von Aramor für diese Geschehnisse Vergeltung verdient hat. Es ist unsere Pflicht, sie sie ihm zu verschaffen.«

»Ah«, sagte Sir Shuran. »Darauf können wir uns vielleicht einigen.«

»Gut, dann …«

»Aber nicht Vergeltung, Sir Heridos. Die Menschen interessieren sich nicht für Vergeltung. Und selbst wenn, werden bald andere Sorgen in den Vordergrund treten.«

Heridos sah ihn an, als hätte der Oberst ihm plötzlich einen Beutel Goldmünzen zugeworfen. »Was könnte wichtiger sein, als die Mörder zu bestrafen?«

»Sie zu finden wäre ein schöner Anfang«, sagte Sir Shuran.

»Dort stehen sie«, behauptete Sir Heridos.

Ich konnte es ihm nicht einmal übel nehmen. Schließlich war Dara eine von uns gewesen, eine echte Greatcoat. Wie war es nur möglich, dass eine Kantorin zur Meuchelmörderin werden konnte? Sicher, Dara hatte nichts für Herzöge übrig gehabt. Aber das galt auch für mich oder Kest oder Brasti, für jeden von uns. Sie war gewissenhaft für die Gesetze des Königs eingetreten. Was konnte sie zu dieser Umkehr veranlasst haben? Ich musste an die Tage im Kerker von Rijou denken, wie Patriana, Herzogin von Hervor, bei meiner Folterung gelacht hatte, und am lautesten hatte sie gelacht, als sie mir sagte, dass ihr nun die Hälfte der Greatcoats gehörte und die andere Hälfte zu Banditen geworden war. Der Gedanke an diese Stunden, in denen man mich an den Handgelenken aufgehängt hatte, mir Schnitte zugefügt und die Wunden mit Salben bestrichen hatte, die sie brennen ließen, verschaffte mir eine Gänsehaut. *Du bist tot, du alte Kuh. Bleib aus meiner Seele!*

»Ich werde diese Männer nur zu gern selbst köpfen«, sagte Shuran, »wenn wir irgendeinen Beweis haben, dass sie daran beteiligt waren. Aber da sie bewacht wurden, als es geschah, dürfte es meiner Meinung nach schwer sein, sie zu verurteilen.«

»Haltet Ihr es für einen Zufall, dass sie hier eintreffen, und sechs Tage später werden der Herzog und seine Familie ermordet? Sie wollen ihr kleines Miststück auf den Thron bringen!«

»Was mit einem lebendigen Herzog viel einfacher gewesen wäre, der für die Unterstützung sorgt, die er in seinem Dekret versprochen hat«, sagte ich.

»Ruhe, Trattari«, bellte Sir Heridos. »Hätten meine Männer dich doch nur bei deiner Ankunft getötet.«

Sir Shuran trat einen Schritt näher an Heridos heran. »Hätten sie das getan, Hauptmann, hätten sie einen direkten Befehl Eures Befehlshabers missachtet. Soll ich Euch an die Strafe für die Missachtung eines direkten Befehls des Ritteroberts erinnern?«

Heridos ließ sich nicht einschüchtern. »Ist es die gleiche Strafe wie für Verrat? Ihr wurdet nicht in Aramor geboren, Sir Shuran, oder? Schon seltsam, da jeder andere Mann hier in diesem Herzogtum geboren wurde. Für einen Mann, der erst seit wenigen Jahren hier ist, seid Ihr schnell aufgestiegen.«

Jetzt waren wir zum Grund der Übung gekommen. Heridos versuchte die anderen Ritter und die versammelten Priester davon zu überzeugen, dass Sir Shuran ein Verräter war. Er erinnerte sie daran, dass der Oberst ein Fremder war, und wartete ab, wo das vielleicht hinführte.

»Ich bin in den Rängen aufgestiegen, Sir Heridos, weil es der Herzog so befahl.«

»Der Herzog war stets ein großzügiger Mann«, erwiderte Heridos.

Sir Shuran lächelte. »Ja, das ist wahr. Dabei kann ich mich nicht einmal mehr daran erinnern, warum ich in den Rang des Sergeanten erhoben wurde.« Er blickte sich um. »Weiß das noch jemand? Ich scheine es wirklich vergessen zu haben.«

Betretenes Schweigen trat ein.

»Ich weiß es wieder«, sagte Shuran. »Mein Geburtstag muss dafür verantwortlich gewesen sein.« Er ging zu einem der Ritter, einem älteren Mann mit breiten Schultern und einem braunen Haarkranz um den ansonsten kahlen Schädel. Wenige Zoll vor dem Gesicht des Mannes blieb er stehen. »War es das, Sir Karlen? Erhielt ich den Rang des Sergeanten als Geburtstagsgeschenk?«

Ich bewunderte seine Vorstellung. Hier stand ein Mann, der genau wusste, wie er sein Publikum in den Griff bekam.

»Nein«, erwiderte Karlen.

»Nein«, sagte Shuran. »Warum dann, was glaubt Ihr? Vielleicht wegen meines schönen Aussehens?« Er zeigte auf die Verbrennungen an seiner linken Gesichtshälfte.

»Es war wegen der Schlacht von Brantles Gipfel«, sagte Sir Karlen.

»Die Schlacht von was? Seid Ihr Euch sicher, Sir Karlen?«

»Ja, Oberst. An diesem Tag habt Ihr dem Herzog das Leben gerettet.«

Sir Shuran drehte sich um und sah den Rest der Ritter an.

»Wirklich? Seltsam, dass ein Fremder so etwas tut.« Er ging zu einem anderen Ritter, der fast so groß wie er selbst war, nur bedeutend jünger. »Warum erhob mich der Herzog zum Hauptmann, Sir Belletris?«

»Die Banditen«, sagte der junge Ritter. »Als die Familie des Herzogs nach einem Besuch in Hervor im Norden zurückreiste, griffen sie uns an. Ihr habt sie gerettet. Ihr habt uns alle gerettet.«

In der Stimme des jungen Ritters glaubte ich so etwas wie Heldenverehrung feststellen zu können.

»Habe ich das? Wie bemerkenswert von mir. Nun, dann muss mein Aufstieg zum Ritteroberst eine Art Scherz gewesen sein. Der Herzog liebte einen guten Spaß, nicht wahr, Sir Heridos?« Shuran ging weiter und blieb vor dem Hauptmann stehen.

»Ihr habt Euren Standpunkt deutlich gemacht«, knurrte der Mann.

»Nein, das glaube ich nicht. Warum erhob man mich in den Rang des Ritteroberst, Sir Heridos?«

»Der Angriff aus Luth im vergangenen Jahr.«

»Wer hat angegriffen?«

»Luth. Herzog Rosets Männer griffen an der Grenze an. Sie waren uns dreifach überlegen, und Ihr führtet den Sturmangriff an, der die Schlacht in einen Sieg verwandelte.«

Sir Shuran nickte. »Wisst Ihr, jetzt, wo Ihr das erwähnt, kommt mir da eine nebulöse Erinnerung an diesen Tag. Aber Ihr seid auch dort gewesen, oder, Sir Heridos? Wir bekleideten beide den gleichen Rang. Warum habt Ihr den Angriff nicht geführt?«

Sir Heridos murmelte etwas.

»Was sagtet Ihr? Vergebt mir, Sir Heridos, ich höre nicht gut. Könntet Ihr das bitte wiederholen?«

»Ich war gerade verhindert.«

Einer der Ritter lachte leise.

»Ja«, meinte Sir Shuran, »es ist nicht leicht, wieder aufzustehen, nachdem man sein Schwert fallen ließ und dann ausrutschte und in den Schlamm stürzte, als man es aufheben wollte.«

Jetzt lachten noch andere. Offenbar hatten die versammelten Ritter eine stillschweigende Übereinstimmung getroffen. Shuran wandte ihnen allen den Rücken zu und baute sich vor Kest, Brasti und mir auf. Einen Augenblick lang glaubte ich, er wollte etwas sagen, aber er stand einfach da, während das Gelächter durch den Raum hallte. *Beweg dich, du Narr,* dachte ich. *Du bietest Heridos ein perfektes Ziel!*
»Ich lasse mir nichts von einem ausländischen Verräter befehlen!«, brüllte Heridos. Shuran bewegte sich immer noch nicht. Sir Heridos stürmte mit dem Kriegsschwert in der Hand auf ihn zu. Ich griff nach dem Rapier, obwohl ich wusste, dass es zu spät war. Keiner der anderen Ritter unternahm etwas. Warum? Es war ein ehrloser Angriff. Das Spiel eines Feiglings. Andererseits, war Shuran erst einmal tot, würde sich dann noch jemand dafür interessieren? Heridos' Klinge hob sich zu einem Hieb, der Shurans Kopf zerschmettern würde. Die Klinge begann gerade ihren Weg nach unten, als Shuran in einer glatten, perfekten Bewegung sein Kriegsschwert zog, auf dem Absatz herumfuhr und den Schwung nutzte, um Sir Heridos' Hals durchzuschneiden.

Der Kopf des Ritterhauptmanns flog durch die Luft, prallte einmal, zweimal und ein drittes Mal auf dem Boden auf und rollte den halben Weg zur Flügeltür des Thronsaales.

»Scheiße!«, hauchte Brasti.

Kest neben mir atmete aus, und ich sah ihn an. Er blinzelte ununterbrochen, als würde er sich den Angriff immer wieder ansehen. »Er ist besser, als er sich anmerken lässt«, sagte er schließlich. »Ich brauche neunzehn Klingenkontakte.«

»Nur wenn du noch einmal gegen ihn kämpfen musst«, sagte ich. »Hoffen wir, dass das nicht nötig sein wird.«

Sir Shuran schob die Klinge zurück in ihre Scheide. »Wünscht sonst noch jemand meinen Tod?«, fragte er die versammelten Ritter. Seine Stimme war kaum lauter als ein Flüstern. Keine Antwort ertönte. »Ich sagte: Will mich sonst noch jemand herausfordern?« Er schlug mit dem Panzerhandschuh gegen einen der rechteckigen Stützpfeiler.»Ich bin der Ritteroberst von Aramor.« Plötzlich hatte sich sein Tonfall deutlich verändert. Jetzt war er zweifellos befehlsgewohnt.»Wenn ihr wollt, dass ich zurücktrete, dann sagt es jetzt. Ihr bekommt *eine* Gelegenheit dazu. Dann lege ich auf der Stelle mein Schwert nieder, und ihr könnt mich in Eisen legen, wenn ihr das wollt. Wenn ihr der Meinung seid, ein anderer sei besser dazu geeignet, uns durch die kommenden dunklen Tage zu führen, dann sprecht.«

Niemand meldete sich zu Wort.

»Denkt sorgfältig darüber nach«, fuhr er fort.»Denn wenn ich der Ritteroberst von Aramor bleibe, dann ist dies hier das letzte Mal, das allerletzte Mal, dass ich diesen Unsinn dulde. Stellt ein Mann das nächste Mal meine Ehre oder meinen Rang infrage oder greift mich an, breche ich ihn in zwei Teile und schicke die Stücke nach Norden und Süden zum Rand der Welt.«

Er schritt die Reihe aus Rittern und Priestern ab.»Nun, ich erwarte eure Antwort. Bin ich der Anführer der Ritter von Aramor?«

»Jawohl, Ritteroberst«, riefen sie wie mit einer Stimme. Meiner Meinung nach waren sie so laut, wie sie konnten, aber Sir Shuran schien das nicht zu reichen.

»Ich sagte: Bin ich euer Anführer?«

»Jawohl, Ritteroberst«, wiederholten sie alle.

»Wie ich eben Sir Heridos sagte, ist mein Gehör nicht das beste. Sprecht lauter, wenn ich euch hören soll.«

»Jawohl, Ritteroberst!«, brüllten sie so laut, dass die an den Pfeilern aufgehängten Schwerter erzitterten. Immer wieder riefen sie Shurans Rang, und man hätte glauben können, der Saal würde von Blitzen getroffen. Shuran hatte die Situation so gründlich gewendet, dass Männer, die ihn noch vor Minuten verraten hätten, ihm nun doppelt so loyal wie zuvor gegenüberstanden. Jetzt führte er die Ritter von Aramor nicht nur. Er beherrschte sie.

Shuran wandte sich an den herzoglichen Priester. »Bereitet Botschaften für die Markgrafen und Lords vor. Ihr werdet nicht eine abschicken, bevor ich sie gelesen habe. Ritter, bereitet die Wächter und den Rest der Truppe vor. Niemand geht ohne meine Erlaubnis. Nichts hiervon verlässt diese Mauern, bevor ich bereit bin. Ach ja, und jemand soll Sir Heridos mit allen Ehren begraben.«

»Aber Herr«, wandte der Priester ein. »Was ist mit dem Herzog und seiner Familie? Wir müssen auch sie für das Begräbnis vorbereiten.«

»Nein«, erwiderte Sir Shuran. »Trefft die nötigen Vorbereitungen, aber lasst die Leichen hier liegen. Ich brauche einen Tag, um herauszufinden, was hier eigentlich passiert ist.«

»Und die da?«, fragte der Priester und zeigte auf Kest, Brasti und mich.

»Die Greatcoats?« Shuran wandte sich mir zu. »Die haben große Erfahrung in solchen Dingen. Sie werden mich dabei unterstützen, in Erfahrung zu bringen, was geschah. Wenn sie mir geben, was ich brauche, gehört ihnen die Dankbarkeit von Aramor. Wenn nicht, töte ich sie eigenhändig.«

16
DIE UNTERSUCHUNG

»Das Mädchen starb als Erste«, sagte ich.
Kest und ich knieten vor den Leichen. Brasti stand an dem nach Osten gerichteten Fenster und hielt seine Bögen fest umklammert. Für diese Arbeit fehlten ihm die Nerven. Gewalt, vor allem Mord, bringt ein Chaos mit sich, das sich jeder Erklärung widersetzt und an der Seele nagt. Alle paar Sekunden musste ich den Blick von Avettes Gesicht wenden. Sie war jünger als Aline und hatte auch viel weichere Züge, aber mein Verstand legte ständig Alines Antlitz auf den Körper des Mädchens, der auf dem kalten Boden des Thronsaals lag. *Sieh sie an*, befahl ich mir. *Avette hat nichts davon, wenn du so tust, als wäre sie nicht tot.*

Ein Greatcoat muss in den Verletzungen an einem Körper einen Sinn erkennen können, genau wie an dem Zustand der Kleidung und Schleifspuren am Boden. Bevor die genaue Abfolge der Geschehnisse aufgedeckt wurde, kann es keine Gerechtigkeit geben.

»Woher weißt du das?«, wollte Shuran wissen. Seine Stimme hallte durch den nun fast menschenleeren Saal. Wo zuvor noch Reihen von in Eisen gekleideten Rittern und in Seide gehüllten Priestern gestanden hatten, die verwirrten und müden Dienern ihre Befehle gegeben hatten, waren jetzt nur noch wir drei und der Ritteroberst. Und natürlich die Toten.

»Man hat ihr die Kehle aufgeschlitzt, am tiefsten ist der Schnitt an der Seite. An der Seite ihres Gesichts zeigen sich oberflächliche Blutergüsse von der Hand eines Mannes. Hat sie sich mit einem der anderen ein Zimmer geteilt?«

»Mit ihrer Mutter. Manchmal hatte sie Albträume.«

»Vermutlich hielt ihr Mörder sie so.« Kest streckte die linke Hand aus und packte einen imaginären Gegenstand, von dem wir alle wussten, dass damit das Gesicht des Mädchens gemeint war. »Herzogin Yenelle. Siehst du das hier? Die Stichwunde befindet sich in ihrem Nacken. Man befahl ihr, sich hinzuknien. Der Attentäter zerrte das Mädchen hinter seine Mutter, schnitt ihm die Kehle durch und stieß der Mutter die Klinge dann von hinten durch den Hals.«

»Was ist mit den beiden Jungen, Lucan und Patrin?«, fragte Shuran.

Ich trat zu Lucan, dem älteren der beiden Jungen. »Er weist Verletzungen an den Armen auf, siehst du? Nicht nur an der Außenseite der Unterarme, wo man bei dem Versuch verletzt würde, das Gesicht zu schützen« – ich hielt seinen linken Arm in die Höhe und enthüllte zwei tiefe Schnitte – »sondern auch an der Innenseite, wo er nach jemandem mit einer Klinge greifen wollte. Er hat versucht, sich zu wehren.«

»Vielleicht sind ja sie zuerst gestorben«, meinte Shuran.

»Siehst du, wie tief diese Schnitte sind?«, erwiderte ich. »War Lucan ein leichtsinniger Junge?«

Der Oberst schüttelte den Kopf. »Er war ein lernbegieriges Kind.«

»Um so viele Wunden davonzutragen, von denen viele so tief sind, muss er sich wie ein Verrückter auf jemanden gestürzt haben. Er sah die Leichen seiner Mutter und Schwester, vielleicht sogar die Morde selbst.«

Das brachte Kest und mir einen ganz besonderen Blick von Shuran ein. Diesen Ausdruck hatte ich schon oft zuvor erlebt – vor allem von Rittern. Die meisten Menschen betrachten die Welt mit relativ einfachen Begriffen – Ehre und

Ehrlosigkeit; falsch und richtig. Lebendig oder tot. Es überrascht sie, wenn sie anfangen, die Dinge mit unseren Augen zu betrachten – als Teile einer Geschichte, die sich aus den winzigen Echos vergangener Geschehnisse zusammensetzt.

Ein Teil von mir wollte jetzt damit aufhören, trotz des drängenden Verlangens zu beweisen, dass der Mörder kein Greatcoat gewesen war. Ein totes Kind zu sehen ist eine Sache, aber sich dazu zu zwingen, die Augenblicke, die zu seinem Tod führten, noch einmal Schritt für Schritt durchzugehen, das ist doch etwas ganz anderes. Es erschien falsch und grausam. Sogar pervers.

Das hatte ich auch einmal dem König gesagt – während jener langen Nächte, in denen er uns gezwungen hatte, die Leichen von Männern, Frauen und Kindern akribisch zu untersuchen, deren Todesursache wir bereits von Zeugen erfahren hatten. »Sie sind tot«, hatte ich gesagt. »Lasst sie ruhen.«

Da hatte sich der König an mich gewandt. Sein scharfer Blick hatte mich gemustert, als würde er auch mich untersuchen. »Ein Ermordeter hat keine Ruhe, Falcio. Entweder dient er den Lebenden, um seinen Mörder zu enthüllen, oder er dient dem Mörder, indem er dessen Identität verbirgt. Was wärst du lieber?«

»Falcio? Wollen wir fortfahren?«, fragte Shuran und riss mich aus meinen Erinnerungen.

Ich erwiderte seinen Blick und entdeckte dort eine Art angewiderte Faszination. Er trat an den kleineren der beiden Jungen heran. »Und Patrin?«

»Ich glaube, er kam zuletzt dran.«

»Warum sagst du das?«

»Der Mörder hätte sich zuerst um den gefährlicheren Gegner gekümmert. Lucan war älter und größer, man hätte ihn als Ersten getötet. Ich glaube ...« Ich musste innehalten. Die verderbte Logik des Mörders schnürte mir den Hals zu. »Ich glaube, Patrin war Zeuge, wie man seine Mutter und seinen älteren Bruder tötete.«

»Woher willst du das wissen?«

»Genau wissen kann ich das nicht«, erwiderte ich. »Jedenfalls nicht mit Sicherheit. Aber er hat nur eine Verletzung; ein Stich ins Herz genau wie bei seinem Vater.« Ich zog das grüne Tuch bis zu den Knien des Jungen herunter. Sein Nachthemd wies auf Höhe des Unterleibs einen dunklen Fleck auf.

»Er hat sich nass gemacht«, sagte Shuran. Seine Stimme wies weder Verurteilung noch Mitgefühl auf.

»Er dürfte schreckliche Angst gehabt haben.«

Der Oberst richtete sich wieder auf und ging zu Herzog Isaults Leiche. »Und du bist dir sicher, dass der Herzog nach seiner Familie starb? Warum bist du dir da so sicher?«

»Aus zwei Gründen. Erstens wollte der Mörder offensichtlich die ganze Familie tot sehen. Der Herzog ist derjenige, der am besten geschützt war und bei dem das größte Risiko bestand, dass man seine Leiche entdeckt und Alarm schlägt.«

»Und der zweite Grund?«

»Sieh dir sein Gesicht an.«

Sir Shuran spähte in das Gesicht des Mannes, dem er alles zu verdanken hatte. »Er war wütend«, sagte er dann, und in seiner Stimme lag eine tiefe Traurigkeit. »Seine Augen ... sie sind beinahe wie die eines wilden Tieres.«

Manchmal sprechen die Toten so deutlich zu uns, dass es keiner Worte bedarf. »Das ist das Gesicht eines Mannes, den man gerade darüber informiert hat, dass seine Familie ermordet wurde.«

Sir Shuran verließ die Leichen und ging hinüber zum Thron, starrte ihn an, als würde er damit rechnen, dass der Herzog jeden Augenblick erschiene. »Kannst du mir verraten, wie das passieren konnte, Falcio? Warum sollte deine Frau, diese Dara, dies alles tun?«

»Das hätte sie nicht«, sagte ich. Diesen Teil hatte ich mir bis zuletzt aufgespart. Irgendwie war es wichtig erschienen,

zuerst die Geschichte der anderen Toten zu erzählen – die sofort in Vergessenheit geraten würden, sobald der Machtkampf in Aramor begann.
Er wandte sich wieder mir zu. »Ich verstehe ja, dass du nichts Schlechtes von deinen Greatcoats denken willst, aber sie ist da, und ihre Klinge nahm dem Herzog sein Leben.«
Es stimmte. Dara hatte mit einem Breitschwert gekämpft, dessen Klinge etwas breiter wurde, bevor sie sich zu ihrer Spitze verjüngte. Der Stoß in Isaults Herz war mit diesem Schwert erfolgt.
»Möglicherweise war das nicht dieselbe Klinge, die man bei der Familie des Herzogs benutzte«, sagte Kest.
»Auch sie wurden mit Breitschwertern getötet«, hielt Shuran dagegen.
»Ja, aber es ist nicht klar, ob es tatsächlich dieselbe Waffe war. Das hätte auch jedes Breitschwert sein können.«
»Ihres eingeschlossen«, beharrte Shuran.
Kest nickte.
»Dann verzeih mir, aber es sieht so aus, als hätten wir den Mörder.«
Bevor ich etwas erwidern konnte, flog die Tür zum Thronsaal auf. Ein Ritter mit Grau durchsetztem dunklem Haar trat ein und zerrte eine alte Frau mit einer schmutzigen Schürze herein.
»Was hat das zu bedeuten, Sir Chandis?«, fragte Shuran.
Sir Chandis stieß die Frau zu Daras Leiche. »Ist sie das?«
Die alte Frau erblickte die sechs Leichen im Saal und schloss die Augen.
Chandis schüttelte sie. »Ist sie das?«
»Aye, sie ist es«, antwortete sie schluchzend. »Sie ist es.«
»Worum geht es hier?«, fragte Shuran. »Wer bist du?«
»Ich bin Wirrina, Ritteroberst«, antwortete sie. »Die oberste Köchin.«
»Ich erinnere mich jetzt an dich, Wirrina«, meinte Shuran. »Was hast du uns über den Tod des Herzogs zu sagen?«

»Gar nichts, Herr, darüber weiß ich nichts, aber ... die Frau? Tessa?«

»Wer?«

»Sie meint die Meuchelmörderin«, sagte Sir Chandis. »Die Alte hat gegenüber einem Wächter erwähnt, dass eine Dienerin verschwunden ist. Sie passte auf die Beschreibung der Greatcoat, also brachte ich sie her, damit sie sich die Tote ansieht.«

Wirrina rang die Hände und schüttelte ununterbrochen den Kopf. »Sie ist es, Ritteroberst, das schwöre ich, aber ich habe sie noch nie zuvor in so einer Tracht gesehen.«

»Kannte sie den Herzog?«, fragte Shuran.

»Wir alle kennen den Herzog, Herr, ist er doch ... Ach, Ihr meint besser als andere Leute?«

»Ja, Wirrina, das meinte ich.«

Die Alte starrte zu Boden und kaute auf der Unterlippe herum. Sie schüttelte heftig den Kopf, als würde sie mit sich selbst streiten.

»Red schon, Frau, du stehst vor dem Ritteroberst von Aramor«, sagte Sir Chandis.

»Ich vermute, das weiß sie bereits, Sir Chandis«, meinte Shuran. »Wirrina, sag uns, was du weißt.«

»Nun, Herr, ich ... ich will keinen Ärger wegen etwas, das nicht meine Schuld ...«

»Solange du uns die Wahrheit sagst, geschieht dir auch nichts.«

»Sie, nun, gelegentlich schickte der Herzog nach ihr. Ich glaube, er ...«

»Du glaubst, er hatte eine Beziehung mit ihr?«, fragte Shuran.

»Das will ich nicht behaupten, aber manchmal schickte er nach ihr.«

Schweigen trat ein, während wir die Implikationen dieser einfachen Aussage zu ergründen versuchten. *Manchmal schickte er nach ihr.* Die Dara, die ich gekannt hatte, hätte wohl kaum einem Mann wie Isault ihren Körper gegeben. Kurz vor ihrem Eintritt bei den Greatcoats war ihr Gemahl ermordet worden. Tatsächlich waren es dieser Mord und das Unvermögen eines anderen Herzogs, das Verbrechen zu ahnden, gewesen, was sie überhaupt dazu veranlasst hatte, sich uns anzuschließen. Also, was hatte sie getan, wenn der Herzog nach ihr geschickt hatte?

»Beshard«, sagte ich. »Wo ist Beshard?« Wenn es einen Mann im Herzogtum gab, der über Isaults Beziehungen Bescheid wusste, dann Beshard. Bei allen Höllen, vermutlich hatte Isault ihn gezwungen, dabei zuzusehen.

»Beshard ist tot«, sagte Chandis.

»Was? Wann?«, fragte Shuran.

»Wir haben ihn eben in seinem Zimmer entdeckt, auf dem Bett. Seine Kehle war aufgeschlitzt.« Sir Chandis ließ Shuran nicht aus den Augen. »Ritteroberst, ist es nicht offensichtlich? Diese Männer haben den Kammerherrn ermordet, um die Geheimnisse der Trattari-Hure zu verschleiern. Sie schlich sich als Dienerin in die Schlossküche ein. Sie erregte die Aufmerksamkeit des Herzogs, dann erledigte sie im richtigen Augenblick den Auftrag, für den man sie herschickte.« Der Ritter zeigte auf uns. »Und den Mordauftrag gab Aline, das Kind, das die da auf den Thron setzen wollen.«

Sir Shuran hob eine Braue. »Ich glaube sofort, dass Tessa oder Dara oder wie auch immer sie hieß, diese Verbrechen verübte, aber ich glaube kaum, dass das der Plan eines dreizehnjährigen Mädchens war, Sir Chandis.«

»Dreizehn?«, fragte Wirrina. »Ach, das ist unmöglich.«

Chandis grinste höhnisch. »Untersuchst du jetzt die Morde, Alte?«

»O nein, Herr, das nicht. Es ist nur, diese Aline, wer auch immer das sein soll, sie hätte diesen Plan mit acht Jahren aushecken müssen. Tessa ist seit fast fünf Jahren bei uns gewesen.«

Fünf Jahre? Dara hatte sich seit fünf Jahren als Küchenmagd ausgegeben? Was hatte sie die ganze Zeit gemacht? Mit dem Herzog von Aramor geschlafen?

»Das ergibt doch alles keinen Sinn«, murmelte ich.

Sir Shuran warf mir einen Blick zu, dann sah er wieder die Köchin an. »Ich danke dir, Wirrina. Sir Chandis bringt dich jetzt zurück in die Küche, und du musst nicht um deine Sicherheit fürchten. Ich muss bald noch einmal mit dir reden, und Sir Chandis wird persönlich die Verantwortung für deine Sicherheit übernehmen.«

Sir Chandis sah ordentlich zerknirscht aus, nickte dann und verschwand mit der alten Frau im Schlepptau.

»Das klingt auf jeden Fall nach einem Komplott, Erster Kantor«, sagte Shuran zu mir.

»Das tut es«, meinte Kest. »Aber nicht nach einem besonders guten.«

»Warum nicht? Anscheinend hat es vorzüglich funktioniert.« In der Stimme des Obersts zeigten sich erste Anzeichen von Müdigkeit oder zumindest Gereiztheit.

»Der Attentäter schleicht sich in die Zimmer der Familie, tötet die Wächter nicht, sondern schlägt sie nur bewusstlos, und ermordet die Frau und die Kinder des Herzogs. Dann begibt er sich zum Dienstbotenflügel in Beshards Zimmer und ermordet ihn. Schließlich kommt der Attentäter in den Thronsaal, tötet zwei Wächter, nimmt sich die Zeit, den Herzog mit den Morden an seiner Familie zu quälen, und tötet ihn dann. Damit kommen wir auf acht Tote.«

»Vergebt mir, Heiliger der Schwerter, aber für mich klingt das völlig logisch«, sagte Shuran.

»Warum nicht die anderen Wächter töten?«, fragte Brasti. »Die vor den Zimmern der Familie. Warum sie nur bewusstlos schlagen? Das ist doch ein großes Risiko.«

»Eleganz?«, schlug Shuran vor. »Vielleicht wollte eure Dara ja die Adligen töten, aber nicht die Wächter, die nur ihre Arbeit machten. Aber als sie zum Saal kam, blieb ihr keine andere Wahl, als Isaults Leibwächter zu töten.«

»Was ist mit Beshard?«, fragte ich. »Er war kein Adliger, und trotzdem wurde er im Bett ermordet.«

»Wenn Beshard von ihrer Beziehung zum Herzog wusste, musste sie ihn töten.« Shuran zeigte auf die Leichen am Boden. »Mir ist schon klar, dass du das nur schwer akzeptieren kannst, Falcio, aber die einfachste und logischste Erklärung besteht darin, dass deine Frau, Dara, den Herzog und seine Familie ermordet hat.«

»Aber warum?«

Er zuckte mit den Schultern. »Vielleicht aus Rache wegen seiner Beteiligung am Tod des Königs.«

»Fünf Jahre später?«, fragte Brasti.

»Oder wegen einer frischeren Demütigung. Vielleicht hatte der Herzog ja genug von ihr, falls sie seine Geliebte war. Vielleicht hat sie auch entdeckt, dass Herzog Isault euch nicht das Dekret geben wollte, mit dem er Aline unterstützt, sondern stattdessen Trin unterstützt.«

»Wollte er das tun?«, fragte ich.

»Ich weiß es nicht«, sagte der Ritter. »Als ich gestern Abend mit dem Herzog sprach, war er ziemlich betrunken. Im einen Moment schwor er, Aline zu unterstützen, dann verfluchte er den Namen des Königs und schwor, Trin zu unterstützen. Als ich nachhakte, schickte er mich hinaus.«

»Wieso hast du nachgehakt?«

Shuran lächelte müde. »Ich fragte ihn lediglich, für welchen Weg er sich entschieden hätte. Ich musste wissen, was ich und meine Männer als Nächstes zu tun hatten.«

Damit meinte er natürlich, hätte Isault uns verraten, hätte er seine Männer darauf vorbereiten müssen, uns entweder festzunehmen oder zu töten. Ich fragte mich, ob er seiner Pflicht dem Herzog gegenüber oder seinem Versprechen mir gegenüber gefolgt wäre.

Schweigend standen wir da und versuchten allem einen Sinn zu geben. »Sie ist ganz schön mitgenommen«, sagte Brasti schließlich. Er hatte größtenteils geschwiegen, und der traurige, leise Ton in seiner Stimme überraschte uns alle.

»Was meinst du?«

»Hier«, sagte er und zeigte auf eine Wunde an Daras Oberschenkel. »Seht doch nur, wie zerfetzt diese Wunde ist. Als hätte sie der Herzog drei oder viermal in dieselbe Stelle gestochen.«

»Der Herzog war außer sich vor Zorn«, meinte Kest.

»Sicher. Aber warum ist die Wunde in ihrer Brust dann so sauber? Ein einziger Stich. Ist dir je ein Mann untergekommen, der außer sich vor Zorn mehrmals auf den Oberschenkel seines Gegners einhackt und dann mit einem einzigen Stich ins Herz aufhört? Warum hat er sie nicht zerfleischt?«

»Vermutlich weil er im Sterben lag«, sagte Shuran. »Sie kämpften miteinander, sie versetzte ihm den tödlichen Stich, und er rammte ihr vor seinem Tod seinen Dolch ins Herz.«

Brasti schnaubte. »Genau wie in einem Märchen.«

»Darin liegt eine finstere Symmetrie.«

»Nur dass ein Mann, dem man ein Schwert ins Herz gestoßen hat, nicht mehr die Kraft dazu haben wird, um das zu tun, was Isault deiner Meinung nach getan hat. Falcio, jemand anders hat Dara getötet.«

Ich sah Kest an. Er nickte. »Überraschenderweise hat Brasti recht. Es ist so gut wie unmöglich, dass das alles eine Frau zustande gebracht hat, selbst wenn es sich um Dara handelte. Um dann von einem fetten, betrunkenen Mann getötet zu werden, der vor Wut rast? Selbst verletzt hätte Dara ihn mühelos erledigt.«

»Es gibt einen anderen Mörder«, sagte ich. »Was auch immer hier geschehen ist, das hat sich nicht alles zwischen Dara und Herzog Isault zugetragen. Shuran, du musst uns ihn suchen lassen. Kest, Brasti und ich haben Erfahrung mit solchen Dingen. Wir haben schon zuvor solche Mörder aufgespürt.«

»Das kann ich nicht tun, Falcio. Das weißt du. Euch gehen zu lassen, würde den Adligen und Priestern, die um die Macht kämpfen werden, nur eine Schwäche offenbaren.«
»Wer wird den Thron bekommen?«, fragte ich.
»Niemand. Es wurde keine ganze herzogliche Familie ermordet seit ... Tatsächlich wüsste ich nicht, dass so etwas jemals geschehen wäre. Meine Ritter werden die Kontrolle über die Konstabler im ganzen Herzogtum übernehmen müssen, bis man den Herzogsrat versammelt hat.«
»Du meinst, die anderen acht entscheiden, wer die Herrschaft übernimmt?«
Er nickte.
»Und wer profitiert davon in der Zwischenzeit?«
Shuran schwieg einen Augenblick lang. »Ich schätze, ich. Eine Weile. Aber die anderen Herzöge würden niemals einen Ritter zu einem der ihren machen.«
»Was ist mit Isaults Feinden?«
»Herzog Roset könnte die Gelegenheit nutzen, um seine Kontrolle über die Grenze zwischen Aramor und Luth zu verstärken. Vermutlich werden Carefal und vergleichbare Dörfer unter Rosets Kontrolle geraten.«
»Was ist mit Trin?«, fragte Brasti. »Wenn Isault Aline nicht unterstützt, löst das nicht viele Probleme für sie?«
»Eigentlich nicht«, meinte Shuran. »Sollte der Verdacht auf sie fallen, ist es ziemlich wahrscheinlich, dass sich die Herzöge von Pertine, Luth, Baern und selbst Rijou zusammenrotten. Einen Herzog zu ermorden ist selbst für einen Monarchen keine gute Idee.«
»Gut«, sagte Brasti. »Dann müssen wir nur den Beweis finden, dass sie dafür verantwortlich ist, und wir können die ganze Sache ein für alle Mal klären.«
Shuran legte die Hand auf den Schwertgriff. »Ich sagte doch schon, ich kann euch nicht gehen lassen. Ich weiß, dass ihr nicht für diese Morde verantwortlich seid, aber ich werde auch so schon genug Probleme haben, die Kontrolle zu über-

nehmen, ohne dass mich der Adel beschuldigt, die Greatcoats mit einem Mord davonkommen zu lassen.«

Kest trat vor ihn. Er hatte sich nicht die Mühe gemacht, das Schwert zu ziehen, genauso wenig wie der Oberst. »Wir haben bereits miteinander gekämpft. Glaubst du, du könntest selbst am besten Tag deines Lebens siegen?«

Shuran lächelte trocken. »Ich weiß nicht.« Er ließ den Schwertgriff los. »Aber heute ist mit Sicherheit nicht mein bester Tag.« Er wandte sich wieder an mich. »Du willst also, dass ich versuche, die Kontrolle über Aramor zu gewinnen, während ich als der Mann bekannt werde, der die Greatcoats ziehen ließ?«

»Entweder das oder der Mann, der die Mörder der Gerechtigkeit entkommen ließ. Das musst du entscheiden.«

Shuran sah mich an, dann Kest, dann Brasti, als hoffte er, ein Zeichen zu entdecken, dass man uns vertrauen konnte. Oder dass wir vielleicht schuldig waren. Irgendetwas, egal was, das ihm die Entscheidung erleichterte. Meine Hand lag in Nähe des Rapiers. Eigentlich konnte ich mir nicht vorstellen, dass er uns ziehen ließ.

Er ging vor der Leiche des Herzogs auf die Knie. »Wisst ihr, Isault war gut zu mir. Ich glaube, ihm gefiel die Tatsache, dass ich Ausländer war, dass ich anders war. Er machte sich immer über meine Narben lustig. Alle anderen tun so, als würden sie sie nicht sehen, aber der Herzog, nun, er sagte immer die Wahrheit, so wie er sie sah.« Der große Ritter erhob sich wieder. »Geht«, sagte er dann und starrte noch immer auf den Toten. »Falls es einen weiteren Mörder gab, wird er oder sie den Gang hinter der Tür beim Thron benutzt haben. Dieser Weg führt aus dem Schloss. Wenn ihr die Wahrheit sagt, seid ihr meine einzige Hoffnung, herauszufinden, wer dafür verantwortlich ist. Falls nicht, dann sollt ihr wissen, dass auch ich Leute aufspüren kann, wenn ich es muss.«

Der Gang, der hinter Isaults Thron seinen Anfang nahm, wand sich wie eine Schlange, die sich ihren Weg durch den Stein gefressen hatte, durch die Innenmauern des Palastes. Manchmal führte er zu leeren Korridoren in der Nähe der Außenmauern, und manchmal führte er tief in sein Herz.

»Bei allen Heiligen«, sagte Brasti. »Welcher betrunkene Architekt hat diesen Irrgarten entworfen?«

»Es gibt ein Muster«, sagte Kest und zeigte auf einen der winzigen Gänge, die regelmäßig abzweigten. »Der Hauptgang führt um das Schloss herum, und die Seitengänge gaben dem Herzog Zugang zu fast allem anderen.«

»Damit er seine Leute ausspionieren konnte.«

»Besser als umgekehrt, schätze ich«, erwiderte Kest.

Ich entdeckte wieder einen kleinen Blutfleck an der Wand. »Der Mörder ist hier entlang.« Ich zeigte auf einen anderen Seitengang. »Warum sind die verdammten Wächter nicht der Spur gefolgt?«

»Vielleicht nahmen sie lieber an, dass es einer von uns war«, meinte Kest.

»Nein.« Brasti kniete nieder, um Spuren auf dem staubigen Boden zu untersuchen. »Hier kann man sehen, dass einige der Wächter der Spur gefolgt sind.«

»Ob sie den Mörder gefangen haben?«, fragte ich.

»Nein. Sieh hier – die Spur scheint ins Innere zu führen, aber nur, weil der Attentäter uns in die Richtung schicken wollte. Er wollte seine Spuren verschleiern, aber er schont das linke Bein. Er nahm den direkten Weg aus dem Schloss.«

»Woher weißt du das?«

Brasti strich etwas Staub zur Seite. Zuerst konnte ich nichts Auffälliges sehen, aber bei näherer Betrachtung entdeckte ich kleine rote Tropfen auf dem Boden. »Er versuchte, das Blut mit Staub zu verdecken, und hat dann etwas davon auf die Wände in die andere Richtung geschmiert, aber er ist immer wieder zurück in Richtung Außenmauer. Sieh nur, wie er ein Bein schont.«

»Dara hat immer versucht, zuerst ein Bein zu treffen«, sagte Kest. »Es beraubt den Gegner seines Gleichgewichts und macht ihn langsamer.«
»Schade, dass ihr dieses Mal jemand damit zuvorgekommen ist«, sagte ich. »Kommt.«
Wir erhöhten unser Tempo, hielten aber noch immer nach übereifrigen Wächtern Ausschau, die möglicherweise noch immer ihre Suche durchführten. Die Gänge führten durch den ganzen Palast, stiegen manchmal steil an, um die höheren Etagen zu erreichen, um dann wieder mit schmalen Treppen in die Tiefe zu steigen. Schließlich verloren wir trotz unserer Anstrengungen die Spur.
»Wie weit hat er uns zurück in die Irre geführt?«, fragte ich Brasti.
»Einen langen Weg«, erwiderte er. »Verdammt! Ich hätte es merken müssen. Wenn wir jetzt zurückgehen ...«
»Erwischt uns vermutlich die Palastwache.« Bei allen Höllen! Wer auch immer dafür verantwortlich war, war besser im Herumschleichen als wir im Verfolgen.
»Und jetzt?«, fragte Kest.
»Es gibt einen Weg nach draußen.« Brasti zeigte auf einen Lichtkreis rechts von uns.
Wir folgten dem Pfad, der immer steiniger wurde, je näher wir dem Ausgang kamen. Draußen schien uns zuerst ein senkrechter Abhang zu erwarten, der in hundert Fuß Tiefe in einem steinigen Flussbett endete. Ein zweiter Blick enthüllte einen Pfad, der vom Palast fortführte. Wenn man vorsichtig war.
»Das ist im Dunkeln aber ein übler Fluchtweg«, sagte Brasti. »Ich bezweifle, dass Isault viel Freude daran gehabt hätte, hätte er ihn je gebraucht.«
»Der Attentäter hat es nach unten geschafft«, sagte ich. »Davon bin ich überzeugt. Er oder sie hat uns durch den ganzen Palast stolpern lassen, aber jede Wette, dass sie schon vor Stunden hier waren.«

»Aber was ist mit den Spuren?«

»Er muss sie vergangene Nacht gemacht haben«, sagte Kest. »Der Attentäter wusste, dass das hier die beste Fluchtroute ist, also muss er vor den Morden einen Weg nach unten ausgespäht haben.« Brasti schüttelte den Kopf. »Das ist aber ganz schön riskant.«

»Eigentlich nicht«, sagte ich. »Isault hat diese Gänge bestimmt nicht vielen Leuten zugänglich gemacht. Wenn der Meuchelmörder den Weg hinein kannte, hatte er oder sie sie vermutlich für sich allein.«

»Irgendetwas stört mich noch immer«, sagte Brasti. »Abgesehen von der offensichtlichen Tatsache, dass wir völlig im Arsch sind?«, meinte ich.

»Ja. Es ist der zeitliche Ablauf. Warum zuerst die Familie des Herzogs umbringen?«

»Weil Isault besser beschützt war?«, schlug Kest vor.

»Aber das war er nicht. Zwei Wächter? Im Familienflügel beschützten mehr Männer seine Frau und Kinder.«

»Vermutlich wollte er geheim halten, was auch immer er da mit Dara hatte.«

»Schön«, sagte Brasti. »Also fickte er Dara – was mich übrigens völlig verwirrt. Sie hat nicht einmal über meine Witze gelacht. Aber mit ihm lässt sie sich ein? Davon abgesehen macht es trotzdem mehr Sinn, ihn zuerst zu erledigen. Hätte jemand gesehen, wie der Attentäter die Räume der Familie betritt oder verlässt, hätte er Alarm geschlagen und der Attentäter wäre niemals an Isault herangekommen. Nein, es müssen mindestens zwei Angreifer gewesen sein. Jemand tötet Isault und ein anderer seine Familie.«

»Damit ist Dara aber noch immer diejenige, die den Herzog tötete, während ein Komplize seine Familie ermordete«, sagte Kest.

»Das ist unmöglich«, sagte Brasti entschieden.

»Also stimmst du Falcio zu?«

»Natürlich nicht«, erwiderte er. »Falcio ist ein idealistischer Narr, so wie damals beim König. Dara war völlig verrückt.«
»Dann ...«
»Das ist ja der Punkt. Hätte sie Isault ermorden wollen, hätte sie keine fünf Jahre damit gewartet. Und sie hätte ihn auch nicht mit einem poetischen Stich ins Herz erledigt. Weißt du nicht mehr, wie sie kämpfte? Scheiße! Hätte sie sich dazu entschieden, Isault zu töten, hätte sie ihn und alle Wächter geköpft und die nächste Stunde damit verbracht, ihre Köpfe im Thronsaal auf Speere zu spießen. Dann hätte sie den Rest seines Weins getrunken und wäre abgehauen. Niemals hätte sie das getan, um sich aus persönlichen Gründen zu rächen.«
»Es gibt eine andere Möglichkeit«, sagte Kest. »Aber die wird dir nicht gefallen, Falcio.«
»Was denn?«
»Vielleicht sollten wir hier zuerst verschwinden. Wir haben einen langen Weg nach unten vor uns, und dann müssen wir ein Dorf finden, in dem wir neue Pferde und Ausrüstung kaufen können.«
»Sag es mir!«
Er hielt kurz inne. »Du hast immer schon behauptet, dass der König einen Plan gehabt haben muss. Dass er nicht alles dem Zufall überlassen hätte. Und wenn das sein Plan war? Wenn ...«
»Nein«, unterbrach ich ihn. »Der König hätte niemals einen Mord in Auftrag gegeben. Selbst wenn ...«
»Hör mir zu. Alines Geburtsrecht wurde gerade entdeckt. Es verbreitet sich die Nachricht, dass sie versuchen wird, den Thron zu besteigen. Vielleicht wollte uns Isault verraten, vielleicht auch nicht, und plötzlich ist er tot?«
»Es ist nicht ...«
»Kest hat recht«, sagte Brasti. »Hör zu, Falcio. Ich weiß, wie sehr du den König geliebt hast. Das haben fast alle. Aber hier geht es um Krieg und Politik und nicht darum, in der Bi-

bliothek von Schloss Aramor Wein zu trinken und alte Bücher über stoische Philosophie zu lesen. Das ist seine Tochter. Hättest du ein Kind und wüsstest, was mit ihm nach deinem Tod passieren wird, würdest du nicht alles tun, um es zu beschützen? Und wenn du weißt, dass du es nicht mehr selbst tun kannst, würde so ein Unternehmen dann nicht völlig logisch erscheinen? Schick Greatcoats los, die sich dafür bereithalten, die Herzöge umzubringen, wenn der Augenblick gekommen ist? Töte sie, bevor sie das Mädchen angreifen können?«

»Deine Theorie weist einen Fehler auf«, sagte ich.

»Ja. Sie gefällt dir nicht.«

Kest sah aus, als würde er diese Theorie immer wieder durchdenken. »Was für einen Fehler?«, fragte er dann.

»Für so eine Mission sind wir drei vermutlich die beste Wahl«, erwiderte ich. »Aber er erteilte uns keinen derartigen Befehl.«

Die beiden sahen mich ungläubig an. Einen Augenblick musste ich daran denken, dass mir keiner von ihnen je enthüllt hatte, welchen letzten Befehl ihm der König gegeben hatte. Schließlich ergriff Brasti das Wort. »Bei allen Heiligen, Falcio! Du begreifst es wirklich nicht, oder?«

»Was?«

Kest antwortete, und seine Stimme war sanfter und leiser als gewöhnlich. »Der König liebte dich viel zu sehr, um dich zu bitten, einen Mord zu begehen. Er wusste genau, dass dich so etwas umbringen würde.«

Ich stützte mich an der Gangwand ab. Der viele Staub erschwerte das Atmen, und meine Brust fühlte sich beengt an. Ein kleiner Teil von mir glaubte, dass Brastis und Kests Worte eine gewisse Wahrheit enthielten. Der König und ich hatten uns nahegestanden, und ich war immer der Meinung gewesen, dass wir die gleichen Ideale teilten. Aber in seiner finstersten Stunde? Während die Herzöge mit einem Heer auf das Schloss zumarschierten und sich seinen Kopf holen wollten? Konnte Paelis diese Ideale verraten haben? Hatte er den anderen Greatcoats im Namen seiner Tochter befohlen, zu Mördern zu werden? Meine Beine wurden schwach – als hätte die Lähmung wieder zugeschlagen. In meinem Kopf ertönten immer wieder König Paelis' Worte.

Du wirst sie verraten.

DIE SCHNEIDERIN

Als wir den Palast verließen, hatte das Chaos bereits angefangen, Isaults Herzogtum zu übernehmen. Konstabler durchstreiften mit gezogenen Waffen die Straßen, auch wenn sie keine Ahnung hatten, wonach sie eigentlich suchten. An den Landstraßen patrouillierten kleine Abteilungen von Shurans Rittern; sie waren disziplinierter, aber auch hier schien es mehr um den äußeren Anschein zu gehen als um konkrete Ziele. Wir mieden sie alle. Hätte uns Shuran Reisepapiere gegeben, wäre unsere Reise einfacher gewesen, aber er hatte sich die Freiheit bewahren wollen, erst später zu entscheiden, ob er uns nun hatte gehen lassen oder wir geflohen waren.

Also suchten wir uns unseren Weg auf den Nebenstraßen von Aramor und tauschten seine breiten und belebten Straßen gegen schlammige Karrenpfade und Waldwege ein. Die Nachricht von der Ermordung des Herzogs verbreitete sich erst langsam außerhalb der Hauptstadt, und die meisten der Leute, mit denen wir in Kontakt kamen, kümmerten sich um ihre eigenen Angelegenheiten.

Trotz Shurans Versicherung konnte ich es kaum erwarten zu sehen, ob Valiana und Dariana tatsächlich wie versprochen unverletzt waren. Aber als wir am späten Abend des zweiten Tages endlich das *Gasthaus zum Roten Hammer* erreichten, waren sie bereits weg.

Der Gastwirt war ein junger Mann mit sandblonden Haaren namens Tyne, der von der einfachen Aufgabe, ins Gästebuch zu schauen, so überwältigt schien, dass er diese Anstellung meiner Meinung nach noch nicht lange haben konnte. Nachdem er mit viel Gemurmel Seiten vor- und zurückgeschlagen hatte, sagte er schließlich:»Sie sind vor zwei Tagen aufgebrochen.«

»Zwei Tage?«, fragte ich.»Aber das wäre ja schon einen Tag nach ihrer Ankunft gewesen. Sieh noch mal nach.«

Er gehorchte und schien ehrlich besorgt zu sein, dass er sich verlesen hatte, aber dann wiederholte er:»Zwei Tage.«

»Bist du sicher, dass du ›Abreise‹ nicht mit ›Ankunft‹ verwechselt?«

Tyne kicherte nervös.»Nein, hier in der Spalte mit Ankunft steht ›die beiden schönen Frauen‹ neben dem Datum, an dem sie kamen. Und hier drüben«, und er blätterte eine Seite um und zeigte mit dem Finger darauf.»Direkt hier unter Abreise steht einen Tag später ›die beiden schönen Frauen‹. Ganz einfach, nicht wahr?«

»Warum ›die beiden schönen Frauen‹?«, wollte Kest wissen.»Warum hast du nicht ihre Namen aufgeschrieben?«

Der Gastwirt zuckte mit den Schultern.»Ich habe es nicht so mit Namen. Außerdem bleibt keiner lange. Es ist einfacher zu schreiben ›drei stämmige Soldaten‹ oder ›verwirrter alter Mann‹.«

»Dir ist schon klar, dass das herzogliche Gesetz von Aramor dich verpflichtet, die Namen der Gäste ins Gästebuch einzutragen?«

Tyne sah aus, als hätte er etwas geschluckt, das zu groß für seinen Hals gewesen war.»Bitte, meine Herren … Das wusste ich nicht! Ich bin nicht … Ich meine, ich bin noch neu hier. Mein Onkel hat das Gasthaus erst vor einem Monat gekauft, mir befohlen, es zu führen, und sich dann wieder zurück nach Pertine verzogen.«

»Deinem Onkel gehören wohl viele Gasthäuser«, fragte ich.

»Nee. Er ist Ritter. Ist damit beschäftigt, sich mit anderen Rittern Grenzscharmützel zu liefern. Ehrlich gesagt scheint das ein albernes Handwerk zu sein.«
»Trotzdem verdient er genug Geld, um ein Gasthaus zu kaufen?«, fragte Kest.
Tyne zuckte mit den Schultern. »Sein Kommandant hat ihn vermutlich für seine Dienste belohnt. Nicht, dass Onkel Eduarte je besonders verlässlich erschien. Sagt mal, ihr werdet mir doch kein Bußgeld auferlegen? Ich arbeite hier bloß. Ich bin nicht der ...«
Ich machte mir seine momentane Panik zunutze und nahm ihm das Buch aus den Händen. In der Tat gab es zwei Einträge, die nur von einem einzigen Tag getrennt waren.
»Warum sollten sie am nächsten Tag schon wieder abreisen, ohne auf uns zu warten?« Ich gab dem Mann sein Gästebuch zurück. »Haben sie für uns etwas hinterlassen?«
»Wer bist du denn?«
»Falcio«, antwortete ich. »Falcio val Mond.«
Der Gastwirt grinste. »Das ist ja witzig. Hat man dir je gesagt, dass dein Name fast so klingt wie Fal–«
»Such einfach nach Nachrichten.«
»Das brauche ich nicht«, sagte er und zeigte auf einen Holzkasten hinter ihm auf der Theke. »Er ist leer.«
»Warum wolltest du dann meinen Namen wissen?«
Er legte die Stirn in Falten. »Hast du nicht gerade verlangt, dass ich die Namen aufschreiben soll?«
Kest zeigte auf einen Eintrag im Gästebuch. »Falcio, sieh dir das an. Das erklärt wohl, warum Dariana und Valiana nicht da sind.«
Ich warf einen Blick auf den Eintrag in der Spalte Ankunft, der mit dem Datum von Valianas und Darianas Abreise übereinstimmte. Aufgelistet waren der Preis (die Hälfte von dem, was wir laut dem Gastwirt für die Übernachtung bezahlen sollten) und statt dem Namen des Gastes lediglich die Beschreibung ›bösartige alte Frau‹.

Brasti warf einen Blick über meine Schulter und las mit. »Scheiße!«

»Weißt du, wo die ›bösartige alte Frau‹ jetzt ist?«, fragte ich den Mann.

»Vermutlich in ihren Zimmern. Soweit ich weiß, hat sie die seit ihrer Ankunft nicht mehr verlassen. Oben. Letzte Tür auf der rechten Seite. Normalerweise reservieren wir die für Adlige, aber ... nun, sie ist gewissermaßen ... und ich wollte sie einfach nicht ...«

»Ich verstehe«, sagte ich und nickte ihm so mitfühlend zu, wie ich konnte.

Wir gingen die Treppe hinauf und dann den langen Korridor entlang, dessen letzte Tür mit richtigen Messingbeschlägen verziert war und einen Messingklopfer aufwies. Ich wollte danach greifen, als drinnen eine Stimme erscholl.

»Nun kommt schon rein, ihr Narren.«

Ich stieß die Tür auf, und wir betraten einen für das Gasthaus palastartigen Raum, womit ich sagen will, dass er etwas größer als die anderen war und über ein zusätzliches Schlafzimmer hinter einer Tür verfügte. Oh, und an den Fenstern hingen richtige Gardinen. Die Schneiderin saß dort auf einem Stuhl und hielt Nadel und Faden in der Hand. Sie nähte etwas, das wie ein großes Taschentuch aussah.

»Woher hast du gewusst, dass wir es sind?«, fragte Brasti.

»Ich weiß, wo jeder Faden seinen Anfang hat und wo er endet«, erwiderte die Schneiderin, ohne von ihrer Arbeit aufzusehen. »Außerdem konnte ich eure Schritte im Korridor hören. Ihr drei geht daher wie eine Mischung aus einem besoffenen dreibeinigen Pferd und einer Schar Enten.«

Ich setzte mich auf das Ende einer breiten Bank, die ein paar Fuß von ihr entfernt stand. Sie blickte schnell auf, was mir verriet, dass sie das ärgerte, aber ich betrachtete das als kleinen Vorschuss auf den ganzen Ärger, den sie mir vermutlich gleich bescheren würde. »Warum hast du Valiana und Dariana fortgeschickt?«, wollte ich wissen.

»Sie müssen etwas für mich erledigen.«
»Geht das auch etwas genauer?«
»Wenn du willst. Sie müssen etwas *Wichtiges* für mich erledigen.«

Ich beschloss, einfach eine Minute dazusitzen, denn ich verspürte nicht die geringste Lust, mich auf ihre Spielchen einzulassen. Sie machte gern bei jeder Unterhaltung zuerst klar, dass sie mehr wusste als ich, über mehr Macht verfügte und sie allein entscheiden würde, was wir diskutieren würden und was nicht.

»Was hast du vor?«, fragte die Schneiderin.

Ich dachte, sie hätte mich gemeint, aber ihr Blick war über meine Schulter gerichtet. Ich wandte den Kopf und sah, dass Brasti zur Hälfte aus der Tür war. »Ich suche mir etwas zu essen«, sagte er. »Ich bin in einer Stunde oder zwei wieder zurück. Vielleicht ist Falcio ja dann damit fertig, sich von dir die Hörner aufsetzen zu lassen.«

»Ich glaube nicht, dass du richtig verstanden hast, was die Hörner aufsetzen lassen eigentlich bedeutet«, sagte Kest.

Die Schneiderin kicherte.

»Aber Brasti hat da nicht unrecht«, fuhr er fort. »Herzog Isault ist tot, und ein Greatcoat ist in den Mord an ihm verwickelt. Irgendwo treibt sich hier zumindest ein weiterer Attentäter herum, und wir haben nicht die geringste Ahnung, worum es hier eigentlich geht. Das ist nicht der Augenblick für Spielchen.«

»Nun gut«, sagte die Schneiderin. »Da ihr es nicht wisst, könnt ihr vielleicht den Mund halten, damit ich euch sage, was ihr wissen müsst.«

»Du wirst uns sagen, was wir deiner Ansicht nach wissen müssen, und nicht mehr«, meinte ich.

»Wo liegt da der Unterschied?«

Brasti schloss die Tür und lehnte sich mit verschränkten Armen dagegen. »Weißt du, was ich manchmal glaube, alte Frau? Ich glaube, du hast nie verwunden, dass du einst die

Gemahlin eines Königs warst, mit Dienern und Gefolgsleuten und dem ganzen Ihr und Euch. Ich glaube, du vermisst das. Und jetzt kannst du bestenfalls den Rest von uns wie Diener behandeln, und Falcio lässt dich dabei gewähren.«

Brastis Tonfall war unbeschwert, beinahe schon drollig, aber in seinem Blick fand ich einen tieferen Groll, als ich ihn je zuvor dort bemerkt hatte. »Lass es«, sagte ich. »Wir sind hier alle Verbündete, und es ...«

»Also das *glaubst* du?«, fragte die Schneiderin und starrte dabei noch immer auf ihre Arbeit. »Denn ich finde die Vorstellung interessant, dass ein ehemaliger Wilderer mit dem Hirn einer Erbse sich der Illusion hingibt, dass seine Ansichten auch nur die geringste Bedeutung haben. Du bist nichts weiter als ein missratener Bastard, Brasti Gutbogen. Du hängst dich an bessere Männer und hoffst, dass von diesen anderen beiden Narren irgendeine Art von Bedeutung auf dich abfärbt.«

»Schluss damit!«, rief ich. »Brasti ist einer von uns. Du wirst ihm den Respekt gewähren, den er verdient.«

Die Schneiderin hielt in ihrer Arbeit inne und sah mich wie einen frechen Welpen an, der sie ankläffte. »Man sollte glauben, dass Männer, die so oft dem Tod begegnet sind, auf der Hut vor ihm sind.«

»Da unterliegst du einem Irrtum«, meinte Kest.

Das leise Quietschen einer Tür unterbrach uns. »Was ist los?«, fragte eine Stimme aus der Schlafkammer.

In dem Spalt von Tür und Rahmen zeigte sich Alines Gesicht.

»Falcio«, sagte sie aufgeregt und verhalten zugleich. Sie stieß die Tür auf und kam unbeholfen auf mich zugelaufen. »Ich habe geschlafen«, sagte sie und schlang die Arme um mich.

»Es tut mir sehr leid, dich geweckt zu haben«, sagte ich und kniete mich nieder, um ihre Umarmung richtig erwidern zu können. »Wir haben ein Spiel gespielt.«

Aline trat einen halben Schritt zurück. »Habt ihr alle denn nichts Wichtigeres zu tun, als Spiele zu spielen?«

Mein Blick traf den der Schneiderin. »Weißt du was? Du hast völlig recht. Wir haben keine Zeit für alberne Spielchen.«

Die Alte gab ein kleines Kichern von sich und nickte mir dann kurz und energisch zu.

Ich richtete meine Aufmerksamkeit wieder auf Aline und verspürte wachsendes Entsetzen. Sie war schrecklich blass, beinahe schon aschfahl. Sie sah nicht aus, als hätte ich sie gerade geweckt – sie sah aus, als hätte sie seit Wochen keinen Schlaf mehr gefunden. Sie war etwas dünner als bei unserer letzten Begegnung, und ihre Augen wirkten eingefallen und mit dunklen Ringen versehen, die bei einem dreizehnjährigen Mädchen nichts verloren hatten. Sie fummelte an ihrem Haar herum, das dünn und brüchig aussah. Ihre Fingernägel waren abgekaut.

»Was schaust du so?«, fragte sie etwas indigniert.

Ich zwang mir ein Lächeln ab. »Ich sehe eine sehr ungekämmte junge Dame mit den schlaksigen Gliedmaßen ihres Vaters und einer Nase, die zu dünn und spitz ist, um einer wahren Königin zu gehören.«

»Du siehst auch nicht wie ein anständiger Greatcoat aus«, erwiderte sie, während sie unwillkürlich an ihre Nase fasste.

»Das ist wahr«, sagte ich und drückte sie wieder an mich.

»Aber wir sind alles, womit die Welt arbeiten kann, also müssen wir wohl unser Bestes tun, nicht wahr?«

Eine Sekunde lang drückte sie mich so fest sie konnte und ließ sofort wieder los. »Ich freue mich sehr, dich zu sehen, Falcio. Aber wenn es in Ordnung ist, schlafe ich noch einen Moment. Ich bin heute sehr müde.«

»Aber klar, Liebling.«

»Du weckst mich doch, bevor du gehst, ja?«

Wieder war ihre Hand mit den Haaren beschäftigt und zog unbewusst an einer verfilzten Strähne. Ich zog die Hand

dort weg.« Ich sehe nach dir, bevor ich gehe. Und jetzt ruh dich aus.«
Sie nickte, und es hatte den Anschein, als hätte sie das den Rest ihrer Energie gekostet. Müde schlich sie zurück in die Schlafkammer und zog die große Eichentür hinter sich zu.
Ich richtete meinen Blick auf die anderen. Vermutlich entsprach mein Gesichtsausdruck dem ihren.
»Man hat sie unter Rauschmittel gesetzt«, sagte Kest. Seine Stimme war ganz ruhig, klang aber trotzdem anklagend.
»Nur damit sie schlafen kann«, erwiderte die Schneiderin. »Oder es zumindest versuchen kann.«
Brasti sah aus, als wollte er gleich explodieren. »Was bei allen Höllen ist ...«
»Sei still«, sagte die Schneiderin. »Mach die Dinge nicht noch schlimmer, als sie ohnehin schon sind.«
Brasti ballte die Fäuste, und er schien sich unter Kontrolle zu bringen. Seine Stimme wurde zu einem Flüstern, das zwar leiser, aber keineswegs weniger wild war als zuvor. »Beim heiligen Zaghev, der für Tränen singt! Was ist mit ihr passiert?«
Ich teilte Brastis Furcht und seine Frustration. Aber ich kannte die Antwort bereits. »Der Krieg«, sagte ich. Ich wandte mich der Schneiderin zu. »Der Kampf in Domaris läuft schlecht, oder? Darum bist du hier.«
Die Schneiderin nickte.
»Wie lange noch?«, fragte Kest.
»Herzog Hadiermos Truppen stehen kurz vor der Vernichtung. Meine Greatcoats haben Trins Soldaten angegriffen, wo wir konnten. Aber jetzt versuchen wir nur noch, sie langsamer zu machen, und nicht mehr, sie zu besiegen. Domaris hält noch eine Woche durch, vielleicht auch zwei. Dann führt Trin ihre Truppen nach Süden zur Grenze von Rijou.«
»Was hat das mit Aline zu tun? Wurde sie verletzt?«, fragte Brasti.
»Nicht von einer Klinge.«

»Was hat sie dann? Sie spricht wie ein siebenjähriges Kind und nicht wie eine zukünftige Königin, die bald zur Frau wird.«
»Es ist Erschöpfung, du Narr«, erwiderte die Schneiderin. Ihre Stimme war so wütend und brüchig, dass mir klar wurde, dass auch sie die Last niederdrückte, Aline im Stich gelassen zu haben. »Sie ist ein Mädchen von dreizehn Jahren.«
»Aber es sind doch nur ein paar Wochen vergangen!« Brastis Stimme war fast ein Flehen, als würde er um eine bessere Antwort betteln.
»Es sind Monate«, sagte ich. »Alles fing in Rijou an, wo sie um ein Haar zusammen mit der Familie Tiaren lebendig verbrannt wäre, eine Familie, die sie für die ihre hielt. Da fanden wir sie und ergriffen sofort die Flucht. Wir wurden von jedem Mörder verfolgt, den diese Stadt bis zum Ende der Blutwoche auf uns hetzen konnte – und seien wir ehrlich. In Rijou hat es noch nie an Mördern gemangelt, oder?«
»Dann die Flucht vor Herzog Peraults Rittern«, fügte Kest mit abwesendem Blick hinzu. »Den ganzen Weg durch Pulnam.«
Ich erinnerte mich an meine Begegnung mit Perault, dem Herzog von Orison, und seiner kaum unterdrückten Freude bei der Vorstellung, sich mit Valiana und Aline vergnügen zu können.
Die Schneiderin kicherte. »Falls du dich dann besser fühlst, Falcio, wie sich herausstellte, war Perault als Trins Liebhaber nicht unterhaltsam genug. Sie ließ ihn von ihrem neuen Liebhaber umbringen, als er gerade seinen letzten Ritt auf ihr genoss.«
»Nichts davon hilft Aline«, sagte Kest.
Die Schneiderin griff wieder nach ihrer Näharbeit. »Das kann nichts. Unsere Aline ist ein gutes Mädchen. Ein tapferes Mädchen. Aber ihr Verstand ist nun einmal der eines dreizehnjährigen Kindes. Er erträgt nun einmal nur so viel, bevor er ...«

Eine schleichende Übelkeit stieg in meine Kehle. »Sie verliert vor Angst den Verstand.«

Die Schneiderin hielt den Blick fest auf ihre Arbeit gerichtet. »Aye, so kann man das auch ausdrücken.«

»Aber was tun wir dagegen?«, wollte Brasti wissen. Die Finger seiner rechten Hand zuckten, als wollten sie nach einem Pfeil greifen. »Wir verschwenden unsere Zeit mit diesem Krieg und der Politik, und in der Zwischenzeit geht das Mädchen, das wir eigentlich retten sollen, langsam vor die Hunde. Wie soll sie in diesem Zustand den Thron besteigen?«

Die Hände der Schneiderin stießen die Nadel energisch durch den Stoff – vor und zurück. Sie schwieg.

»Schneiderin, willst du uns damit sagen, dass es vorbei ist?«, fragte ich. »Besteht keine Hoffnung mehr, Aline auf den Thron zu setzen?«

Niemand sagte etwas, scheinbar für Minuten. Kest betrachtete das Zimmer, und sein Blick glitt von einer Wand zur anderen, als suchte er in der Maserung des Holzes nach einem Muster. Brastis Augen füllten sich mit Tränen der Frustration und der Trauer. Meine vermutlich auch.

»Es ist vorbei«, sagte die Schneiderin schließlich. Sie legte die Näharbeit auf den Fenstersims und stand auf. »Um deine Frage von vorhin zu beantworten, Dariana und Valiana sollten am späten Abend wieder da sein. Im Augenblick liefern sie einem Dutzend von Trins Männern eine Jagd in die Irre. Sie sind in Domaris auf unsere Spur gestoßen und uns durch Rijou gefolgt.«

»Warum nicht mehr?«, fragte Kest. »Warum nicht hundert oder auch tausend aussenden, um dich zu erwischen?«

»Jillard, der Herzog von Rijou, hat deutlich zu verstehen gegeben, dass er Trins Truppen den Marsch durch sein Herzogtum nicht gestattet, also kann sie nur so viele Männer ausschicken, wie sie über die Grenze schmuggeln kann.«

»Also hält er seinen Teil der Abmachung ein?«, fragte ich. »Er ehrt die Abmachung mit Aline?«

Die Schneiderin schnaubte. »Du solltest eigentlich besser als sonst jemand wissen, dass die Verwendung der Worte ›Ehre‹ und ›Rijou‹ im selben Satz so ist, als würde man einem Schaf Wolle geben und es bitten, dir einen Mantel zu stricken. Er macht einfach das, was der Rest von ihnen macht. Die Füße stillhalten, bis sie ihm einen Handel anbietet, mit dem er leben kann.«

»Und wenn sie es tut?«, fragte Kest.

Die Miene der Schneiderin veränderte sich nicht, aber unter der Oberfläche brodelte der Zorn. »Möge sich jeder Herzog von Tristia in seiner eigenen Hölle wiederfinden«, sagte sie dann. »Um mehr bitte ich die Götter im Augenblick nicht.«

»Wir haben das Dekret«, sagte Brasti. »Können wir damit nicht …?«

»Was?«, fragte ich. »Wäre nur Isault ermordet worden, dann hätte sein Ältester den Herzogthron bestiegen und wäre an das Dekret gebunden gewesen.«

Die Schneiderin kniff die Augen zusammen. »Was redest du da? Jemand hat Isault und Lucan ermordet?«

Die Tatsache, dass die Schneiderin dieses eine Mal offensichtlich nicht alles wusste, bereitete mir trotz allem eine stille Genugtuung.

»Nicht nur die beiden. Isaults ganze Familie wurde ermordet.«

»Bei allen Höllen!« Die Schneiderin starrte jedem von uns ins Gesicht, als wollte sie sehen, ob wir sie anlogen. »Wie ist das möglich? Waren sie mit Isault zusammen?«

Kest schüttelte den Kopf. »Sie befanden sich in ihren Zimmern, als der Attentäter kam.«

»Bei der heiligen Laina, die für die Götter hurt. Was für ein Schlamassel!« Die Schneiderin wandte sich mir zu. »Man erzählt sich, dass man eine Greatcoat in Isaults Thronsaal fand, in dem er ermordet wurde. Stimmt das?«

Ich nickte. »Dara.«

Der Ausdruck der Schneiderin wurde nachdenklich. »Warum bei allen Höllen war sie da?«

Diese Frage brannte schon lange ein Loch in mich hinein, aber ich war mir nicht sicher, ob ich auf die Antwort vorbereitet war. Aber dann fragte ich mich, ob das wirklich noch einen Unterschied machte. »Haben du und der König jemals darüber gesprochen, die Herzöge von den Greatcoats ermorden zu lassen?«

»Paelis hätte so etwas niemals gebilligt. Das weißt du.«

»Und was passiert jetzt?«, fragte Kest. »Wenn wir einen Krieg gegen Trin nicht gewinnen können, wie gehen wir dann vor?«

Die Schneiderin begab sich zu einer Stofftasche, die neben ihrer Näharbeit auf der Fensterbank stand. Sie holte drei kleine Beutel hervor und drückte jedem von uns einen in die Hand.

Ich öffnete ihn und entdeckte vermutlich mehr als dreißig Goldmünzen darin. »Was sollen wir damit machen?«

»Euch zur Ruhe setzen«, sagte sie.

»Ich verstehe nicht.«

»Reise nach Merisaw. Das ist kurz vor Rijou.«

»Warum sollte ich nach Merisaw reisen?«

»Weil *sie* dort ist«, erwiderte die Schneiderin. »Sie wartet auf dich.«

Brasti warf die Hände in die Luft und hätte beinahe seinen Beutel verloren. »Würde mir bitte jemand verraten, wovon ihr da redet?«

Das Antlitz einer Frau tauchte vor meinem inneren Auge auf; dunkles Haar umrahmte blasse Haut, blaue Augen umgaben winzige Fältchen, die man erst entdeckte, wenn man nahe genug war, um sie zu küssen. Ein Lächeln, das jeden Witz zu kennen schien, bevor man ihn erzählte. »Ethalia«, sagte ich. »Dort ist Ethalia.«

Die Schneiderin lächelte. »Sieh dir doch nur deinen idiotischen Gesichtsausdruck an, Falcio. In einer besseren Welt

würde ich das liebenswert finden, das schwöre ich. Nimm die Nebenstraßen und reite dorthin. In Merisaw nehmt ihr eine der Karawanen nach Süden bis nach Baern, dort besteigt ihr ein kleines Schiff. Verbringt eure Tage auf den Südinseln. Trin wird sich kaum für sie interessieren.«
»Warte«, sagte Brasti. »Was ist mit uns?«
»Mit dir? Nimm das Geld und lebe dein Leben. Da ist genug Gold, um dich mit Huren und Ale zu versorgen, bis du betrunken genug bist, um dich selbst mit einem Pfeil zu erschießen.«
»Ich habe weder für Huren noch für Ale Verwendung«, sagte Kest.
Die Schneiderin trat zu ihm und legte ihm die Hand auf die Wange. »Ach, Kest. Deine Liebe mag wohl die edelste Sache sein, die ich je gesehen habe. Mit Sicherheit aber die erbärmlichste.«
Bevor ich sie fragen konnte, was sie damit meinte, drängte sich mir eine wichtigere Frage auf. »Aline. Was ist mit ihr?«
»Aline kommt mit mir«, sagte sie. »Ich verstecke sie. Trin wird das Land in Chaos und Bürgerkrieg treiben, was vermutlich das Beste sein wird.« Ich wollte widersprechen, aber sie hielt nur die Hand hoch. »Tristia kann nicht gerettet werden, nicht in diesem Zustand und nicht solange Aline zu jung ist, um auf dem Thron zu überleben. Trin wird die Macht ergreifen und die Dinge noch mehr ruinieren, und bald darauf wird sie von der Spitze einer Pike auf ihren kopflosen Körper herunterstarren. Vermutlich fallen die Herzöge direkt an ihrer Seite, und das Land wird für einen geistig gesunden Monarchen bereit sein. Bis zu diesem Tag muss Aline beschützt werden.«
Ich dachte zurück an meine Unterhaltung mit Aline oben auf dem kleinen Hügel am Rand des Dorfes in Pulnam, wo alles begonnen hatte. »Sie kommt mit mir.«
Die Augen der Schneiderin waren so flach und hart wie schwarze Kiesel. »Nein. Tut sie nicht.«

»Ich habe sie in Rijou beschützt. Das hier ist einfacher. Ich kann ...«

»In Rijou lagst du nicht im Sterben«, sagte die Schneiderin leise.

»Wovon sprichst du da?«, wollte Brasti wissen.

»Du hast es ihnen nicht gesagt?«

Kest und Brasti sahen mich an, hatten offensichtlich einen Verdacht, ohne sich aber sicher zu sein. Sie wussten, dass ich durch das Neatha litt, aber ich hatte meine Spekulationen darüber, wohin die Lähmung führen würde, für mich behalten. Vielleicht weil ich noch immer hoffte, dass es irgendeine Heilung gab. Jetzt konnte ich nur noch daran denken, wie viele Tage die Reise von Pertine nach Merisaw und dann weiter zu den Südinseln in Anspruch nehmen würde. »Wie lange habe ich noch?«

Die Schneiderin sah mich voller Trauer und Mitleid an, aber ihr Blick war so hart wie immer. »Wenn du jetzt aufbrichst, wirst du vermutlich noch einen Sonnenuntergang auf den Südinseln erleben.«

»Also ist es vorbei, einfach so?«, fragte Brasti. »Alles, was wir getan haben, wovon der König sprach ... es ist vorbei? Wir fliehen nicht oder kämpfen oder fällen Urteile? Wir gehen einfach ...«

»Für euch ist es vorbei. Das ist alles. Die Welt wird sich weiterdrehen. Aline wird überleben, dafür sorge ich schon. Aber ihr drei habt genug getan. Lebt eure Tage mit dem Glück, das ihr in dieser korrupten und zerbrochenen Welt finden könnt.« Sie legte Brasti die Hand auf die Brust, eine sanfte Geste, die ich nicht verstand, kam sie doch von der Schneiderin. »Dies war nie ein Land für Helden. Der kommende Krieg wird für euch keinen Platz haben.«

Ich gesellte mich zu Kest und Brasti. Irgendwie fiel immer alles auf uns drei zurück. Selbst wenn wir getrennt reisten, wussten wir immer, dass wir wieder zusammenkommen würden. Fast fünfzehn Jahre lang waren wir der Pfeil und die

Klinge und das Herz des Traums des Königs gewesen. Jetzt sagte uns die Schneiderin, dass wir erledigt waren, dass alles, wofür wir gekämpft hatten, sich in nichts auflösen würde, dass der Weg der Greatcoats nur ein Traum gewesen war, der bald in Vergessenheit geraten würde. Man befahl uns, dem Kampf den Rücken zuzukehren. Wortlos blickten Kest, Brasti und ich uns an, und nach einem Moment nickte jeder von uns. Es war, als würden sich unsere Gedanken für einen kurzen Augenblick lang miteinander verbinden, damit wir eine unausweichliche Wahrheit teilten. Wir umarmten uns nicht oder fassten uns bei den Händen. Wir sagten und taten auch nichts, denn egal, was wir hätten tun können, es hätte sich nur wie eine Schmierenkomödie angefühlt.

»Nun gut«, sagte die Schneiderin. Sie ging zur Tür der Schlafkammer und öffnete sie leise, dann trat sie ein. Ich hörte, wie sie Aline sanft weckte und ihre Sachen zusammensuchte. Als die beiden zurückkehrten, hockte ich mich unbehaglich auf den Rand der Bank, damit die Tochter des Königs müde den Kopf auf meine Schulter legen konnte.

»Die Schneiderin sagt, wir gehen, aber du kannst uns jetzt nicht begleiten. Begibst du dich auf eine Mission?«

In diesem Moment wurde mir klar, dass ich Aline noch nie zuvor angelogen hatte. »Ja«, sagte ich. »Es ist eine sehr wichtige Mission. Ich würde dir ja alles darüber erzählen, aber es ist ein Geheimnis, und außer Kest, Brasti und mir weiß niemand darüber Bescheid.«

Sie kicherte kurz, dann sagte sie: »Du bist ein so schlechter Lügner, Falcio.«

»Darum lüge ich dich auch nie an«, erwiderte ich. »Außerdem würde mir Ungeheuer dann die Hand abbeißen.«

Alines Augen füllten sich mit Tränen. »Ich musste Ungeheuer fortschicken, Falcio. Sie hat sich ständig völlig verrückt verhalten. Sie hat sogar versucht, mich zu beißen. Sie ist weg.«

»Das tut mir leid.« Ich zog Aline an mich und blickte die

Schneiderin über ihre Schulter an. Ihr Gesichtsausdruck bestätigte, was ich bereits vermutet hatte. Ungeheuer hätte versucht, jeden zu töten, der Aline schaden wollte. Aber wie konnte sie etwas so Hinterhältiges wie das bekämpfen, was jetzt mit ihr geschah? *Ich bete nicht oft, du verrückte Bestie, aber ich bete dafür, dass du deinen Frieden findest. Dan'ha vath fallatu. Ich gehöre zu deiner Herde.*

Die Hand der Schneiderin legte sich auf Alines Schulter und zog sie sanft fort. »Es ist Zeit, dass wir gehen, meine Süße.«

Aline sah mich einen Moment lang an. »Ich werde jetzt lächeln«, sagte sie. »Du wirst auch lächeln, dann schließen wir beide die Augen und halten sie geschlossen, bis ich fort bin. So werden wir uns immer auf diese Weise aneinander erinnern.«

»Ich ... einverstanden, Aline. So machen wir das.« Sie nickte, dann lächelte sie mich an, und es war, als würde die ganze Welt hell erstrahlen. Zumindest für einen Moment. Ich hielt die Augen fest geschlossen und hörte einen Augenblick später Alines leichte Schritte neben denen der Schneiderin. Ich blieb, wo ich war, hockte auf dem Rand der Bank und hörte zu, wie sie das Zimmer verließen und durch den Korridor gingen, die Treppe hinunter und dann ganz leise durch die Tür des Gasthauses und aus meinem Leben.

Schließlich fühlte ich Kests Arm um meine Schultern, der mich auf die Beine zog.

Wir blickten uns an, unsicher, ob wir etwas sagen sollten oder nicht. Brasti brach das Schweigen als Erster. »Also«, sagte er. »Was glaubt ihr, hat die Schneiderin das gefressen?«

18

EIN LETZTER BECHER

An diesem Abend suchten Kest und ich uns einen Tisch in der Nähe der Tür des erstaunlich großen Gemeinschaftsraums des *Gasthaus zum Roten Hammer*. Ein Feuer in der Mitte erhellte eine kleine Bühne und verbreitete Wärme unter den zwei Dutzend Männern und Frauen, die kaum ein Viertel der Tische und Bänke beanspruchten.

Brasti kehrte mit drei Bechern Ale von der Theke zurück. Er musterte jeden von uns sorgfältig und achtete darauf, dass ich den größten Becher erhielt. »Es tut mir leid, dass du stirbst, Falcio.«

»Danke«, sagte ich und griff seltsam bewegt von der Geste nach dem Becher.

»Du wirst doch nicht alles von deinem Geld brauchen, oder? Ich meine, so wie die Dinge nun einmal stehen?«

Kest hob eine Braue. »Willst du wirklich Falcios Krankheit dazu benutzen, ihm sein Geld abzuschwatzen?«

»Moment mal, ich ...«

Ich kicherte. »Er gab mir den größeren Becher, Kest.«

»Das stimmt«, sagte Brasti würdevoll. »Das habe ich.«

Ich nahm einen großen Schluck. Das Ale war gut, der Raum war warm, und ich saß mit den beiden Männern zusammen, die ich am meisten auf der Welt liebte. Niemand versuchte mich gerade umzubringen. Ich fühlte mich auf absurde Weise glücklich.

Brasti wollte etwas sagen, aber Kest, der mich nicht aus den Augen ließ, hob die Hand, um ihn daran zu hindern. Brasti lehnte sich auf seinem Stuhl zurück und trank sein Ale, und wir drei saßen schweigend zusammen. Der Gedanke, dass Aline jetzt glaubte, ich würde sie für immer verlassen, versetzte mir einen Stich der Schuld. *Wenigstens habe ich sie nicht angelogen,* dachte ich. Und die Schneiderin hatte ich auch nicht angelogen – jedenfalls nicht richtig.

Ich verstand, warum uns die Schneiderin aus dem Weg haben wollte. Es hätte alles für sie einfacher gemacht, genau wie für Aline, vermutlich sogar für jeden. Wenn sie sich verbargen, um abzuwarten, wie die Welt unter Trins kapriziöser Herrschaft zerbrach, würde es vermutlich nicht hilfreich sein, dass Kest, Brasti und ich das Land bei dem Versuch heimsuchten, genau das zu verhindern. Ich kannte ihre Argumentation, ich verstand ihre Logik. Aber sie war mir einfach egal.

Einst hatte es einen genauso brillanten wie närrischen Mann gegeben, der die Dunkelheit dieses Landes erkannt und von etwas Hellerem geträumt hatte. Und obwohl man ihn ermordet und seine Arbeit zerschlagen hatte, hatten sich kleine Splitter seines Traums in Kests, Brastis und meinem Inneren eingegraben. Das teilten wir – auf unsere getrennte und manchmal unvereinbare Weise.

Aber da gab es noch etwas, das wir drei teilten: den Glauben, dass es Kämpfe gab, denen man nicht den Rücken zuwandte, ganz egal, wie hoch der Preis dafür auch war. Darum hatte ich in dem Augenblick, in dem uns die Schneiderin angeboten hatte, uns aus unserer Pflicht zu entlassen, auch gewusst, dass das keiner von uns annehmen würde. Wir hatten in diesem Zimmer gestanden und einander angeblickt, und ohne es laut aussprechen zu müssen, hatten wir ein einziges stummes Versprechen geteilt. Wenn die Welt auseinanderfällt, gehen wir mit ihr zusammen unter. Kämpfend.

Darum war ich in dem Gemeinschaftsraum dieses kleinen

dreckigen Gasthauses an der Grenze von drei Herzogtümern auch einen kleinen Moment lang glücklich.

Die Priester lehren uns, dass Stolz eine schlechte Sache ist – eine Schwäche. Eine Eitelkeit, die Menschen dazu bringt, ihre natürliche Demut zu vergessen. Die Priester behaupten, dass wir Zufriedenheit nur dann erringen, wenn wir unseren Platz als Diener der uns übergeordneten Mächte der Welt akzeptieren. Stolz, sagen sie uns, ist das Tor, das zwischen uns und den Göttern steht. *Scheiß auf die Priester*, dachte ich. *Ich klammere mich so lange an den Stolz, wie ich kann.*

Ich erreichte den Grund meines Bechers und stellte ihn auf dem Tisch ab. Brasti sah zuerst mich und dann Kest an, als wartete er auf die Erlaubnis zu sprechen. Als Kest die Augen verdrehte, warf ihm Brasti einen finsteren Blick zu. Dann wandte er sich an mich. »Wie sieht der Plan jetzt aus?«

»Luth«, sagte ich. »Wir übernachten hier, aber morgen früh reisen wir nach Luth.«

»Luth? Was gibt es in Luth?«

»Zwei Dinge. Erstens, ganz egal, was die Schneiderin glaubt, es ist durchaus immer noch möglich, dass Herzog Roset sich einverstanden erklärt, Aline zu unterstützen, um Trin vom Thron fernzuhalten.«

»Aber Aline versucht nicht länger, den Thron zu erringen.«

»Aber das weiß Roset nicht«, sagte Kest.

Brasti grinste. »Ich bin immer dabei, wenn es darum geht, einen Herzog reinzulegen. Und der zweite Grund?«

»Roset und Isault waren oft Feinde«, sagte ich und erinnerte mich wieder an Shurans Worte in Carefal und dann wieder im herzoglichen Palast, dass es in den vergangenen Jahren einige Grenzkonflikte zwischen Aramor und Luth gegeben hatte.

Kest erschien misstrauisch. »Glaubst du wirklich, er würde so weit gehen, um Isault *und* seiner Familie einen Attentäter auf den Hals zu hetzen?«

»Vielleicht. Aber er wird mit Sicherheit wissen, welche Feinde der Herzog sonst noch hatte. Wie dem auch sei, falls es Grund zu der Annahme gäbe, dass er einen Herzog und seine Familie ermorden ließ, hätte er beim nächsten Herzogsrat ein großes Problem.«

»Du glaubst, du kannst ihn dazu drängen, Aline zu unterstützen? Und wenn er zu dem Schluss kommt, dass er sich mit Trins Aufstieg keine Sorgen wegen des Herzogsrats machen muss, und es darauf ankommen lässt?«

»Dann müssen wir vermutlich flüchten. Und zwar schnell.«

Brasti lachte. »Also deine Strategie besteht darin, nach Luth zu reisen, einen Herzog zu erpressen, und falls das nicht funktioniert, ganz schnell zu rennen.« Er wandte sich Kest zu. »Und die Leute halten ihn noch immer für den Schlauen.«

Kest erwiderte nichts. Sein Blick konzentrierte sich auf den Raum hinter uns. Ich kehrte der Tür den Rücken zu, also fühlte ich zuerst die Zugluft und hörte dann die Schritte eines Mannes und einer Frau, die das Gasthaus betraten.

»Das ist merkwürdig«, sagte Kest.

Ich drehte mich nach den neuen Gästen um. Der Mann war jung und sah gut aus, hatte dunkles Haar und einen kurzen Bart. Die stämmige und reizlose Frau trug einen braunen Gitarrenkoffer.

»Beim heiligen Gan, der mit Würfeln lacht«, sagte Brasti. »Wie stehen wohl die Chancen, dass die beiden hier und jetzt auftauchen?«

Der Mann bemerkte unsere Blicke, lächelte nichtssagend und nickte, als könnte er sich nicht erinnern, wo er uns schon einmal gesehen hatte. Dann fiel mir wieder ein, dass wir im *Gasthaus am Ende der Welt*, wo er aufgetreten war, in den Schatten gesessen hatten, also waren wir ihm vermutlich gar nicht aufgefallen.

Die Troubadoure begaben sich zur Bühne. Die Frau legte den Gitarrenkoffer auf einen leeren Stuhl, dann öffnete sie ihn vorsichtig und schob den Stuhl ein Stück näher ans Feuer, um ihn zu erwärmen.

Eine Schankmagd kam und stellte drei Schüsseln mit Eintopf vor uns ab. »Das kostet je einen Hirsch«, sagte sie. »Soll ich euch noch mehr Ale bringen?«

»Wir haben nichts zu essen bestellt«, sagte Kest.

»Bleibt man zur Vorstellung, muss man was essen.«

Ich griff in die Tasche und grub die restlichen Hirsche heraus, die ich noch hatte, denn ich wollte in einem Gemeinschaftsraum keine Goldmünzen vorzeigen. Ich gab ihr vier Münzen. »Das ist für die drei Mahlzeiten und für jeden noch zwei Ale.« Als sie nach dem Geld griff, legte ich meine Hand darauf. »Wie oft treten die beiden hier auf?«

»Nun ja, ich würde sagen, jeden Monat, manchmal auch alle zwei. Wie die meisten Troubadoure haben sie die gleiche Route durch die südlichen Herzogtümer.«

»Wann waren sie das letzte Mal hier?«, fragte Kest.

Die Magd schaute nach oben, als stünde die Antwort an der Decke. »Etwa vor ... vor ein paar Wochen, jetzt, wo ich darüber nachdenke.«

»Wie heißen sie?«

»Woher soll ich das wissen? Es sind einfach nur Troubadoure. Sie kommen, sie treten auf, der Mann trinkt zu viel und versucht mich ins Bett zu zerren, dann verschwinden sie wieder.« Sie zog meine Hand von den Münzen und steckte sie ein.

»Und wie oft hat er Erfolg?«, fragte Brasti.

Die Magd lächelte durchtrieben. »Das würdest du wohl gern wissen.«

Brasti erwiderte ihr Lächeln, und sie ging zurück zur Theke. Ihre augenblickliche, wenn auch größtenteils künstliche Intimität störte mich irgendwie. Ethalia befand sich keine fünf Tagesritte von hier entfernt in Merisaw. Wartete sie auf mich? Glaubte sie, dass ich nun jeden Tag einträfe und sie holen würde, damit wir beide dann ... Nein, diesen Gedanken ließ ich besser hinter mir. Wenn es in dieser Welt auch nur einen Funken Gerechtigkeit gab, würde sie mich schnell vergessen.

»Sie fangen gleich an«, sagte Kest.

Ich richtete meine Aufmerksamkeit wieder auf die Bühne, als die Gitarristin anfing zu spielen. Wieder staunte ich über die Weise, auf die sie den Akkorden und dem Rhythmus der Musik kleine Melodien entlockte. Die Gäste waren noch immer größtenteils auf ihre Mahlzeiten und ihre Getränke konzentriert, und der Geschichtenerzähler ging auf der kleinen Bühne auf und ab und streckte Arme und Hals, als würde er gleich einen Boxkampf beginnen.

Wieder verspürte ich einen kühlen Luftzug, als sich der Eingang des Gasthauses wieder öffnete. Einen Augenblick später ertönte eine weibliche Stimme. »Bei allen Höllen, sagt mir, dass ich nicht die letzten drei Tage ohne eine warme Mahlzeit im Bauch durch die Gegend galoppiert bin, nur um mir wieder diesen Narren anhören zu müssen.«

Ich drehte mich um. Dariana stand hinter mir auf der Schwelle.

»Und da wir gerade von Narren sprechen«, fuhr sie mit einem Lächeln fort.

»Geh endlich weiter, Dariana, mir wird kalt«, sagte eine andere Stimme, dann drängte sich Valiana an ihr vorbei.

Beide Frauen sahen von der Reise erschöpft aus, ihre Mäntel wie auch ihre Gesichter waren voller Staub. Valianas langes dunkles Haar war nach hinten gebunden, aber einige Strähnen fielen ihr ins Gesicht. Darianas kürzeres rotbraunes Haar sah aus, als stünde sie mitten in einem starken Wind. Ihre Kleidung war zerknittert, und Darianas Hemd war vom Hals bis zur Mitte ihrer Brust zerrissen. »Siehst du auch genug?«, fragte sie, den Blick auf Brasti gerichtet.

»Ich suche nur nach Verletzungen«, antwortete er.

Die beiden holten sich Stühle, um sich zu uns an den Tisch zu setzen. Der Troubadour erzählte wieder seine verdammte

Geschichte und sprach meinen Namen dabei wieder falsch aus, was noch die geringste seiner Fehlinterpretationen war. Ich drehte mich um und sah, dass sich Valiana zwischen mich und Kest gesetzt hatte. Aus irgendeinem Grund umarmte ich sie und kam mir sofort wie ein Narr vor.

»Siehst du?«, sagte Dariana. »Papa Falcio hat dich vermisst.«

Valiana lächelte unbehaglich.

Auf der Bühne fuhr der Troubadour mit seiner Geschichte fort, und seine Stimme verschmolz mit der Gitarrenmusik.

»Igitt«, sagte Dariana. Sie stupste Brasti an die Schulter. »Ale, bitte.« Er sah sie ärgerlich an. Dariana erwiderte den Blick, und da Brasti entweder erkannte, dass sich ein Streit deswegen nicht lohnte, oder er einfach selbst noch durstig war, begab er sich zur Theke.

»Wo wart ihr?«, wollte Kest wissen.

»Wo waren wir nicht?«, erwiderte sie und blinzelte Valiana zu. »In den letzten beiden Tagen haben wir die Grenzen von Aramor, Pertine und sogar Rijou gesehen. Wir haben uns so oft gedreht, dass wir bestimmt ein paar von Herzogin Trins Männern seekrank gemacht haben.«

»Und?«, fragte Kest.

»Die, die wir nicht abgeschüttelt haben, haben wir natürlich getötet.«

Ich sah Valiana an. Sie grinste breit. »Dariana war erstaunlich! Sie hat ihnen weisgemacht, wir hätten uns getrennt, woraufhin sie sich getrennt haben. Es ist ihr gelungen, eine Gruppe beinahe in einen siebzig Fuß tiefen Graben zu führen. Dann ...«

»Verrate nicht alle meine Geheimnisse, mein hübsches Vögelchen«, sagte Dariana. Brasti kehrte mit dem Ale zurück. Sie nahm den Becher und trank einen großen Schluck, ohne ihn dabei aus den Augen zu lassen.

»Was?«, fragte er.

»Weißt du, vielleicht liegt es ja nur am mangelnden Schlaf

oder dass ich nichts Vernünftiges gegessen habe, aber du siehst nicht halb so hässlich aus, wie ich in Erinnerung habe. Vielleicht ist es Zeit, dass ich es mit dir versuche. Todesgefahr zu überleben macht mich immer ...«

»Ich glaube, du hast da Blut am Kinn«, sagte Brasti. Ihm schien leicht übel zu sein. »Und an deinem Hals ist etwas ... das sieht irgendwie fleischig aus.«

Dariana wischte mit der Hand darüber und hielt sie sich vors Gesicht. »Hm, ich frage mich, wo das herkommt. Egal, sicher braucht er es nicht mehr.«

Ich erwartete, dass sich auf Valianas Gesicht Entsetzen und Abscheu zeigten, aber stattdessen war dort nur eine Art grimmige Zufriedenheit zu sehen. »Was denn?«, fragte sie. »Sie kamen in der Hoffnung, Aline ermorden zu können.«

Dariana klopfte Valiana auf die Schulter. »Das hübsche Vögelchen hier hat drei von ihnen ganz allein erledigt. Natürlich nicht gleichzeitig.«

»Ich werde besser.« Valiana hatte den Kopf aufgerichtet und die Brust herausgestreckt. Dann sah sie mich an, und ihre Miene wurde weicher. »Die Schneiderin hat uns gesagt ... nun, sie hat uns alles gesagt.«

Ich suchte verzweifelt nach Worten, nicht sicher, ob sie spöttisch oder ehrlich sein sollten. Glücklicherweise sprach Brasti für mich. Er entschied sich für *spöttisch*. »Immerhin gibt es nicht nur schlechte Neuigkeiten. Es wird euch freuen zu hören, dass Trin Herzog Perault als Geliebten fallen gelassen hat und er jetzt tot ist, also gleichen sich die Dinge irgendwie aus.«

Valiana sah weder wie von Brasti beabsichtigt amüsiert noch erleichtert aus, wie ich vielleicht erwartet hätte. Sie kniff die Augen zusammen, als hielte sie das für eine Lüge. »Warum sollte sie ihre Liaison mit Perault beenden?«

»Langeweile?«, schlug Kest vor.

»Wen kümmert das?«, erwiderte Brasti. »Wer weiß schon, warum diese Verrückte etwas tut?«

»Trin ist nicht verrückt«, sagte Valiana. »Und egal, was ihr auch denkt, sie ist auch nicht eitel oder kleinlich.« Sie blickte uns nacheinander an. »Ihr alle redet über sie, als wäre sie irgendeine lüsterne Wahnsinnige. Das ist sie nicht. Sie ist arglistig und böse und berechnend, aber sie ist nicht dumm. Patriana brachte uns bei, jede Begegnung und jede Liaison als Werkzeug zu benutzen, um unsere Position in der Welt zu verbessern. Trin ließ Perault in ihr Bett, weil sie seine Armee haben wollte. Und jetzt sagt ihr, er sei tot? Das wird es ihr nur viel schwerer machen, seine Generäle unter Kontrolle zu halten.«

»Warum hat sie es dann getan?«, fragte Dariana.

Valianas Ausdruck wurde nervös. »Ich weiß es nicht. Aber wenn sie einen neuen Liebhaber hat, dann weil er etwas besitzt, das sie haben will. Etwas Nützlicheres als Peraults Armee.«

Brasti blickte in sein Ale. »Eine schöne Weise, einem ansonsten angenehmen Abend die Wärme zu nehmen.«

»Das ist ein Problem für den nächsten Tag«, sagte ich. *Bei allen Heiligen! Mehr Geheimnisse. Mehr Täuschungen.*

Die Musik verklang, und der Troubadour kam mit seiner Geschichte zum Ende. Wieder zeigte er die Münze des Geschworenen. Wo hatte er diese Münze her? Ich wandte mich wieder Dariana und Valiana zu und fing an, in Gedanken eine simple Geschichte zu formulieren, um sie glauben zu machen, wir hätten die Befehle der Schneiderin akzeptiert. Aber dann lehnte ich mich auf meinem Stuhl zurück und betrachtete diese beiden verstörenden jungen Frauen. Sie waren mutig und fähig, außerdem hatten sie mir keinen Grund gegeben, an ihnen zu zweifeln. Wie oft hatte ich die Schneiderin für ihre Täuschungen und Ausflüchte verflucht? Ich war die ganzen Lügen und Manipulationen so leid, und unser Vorhaben würde zu fünft so viel einfacher sein als zu dritt.

Ich fing Kests Blick ein, dann Brastis. Beide nickten zustimmend. *Bei der heiligen Olaria, die die Wolken trägt, wir drei sind wirklich zu einem alten Ehepaar geworden. Es dauert nicht mehr lange, dann vollendet einer die Sätze der anderen.* »Die Schneiderin glaubt, der Krieg sei vorbei«, sagte ich. »Sie hält jeden weiteren Kampf für sinnlos. Jeden Versuch, das Land zu retten, bevor es in Chaos und Bürgerkrieg versinkt. Wir drei wollen ihr zeigen, dass sie sich da irrt.«

Dariana stellte ihren Becher ab. »Du willst der Schneiderin nicht gehorchen?«

Ich wusste nicht, was Dariana eigentlich mit der Schneiderin verband oder wie stark ihre Loyalität war. Eigentlich wusste ich gar nichts über diese Frau. Sie konnte alles Mögliche sein. Selbst die verfluchte Tochter der Schneiderin. Die Magd kam mit den nächsten Bechern, die wir bereits bezahlt hatten. Ich wartete, bis sie wieder verschwunden war. »Ja«, sagte ich dann. »Ich werde der Schneiderin nicht gehorchen. Und ich will, dass ihr auch so handelt.«

Ein kurzes Schweigen trat ein, dann nahm Valiana einen der Becher. »Ich folge dem Ersten Kantor«, sagte sie. »Auf die Greatcoats.«

Kest nahm seinen Becher und hob ihn. »Auf die Greatcoats.«

Brasti tat es ihm nach. Dariana schnaubte. »Zu allen Höllen mit euren Greatcoats«, sagte sie, nahm aber trotzdem einen Becher und hob ihn. »Hört sich so an, als würde es bei euch mehr Verstümmelungen und Duelle geben. Ich bin dabei.«

Nun, dachte ich, das wird reichen müssen. Ich hob meinen Becher. »Auf Verstümmelungen und Duelle.«

Und die Tür des Gasthauses wurde aufgestoßen, und sämtliche Variationen der Höllen brachen aus.

Das erste Anzeichen, dass wir in Schwierigkeiten steckten, waren Brastis große Augen, als er auf etwas hinter mir starrte. Ich wollte mich umdrehen, aber er griff quer über den Tisch, packte mein Haar und riss meinen Kopf nach unten. Ich konnte ihn gerade noch rechtzeitig drehen, bevor mein

Gesicht mit der linken Wange auf die Tischplatte knallte. Dabei konnte ich lediglich sehen, wie Kest in die Höhe schoss und dabei das Schwert zog. Die Klinge sauste in einem glatten Bogen auf mich zu. Ein plötzlicher Luftzug verriet mir, dass sie an meiner anderen Wange vorbei über meinen Körper pfiff und gegen etwas Metallisches hinter mir prallte. Brasti ließ meinen Kopf los, krallte beide Hände in den Rücken meines Mantels und zerrte mich über den Tisch. Ich stieß gegen ihn, und mein Gewicht ließ uns beide zu Boden gehen.

»Was bei allen Höllen soll das?«, stieß ich hervor.

»Ich rette dein Leben«, antwortete er.

Schreie und Rufe der Gäste vermengten sich mit dem Missklang schwerer Stiefel und blankgezogener Klingen. Seltsamerweise fiel mir auf, dass die Gitarristin noch immer spielte.

»Hättest du mich nicht einfach warnen können?«

Brastis Blick glitt zu etwas über mir. »Keine Zeit!« Er stieß mich so hart von sich, dass ich nach rechts rollte. Wo sich noch einen Augenblick zuvor unsere Hälse befunden hatten, grub sich eine Axt in den Boden. Brasti stand bereits auf den Füßen und zog das Schwert, bevor ich mich auf die Knie aufgerichtet hatte.

»Sitz nicht faul rum«, sagte er. Mit diesen Worten sprang er über unseren umgestürzten Tisch mitten ins Getümmel.

Ich brauchte einen Moment, um mich zu orientieren. Im Gemeinschaftsraum des Gasthauses standen nun über ein Dutzend Männer in Rüstungen. Die meisten trugen Schwerter, ein paar hatten auch Äxte – wie der Mann, der versucht hatte, mich zu erledigen. Er hatte mich zuerst angegriffen. War ich das Ziel? Aber nein, von seiner Position aus hätte er mein Gesicht nicht sehen können. Vermutlich hatte er einfach irgendeinen von uns töten wollen, bevor wir überhaupt merkten, wie uns geschah.

»Nun mach schon, Falcio!«, rief Brasti.

Ich zog beide Rapiere und blickte mich um, um zu sehen, wer meine Hilfe brauchte. Valiana und Dari kämpften Seite an Seite, ihre Klingen stießen und hieben in einem gemeinsamen Rhythmus, der die Männer vor ihnen daran hinderte, einen Treffer zu landen. Stumm dankte ich Dariana, dass sie ihre Schülerin so gut unterrichtet hatte. Kest hatte sich mitten ins Getümmel gedrängt und kämpfte in einem Stil, dem Brasti den Namen *Sorendito* verliehen hatte, ein altes pertinisches Wort für einen ziemlich schmutzigen Akt, der in den meisten Bordellen als Extra abgerechnet wird und für den man drei Partner und ... egal. Kest stieß unablässig vor und zurück, stach mit der Klingenspitze nach dem Bauch des Gegners und schlug dem Mann, der versuchte, sich hinter ihn zu setzen, den Schwertknauf sofort ins Gesicht. Brasti teilte wilde Hiebe aus und versuchte zu verhindern, dass zwei Gegner mit längeren Schwertern ihn gegen eine Wand drängten.

Ich entdeckte eine Lücke im Panzer an der Kniekehle eines seiner Gegner und stach mein rechtes Rapier in Muskeln und Knochen. Aufschreiend fuhr der Mann herum, und sein offener Mund bot eine weitere Öffnung, in die ich mein zweites Rapier stieß. Sein Kamerad hatte sich gerade Brastis Klinge mit der gepanzerten Hand geschnappt und hielt sie eisern fest, während er das Schwert hob, um nach meinem Kopf auszuholen. Das wäre vielleicht eine gute Idee gewesen, aber Brasti ließ seine Waffe einfach los, glitt hinter den Rücken des Mannes und zerrte ihn an seinem Helm ruckartig nach hinten. Der Mann krachte auf den Rücken. Brasti hob den Fuß und rammte ihm die Ferse ins Gesicht. Ein ekelhaftes Krachen ertönte.

Brasti bückte sich und hob sein Schwert auf. »Ich hatte keine Probleme.«

»Fünfzehn Jahre, und du fuchtelst noch immer wild mit dem Schwert in der Luft herum wie ein Amateur.«

»Das ist ein verfluchtes Schwert, Falcio. Was soll man schon sonst damit machen als wild herumzufuchteln?«

»Wo ist dein Bogen?«

Er zeigte quer durch den Raum zu der Stelle, an der sein Reiterbogen zusammen mit seinem Köcher direkt neben der offenen Tür zu den hinteren Räumen des Gasthauses hing. Ein paar unserer Angreifer waren im Weg und standen wie Narren herum, die auf die Gelegenheit warteten, sich Kest, Valiana und Dariana zu schnappen, die nun gemeinsam Rücken an Rücken kämpften.

»Ich hole sie mir«, sagte Brasti. »Bin gleich wieder da.«

»Der Gemeinschaftsraum ist zu groß«, erwiderte ich. »Das ist zu ihren Gunsten.« Ich eilte auf den Ausgang zu, dicht gefolgt von Brasti. Wir kämpften uns durch die drei Männer, die den Weg zur hinteren Tür blockierten. »Ihr alle! Hier drüben!«, rief ich den anderen zu. Kest schaute kaum zwischen zwei Stößen gegen einen seiner beiden Gegner auf. Er nickte nur knapp und gab Dariana und Valiana ein Zeichen. Sie bahnten sich einen Weg vorbei an umgestürzten Stühlen und Tischen, bis wir uns alle auf derselben Seite des Raumes befanden. »Durch die Tür!«

Es war ein ganz einfacher Plan. Befanden wir uns auf der einen Seite der dicken Tür und unsere Angreifer auf der anderen, würden sie uns nur einer nach dem anderen angreifen können. Dann konnte sich Kest an die Spitze setzen, und der Rest von uns hätte genauso gut ein Nickerchen machen können. Wir hatten die Tür fast erreicht, als sich der Fehler in meinem Plan zeigte. Tyne, der junge Gastwirt, knallte die Tür mit blankem Entsetzen im Gesicht von der anderen Seite zu. Ich versuchte sie in dem Moment aufzustoßen, in dem er die lange Stahlstange an Ort und Stelle wuchtete, mit der der Gemeinschaftsraum nachts verschlossen wurde. Die konnten wir unmöglich aufbrechen.

Jetzt saßen wir auf der falschen Seite in der Falle, während ein weiteres Dutzend Männer durch den Schenkeneingang in den Raum strömten. Wir hatten bereits ein paar Angreifer getötet, aber ich zählte jetzt siebzehn Gegner, die sich vor uns in einer Reihe aufbauten. Drei von ihnen trugen die Kleidung von Reisenden, aber darunter konnte ich das Funkeln von Rüstungen sehen. Ritter konnten nie widerstehen, ihre verfluchten Eisenplatten zu polieren, bis sie wie die Sonne glänzten, was ja schön und gut war, wenn man eine unschuldige junge Dame beeindrucken wollte, aber es war nicht gerade förderlich, wenn man in verdeckter Mission unterwegs war. Der Rest unserer Angreifer trug die gelben und silbernen Wappenmäntel von Luth. Größtenteils handelte es sich um reguläre Soldaten, aber ich zählte vier Ritter unter ihnen. Einer von ihnen hatte zwei Sterne auf dem Mantel, was ihn als Hauptmann auswies. »Legt eure Waffen nieder«, sagte er in einer hellen Tenorstimme, bei der ich mich unwillkürlich fragte, ob er nicht einen besseren Sänger als der Troubadour abgegeben hätte, der jetzt am anderen Ende des Raumes sein Bestes versuchte, sich mit dem Rücken durch die Wand zu quetschen. Die meisten der Gäste verbargen sich entweder unter Tischen oder hatten es geschafft, rechtzeitig durch die Hintertür zu verschwinden. Die Gitarrenspielerin saß noch immer auf ihrem Stuhl auf der kleinen Bühne, und jetzt, wo das Klirren von Stahl und die Schreie der Sterbenden verstummt waren, wurde mir bewusst, dass sie noch immer spielte.

»Ich glaube, du kannst jetzt aufhören«, rief Brasti ihr zu. Mir entging nicht, dass er es geschafft hatte, sich seinen Bogen zu schnappen und den Köcher über die Schulter zu schlingen.

»Ich langweile mich, und sonst gibt es nichts für mich zu tun«, rief sie zurück.

Manchmal ist die Welt ein dummer, dummer Ort.

Der Ritterhauptmann trat einen weiteren Schritt vor. »Auf Befehl von Roset, dem Herzog von Luth, fordere ich euch auf, eure Waffen niederzulegen und euch zu ergeben.«

»Dir ist schon klar, dass wir uns in Aramor befinden?«, sagte ich.

»Wir haben das Recht, Kriminelle zehn Meilen weit über die Grenze hinaus zu verfolgen.«
»Wie weit sind wir davon entfernt?«, wollte Brasti wissen.
»Bedeutend weniger.«
»Aufgrund welcher Anklage wollt ihr uns verhaften?«, fragte ich.
»Das klären wir in Luth«, sagte er.
Etwas störte mich. Natürlich wurden wir nicht zum ersten Mal von herzoglichen Rittern gejagt, aber wir waren noch nicht einmal in Luth gewesen. Dann sah ich, wie einer der gepanzerten Männer in brauner Reisekluft dem Hauptmann etwas zuflüsterte. Er zeigte auf uns. Nun, genauer gesagt auf Dariana und Valiana.
»Dariana?«, fragte ich.
Sie sah mich mit verhaltener Neugier an. »Ja, Erster Kantor?«
»Ist es vielleicht möglich, dass du nicht alle von Trins Männern abschütteln konntest?«
»Weißt du, jetzt, wo ich so darüber nachdenke, habe ich mir eigentlich nie die Mühe gemacht, sie alle zu zählen. Hätte ich das deiner Meinung nach tun sollen?«
»Das sollte man wohl in Zukunft in Betracht ziehen, ja.«
Drei Soldaten schnallten Armbrüste von ihren Rücken und fingen an, sie zu spannen.
»Das solltet ihr besser lassen«, warnte Brasti.
»Sprich meine Männer nicht an, Trattari«, sagte der Hauptmann. »Ergebt ihr euch friedlich, oder muss ich meinen Männern den Befehl zum Angriff geben?«
»Warum erfüllen Soldaten von Luth das Ersuchen von verkleideten Rittern, die im Auftrag der Herzogin von Hervor unterwegs sind?«, fragte ich. »Weiß dein Herzog, dass du die Gerichtsbarkeit seiner Ländereien einer Frau überlassen hast, die den Thron von Tristia an sich reißen will?«
Die Haut auf den Wangen des Hauptmanns schien sich anzuspannen. »Es ist nichts Falsches daran, wenn herzog-

liche Ritter einander höflich bei der Festnahme gesuchter Krimineller aushelfen.«
»Davon abgesehen, dass wir kein Verbrechen begangen haben«, meinte ich.
»Meine ritterlichen Kameraden haben mir gesagt, dass die kleine Hexe dort drüben einige Morde verübt hat.«
»Falcio?«, sagte Kest sanft.
»Ja?«
Er seufzte leise. Diese Art Seufzer kannte ich.
»Ah. Ich rede wieder, wo ich doch kämpfen sollte, richtig?«
Er nickte.
»Lasst mich das regeln«, mischte sich Brasti ein. Er richtete seine Aufmerksamkeit auf den Hauptmann und sagte laut: »In Ordnung. Wir ergeben uns.«
Der Ritter schien überrascht. »Ihr ergebt euch?«
»Auf jeden Fall.«
»Dann lass den Bogen fallen, Trattari.«
Brasti ließ den Bogen zu Boden fallen, wo er auf seinem linken Fuß landete. Er hob die Hände hoch. »Seht ihr? Es gibt keinen Grund für weitere Gewalt.«
Kest und ich starrten ihn an; wir waren uns beide nicht sicher, ob er nun endgültig den Verstand verloren hatte. »Was denn?«, fragte er unschuldig. »Wir haben noch nie versucht, uns zu ergeben. Ich wollte einfach nur wissen, wie das wohl ist.«
Der Ritter lächelte. Für ein so ansehnliches Gesicht war es ein hässliches Lächeln. »Siehst du, genau das ist das Problem«, sagte Brasti. »Dein Ausdruck flößt mir kein Vertrauen in die Ehre deines Herzogs ein.«
Dariana rammte Brasti den Ellbogen in die Seite. »Wenn du mich mit deinem Verstand beeindrucken wolltest, Brasti Gutbogen, bist du jämmerlich gescheitert.«
Brasti schaute von den Rittern zu Dariana, dann zu mir. »Siehst du, was ich davon habe, wenn ich es auf die kluge Weise versuche? Du liegst mir immer damit in den Ohren,

dass ich zu leichtsinnig bin, aber mache ich einmal ... Ach, was soll's. Scheiß drauf.« Ein Ruck seines linken Fußes beförderte den Bogen in die Luft. Mit einer geschmeidigen Bewegung schnappte sich Brasti den Schaft mit der linken Hand, während die andere nach einem Pfeil im Köcher an seiner rechten Seite griff. Er spannte ihn so schnell ein, dass es den Anschein hatte, als hätte er sich überhaupt nicht bewegt.
»Ich sehe siebzehn Entchen«, verkündete er laut. »Hübsche gelbe Entchen, die alle für mich in einer Reihe aufgestellt sind. Wie viele muss ich treffen, um einen Preis zu gewinnen?«
»Wir können das noch immer friedlich regeln, Ritter«, sagte ich. »Zieh deine Männer ab und schwöre mir, uns in Ruhe zu lassen, dann kannst du nach Luth zurückkehren.«
»Die drei da bleiben«, sagte Valiana und zeigte auf Trins Männer. »Sie sind gekommen, um die rechtmäßige Thronerbin zu ermorden.«
Großartig. Das hat mir gerade noch gefehlt, dass Valiana Daris blutrünstige Neigungen übernimmt.
Einer der drei Männer trat vor. »Ich mache euch ein besseres Angebot, Trattari. Gib uns die beiden Huren, die mit Verrat und Hinterlist wahre Ritter getötet haben. Wir machen mit ihnen, was wir wollen, und der Rest von euch kann mit eingekniffenem Schwanz davonlaufen.« Er wandte den Kopf. »Du da! Geschichtenerzähler!«
Der junge Troubadour trat ängstlich einen kleinen Schritt vor. »Ich?«, fragte er. Die Frau mit der Gitarre verdrehte nur die Augen.
»Ja, du. Schließen wir einen Handel, du und ich. Wie schnell kannst du eine deiner Geschichten verfassen?«
»Ich ... nun, das kommt auf das Thema an ...«
»Egal. Ich erledige das für dich. Das ist die Geschichte von Sir Elwyn Arnott. Wenn du weißt, was gut für dich ist, merkst du dir den Namen richtig.«
»Das ist eher unwahrscheinlich«, murmelte ich.

»Du erzählst den Menschen, was hier geschehen ist. Du erzählst ihnen, dass sich Sir Elwyn den verräterischen Trattari entgegenstellte und sie in die Flucht schlug, während sie ihre Huren zurückließen.«

»Ich ... an einer Geschichte ist mehr, als ...« Er verstummte, als die Gitarrenspielerin ihm ihr Instrument gegen den Kopf schlug.

Grinsend wandte sich Sir Elwyn wieder an uns. »Komm schon, Trattari. Ihr habt doch nicht die geringste Chance, bei allen Höllen, die die Götter für euch bereithalten. So kommen du und deine Freunde hier wenigstens lebendig raus.«

»Das wird langweilig«, sagte Dariana träge. »Du hast mir Verstümmelungen und Duelle versprochen.«

Ich wandte den Blick nicht von den Rittern. »Die Chancen?«, flüsterte ich Kest zu.

Als er nicht antwortete, warf ich ihm einen Blick zu und sah den roten Schimmer um seine Gestalt. Zuerst hielt ich es für einen Trick des Lichts von dem Feuerkorb über der Tür, aber dann erkannte ich, dass es aus seiner Haut sickerte. Kest grinste. Das war eines der schrecklichsten Dinge, die ich je gesehen hatte. »Auf Verstümmelungen und Duelle«, sagte er und rannte quer durch den Raum auf die Männer zu, während er das Schwert in einem trägen Kreis über den Kopf schwang.

»Bei allen Höllen! Brasti, jetzt!«, sagte ich.

Die Mühe hätte ich mir sparen können. Einem der Armbrustmänner wuchs ein Pfeil aus der Brust, und ich sah aus dem Augenwinkel, dass Brasti bereits den nächsten Pfeil einspannte. Der Rest von uns lief durch den Raum, um sich Kest anzuschließen. Fünf gegen siebzehn, von denen die meisten eine Rüstung trugen. Aber wir hatten Brasti mit seinem Bogen und einem Köcher voller Pfeile, und der Heilige der Schwerter brannte mit einem Feuer, das nach Blut verlangte.

Auf Verstümmelungen und Duelle, dachte ich.

19

DIE BARDATTI

Wir fünf kämpften gut zusammen, als hätten wir das seit Jahren als Einheit geübt. Für einen unbeteiligten Zuschauer musste es allerdings wie das personifizierte Chaos aussehen, da Kest sein Schwert schwang und die stählerne Klinge das rote Glühen seiner Haut auch noch dann widerspiegelte, während sie in das Blut seiner Gegner getaucht wurde.

Brasti war genauso tödlich. Seine Bogensehne summte, während seine Pfeile ein Ziel nach dem anderen trafen. Als ich einmal einen Blick auf sein Gesicht warf, fand ich dort genauso viel Zorn und Wahnsinn wie bei Kest, und es erinnerte mich wieder einmal daran, dass er Ritter trotz seiner Gutmütigkeit mehr als alles andere hasste.

Dariana kämpfte wie ein Kolibri, stach auf ihre Gegner ein und flatterte dann genauso schnell wieder aus ihrer Reichweite.

Wie immer jagte mir Valiana die meiste Angst ein. In der Tat hatte sich ihre Technik verbessert, und sie behauptete sich gegen Männer mit jahrelanger Erfahrung im Soldatentum. Aber sie war nicht zuletzt so effektiv, weil sie sich ohne das geringste Zögern in den Kampf warf. Ich schwöre, manchmal rannte sie einfach auf die gegnerische Klinge zu, und ihr Gegenüber zog sie einfach reflexartig zurück. Als alles zu Ende war, verriet ihre Miene grimmige Zufriedenheit.

»Lass sie in Ruhe«, flüsterte mir Dariana zu. »Du wirst es

nicht besser machen, also mach es wenigstens nicht schlimmer.«

»Sie kämpft, als wollte sie sterben«, erwiderte ich.

»Natürlich. Sie kämpft wie du.«

»Was? Bist du verrückt? Ich kämpfe doch nicht ...«

Bevor ich den Satz beenden konnte, ließ sie mich einfach stehen. Ich blickte mich um, um sicherzugehen, dass keiner der Toten und Sterbenden wieder aufstand, um es noch einmal zu versuchen. Ein Quietschen zog meinen Blick auf die Tür, die den Gemeinschaftsraum mit dem Rest des Gasthauses verband, und ich sah, dass sie sich einen Spalt öffnete.

»Bei allen Heiligen«, hauchte Tyne. Dann sah er meinen Gesichtsausdruck und knallte die Tür wieder zu.

»Allein schon dafür bezahlen wir nichts für unsere Zimmer«, rief Brasti ihm hinterher, um sich sofort mir zuzuwenden. »Und fang du bloß nicht damit an, dass Greatcoats nicht stehlen. Wenn er sein Geld hätte haben wollen, hätte er uns nur nicht mit siebzehn Soldaten, die uns tot sehen wollten, einschließen müssen.«

»Schon gut«, erwiderte ich. Ich vergewisserte mich, ob sich noch immer Gäste verbargen oder verletzt worden waren. Anscheinend hatten sie alle verschwinden können. Hoffentlich hatten sie sich in die Sicherheit ihrer Häuser retten können. Dann wurde mir bewusst, dass noch jemand verschwunden war. »Bei allen Höllen!«

»Was ist?«, fragte Kest. Er entfernte das Blut von seiner Klinge und sah wieder völlig normal aus, so ruhig wie ein stehendes Gewässer.

»Die Troubadoure. Ich wollte mit ihnen sprechen.«

»Die haben sich rausgeschlichen, als sich der Kampf dem Ende näherte«, sagte Brasti. »Ich glaube, sie sind in Richtung Scheune. Warum haben in Tristia so viele Gasthäuser Scheunen?«

»Die meisten waren früher Bauernhöfe«, sagte Kest. »Ich habe mal irgendwo gelesen, dass es ...«

»Gehen wir«, sagte ich. »Ich will mit diesem Geschichtenerzähler sprechen.«
Die anderen folgten mir hinaus in die Nacht.
»Wo liegt das Problem?«, fragte Brasti, während wir über den gepflasterten Hof gingen. »Ich hatte nicht einmal Gelegenheit, mir eine Kanne Ale zu schnappen. Du bist doch wohl nicht noch immer sauer auf ihn, weil er deinen Namen falsch aufgeschnappt hat?«
»Das ist mir scheißegal. Aber er zeigte wieder diese Münze, bevor die Hölle losbrach. Ich will wissen, woher er sie hat.«
Die Münze eines Geschworenen zu stehlen war einst ein ernstes Vergehen gewesen, damals in jenen Tagen, als sich die Leute noch für die Ansichten der Greatcoats interessierten. Diese Münzen repräsentierten das Versprechen, ein Urteil durchzusetzen, und sie waren ein Ehrenzeichen. Aber vor allem dienten sie als Bezahlung für die Familie des Mannes oder der Frau, die das Risiko eingingen, ihr Leben zu verlieren und ihre geliebten Angehörigen mittellos zurückzulassen. Eine derartige Goldmünze konnte eine Familie ein ganzes Jahr lang ernähren, und mir gefiel die Vorstellung nicht, dass man sie möglicherweise jemandem entwendet hatte, dem ich sie gegeben hatte.
Als wir uns dem Eingang der Scheune näherten, ertönte eine Stimme aus der Höhe. Der Geschichtenerzähler hockte mit Pfeil und Bogen in der Hand am Rand eines Ladetores im ersten Stock. Der Pfeil zielte auf mich.
»Wenn du Ärger willst, muss ich dich warnen. Ich bin ein genauso guter Schütze wie dein Mann dort. Ich kann euch alle fünf erledigen, bevor das Blut des ersten seine Kleidung durchtränkt. Ihr werdet euren Göttern mit heraushängenden Eingeweiden gegenübertreten; sie werden herumbaumeln wie Schlangen, die einem brennenden Schiff entfliehen.«
»Ein hübsches Bild«, meinte Brasti.
»Das schon«, erwiderte Kest. »Aber Leute mit einem Bogen zu töten, bevor sie die Scheune stürmen können, ist so

beeindruckend nun auch wieder nicht, wenn man darüber nachdenkt.«

»Es geht doch nicht um den technischen Aspekt der Angelegenheit, es ist die lyrische Qualität des Satzes. Er ist ein *Troubadour*, schon vergessen? Man erwartet von ihm, poetisch zu sein.«

»Seid ihr bald fertig?«, fragte der Troubadour.

»Ich finde, du solltest runterkommen und mit uns reden«, sagte ich.

»Nenn mir drei Gründe«, erwiderte der Barde. »Denn wenn mir die ersten beiden missfallen, hast du wenigstens noch eine letzte Chance zu überleben.«

»Seht ihr?«, sagte Brasti. »Er ist ein *Poet*.«

»Na schön«, sagte ich. »Erstens hat es den Anschein, dass der Riss an der Vorderseite deines Bogens ihn gleich zerbrechen lässt. Also nehme ich an, dass du ihn dort drinnen an der Wand hängend gefunden hast, was bedeutet, dass er schon ewig Kälte und Regen ausgesetzt gewesen ist. Und wie du ihn hältst, erweckt in mir den Verdacht, dass du selbst das Scheunentor hier nur treffen könntest, wenn du den Pfeil einfach fallen lässt.«

»Oh, das war clever«, sagte Brasti bewundernd.

»Vielleicht könnte Falcio ja auch ein Bardatti sein«, schlug Kest vor.

»Ich gehe jede Wette ein, dass mein Bogen lange genug hält, um deine Brust mit einem Pfeil zu durchbohren«, rief der Troubadour.

»Vermutlich nicht. Wenn du deinen Pfeil abschießt, immer unter der Voraussetzung, dass der Bogen nicht bricht und der Wind stärker wird, um dein lausiges Zielen zu kompensieren, wirst du erkennen müssen, dass unsere Mäntel nur schwer zu durchbohren sind, selbst mit einem Pfeil.«

»Du brauchst einen größeren Bogen«, rief Brasti in die Höhe. »Ein Langbogen könnte es schaffen. Der muss sechs Fuß lang sein. Nimm aber Eibenholz, wenn sie es haben.«

Ich warf Brasti einen Blick zu.
»Was denn? Ich will doch niemanden entmutigen, der die Kunst des Bogenschießens erlernen will.«
»Das überzeugt mich nicht«, erwiderte der Troubadour. »Jeder kann sich einen Mantel anfertigen lassen, der wie ein Greatcoat aussieht. Dazu braucht er nur genug Geld.«
»Das scheint mir eine schlecht beratene Ausgabe zu sein«, meinte Kest. »Da es dem fraglichen Mann vermutlich den Tod bringt.«
»Ich habe nie behauptet, dass ihr klug seid. Nenn mir deinen dritten Grund, oder verschwinde und rette eure Leben.«
»Schön«, sagte ich. »Mein dritter Grund lautet, dass mein Name Falcio val Mond ist. Das ist richtig, *Fal-ci-o*. Nicht Falsio. Und Val bedeutet in der alten Sprache von Pertine ›Kind von‹, während Dal nicht mal ein Wort ist. Den Rest spare ich mir, abgesehen von der Tatsache, dass ich der Erste Kantor der Greatcoats bin und du die Münze eines Geschworenen besitzt. Wenn du mir dafür keinen wirklich guten Grund nennen kannst, steige ich da rauf und schlage dich mit dem Stock in deiner Hand halb tot, und wenn ich damit fertig bin, schiebe ich ihn dir in den Arsch. Wie macht sich das als Grund?« Ich zog ein Rapier. »Und während du darüber nachdenkst, solltest du deiner Freundin, die sich in dem Gebüsch neben der Scheune verbirgt, sagen, dass sie den Dolch in ihrer Hand besser fallen lässt, wenn sie ihre Finger zum Gitarrespielen behalten will.«

Der Troubadour sah entsetzt aus. »Ich … finde deine Argumente unwiderstehlich. Warte. Bist du wirklich der Falsio aus den Geschichten?«

»Das reicht«, stieß ich hervor und eilte auf die Scheune zu. »Ich bringe ihn um.«

Brasti schnappte meinen Arm. »Ja, ist er. Er ist der große Falsio bal Jond. Also komm einfach runter, erzähl uns, wo du diese Münze herhast, dann können wir alle zu unseren Schankmägden … ich meine Betten zurück.«

Die Frau trat mit ausgestrecktem Dolch aus den Büschen hervor. »Ich habe Wasser gelassen«, behauptete sie in einem Tonfall, der klang, als wollte sie mich herausfordern, etwas Gegenteiliges zu sagen.

Eine Minute später stand der Geschichtenerzähler vor uns auf dem Hof. Er hielt noch immer den Bogen in der Hand, und sein Ausdruck lag irgendwo zwischen peinlich berührt und Todesangst. »Bist du das wirklich?«, wiederholte er seine Frage.

Ich nickte.

»Ich war nur der Ansicht … in der Geschichte klingst du irgendwie größer.«

»So viel zu den Bardatti«, meinte Kest.

»Das ist eher eine künstlerische Aussage«, erwiderte der Mann, aber mir entging nicht, wie die Frau die Augen zusammenkniff.

»Seht ihr?«, sagte Brasti. »Ich habe euch doch gesagt, dass er ein Poet ist.«

»Wie heißt du, Geschichtenerzähler?«, fragte ich.

»Colwyn.« Er streckte die Hand aus. »Und diese liebliche Dame hier ist die Lady Nehra.«

»Einfach nur Nehra«, korrigierte sie ihn.

Trotz meiner Vorbehalte schüttelte ich beiden die Hände. Ihre Beziehung machte mich neugierig, aber ich konzentrierte mich auf meine ursprüngliche Frage. »Nun, Colwyn, lass sehen.«

»Was?«

»Die Münze, verdammt noch mal.«

»Ah.« Er griff in die Hosentasche und gab sie mir. »Wenn du willst, kannst du sie behalten. Für den ganzen Ärger, meine ich.«

»Du würdest die Goldmünze eines Greatcoats fortgeben?«, fragte Kest.

»Nee, das ist nur ein Kupferspatz. Aus Hervor. Legt man ihn über Nacht in Gelbbeerensaft, nimmt er goldene Farbe

an. Man braucht nur fest dran zu kratzen. Seht ihr? Wenn man nicht genau hinsieht, sieht er fast wie eine Krone mit einem Schwert drauf aus.« Wieder griff der Troubadour in die Tasche. »Wenn ihr wollt, gebe ich jedem von euch einen. Wenn ich wieder an Kupferspatzen herankomme, kann ich zehn auf einmal davon herstellen.«
»Warum solltest du mehr als einen brauchen?«, wollte Kest wissen.
Colwyn hielt die Münze in die Höhe und lächelte. »Die Frauen, versteht ihr? Man geht mit einer ins Bett und verspricht ihr, zu ihr zurückzukehren. Sagt ihr, sie solle die Geschworenenmünze aufbewahren. Da fühlen sie sich wie etwas Besonderes.«
Brasti nahm die Münze, musterte sie und wandte sich Kest zu. »Ist dir klar, was ich mit ein paar davon erreichen könnte?« Er umarmte den Troubadour. »Du bist wirklich ein echter Bardatti.«
»Was ist mit der Geschichte? Die über mich?«, fragte ich. »Warum hast du sie verändert?«
»Ach, das. Es tut mir leid, falls ich dich beleidigt haben sollte. Die alte Geschichte war heroisch, aber die hier ist witzig. Mehr Gelächter bedeutet mehr Geld. Sag mal, könntest du mir erklären, welche Teile ich falsch verstanden habe? Es ist so schwer, die Fakten alle richtig zu haben, und die Wahrheit klingt immer so, du weißt schon ...«
»Wahr?«, schlug Kest vor.
»Richtig.«
»Wo hast du die Geschichte her? Ich meine, das Original, das mit Rijou. Wenn du nicht dort warst, wo hast du sie gehört?«
»Die Geschichte von Falsio auf dem Stein?«
»Falcio«, korrigierte ich ihn. »*Fal-ci-o!*«
»Richtig, entschuldige. Die geht schon seit Wochen um. Wir bekommen nicht mehr oft eine gute Greatcoat-Geschichte zu hören. Ein paar dieser Dorftrottel mögen sol-

che Geschichten noch immer. Man muss nur aufpassen, sie nicht den falschen Leuten vorzutragen. Rittern und Leuten des Herzogs und dergleichen.« Er schlug mir auf die Schulter. »Du solltest wirklich stolz sein. Was du dort vollbracht hast, nun ja, was auch immer du *wirklich* dort vollbracht hast. Die Geschichte reist schneller als ein Dieb auf einem guten Pferd. Bald bist du berühmt!«

»*Falsio* auf jeden Fall«, meinte Brasti mit breitem Grinsen.

»Was ist der Zweck dieser Geschichte?«, wollte ich wissen.

»Was meinst du? Es ist einfach eine gute Geschichte«, antwortete Colwyn.

»Ja, aber was ist die ... Du weißt schon, was nehmen die Menschen davon mit?«

»Ach so, ich schätze, das hängt vom Publikum ab. Aber größtenteils nehmen sie wohl an, dass du vorbeikommst und für Gerechtigkeit kämpfst und, du weißt schon, alle bösen Herzöge tötest.«

»Die Herzöge töte?«

»Den Herzog von Rijoù hast du doch getötet, oder nicht? Hast ihm mit dem Breitschwert den Kopf abgeschlagen.«

»Rapier«, korrigierte Kest ihn. »Falcio kämpft mit dem Rapier.«

Der Troubadour schien verwirrt. »Wie soll man denn einem Mann mit einem Rapier den Kopf abschlagen? Dazu ist es doch gar nicht schwer genug, oder?«

Ich nahm den Mann bei beiden Schultern. »Willst du mir erzählen, dass du durch die Lande reist und den Leuten weismachst, ich hätte Jillard, den Herzog von Rijou, getötet?«

»Nicht nur ich. Im Augenblick erzählen alle Troubadoure diese Geschichte. Natürlich nicht in den Städten, aber hier draußen auf dem Land. Da fühlen sich die Dorftrottel gut.«

»Aber Jillard ist nicht tot!«, protestierte ich.

»Wen interessiert das? Wann ist ein Herzog von Rijou wohl das letzte Mal durch ein Dorf im Herzen von Aramor spaziert? Vermutlich war Herzog Isault selbst schon seit Jah-

ren nicht mehr hier, und dieses Dorf liegt in seinem Herzogtum. Ich habe viele Lords und Herzöge über die Klinge springen lassen. Damals habe ich sogar den König ein paarmal sterben lassen. Den Leuten gefällt eine gute Geschichte über Adlige, die hinterrücks ermordet werden.«
»Dem Adel nicht«, sagte ich.
»Vergiss Falsio«, sagte Brasti und schenkte mir ein schiefes Grinsen. »Lass uns eine Kanne mit diesem ausgezeichneten Ale finden, dann kannst du mir mehr von diesen Frauen erzählen, die Greatcoat-Münzen lieben.«
Colwyn grinste zurück, und einen kurzen Augenblick lang hatte ich das Gefühl, der Wiedervereinigung zweier seit Langem getrennter Brüder beizuwohnen. Die beiden gingen zurück zum Gasthaus.
»Ich behalte ihn im Auge«, sagte Kest und folgte ihnen.
Dariana gähnte. »Bei allen Höllen! Drei Tage ohne Ruhepause, und ich vermute mal, dass wir heute hier nicht übernachten werden. Komm schon, mein kleines Vögelchen«, sagte sie zu Valiana. »Wir sollten unsere Sachen holen und die Pferde bereit machen.«
Die beiden gingen ebenfalls zurück zum Gasthaus, was mich mit der Frau namens Nehra zurückbleiben ließ.
»Du bist ein Narr, Falcio val Mond. Das weißt du, oder?«
»Das weiß ich«, erwiderte ich. »Aber warum genau? Sollten wir uns von diesen Männern umbringen lassen?«
»Nicht das«, sagte sie. »Carefal. Für Isault die Drecksarbeit machen. Wie dumm bist du eigentlich?«
»Weißt du, langsam verstehe ich, warum Colwyn bei euren Auftritten das Reden übernimmt.«
»Colwyn ist auch ein Narr«, sagte sie abschätzig. »Aber im Gegensatz zu dir ist er harmlos. Er bricht keine Bürgerkriege vom Zaun.«
»Ich habe versucht, einen zu verhindern.«
Sie schnaubte. »Dann bist du ...«
»Hör auf, mich einen Narren zu nennen, und sag mir, was

du zu sagen hast. Bei allen Heiligen! Ich glaubte immer, die Bardatti sollten Geschichten erzählen und nicht nur Beleidigungen von sich geben.«

Sie hob eine Braue. »Und zum zweiten Mal zeigst du deine Unwissenheit. Komm schon, tu es noch ein drittes Mal, denn die Götter lieben Dinge, die zu dritt daherkommen.«

»Schön. Ich sehe eine Bardatti, die zusammen mit einem so gut wie inkompetenten Troubadour, der Geschichten erzählt, durch das Land zieht, und langsam fange ich an zu glauben, dass sie mir folgen und mich ausspionieren.«

»Hm«, sagte sie. »Anscheinend hast du doch einen Funken Verstand.«

»Was meinst du?«

»Die Bardatti erzählen Geschichten, ja, und du bist übrigens viel zu schnell dabei, sie abzulehnen. Es sind Geschichten, die Menschen dazu inspirieren, sich zu verändern. Es sind Geschichten, die sie daran glauben lassen, dass die Dinge besser sein können. Aber wir sammeln auch Geschichten. Es ist unsere Aufgabe, durch das Land zu reisen und die großen Veränderungen in der Welt aufzuschnappen, so wie ihr Trattari die Gesetze vollstreckt.«

»Wir heißen nicht *Trattari*«, warnte ich sie.

»Siehst du? Ihr Greatcoats kennt nicht einmal eure eigene Geschichte. Trattari ist keine Beleidigung. Es ist eine alte Bezeichnung für einen der größten Orden. Wie die Bardatti, wie die …«

»*Trattari* bedeutet Lumpenmantel.«

»Ja, so wie Bardatti ›gebrochene Stimme‹ bedeutet. Es ist eine Ehrenbezeichnung. Wir reisen so lange und singen so leidenschaftlich, dass unsere Stimmen unter der Belastung brechen. Und die Greatcoats kämpfen so lange für das Gesetz, bis ihre Mäntel zerreißen.«

Diese Erklärung hatte ich noch nie zuvor gehört, aber möglicherweise war sie wahr. »Also bist du nur hier draußen geblieben, um mir Geschichtsunterricht zu geben?«

Sie schüttelte den Kopf.»Nein. Eine Warnung. Du wurdest mit einer List dazu gebracht, diese Rebellion zu beenden.«

»Das wusste ich bereits.«

»Colwyn hat nicht grundlos angefangen, die Geschichte zu verändern. Die Nachricht verbreitet sich schnell. Die Menschen werden darüber reden, wie Falcio val Mond – und keine Sorge, sie werden das *Fal-ci-o* schon richtig verstehen – sich auf die Seite der Herzöge und Ritter schlägt statt auf die des Volkes.«

Darüber dachte ich einen Augenblick lang nach. Vermutlich hatte Nehra recht, aber das spielte keine Rolle.»Als der König starb, hat uns das gleiche Volk im Stich gelassen. Es hat uns kaum unterstützt, als er noch lebte. Was für einen Unterschied macht das also schon?«

Nehra lachte.»Ah, da ist ja die dritte Dummheit, die du mir versprochen hast. Die Menschen brauchen etwas, an das sie glauben können, Falcio. Der König ist tot, die Herzöge haben sich als herzlose Tyrannen erwiesen, und die letzte Sache, an die sie vielleicht noch geglaubt haben, die Greatcoats, erweisen sich als nutzlos. Was glaubst du, wie lange wird es dauern, bevor sie lautstark nach jemandem schreien, der die Macht übernimmt? Selbst Trin. Vielleicht sogar nach jemand Schlimmerem.«

»Es gibt niemand Schlimmeren als Trin«, sagte ich.

Nehra schüttelte den Kopf.»Das ist das Problem mit euch Trattari. Ihr kennt eure Geschichte nicht. Es gibt immer jemand Schlimmeren, Falcio, und für gewöhnlich ist das die letzte Person, die du für möglich hältst.«

DER HERZOG VON LUTH

»Ich wünschte, Ihr hättet ihn nicht getötet, Euer Majestät«, sagte ich zu dem zitternden König Paelis, während wir auf den Toten am Boden niederblickten. Er war in meinem Alter gewesen und trug einen der purpurnen, mit silbernen Fransen versehenen Wappenröcke der königlichen Leibwache. Sein blondes Haar lag in dem Blut, das sich auf dem Boden um seinen Kopf ausbreitete.

Es war der erste Attentatsversuch auf den König gewesen. Nun ja, technisch gesehen war es der zweite, da ich es als Erster versucht hatte. Die Herrschaft des Königs währte noch nicht lange, er hatte den Thron erst vor wenigen Monaten bestiegen.

»Wäre dir lieber gewesen, er hätte mich getötet?«, fragte Paelis mit weit aufgerissenen Augen. Er hielt noch immer das Besteckmesser umklammert, das er dem Mann bei seinem Angriff in den Hals gerammt hatte.

»Es wäre mir lieber, er wäre verletzt, aber noch lebendig, denn dann hätten wir ihn verhören können.«

»Ihn foltern?«

»Ihn energisch befragen«, sagte ich. Mir gefiel die Vorstellung von Folter nicht besonders, und der König hatte sie verboten. Kam das Thema zur Sprache, holte er immer ein bestimmtes Buch hervor, dem zufolge ein der Folter unterworfener Mann alles sagt, um sich die Schmerzen zu erspa-

ren – nur nicht die Wahrheit.«Wir müssen wissen, wer ihn geschickt hat, Euer Majestät.«
Der König warf das Messer zu Boden. »Wer ihn geschickt hat? Wen interessiert das? Es war Herzog Jillard oder Herzog Perault, vielleicht auch Herzogin Patriana. Ich glaube kaum, dass es die Göttin Liebe besonders interessiert hätte, wenn ich vor ihrer Pforte stehe.«
Ich fand sein Desinteresse unglaublich. »Ihr glaubt nicht, dass es eine Rolle spielt?«
»Natürlich spielt es eine Rolle, Falcio. Aber wir werden es früh genug erfahren.«
Ich dachte darüber nach, was ich alles unternehmen musste, um herauszufinden, wer den Attentäter geschickt hatte. Auf der Stelle musste ich mit der Untersuchung beginnen – in Erfahrung bringen, wer mit dem Mann gesprochen hatte, wo er hergekommen war, welches Pferd er geritten hatte. Ich musste seine Bewegungen zu dem zurückverfolgen, der ihn angeheuert hatte, und dann ... Monate. Ich würde Monate brauchen.
»Ha!« Als der König meinen Gesichtsausdruck sah, lachte er. »Sieh dich doch nur an, Falcio. Als wärst du der Ansicht, dass mir allein die Greatcoats zur Verfügung stehen, um etwas zu erledigen. Wer hätte gedacht, dass du so von dir überzeugt bist.«
»Wer dann, wenn nicht wir?«
Er trat ans Fenster. »Spione«, sagte er. »Ich erhalte bald einen Bericht darüber, welcher Herzog, Lord oder Markgraf diesen Mann geschickt hat.«
Das überraschte mich. »Für diese Arbeit braucht Ihr aber viele Spione.«
Wieder lachte er. »Falcio, ich habe fünfmal so viele Spione wie Greatcoats. Ich habe Spione in jedem herzoglichen Schloss und jedem Haus eines Lords. Ich habe überall Spione.«
»Und die Herzöge? Haben sie auch Spione hier?«

»Aber natürlich. Pulnam, Domaris, Orison ... selbst deine alte Heimat Pertine. Jede Ecke der Nation wird ausreichend von Spionen repräsentiert. Ich schwöre, das ist unsere nationale Industrie.«

»Schön«, sagte ich. »Dann lasst uns herausfinden, wer dafür verantwortlich ist, dann können wir ...«

»Dann kannst du was?« Der König wandte sich vom Fenster ab und sah mich an.

»Kest und ich werden den Bastard umbringen.«

Der König schüttelte den Kopf. »Nein, werdet ihr nicht.«

»Ist das Euer Ernst? Ihr werdet uns nicht erlauben, den Herzog oder Lord zur Rechenschaft zu ziehen, der diesen Mann schickte?«

»Herzog. Es wird einer der Herzöge gewesen sein. Die meisten Lords hassen mich auch, aber sie hassen ihre Herzöge zumindest genauso sehr.«

Langsam packte mich die Wut. »Also stellt Ihr die Herzöge über das Gesetz?«

»Natürlich stehen die Herzöge über dem Gesetz, Falcio. So wie ich auch. Glaubst du, du könntest mich verhaften?«

»Solltet Ihr einen Mord begehen, einen Raub oder eine Vergewaltigung. Ja, verflucht. Ich würde Euch verhaften.«

Der König breitete die Hände aus. »Und wenn einer der Herzöge jemanden ermordet oder bestiehlt oder vergewaltigt, dann würdest du losziehen und ihn zur Verantwortung ziehen. Aber du kannst ihn für keine Taten verhaften, die er im Dienste seines Amtes verübt hat.«

»Das ergibt keinen Sinn.«

»Es ergibt sehr wohl Sinn. Falls du zufällig einen Herzog oder eine Herzogin findest, die mich aus irgendwelchen schändlichen Gründen umbringen wollen, dann hast du freie Hand, sie zu verhaften. Aber wenn sie mich ermorden wollen, weil sie das als Inhaber des herzoglichen Amtes für den Schutz und den Erhalt ihres Herzogtums für erforderlich halten, kannst du es nicht.«

Er hatte mir die Luft aus den Segeln genommen. Was war der Sinn all unserer Diskussionen, die Greatcoats erneut zu erschaffen und einen neuen Orden reisender Magistrate zu bilden, die den Städten und Dörfern von Tristia Gerechtigkeit bringen sollten, wenn wir die Herzöge selbst niemals zur Verantwortung ziehen konnten?

Er schien mein Unbehagen zu spüren. »Wir brauchen eine Gerechtigkeit, die wie ein Fluss ist, Falcio. Die immer in Bewegung ist und dabei die Felsen abschleift, die ihr im Weg stehen. Und kein Schwert, das zersplittert, wenn man damit auf einen Felsen einschlägt.«

»Dann sollten wir die Greatcoats vielleicht mit Booten statt mit Schwertern ausrüsten.«

Er ignorierte mich. Normalerweise war er immer schnell mit einer Erwiderung bei der Hand, da er viel von Schlagfertigkeit hielt und von seiner eigenen ganz besonders eingenommen war. »Die Herzöge bereiten Euch Unbehagen«, sagte ich.

»Unbehagen? Nein, Falcio. Mir ist nicht unbehaglich zumute. Ich bin starr vor Angst. Die Adligen, über die ich angeblich und lächerlicherweise herrschen soll, sind nichtsnutzig, tyrannisch und unerbittlich.«

»Befürchtet Ihr, wir könnten versagen? Glaubt Ihr nicht, dass wir es mit dem Herzog, der diesen Mann schickte, aufnehmen können? Wollt Ihr sie darum nicht herausfordern?«

Der König sah mich eine Sekunde lang an und fing dann an zu lachen. »Ist es das, was du glaubst? Dass ich der Ansicht bin, ich könnte keinen von ihnen umbringen lassen, falls ich das will?« Er kam auf mich zu, legte mir die Hand auf die Schulter und drückte sie. »Falcio, wenn ich das wollte, könnte ich jeden von ihnen innerhalb der nächsten Woche umbringen lassen. Bei allen Höllen, ich könnte jeden Einzelnen von ihnen in seinem eigenen Thronsaal sterben lassen, gäbe ich den Befehl dazu. Ich könnte sie endgültig vernichten, Falcio. Jeden Herzog, jeden Lord, jeden Markgrafen. Ich könnte dafür sorgen, dass man sie und ihre Frauen, ihre Kinder und ihr ganzes Geschlecht vom Antlitz dieser Welt ausradiert. Jeden Einzelnen von ihnen, Falcio. Und ich müsste nur darum bitten.«

Plötzlich war Paelis nicht länger der König, den ich kennengelernt hatte und dessen Freund ich geworden war, mit dem zusammen ich mir eine andere Zukunft für dieses Land erträumte. Er war ein dürrer, verängstigter Junge, den die Wut sprachlos gemacht hatte. In den Monaten unserer Bekanntschaft hatte mir sein Intellekt Ehrfurcht eingeflößt, mich sein freundliches Gemüt über alle Maßen hinaus bezaubert, hatte ich das Ausmaß seiner Ideale lieben gelernt. Nicht einmal hatte ich mich vor König Paelis gefürchtet. Bis zu diesem Tag.

Es ist eine seltsame Sache, wenn man den Tag für die Nacht eintauscht.

Wir waren den größten Teil der Nacht geritten, denn es war vermutlich das Beste gewesen, so weit wie möglich vom Schauplatz des Kampfs wegzukommen. In der Dunkelheit hatten wir den Luxus, öfters anzuhalten, um unsere Spuren zu verwischen. Aber nach einem Kampf überkommt einen eine gewisse Müdigkeit, und schließlich muss der Körper ihr nachgeben. Kurz nach Sonnenaufgang betraten wir den Wald, der am Südrand einer der kleineren Straßen stand. Wir wollten den größten Teil des Tages schlafen, um dann nachts weiterzureisen und es nach Luths Hauptstadt zu schaffen.

In den ersten Stunden Tageslicht erwachte ich sporadisch. Ich konnte hören, wie die anderen in regelmäßigen Abständen aufstanden, um die Wache zu übernehmen oder einfach auch nur tiefer im Wald auszutreten. Es ist möglich, dass ich hörte, wie es Brasti und Dariana miteinander trieben, obwohl ich mir gern vorstelle, dass das nur ein Albtraum war. Irgendwann gegen Mittag erwachte ich und konnte mich nicht bewegen. Die ersten paar Minuten behielt ich Ruhe, aber als es nicht aufhörte, überfiel mich die Panik. Mit aller Kraft bemühte ich mich, die Augen zu öffnen oder einen Laut von mir zu geben, aber nichts geschah. Lediglich meine Atmung wurde stetig schneller, während eine Art Hysterie von mir Besitz ergriff. Jeder konnte sich anschleichen und mir die Kehle durchschneiden. Oder noch schlimmer, Trins Männer konnten sich in genau diesem Augenblick an unser Lager anschleichen. Als wir die Straßen verlassen hatten, war Valiana erschöpft gewesen. Sie war an diese Art Leben nicht gewöhnt. *Sei verflucht, Brasti! Sei in allen Höllen, die du verdient hast, verflucht, falls du die Wache vernachlässigt hast. Und zu allen Höllen mit Dariana und ihren Spielchen und Geheimnissen. Und ich soll für meine Schwäche verflucht sein. Sei verflucht!* Unruhe verwandelte sich in Panik und Panik in Wahnsinn, von dem ich glaubte, er würde mich gleich verschlingen. Ich bin mir nicht sicher, was geschehen wäre, hätte ich nicht eine warme Hand auf der Brust gespürt und Kests Stimme vernommen. »Du bist sicher«, sagte er. »Ich bin hier.«

Das Zittern ging noch eine Weile, aber langsam beruhigte mich der leichte, aber beständige Druck seiner Hand. »Du befindest dich seit fast einer Stunde in diesem Zustand, falls dich das interessiert. Ich glaube nicht, dass es noch viel länger dauert.«

Eine Stunde. Als er mich das letzte Mal behütet hatte, waren es nur fünfzehn Minuten gewesen. Wie viele Tage war das her? Wie lange hatte mir die Schneiderin gegeben? *Wenn du jetzt aufbrichst, wirst du vermutlich noch einen Sonnenuntergang auf den Südinseln erleben.* Ich fühlte, wie die Panik zurückkehrte. Kest, wie immer der brillante Taktiker, fing an mit mir zu reden, über alles und nichts. Er beschrieb die Bäume im Wald und erklärte seine Theorie, warum sie hier grauer als in Pulnam waren, obwohl es doch in Pulnam viel trockener war, weil es sich näher an der Wüste befand. Er erzählte mir von jedem Tier und Insekt, das sich während der

Stunden unseres Aufenthalts im Wald bewegt hatte. »Oh, und ich bin mir ziemlich sicher, dass es Brasti und Dariana miteinander getrieben haben, während er eigentlich Wache halten sollte, aber vermutlich ist es möglich, dass sie nur dafür sorgte, dass er nicht einschläft.«

Ich vernahm ein schwaches Kichern, das irgendwie meiner Stimme ähnelte oder sich zumindest so anhörte, wie sich meiner Meinung nach meine Stimme als alter Mann anhören würde. Obwohl das natürlich nie passieren würde. Weißes, von den graugrünen Blättern der Bäume über uns blockiertes Licht flackerte in meine Sicht.

»Du schütteltest es ab«, sagte Kest. »Versuch noch nicht, dich zu bewegen.«

Ich fing an zu weinen, griff mit tauben Fingern unbeholfen nach seinem Arm. Ich wollte meine Dankbarkeit zum Ausdruck bringen und ihm sagen, wie viel mir seine Freundschaft bedeutete. Aber irgendwo zwischen der ersten Anstrengung, meine Muskeln zu bewegen, und dem Augenblick, in dem er sich über mich beugte, damit er mich verstehen konnte, legte sich wieder die Last der Welt auf mich. »Ich will sie umbringen, Kest. Ich will jeden einzelnen der Bastarde, die Aline zu töten versuchen, umbringen.«

»Das könnten aber viele Leute sein«, sagte Kest sanft.

»Dann fange ich mit dem verfluchten Herzog von Luth an.«

Vorsichtig zog mich Kest an den Schultern in die Höhe und lehnte mich gegen einen Baum. Er streifte die Erde und die Blätter ab, die sich an meiner Kleidung festgesetzt hatten.

»Hätte der König das gewollt?«, fragte er.

»Ich weiß es nicht länger«, erwiderte ich. »Ich bin mir nicht einmal mehr sicher, ob mich das überhaupt noch interessiert.«

Kest stand auf. »Ich hole dir etwas zu essen«, sagte er. »Es ist früher Nachmittag, und bis zum Einbruch der Dunkelheit ist noch viel Zeit. Wir sind nur ein paar Stunden von Rosets

Palast entfernt. Bis dahin musst du dich entscheiden, was für Menschen wir deiner Meinung nach sein sollen.«

Kests beunruhigende Worte richteten meine Gedanken auf Roset, den Herzog von Luth. Hatte er seinen Männern tatsächlich die Erlaubnis gegeben, Trins Attentätern zu helfen? Hatte die Schneiderin recht, und die Welt raste bereits unaufhaltsam auf eine Wahnsinnige zu, die den Thron an sich reißen würde, während das Land jämmerlich vor die Hunde ging?

Lass es, befahl ich mir, während ich den Kopf zurück auf mein Bettzeug bettete. Ob Herzog Roset nun seinen Männern befohlen hatte, Trin zu unterstützen, oder ob er einfach so schwach war, dass sie sich von selbst dazu entschlossen hatten, Ritter von Luth hatten versucht, bei der Ermordung der Tochter meines Königs zu helfen. Bald würden wir zu Rosets Herzogtum und dem herzoglichen Palast von Luth aufbrechen. Der Bastard würde einiges erklären müssen, und dieses eine Mal stellte ich nicht infrage, ob er reden würde. Ich starb. Mein Land starb. Das Mädchen, das ich zu beschützen geschworen hatte, zerbrach in tausend Stücke, und die letzten Überreste meines Gespürs für Richtig und Falsch lösten sich auf wie ein alter Faden, an dem man zu heftig zog. Seit unserem Aufbruch aus dem Herzogspalast von Aramor hatte ich mich immer wieder gefragt, ob es möglich war, dass man Dara, eine Greatcoat, zu einem Mord getrieben hatte. Diese Frage stellte ich mir nicht länger.

Sechs Stunden später erklommen wir die Südmauer des Herzogspalastes von Luth, die eine leichte Schräge aufwies. Jeder Heiler hätte einem Mann in meinem Zustand dringend von einer solchen Aktivität abgeraten, da bin ich mir ziemlich sicher, obwohl ich natürlich nichts von diesem Handwerk verstehe.

»Stürz nicht ab«, flüsterte Brasti leise und wartete darauf, dass ich ihn einholte. Er hockte auf einem aus der Mauer ragenden Kragstein und ließ die Beine in der Nachtluft baumeln. »Aber du könntest dich etwas beeilen. Wir haben nicht die ganze Nacht Zeit.«

Bei der heiligen Marta, die den Löwen schüttelt, gibt mir nur genug Kraft, es noch ein paar Zoll weit zu schaffen, damit ich Brastis Fuß schnappen und ihn mit in den Tod reißen kann. Das ist bestimmt nicht zu viel verlangt, oder?

Ich griff nach dem nächsten Spalt zwischen den Steinen.

Die mit Stacheln versehenen Handgriffe, die wir in unseren Mänteln verborgen mit uns trugen, (eine der nützlicheren Erfindungen des Königs), machten ein ansonsten selbstmörderisches Unternehmen lediglich gefährlich und verrückt. In der Dunkelheit konnte ich die schattenhaften Umrisse der anderen ausmachen, die sich über mir zum Ende der Mauer vorarbeiteten. Kest bewegte sich langsam aber mit einer mühelosen Anmut, die mir meine unbeholfene Kletterei ganz besonders stümperhaft vorkommen ließ.

Von Kest überholt zu werden war zu erwarten gewesen, aber Dariana war allen weit voraus. Sie kletterte mit erstaunlicher Mühelosigkeit, sprang oft von einem Haltepunkt weiter, um nach einer Lücke zwischen zwei Steinen zu greifen und dann einhändig zum nächsten Haltepunkt zu schwingen. Das alles mit einer Schnelligkeit, die selbst Kest wie einen Amateur aussehen ließ. Ich hätte ihre Kunstfertigkeit gern länger bestaunt, aber leider wurden meine Finger langsam taub, und ich hatte Angst abzurutschen.

»Nein, warte!«, flüsterte Kest.

Ich blickte noch gerade rechtzeitig auf, um mitzubekommen, wie Valiana den Sprung ihrer Lehrmeisterin nachmachen wollte. Das leichtsinnige Manöver ließ sie ihren Griff verlieren. *Bei allen Heiligen, sie wird abstürzen!* Sie rutschte die schräge Mauer herab und kam genau auf mich zu, die krallenversehrten Handgriffe knirschten über die Steine. Ich klammerte mich verzweifelt fest und hoffte, dass mein Halt stark genug sein würde, um sie abzufangen, wenn ihre Füße meine Schultern trafen. Kest traf gerade noch rechtzeitig genug ein, um mit der linken Hand ihren Mantel zu schnappen, was ihr gerade genug Stabilität verlieh, um sich wieder an der Steinmauer festzuklammern. Ein paar Sekunden später nickte sie Kest zu und kletterte wieder nach oben.

Verfluchte Närrin!, wütete ich stumm, jetzt, wo die unmittelbare Gefahr vorüber war. *Hör endlich auf, die verfluchte Dariana nachzuahmen.*

Furcht und Erschöpfung ließen mich keuchen, was dazu führte, dass ich mich wieder auf die Aufgabe konzentrierte. Ich musste es selbst in einem Stück nach oben schaffen. Stein für Stein arbeitete ich mich in die Höhe, bis ich eine der Mauerzinnen erreicht hatte. Die anderen waren alle bereits da.

»Willst du dich irgendwann zu uns gesellen?«, fragte Dariana flüsternd.

»Ich genieße nur die Nachtluft«, erwiderte ich und griff mit meiner mittlerweile völlig gefühllosen rechten Hand nach der Mauerkante. Als ich keinen Halt fand, schnappte sich Kest meine Handgelenke und half mir, während ich mich nach oben kämpfte.

»Etwas stimmt nicht«, sagte er, sobald ich mich zu den anderen gesellt hatte.

»Es geht mir gut«, erwiderte ich. »Hör auf, so ein ...«

»Nein, nicht das. Wir waren zu langsam.«

Ich blickte mich um. Eigentlich hätten ein Dutzend Wächter auf uns zustürmen müssen, aber da war keiner. Brasti schnaubte. »Der Heilige der Schwerter ist nur sauer, weil wir noch nicht von einem Dutzend Wächtern angegriffen wurden.«

Kest schüttelte den Kopf. »Das ist es nicht. Wir haben zu lange gebraucht – die Wächter hätten schon längst von ihrer Runde wieder da sein müssen.«

Er hatte recht. Unser Aufstieg hatte beinahe eine halbe Stunde in Anspruch genommen, dabei wussten wir dank

unserer vorherigen Beobachtung, dass die Wächter für ihre Runde zwanzig Minuten brauchten. *Also wo sind sie?*
»Du kannst sie ihren Vorgesetzten ja später melden«, sagte Brasti.
»Hör auf, dich jedes Mal zu beschweren, wenn wir Tod und Vernichtung entgehen.«
»Brasti hat recht«, meinte ich. Sollte sich doch der Herzog von Luth über die schlampige Arbeit seiner Wächter sorgen; wir würden die zusätzlichen zehn Minuten einfach nur dankbar zur Kenntnis nehmen. »Tun wir, wozu wir gekommen sind.«
Wir schlichen den Wehrgang entlang. Herzog Rosets Heim glich eher einer befestigten Burg als einem traditionellen Palast. Ein deutliches Zeichen für die militärischen Bestrebungen des Mannes und die Sorge um seine Sicherheit. *Nun, das kann ich dir nicht einmal verübeln, Herzog, denn wir werden deine Sicherheit ernsthaft gefährden.*
Wir wollten gerade die Stufen zur obersten Etage des Palastes nehmen, als Valiana nach meinem Arm griff. Ihr Gesicht verriet tiefe Scham. »Es tut mir leid, Falcio. Man hätte uns meinetwegen erwischen können.«
Ein Teil von mir wollte sie rügen und daran erinnern, dass sie unerfahren und leichtsinnig war. Aber auch wenn das natürlich der Wahrheit entsprach, gab es da noch etwas anderes, das mir erst in diesem Augenblick so richtig bewusst wurde.
»Du hast nicht geschrien.«
»Ich ... ich verstehe nicht.«
»Als du abgerutscht bist, da hast du keinen Ton von dir gegeben. Die meisten Menschen hätten aufgeschrien, sobald sie den Halt verloren hätten, ganz egal, welche Erfahrung sie auch haben. Du hast das nicht getan.«
Sie schenkte mir ein dankbares Lächeln und eilte davon.
Wieder einmal staunte ich über Valianas Mut und Entschlossenheit. *Bei allen Heiligen, eines Tages könnte sie der beste Greatcoat von uns allen werden.* Natürlich standen die Chancen schlecht, dass ich das noch erleben würde.

Die nächste halbe Stunde eilten wir lautlos durch den Palast, bis wir den Flügel mit Herzog Rosets Gemächern erreichten. Wir schlüpften an Wächtern vorbei, die zu faul oder zu schlecht ausgebildet waren, um nach Männern Ausschau zu halten, die genau wussten, wie man lautlos durch die Schatten eilte.

Ich ertappte mich bei dem Wunsch, der Weg sollte schwerer sein. Alles ging zu schnell. Greatcoats verbrachten einen großen Teil ihres Lebens damit, sich in Schlösser, Herrenhäuser, Gefängnisse und gleichfalls gut bewachte Gebäude zu schleichen und dort wieder zu verschwinden. Das gehörte zu dieser Arbeit. Luth hatte sein eigenes Kontingent an Rittern, Gefolgsleuten, Leibwächtern und Wächtern. Keiner von ihnen verfügte über unsere Ausbildung oder Erfahrung. Keiner von ihnen entdeckte uns auf unserem Weg in den Hauptflügel. Wir hätten uns durch die untersten Palastkorridore direkt ins Schlafzimmer von Roset, dem Herzog von Luth, schleichen und ihm ein Messer in die Brust stoßen können, wäre das unsere Absicht gewesen. Es war leicht. Es war viel zu leicht.

»Etwas stimmt nicht«, sagte ich.

»Wovon sprichst du?«, fragte Brasti.

»Niemand ist da, wo er zu sein hat. Ich sehe einen Mann eine Tür bewachen, wo es zwei sein müssten. Ich habe mehrere Gefolgsleute wie kopflose Hühner durch die Korridore rennen sehen. Die Ritter gehen in Sechs-Mann-Formationen. Sie suchen jemanden. Aber sie tun es nicht sehr gut. Sie sind in Panik.«

Lautlos bewegten wir uns durch Alkoven und leere Räume, mieden die Palastwächter. Chaos breitete sich im ganzen Palast aus.

In einer kleinen Dienerkammer, die selten genutzt schien, hielten wir an. Brasti legte das Ohr an die Tür und lauschte.

»Was geht dort vor?«, fragte ich.

Er hielt einen Finger in die Höhe, um mir zu bedeuten,

still zu sein, und erst da wurde mir bewusst, dass auf der anderen Seite Stimmen zu hören waren. Ich hielt bereits mein Rapier in der Hand, aber jetzt zog ich zusätzlich ein Wurfmesser aus dem Mantel, um es dem Ersten, der durch die Tür kam, entgegenzuschleudern. Wenige Augenblicke später erstarben die Stimmen, und Schritte trugen sie fort.

Brasti wandte sich uns zu. »Nun, ich habe herausgefunden, woher die Unruhe kommt.«

»Was ist?«, fragte Valiana.

»Anscheinend sind wir zu spät zur Feier gekommen. Herzog Roset ist bereits tot.«

DES KÖNIGS ARM

Dariana kehrte zurück und schloss hinter sich die Tür zu der kleinen Dienerkammer. Vorsichtig bahnte sie sich einen Weg um die Teller- und Leinenstapel, um nichts umzustoßen. Trotz der Aufregung in den Korridoren von Schloss Luth hätte der Lärm Aufmerksamkeit auf uns lenken können. »Da draußen geht es verrückt zu«, berichtete sie beinahe schon schadenfroh. »Ich schätze, jetzt wissen wir, warum wir so mühelos reingekommen sind.«

»Ich verstehe noch immer nicht, wieso das leicht gewesen sein soll.« Valiana massierte sich noch immer die Hände. »Ich hatte Angst, von der Mauer zu stürzen und zu sterben.«

Dariana grinste. »So soll es sich anfühlen, lebendig zu sein, mein hübsches Vögelchen.«

»Herauszukommen wird ein Problem werden«, meinte Kest. »Wir sollten aufbrechen. Sich an den Wächtern vorbeizuschleichen wird nicht einfacher werden.«

»Nein.« Sorgfältig verknotete ich den kleinen Beutel mit Kletterkreide und schob ihn zurück in eine der Innentaschen meines Mantels. »Wir müssen herausfinden, was mit Roset passiert ist.«

»Willst du uns umbringen?«, fauchte Brasti und packte mich bei den Mantelaufschlägen. »Der Herzog von Luth ist tot, und man findet uns fünf im Schloss? Glaubst du etwa, es gibt noch einen freundlichen Oberst wie Shuran, der sich zufällig auf unsere Seite schlägt.«

»Denk nach«, sagte ich und stieß seine Hände weg. »Die Herzöge von Aramor und Luth waren Feinde. Die Person, die am ehesten infrage kam, den anderen umbringen zu lassen, war der jeweils andere. Und doch sind sie jetzt beide tot? Da stimmt doch etwas nicht.«

Brasti schnaubte. »Nur du kannst etwas Falsches daran finden, wenn Herzöge sterben. Sollen sie sich doch gegenseitig umbringen. Und selbst wenn morgen noch jeder andere Herzog im Land stirbt? Wer wird sie vermissen?«

Auf der Reise von Aramor nach Luth hatte ich mir die gleiche Frage gestellt. Wer würde die Herzöge vermissen? Wenn das Land tatsächlich zerbrach, würde es nach dem Chaos dann nicht besser sein, es ohne den zersetzenden Einfluss der Herzöge wieder aufzubauen? Aber je näher wir dem Schloss kamen, umso deutlicher war mir klar geworden, dass ich nicht zu einem politischen Attentat fähig war. Wenn ich die Augen schloss, konnte ich förmlich König Paelis mit seinem schiefen Grinsen vor mir sehen. *Aber du warst nahe dran, nicht wahr, Falcio?* Er hatte immer gern zugesehen, wenn ich mit meinem Gewissen rang.

Kest warf einen Blick durch den Türspalt. »Die Wächter und Ritter eilen kopflos umher. Als hätten sie alle den Verstand verloren.«

Ich übernahm seinen Platz und betrachtete das Chaos. Diener und Wächter liefen durch die Korridore und kollidierten praktisch an jeder Ecke. Verwirrung hatte das Schloss ergriffen. Die Herzogtümer waren immer von der eisernen Faust ihrer Herren beherrscht worden, und ohne sie schien keiner zu wissen, was er tun sollte. Ritter in Plattenrüstungen und gelben Wappenröcken versuchten die Kontrolle zu übernehmen, aber wer würde noch ihre Befehle befolgen, wenn sich der Staub wieder gelegt hatte?

Wovon ich hier Zeuge wurde, war genau der Grund, aus

dem König Paelis nie in Betracht gezogen hatte, sich der Herzöge mit Gewalt zu entledigen. Ich schloss die Tür und wandte mich Brasti zu. »Was in diesem Augenblick im Palast geschieht, ist nur ein Hauch des Chaos, das sich im ganzen Land ausbreiten würde. Tristia wäre jahrelang in einen blutigen Bürgerkrieg verstrickt.«

»Vielleicht will das ja jemand«, meinte Kest. Er wollte noch etwas hinzufügen, hielt dann aber inne und hob den Finger. »Ich höre etwas. Ritter kommen.«

»Die gehen genau wie die anderen an uns vorbei«, sagte Brasti.

»Bei allen Höllen«, meinte Dariana. »Wer auch immer der Attentäter ist, mit dieser Narrenhorde im Weg werdet ihr ihn nie erwischen.«

Valiana erregte meine Aufmerksamkeit. »Falcio, was ist mit der Familie? Du hast erzählt, dass man in Aramor nicht nur Isault ermordet hat, sondern auch seine Erben.«

»Du hast recht. Wenn es einen Meuchelmörder gab, könnte es noch andere geben, und wer weiß, hinter wem sie jetzt her sind.«

Dariana schnaubte. »Noch vor ein paar Stunden schienst du ihn selbst ermorden zu wollen.«

»Schluss damit«, sagte Kest. Er wusste immer, welche Richtung ich einschlagen würde, bevor ich es selbst wusste.

Dariana ignorierte ihn. »Denk nach, Erster Kantor. Was können wir hier gewinnen? Wie soll das Aline helfen?«

»Alle Klappe halten«, flüsterte Brasti. »Sie kommen in diese Richtung.« Er suchte sich eine Position, von der aus er am besten auf jemanden schießen konnte, der den Raum betrat. Dariana zog einen langen Dolch aus dem Mantel und baute sich neben der Tür auf.

Schweigend standen wir da. Ich hörte mehrere Männer auf der anderen Seite der Tür debattieren. »Überprüft jeden Raum«, sagte einer.

»Dort geht doch nie jemand rein. Außerdem gibt es keinen Ausgang. Nur ein Narr würde sich dort verstecken. Um aller Heiligen willen, Mann, Ihr seid verwundet. Geht zu einem Heiler, bevor Ihr verblutet.«

»Noch nicht. Wir müssen ...«

»Schön. Wie Ihr wollt, wenn Ihr mit Eurem Blut den Boden beflecken wollt, Rittersergeant. Ich werde mich mit den anderen neu gruppieren und die verdammte Suche unter Kontrolle bringen.«

Wenige Augenblicke später öffnete sich die Tür, und ein Mann in Rüstung mit einem Breitschwert trat über die Schwelle. Ich war das Erste, auf das sein Blick fiel. »Du! Du bist es! Verflucht ...«

Kest schnappte sich den Ritter am Nacken, riss ihn in den Raum und stieß hinter ihm die Tür zu.

»Sprich leise, Ritter«, sagte Dariana. Die Spitze ihres Dolches berührte den Hals des Mannes.

Sein Blick irrte zwischen Darianas Klinge und dem Rest von uns hin und her. Man vermochte förmlich zu sehen, wie er verzweifelt eine Möglichkeit zu finden suchte, uns lange genug beschäftigen zu können, um Hilfe zu holen. Auch Brasti bemerkte es und zielte auf seinen Bauch. »Eine Bewegung, Blechmann, der kleinste Laut, und ich schicke diesen Pfeil direkt durch dein ...« Brasti beugte sich vor und entspannte die Sehne. »Falcio, ich glaube, jemand hat diesen Kerl bereits erledigt.«

Er hatte recht. Auf Bauchhöhe des Harnischs war ein kleines Loch zu sehen, aus dem Blut tropfte.

»Du!«, wiederholte der Ritter und stolperte rückwärts gegen die Tür. »Ich wusste, dass du es warst. Ich konnte es sehen.«

»Wir haben nicht ...«

Der Ritter ließ das Schwert fallen und nahm den Helm ab. Schulterlanges braunes Haar umrahmte ein weiches Gesicht mit einem kurz gestutzten Bart. »Ich wusste doch, dass ich diese Stimme kenne, Falcio.«

»Wer bist du?«, fragte Kest in dem Moment, in dem der Mann auf die Knie fiel. Er blickte zu Kest hoch und grinste. »Erkennst du mich nicht? Ich bin es ...«

»Nile«, sagte ich. »Kest, es ist Nile.«

Nile, der Sohn eines Fischers, der während eines kurzen Krieges mit Räubern aus Avares für das Herzogtum Pertine gekämpft und bei seiner Rückkehr keine Familie mehr gehabt hatte und dann ziellos umhergewandert war, bis wir auf ihn gestoßen waren, als er gerade einen alten Mann davor bewahrt hatte, vom Neffen eines Lords zu Tode getreten zu werden. Nile Padgeman, der Achte Kantor der Greatcoats, den man den Arm des Königs nannte.

»Bei allen Heiligen, Nile, was ist passiert?«, fragte ich.

Nile schüttelte kurz den Kopf und zuckte zusammen. Wie zur Erwiderung floss das Blut schneller aus der Bauchwunde. »Er hat mich erwischt, Falcio. Der Bastard hat mich doch wirklich erwischt.«

Wir setzten Nile mit dem Rücken gegen die Tür. Dabei stellte Brasti die Frage, die uns allen auf den Nägeln brannte. »Beim knochigen Hintern des heiligen Zaghev, Nile, was machst du hier?«

Wir hatten Nile »den Arm des Königs« genannt, weil er trotz seiner eher durchschnittlichen Größe stark genug war, um doppelt so große Männer beim Armdrücken zu besiegen. Der König pflegte zu scherzen, dass, könnten wir Armdrücken als Duellform in der tristianischen Kultur etablieren, Nile ganz allein den Königsfrieden erringen würde.

»Hallo, Brasti«, sagte Nile kaum hörbar. Ein Rinnsal Blut kam mit Speichel vermischt aus seinem Mund. »Du siehst ... älter aus. Ich hätte keinen von euch erkannt, hätte man euch nicht angekündigt.«

»Ich bin nicht ...«, fing Brasti an.

Kest schlug ihm gegen den Arm. »Konzentriere dich.« Er

richtete die Aufmerksamkeit auf Nile. »Wer hat dir gesagt, dass wir kommen?«

»Eine Nachricht aus Aramor. Ein kleiner Mistkerl von Ritter sagte, dass ihr drei möglicherweise auf dem Weg seid. Es wird euch freuen zu hören, dass er sagte, es bestünde durchaus die Möglichkeit, dass ihr *nichts* mit dem Mord an Herzog Isault zu tun habt.«

Nile griff nach einer der Schnallen an der Schulter seines Brustpanzers. Ich kniete mich hin und half ihm, sie zu öffnen.

»Danke«, sagte er. »Diese von den Göttern verdammten Rüstungen. Nach fünf Jahren ertrage ich sie noch immer nicht. Ich vermisse meinen Mantel. Ich hätte ihn mitnehmen sollen, konnte aber nicht riskieren, dass ihn jemand findet. Wisst ihr, dass ich ihn drei Meilen von hier entfernt an einem See vergraben musste? Ich frage mich, ob er sich noch immer in einem vernünftigen Zustand befindet. Vermutlich hätte ich ihn besser verbrannt, aber dazu konnte ich mich nicht überwinden.« Seine Augen schienen immer wieder ins Leere zu starren. Dann erblickte er Valiana. »Oh, hallo, meine Hübsche. Wie heißt du?«

»Valiana«, erwiderte sie.

»Bist du ein Greatcoat?«

»Ich bin ...« Sie zögerte und sah mich an, als wollte sie um Erlaubnis bitten.

»Eine der besten«, sagte Brasti, und einen Augenblick lang ärgerte ich mich über seine schnelle Erwiderung, weil sie den Anschein erweckte, ich würde nicht an Valiana glauben.

Nile lächelte und streckte die in dem Panzerhandschuh steckende Hand aus, um ihren Arm zu berühren. »Sieh nicht so ängstlich aus. Ich sterbe an einer Bauchwunde, nicht an der Wintergrippe.«

Valiana kniete neben ihm nieder und nahm seine Hand. »Solange das nicht ansteckend ist.«

Nile lachte. »Ah. Hm. Sag mir, ich könnte schwören, dass

ich ein Porträt von dir gesehen habe. Ein protziges Ding, das die Hexe, deren Namen man nicht sagen darf, geschickt hat. Verrate mir, hat mich die widerwärtige Alte je erwähnt? Ich habe ihr ein- oder zweimal Ärger gemacht.«

Valiana zögerte kurz, dann nickte sie. »Sie sprach oft von dir. Sie sagte, du seist einer der wenigen Greatcoats, die sie fürchte und dass sie als glückliche Frau sterben würde, wenn sie vorher für deinen Tod sorgen könnte.«

Nile kicherte röchelnd. »Sie gefällt mir, Falcio. Sie weiß, wie man lügen muss, ohne eine Miene zu verziehen. Sie hätte Hofdame werden sollen. Jetzt, wo ich darüber nachdenke, solltest du nicht irgendwann mal Königin werden? Heutzutage wollen so verdammt viele Frauen Königin werden. Was ist mit dir?« Er sah Dariana an. »Willst du auch Königin werden?«

Dariana schnaubte. »Wohl kaum.«

»Schlaues Weib. Eine schreckliche Stellung, soweit ich weiß. Der König schien sie zu hassen.« Nile verdrehte den Hals. »Weißt du, du siehst aus wie Shanillas kleines Mädchen. Erinnerst du dich noch an Shanilla, Falcio?«

Das tat ich allerdings. Shanilla hatte zu den Greatcoats gehört, die ich am meisten bewundert hatte. Sie kannte die Gesetze und wusste zu kämpfen, hatte aber immer nach einer Möglichkeit gesucht, den Frieden zu bewahren. Sie und Dara waren wie Schwestern gewesen. Allerdings hatte ich fast schon vergessen gehabt, dass sie eine Tochter hatte. War das Darianas Geheimnis? *Konzentriere dich*, rief ich mich zur Ordnung. »Was hast du hier gemacht, Nile?«, fragte ich.

»Und du kannst dir die Mühe sparen, mir zu sagen, dass ich älter aussehe, denn ich wurde gefoltert, vergiftet und bin mindestens einmal gestorben.«

Nile gab ein leises Lachen von sich, das sich in ein Husten verwandelte. Ich zog ein Tuch aus einer der Taschen meines Mantels und wischte ihm den blutigen Speichel vom Mund. »Danke«, sagte er. »Ist hier Wasser?«

Ich blickte mich um und entdeckte einen Krug auf einer Kommode. Ich nickte Kest zu, und er holte ihn. Er warf einen Blick hinein. »Ich glaube, das ist Wein.«

»Umso besser«, sagte Nile. »Her damit.«

Brasti und ich halfen Nile, sich weiter aufzurichten. Kest tröpfelte etwas von dem Wein in seinen Mund.

»Komm schon, Kest«, beschwerte er sich. »Du warst immer schon geizig. Ich sterbe hier.«

Kest gab ihm noch etwas mehr, aber als er nach dem Krug greifen wollte, schüttelte er den Kopf. »Es tut mir leid, aber wir brauchen Antworten, und dich betrunken zu machen hilft uns nicht.«

»Es wird mir helfen ...«

»Nile«, sagte ich. »Wer dafür verantwortlich ist, ist noch da draußen. Wir müssen ihn finden, solange es möglich ist.«

»Er ist schon lange verschwunden, Falcio«, erwiderte er. »Ihr werdet ihn nicht finden. Es sei denn, er will es, und ich glaube nicht, dass ihr ihn besiegen könnt.«

»Lass das meine Sorge sein. Zuerst verrate mir, was du hier im Namen aller Heiligen machst.«

Er sah mich von der Seite an. »Der König, was sonst?«

»Was ist mit ihm?«, fragte Brasti.

»Das war sein Befehl. Der letzte ... an diesem Tag auf Schloss Aramor, als er jeden von uns zu sich kommen ließ. Er befahl mir, den Herzog zu beschützen.«

»Wieso?«

Nile zuckte nur mit den Schultern. »Es war der König, Falcio. Wann hat er uns je ausreichend informiert? Er befahl mir nur, herzureisen und den Herzog zu beschützen, solange ich kann.«

»Also hast du dich einfach den herzoglichen Rittern angeschlossen?«, fragte Brasti.

Nile grinste. »Das war einfacher, als du glaubst. Ich ließ ein paar Adelspatente fälschen. Erinnerst du dich an Pimar? Der Junge, der den König bediente? Wie sich herausstellte,

war er ein unglaublich guter Fälscher. Er schwor mir Stein und Bein, dass ihm der König selbst einen Lehrer besorgt hätte. Bei den Göttern, unser König war ein seltsamer Mann. Warum sind wir ihm nur gefolgt?«
»Weil alles andere schlimmer war«, erwiderte Kest.
»Richtig, ich wusste doch, dass es einen Grund gab. Aber egal, die Ritterschaft ist gar nicht so kompliziert, wie sie es mit ihren Regeln und dem Ehrenkodex und dem ganzen ›Ihr‹ und ›Euch‹ aussehen lassen. Im Grunde braucht man nur aus einer Adelsfamilie zu kommen ...«
»Oder einen guten Fälscher haben«, warf Brasti ein.
»Richtig. Oder so. Es überprüft sowieso niemand, denn soweit es die Herzöge betrifft, sind Ritter nur ein Haufen etwas besser ausgebildete Soldaten. Und sobald man drinnen ist, ist der Rang eine Sache von Turnieren und Schlachten. Sobald ich mit der Lanze umgehen konnte und mich daran gewöhnt hatte, ständig den ganzen Stahl mit mir herumzuschleppen, war es gar nicht mal so schwer.«
»Also wurdest du zum Rittersergeanten?«, fragte ich.
»Hätte ich gewollt, hätte ich es zum Hauptmann schaffen können. Aber damit wären mehr Reisen verbunden gewesen, während die Sergeanten für gewöhnlich die Leibwächter des Herzogs anführen.«
»Und du hast ihn die letzten fünf Jahre beschützt?«
Nile lächelte. »Die leichteste Arbeit, die ich je hatte, Falcio. Das Essen ist gut, die Bezahlung ist, nun ja, mehr als die eines verfluchten Greatcoats, das kann ich euch sagen. Die Frauen werfen sich einem so gut wie an den Hals, und keiner erwartet von einem, sie zu heiraten.« Nile sah in Brastis Richtung.
»Mich überrascht, dass du dich noch nicht verpflichtet hast.«
»Das würde ich ja«, erwiderte Brasti. »Aber sie sind so empfindlich, was den Einsatz des Bogens angeht.«
»Auch wieder wahr.« Nile schloss die Augen.
»Hilf mir, ihn von diesem Ding zu befreien«, forderte ich Kest auf und zeigte auf den Harnisch.

Nile ergriff meinen Arm. »Wenn du das tust, blute ich nur aus. Das Teil hält meine Innereien zusammen.« Er versuchte auf das kleine Loch in dem Panzer herunterzusehen. »Ist das zu glauben, dass es dem Bastard gelungen ist, einen Parierdolch da durchzurammen? Ein verdammt schmales Teil, sah aus, als würde es sofort zerbrechen. Selbst wenn ich schnell genug gewesen wäre, weiß ich nicht, ob ich mir die Mühe gemacht hätte, ihn zu parieren. Trotzdem ...«

»Was können wir für dich tun?«, fragte ich.

»Nichts. Ich schätze, ich habe noch zehn Minuten, bevor ich das Bewusstsein verliere, dann noch vielleicht eine halbe Stunde, bevor ich Paelis in der Hölle aufspüre, in der er jetzt schmort, damit ich ihm die Scheiße aus dem Leib prügeln kann.« Nile sah mich an und lachte. »Ha! Du solltest deinen Gesichtsausdruck sehen, Falcio. Du hast es nie ertragen können, wenn jemand schlecht über den König sprach.«

»Der Attentäter, Nile, wer war es?«

»Im Raum war es völlig dunkel, aber ich glaube, er trug eine Maske und dunkle Kleidung. Ich vermute, das erleichtert die Sache.«

»Wie oft hat man versucht, den Herzog umzubringen?«

»In den vergangenen fünf Jahren? Abgesehen von heute?« Ich nickte.

»Nie«, sagte Nile.

»Nie? Es hat nie jemand versucht, ihn zu töten?«

»Wer sollte das tun? Die Bauern und die Städter werden seit Ewigkeiten unterdrückt, und die Adligen würden sich das niemals trauen.«

»Und die anderen Herzöge?«

Er schüttelte den Kopf. »Dazu fehlen die Möglichkeiten. Weißt du, was ich in den vergangenen fünf Jahren entdeckte? Tristias vorrangiges Erzeugnis sind Spione. Nicht Spione gegen ausländische Mächte, sondern Leute, die ihre ganze Zeit hier in Tristia verbringen. Ich sage dir, Falcio, in diesem Land beherbergt jedes Schloss Spione aus allen anderen

Schlössern. Sollte ein Herzog jemals versuchen, einem anderen Herzog einen Meuchelmörder auf den Hals zu hetzen, würde er auffliegen, bevor er den Befehl unterschrieben hat.«

Nile hustete wieder, und dieses Mal war da mehr Blut. Ich glaubte nicht, dass er noch viel Zeit hatte. »Wer war es dann? Wer könnte ...?«, fragte ich.

»Nein, beschreibe mir, wie er sich bewegt hat«, unterbrach mich Kest und hielt Niles Blick fest.

»Lass das«, sagte ich.

»Nein, ich muss das wissen.«

Nile starrte auf die gegenüberliegende Wand. »Er floss wie ein Fluss.« Er zeichnete eine winzige Acht in die Luft. »Als wollte man einen Aal überlisten. Schlüpfrig. Schnell.«

Ich war nur ein einziges Mal einem Mann begegnet, der sich auf die von Nile beschriebene Weise bewegte. »Nile, willst du mir sagen, dass es sich bei dem Attentäter um einen Dashini handelte?«

»Weißt du, zuerst glaubte ich das auch, aber er hat mir dieses verdammte Pulver nicht entgegengespuckt, du weißt schon. Dieses Zeug, das einen in die Hose pinkeln lässt, während sie einen umbringen? Aber jetzt, wo ich darüber nachdenke, bewegte er sich genau so, wie es in den Geschichten beschrieben wird. Verrate mir, stimmt es, dass du in Rijou gegen einen gekämpft hast?«

»Ja.«

»Weißt du, manche Leute behaupten sogar, es wären zwei gewesen. Aber das stimmt doch bestimmt nicht, oder?«

Ich nickte.

»Bei allen Heiligen!«, sagte er. »Du hast *zwei* Dashini getötet? Wie bei allen Höllen hast du das geschafft?«

»Ich sagte ein paar Sachen zu ihnen, die sie gerade genug verunsicherten, um ...«

»Ha!« Nile lachte, und das Blut strömte nun ungehindert aus seinem Mund. »Wenn das keine Ironie ist. Du hast die Leute schon immer zu Tode gelabert, Falcio.«

Valiana wollte ihm das Blut vom Mund wischen, aber er nahm einfach ihre Hand und hielt sie an sein Herz, und dann starb Nile Padgeman einfach so ohne Seufzer oder Röcheln. Valiana hielt dabei seine Hand. Obwohl sie den Mann eben erst kennengelernt hatte, ließ sie nicht los, bis sie sich sicher war, dass sein Geist den Körper verlassen hatte. Erst dann löste sie sich von ihm, während ihr stumme Tränen über die Wangen liefen. Für diese Tränen liebte ich sie.

22

DIE GEMAHLIN DES HERZOGS

»Falcio, wir müssen hier weg«, sagte Brasti.
»Eine Minute«, erwiderte ich und schloss Nile die Augen.
»Wir sollten ihn mitnehmen.«
Kest schüttelte den Kopf. »Das können wir nicht machen. So, wie die Dinge stehen, werden wir uns vermutlich ohnehin den Weg freikämpfen müssen.«
»Wir können ihn nicht hierlassen«, beharrte ich. Nile hatte Besseres verdient, als in einer Dienerkammer in seinem eigenen Blut liegen gelassen zu werden. Er verdiente ein anständiges Begräbnis, und zwar nicht in dieser verfluchten Rüstung, sondern in seinem Mantel. »Wo, sagte er, hat er noch mal seinen Mantel vergraben? An einem See? Wir können ihn dorthin bringen und ...«
Kest ging neben mir auf die Knie und sah mir ins Gesicht. »Das können wir nicht tun, Falcio. Das weißt du. Man hält ihn hier für einen Ritter. Sie werden ihn mit Ritterehren bestatten.«
Nile hätte die Vorstellung gehasst. »Warum? Warum schickte ihn der König her, um einen verfluchten Herzog zu beschützen? Hat er Dara den gleichen Befehl gegeben? War sie darum in Aramor?« Mir war ganz schlecht. Hatte er ihr auch befohlen, Isaults Geliebte zu werden?
Kest nahm mein Gesicht in beide Hände, eine seltsame Geste, die er für die Gelegenheiten reserviert hatte, in denen

er glaubte, ich würde den Verstand verlieren. »Dara ist tot. Nile ist tot. Der König ist tot. Falcio, du musst dich entscheiden, ob du willst, dass auch wir sterben, denn bald …«

»Zu spät«, fauchte Dariana, sprang zur anderen Seite der Tür und hob ihre Klinge.

»Wie viele?«, wollte Kest wissen.

»Mehr als genug«, verkündete eine tiefe Stimme. Ein Mann in Rüstung mit den Insignien eines Ritterhauptmanns auf dem Wappenrock trat in Sicht. Brasti zielte direkt auf seinen Helm, aber der Ritter hob nur die Hand. »Schieß diesen Pfeil ab, und dich trifft die volle Macht der herzoglichen Wächter, Trattari.«

»Und was passiert, wenn ich es nicht tue?«, fragte Brasti.

»Du.« Der Ritter zeigte auf mich. »Die Lady Beytina hat nach dir gefragt.«

»Und wer ist diese Beytina?«

»Die *Lady* Beytina ist Herzog Rosets Gemahlin und damit seit drei Stunden die neue Herrscherin von Luth. Außerdem ist sie das Einzige, das mich davon abhält, ein Seil zu nehmen und euch mitten im Korridor aufzuknüpfen. Zumindest für eine kurze Weile.«

»Warum sollte sie mit uns sprechen wollen?«, fragte ich.

Der Ritter schnaubte. »Das will sie nicht. Sie hat allein nach dir gefragt. Falcio val Mond, der Erste was auch immer der Lumpenmäntel.«

Meine Klinge zischte aus ihrer Scheide. Die Wachen im Korridor spannten sich an, aber der Ritter hielt sie auf. »Lasst es!«

»Woher weiß sie überhaupt, dass ich in der Gegend bin?«, wollte ich wissen.

Der Hauptmann richtete den Blick wieder auf seine Männer. »Seht ihr, was ich gemeint habe? Diese Trattari halten sich ja für so clever.« Er wandte sich wieder mir zu. »Unsere Spione haben uns schon vor Tagen über die Geschehnisse in Aramor unterrichtet. Herzog Roset wusste, dass du kommst, mit der Faust drohst und irgendeine Entschädigung für eingebildete Verbrechen verlangst.«

Ich überdachte unsere Möglichkeiten. Die Tür war schmal, was es so gut wie unmöglich machte, dass uns mehr als nur ein Ritter angreifen konnte, andererseits bedeutete das aber auch, dass wir hier nicht rauskamen. Dort standen Männer mit Armbrüsten, die lediglich über die Schulter ihres Hauptmanns schießen mussten, um uns zu erwischen, und wir hatten zu wenig Platz, um Deckung so finden. »Welche Sicherheiten habe ich, was die Absichten der Lady Beytina betrifft?«, fragte ich schließlich.

»Die Herzogin will sich unter vier Augen mit dir unterhalten. Mehr muss ich nicht wissen. Und du auch nicht.«

»Hast du keine Angst, ich könnte sie umbringen?«

»Eigentlich nicht«, sagte der Ritter. »Der Attentäter hat sie bereits erwischt.« Er zeigte auf Nile. »Sergeant Kylen hier wollte sie beschützen, aber die Klinge des Meuchelmörders traf ihre Lunge. Sie liegt im Sterben.«

Durch die offene Tür ihres Zimmers konnte ich Lady Beytina keuchen hören.

»Es ist Flüssigkeit in der Lunge«, sagte Kest. Er verfügte über die ungewöhnliche Fähigkeit, jeden Zustand zu erkennen, der zu einem schmerzhaften Tod führte.

Zwei Wächter im gelben Wappenrock verstellten uns den Weg und gaben sich alle Mühe, nicht nervös auszusehen, was nur den Grad ihrer Angst vor uns zu verstärken schien.

»Bleibt zurück, Trattari«, sagte der ältere der beiden.

Aus dem Gemach ertönte eine leise, gebrochene Stimme.

»Lasst sie rein, Rasten. Sie sind hierfür nicht verantwortlich, davon abgesehen könnten sie mir jetzt kaum noch etwas antun.«

Die Wächter traten zur Seite, und wir durften das Gemach der Lady betreten. Es war ausgesprochen üppig eingerichtet, blaue und silberne Bordüren spannten sich über die dunkelbraunen Eichenwände. Insgesamt gab es drei Spiegel, zwei an den Wänden, und ein ganz besonders verziertes Exemplar mit aufwendig geschnitzten Holzblumen auf dem Rahmen erhob sich ungefähr in der Mitte des Raumes. Eine kleine Tür an der Seite führte in ein Ankleidezimmer, und ich konnte Ständer voller Kleider sehen.

Ich hatte von der Lady Beytina gehört, wie mir jetzt wieder einfiel, die Herzog Roset erst kürzlich geheiratet hatte. Sie hatte ihre Jugend nur wenige Jahre hinter sich gelassen und war drei Jahrzehnte jünger als ihr Gemahl; hübsch und anmutig, hatte sie sich vermutlich gerade erst an Reichtum und Macht gewöhnt.

»Hier«, keuchte sie. »Komm her, Trattari.«

Ich ließ die anderen an der Tür zurück und näherte mich ihr. Am Bett der Lady knieten zwei junge Frauen und hielten ihre Hände. Eine schon ältere Frau mit grauen Locken war damit beschäftigt, ein weißes, mit hellgrünen Grashalmen und gelben Blüten beladenes Handtuch von der Stirn der Herzogin zu nehmen und es durch ein anderes, genauso behandeltes zu ersetzen.

»Man nennt es Fabelbeutel«, sagte Beytina. »Es wird mich im Handumdrehen kurieren, sagt man.«

Selbst jetzt war sie eine wunderschöne Frau. Langes blondes Haar, das von Schweiß und Fieber feucht hätte sein müssen, war sorgfältig gebürstet und auf dem Kissen ausgebreitet worden, um ein blasses und schmerzerfülltes Gesicht einzurahmen. Man hatte es alabasterweiß geschminkt, statt das Grau des herannahenden Todes durchschimmern zu lassen. Um den Hals trug sie einen Kranz aus kleinen blauen Blumen, und ein Schatten in ähnlicher Farbe umgab ihre Augen. Sie sah aus wie ein Gemälde der Heiligen Werta, die auf den Wellen wandelt, die oft die Kabinen reicher Kapitäne schmücken. Ich fand den ganzen Anblick pathetisch.

So begegneten die Reichen ihrem Ende – weder tapfer noch feige, sondern hübsch. Beytinas Eitelkeit war so groß, dass sie, während sie sich Zoll für Zoll auf die Kammer des Todes zubewegte, den Eindruck machen wollte, als würde sie sich jeden Augenblick von ihrem Lager erheben und eine Gesellschaft großer Lords und Ladys zu einem Bauerntanz führen. Ich wollte ihr sagen, dass sie bereits so gut wie tot war; dass sich ein Mann in ihr Schloss geschlichen und sie getötet hatte, ohne einen Gedanken an ihre Schönheit oder ihre Manieren zu verschwenden; dass es zweifellos viele Himmel geben würde, an die die bald Verschiedene glaubte, von denen aber vermutlich keiner ihr die Tore öffnen würde.

»Man spricht überall von Eurer Schönheit, meine Lady«, sagte ich, als ich ihr Bett erreicht hatte. »Keine der Geschichten wird Euch gerecht.«

Sie lächelte mich an, und ich sah den ersten winzigen Schimmer in ihren Augen, der Tränen ankündigte. Sie blinzelte sie zurück. »Danke, Trattari.«

Sie schüttelte die Hände der Mädchen ab, die ihr Gesellschaft leisteten, und scheuchte sie zusammen mit der Heilerin fort. Ich warf Kest und Brasti einen Blick zu, die an der Tür warteten, und nickte. Sie verschwanden ebenfalls, und die Wächter schlossen die Tür.

»Ihr wolltet mich sehen, meine Lady«, sagte ich. »Gibt es etwas, das ich tun könnte, um es Euch bequemer zu machen?«

Sie lachte leise, was sie husten und keuchen ließ, das sorgfältig arrangierte Haar in Unordnung brachte und das Handtuch auf ihrer Stirn verrutschen ließ. »Bitte, keine Scherze.«

Vorsichtig streckte ich die Hand aus und rückte das Handtuch mit den Kräutern wieder zurecht.

»Nein. Schaff mir dieses blöde Ding vom Hals.«

Ich nahm das Handtuch, dann fiel mir ein, wie das möglicherweise aussehen würde, wenn die anderen zurückkehrten. »Seid Ihr sicher? Soll das nicht ...?«

»Sei kein Narr. Man kann keine innere Blutung mit einer Kompresse aus Kräutern und Blumenblättern heilen.«

»Soll ich Eure Männer anweisen, einen anderen Heiler zu holen?«

»Die Närrin, die ich gerade weggeschickt habe, war schon die beste, die wir hier haben«, sagte sie. »Die alte Hexe gibt einem alle möglichen duftenden Tinkturen und angenehm riechenden Salben, könnte aber keine Ginwurzel zubereiten, selbst wenn sie zwischen ihren Zehen wuchert.«

»Kennt Ihr Euch etwas in Medizin aus?«

»Ich war in der Ausbildung zur Heilerin. Tatsächlich befand ich mich sogar in meinem letzten Jahr, als ich zufällig dem Herzog über den Weg lief und er einen neuen Kurs für mein Leben bestimmte.« Sie wollte sich hochstemmen, scheiterte aber. Sie blickte mich an.

Ich half ihr, sich aufzusetzen, bemühte mich aber, es so sanft wie nur möglich zu machen.

»Willst du etwas Witziges hören, Greatcoat?«, fragte sie, noch während ich sie bewegte. »Die Heilerinnen aus den kleinen Städten und Dörfern – die von ihren Müttern und Großmüttern lernen, grässlich schmeckende Tränke und stinkende Salben herzustellen? Denen gelingt es tatsächlich manchmal, Menschen zu heilen. Aber diejenigen, die in den herzoglichen Häusern ausgebildet werden und von den großen Meistern lernen, taugen größtenteils nichts. Sicher, sie können einem alle möglichen bombastisch klingenden Namen für alle möglichen Dinge nennen, aber sie heilen einen nicht.«

»Es ist ein Wunder, dass ein Adliger eine Erkältung überlebt.«

Sie nickte. »Sie ... ich meine, *wir* essen gut und bleiben aus der Kälte. Wir werden nicht oft verletzt und leiden nie unter Hunger oder Durst. Aber werden wir einmal krank, haben wir weder die Medizin, um uns zu kurieren, noch die Zähigkeit, es zu überstehen. Wir sind wie sehr große, sehr hübsche Glasvasen. Ein geworfener Stein, und wir zerbrechen in tausend Stücke.« Sie breitete die Arme zu einer engelsgleichen Pose aus. »Wir sind von nutzloser Schönheit.«

Es überraschte mich, dass sie sich ihres Zustands so bewusst war. Die Adligen hatten so viel Mühe darauf verwandt, ihre Welt so zu gestalten, dass der Abschaum draußen gehalten wurde, dass sie niemals einer Bauernheilerin oder Hexenfrau aus einem Dorf vertrauen würden. Wie die Lady gesagt hatte: Sie waren unglaublich zerbrechlich.

»Und doch scheint Ihr ziemlich entschlossen, die nächste Welt so hergerichtet zu betreten.«

Sie lächelte, allerdings hob sich dabei nur der eine Mundwinkel. »Schönheit ist der ganze Reichtum, auf den ich in meinem Leben zählen konnte, auch wenn ihm wahrer Wert fehlt. Sie ermöglichte mir den Zugang zu einer Schule, als mir das nötige Geld fehlte, sie brachte mir die Hand eines Herzogs, obwohl ich keinen adligen Namen trug. Ich muss von der Annahme ausgehen, dass die Götter genauso oberflächlich wie der Rest von uns sind. Was meinst du, sollte ich vor meinem Tod zu Orros oder zu Lephys beten?«

»Wen, Euer Gnaden?«

»Orros nennen wir im Herzogtum Luth den Gott Münze. Lephys ist die Göttin der Liebe, aber sie ist manchmal eine eifersüchtige Gottheit; zumindest erzählen uns das die Priester. Purgeize, der Gott des Krieges, ist nicht viel besser, aber wenn ich so hübsch sterbe, wie ich gelebt habe, wird er mir doch sicherlich eine Gunst erweisen?«

»Ich fürchte, ich habe nur wenig Erfahrung mit den Göttern gesammelt, Euer Gnaden.«

Sie nickte, als hätte ich etwas Weises gesagt. »Es stimmt, den kleinen Leuten erscheinen die Götter nicht, nicht wahr? Mein Gemahl hat mir mal erzählt, dass Orros zu ihm sprach, aber ich bin mir nicht sicher, ob Roset mich da nicht auf den Arm nehmen wollte.« Kurz schloss sie die Augen. »Ich vermute, es spielt keine Rolle. Wenigstens können die edlen Heilerinnen hier gut mit Schmerzmitteln umgehen. Ich habe keine Schmerzen.«

Trotz ihrer glatten Worte füllten sich ihre Augen wieder

mit Tränen. Sie sprach tapfer, aber sie hatte Angst. Schreckliche Angst. Ich schämte mich dafür, dass ich sie zuvor so einfach abgewertet hatte. Trotz der Taten ihres Gemahls war sie eine junge Frau, die aus keinem besseren Grund sterben musste, als die Hand eines Mannes angenommen zu haben, die sie kaum hätte verweigern können.

»Wenn Ihr möchtet, meine Lady, gehe ich schnell und suche eine bessere Heilerin. Nicht weit von hier ist ein Dorf. Ich könnte in einem Tag zurück sein.«

Sie starrte mich einen Augenblick lang an, dann sagte sie: »Gib mir deine Hand!«

Ich gehorchte in der Annahme, ihr beim Aufstehen helfen zu sollen. Stattdessen nahm sie sie, führte sie an die Lippen und küsste sie. »Mir gefällt es, dass du versuchen würdest, mich zu retten, obwohl du mich an einem anderen Tag vermutlich gern tot gesehen hättest. Rührt dich meine erbärmliche Situation, oder sind es die hübschen Blumen in meinem Haar, was glaubst du?«

»Nichts davon, meine Lady.«

»Bitte sag mir nicht, dass es Ehre oder Pflicht ist. Ich bin mir ziemlich sicher, dass ich dir das nicht glauben würde.«

»Nein, meine Lady. Ich ...« Es gab keinen guten Grund für mich, ihr Trost zu spenden, und mit Sicherheit gab es auch keinen Grund, ihr gegenüber ehrlich zu sein, aber sie hatte Angst und litt Schmerzen, und Schmerzen und Leiden verdienen eine Art Antwort. »Ich war einst verheiratet.«

»War sie so hübsch wie ich?«, fragte Beytina.

Eine seltsame Frage. »Sie war nicht halb so hübsch wie Ihr, meine Lady, aber doppelt so schön.«

Die Lady lachte leise. »Gute Antwort. Sollte mir deine Frau in den Jenseitswelten begegnen, lasse ich sie auf jeden Fall von deiner Freundlichkeit und deiner Ehrlichkeit wissen. Aber erzähl mir mehr von deiner Frau. War sie besonders fromm veranlagt?«

Ich dachte an Aline, meine Frau, mit ihrem durchtriebenen Lächeln und ihren bösartigen Witzen; wie sie die Händler auf dem Markt so lange bedrängt hatte, bis die mit einem angewiderten Kopfschütteln den erbärmlichen Preis betrachteten, den sie für ihre beste Ware bezahlt hatte, um dann zurückzukehren und demselben Mann einen von ihr gebackenen Kuchen als Geschenk zu überreichen. Ich erinnerte mich an die Zeiten, in denen sie sich weigerte, den Priestern auch nur einen Pfennig zu geben und einmal sogar Geld aus der Kirche gestohlen hatte, um für die davor versammelten Kinder Essen zu kaufen. Ich erinnerte mich an die Weise, auf die sie mich als Feigling bezeichnet hatte, wenn ich den aggressiveren Nachbarn nachgab, nur um mich dann eines Tages anzuflehen, nicht zu kämpfen, als ...

»Sie war vernünftig«, sagte ich. »Sie verabscheute Verschwendung und Boshaftigkeit.«

»Und?«

»Und wenn ich Euch ansehe, frage ich mich einfach, was Aline mir zu tun befohlen hätte. Ich glaube, sie hätte gesagt ...«

Beytina schnaubte leise. »Ehemann, hol der zimperlichen reichen Frau eine gute Landheilerin!«

»So etwas in der Art.«

»Und was hättest du erwidert?«

Die nächsten Worte sprach ich so sanft, wie ich konnte. »Ich hätte ihr gesagt, dass ein Tag oder sogar nur ein halber noch immer viel zu lange wäre. Dass Ihr Flüssigkeit in den Lungen habt und man Euch nur noch auf das Ende vorbereiten kann.«

Wieder griff die Herzogin nach meiner Hand. Ich wollte sie nicht berühren, fühlte mich aber dazu gezwungen. *Es ist nur eine Hand*, hätte Aline gesagt. *Erstechen ist nicht ansteckend.* Ich überließ sie ihr, und als sie sie drückte, erwiderte ich den Druck leicht.

»Würdest du noch eine Weile bei mir sitzen bleiben?«, fragte sie.

»Ich …« Dort draußen lauerte ein Attentäter, möglicherweise sogar mehrere. Sie hatten Pläne, und ich hatte nicht die geringste Ahnung, wie sie aussahen. Wenn es wirklich die Dashini waren, die jeden Herzog umbrachten, der die Erbin des Königs unterstützten könnte, hatten wir bereits so gut wie verloren. »Ich bleibe noch eine Weile«, sagte ich. »Obwohl ich die Frau deines Feindes bin?«

»Ja.«

»Und versprichst du mir, noch eine ganze Stunde bei mir zu bleiben, auch wenn ich dir jetzt schreckliche, schmerzliche Dinge sagen muss?«

Ich sah sie an. Ihr Ausdruck war ernst. »Meine Lady?«

Sie holte Luft, ein langsames, röchelndes Atemholen, das ewig zu dauern und doch kein Ende zu nehmen schien. »Mein Gemahl hat eine sehr schlechte Vereinbarung getroffen. Man sollte Verträge niemals aus Furcht schließen.« Sie blickte mir in die Augen. »Ich weiß, wer du bist, Falcio val Mond. Du bist der Erste Kantor der Greatcoats. Du warst der Liebling des Tyrannen.«

Ich ertappte mich dabei, dass ich ihre Hand zu fest drückte. »Meine Lady, es wäre besser, wenn wir nicht über den König sprechen.«

»Vergib mir. Ich meinte, nun, vermutlich ist es zu spät zu sagen, dass ich niemanden beleidigen wollte. Aber was ich sagen wollte … will man den Troubadouren glauben, hast du Folter, Meuchelmördern und einer endlosen Reihe Feinden widerstanden, um die Erbin des Königs zu retten.«

»Und sie sagen, ich hätte Jillard, den Herzog von Rijou, geköpft, meine Lady. Ich schätze, er wird bald wieder in seinem Schloss sein, mit seinem Kopf fest auf den Schultern. Die Troubadoure neigen zum Ausschmücken.«

»Haben sie auch die Geschichte ausgeschmückt, dass du auf dem Stein gesprochen hast? Dass du die Bürger Rijous aufgerüttelt hast? Haben sie erfunden, dass du den Herzog davon abgehalten hast, Ganath Kalila zu verlängern?«

»Ich wollte nur ...«
»Du wolltest nur das Mädchen retten.« Die Lady schüttelte den Kopf. »Was für eine Art Narr bist du eigentlich?«
»Meine Lady?«
»Wir sprachen davon, wie zerbrechlich der Adel ist, wie isoliert und zugleich verletzlich. Falcio, du gingst nach Rijou und erreichtest den Stein! Hast du gewusst, dass danach zehn Tage lang Aufruhr herrschte? Hast du gewusst, dass viele der unbedeutenden Häuser ihre Steuern nicht bezahlt und sich geweigert haben, ihre Mieten zu erhöhen?«

Ich dachte an diesen Tag zurück. Wie lange war das jetzt her? Etwa zwei Monate? Ich hatte jedes Zeitgefühl verloren, alles erschien mir verschwommen. Ich erinnerte mich an die Menschenmengen, wie sie am Ende »Niemand bricht den Stein!« gesungen hatten. Ich war davon ausgegangen, dass es nach einer Nacht der Zecherei verstummt war.

»Es breitet sich aus«, sagte Beytina und riss mich aus meinen Betrachtungen. »Oh, die Städte haben genug Wächter und Ritter, um sie unter Kontrolle zu bringen, aber die Dörfer? Weit außerhalb der Reichweite des Herzogs? Sie hören jetzt die Geschichten deiner Taten, und sie fangen an, sich zu fragen, ob sie wirklich die Last des Adels ertragen müssen. Wir haben erfahren, dass erst gestern ein Steuereintreiber in einem der abgelegeneren Dörfer ermordet wurde.«

Carefal, dachte ich. *Sie spricht von Carefal.* War ich wirklich dafür verantwortlich, wegen einer albernen Ansprache in der Hitze der Verzweiflung, als ich nach einem Ausweg gesucht hatte? »Meine Lady«, sagte ich. »Was wollt Ihr mir sagen?«

»Falcio von den Greatcoats, ich habe dir gesagt, dass der Adel schwächer ist, als es den Anschein hat. Was muss ein schwacher Mann mit einem Schwert tun, wenn seine Umgebung plötzlich seine Stärke infrage stellt? Der Schwache mit dem Schwert muss schnell und gnadenlos töten, sonst dauert es nicht lange, bis man ihm das Schwert abnehmen will.

Mein Gemahl schloss einen Handel ab, Falcio. Einen schrecklichen Handel. Er musste die Kontrolle zurückgewinnen, und er überließ seinem Ritteroberst die Entscheidung, wie das geschehen sollte. Carefal befindet sich an unserer Grenze. Hätte man diesem Dorf erlaubt, sich über die Herrschaft des Herzogs hinwegzusetzen, wären andere seinem Beispiel gefolgt. Das Herzogtum würde im Chaos versinken. Sie haben Waffen. Waffen aus Stahl. Herzog Roset hatte keine Wahl, Falcio. Du hast ihm keine gelassen.«

»Was meint Ihr damit?«

»Der Ritteroberst entsandte seine Männer nach Carefal.« Plötzlich lüftete sich der Schleier von meinen Augen, und ich begriff, was sie mir da sagte. »Nein.«

»Es hat keine Eile mehr«, sagte sie. »Es ist viel zu spät. Vermutlich steht nun bereits alles in Flammen.«

Ich ließ ihre Hand los und trat einen Schritt zurück.

Beytina betrachtete ihre Hand. »Man kann ja über die alte grauhaarige Ziege sagen, was man will, aber sie braut ein schrecklich gutes Schmerzmittel zusammen.« Sie streckte mir die Hand entgegen. »Ich glaube, du hast mir die Hand gebrochen, Falcio.«

Ich war entsetzt und angewidert von dem, was ich ihr angetan hatte. »Warum?«, fragte ich. »Warum verratet Ihr mir das?«

»Es tut mir leid. Du scheinst ein wirklich anständiger Mann zu sein, und bis jetzt warst du sehr freundlich zu mir.«

»Also warum?«

Beytina seufzte traurig. »Weil ich den Herzog geheiratet habe und trotz allem eine loyale Ehefrau bin. Was er tun musste, erfüllte ihn mit Wut. Er hätte gewollt, dass ich dir Folgendes sage: Falcio val Mond, du bist verantwortlich für jeden Toten, den du in dem Dorf finden wirst. Wie auch für jeden weiteren Toten, den es noch geben wird, wenn andere Herzöge gezwungen sind, Rebellionen mit Feuer und Stahl niederzuwerfen. Du hast uns zum Mord getrieben.«

Wieder rang sie keuchend nach Atem und fing an zu husten. Und obwohl ich ihr ein Versprechen gegeben hatte, floh ich aus dem Gemach.

23

CAREFAL

Rauch und Gestank legten sich ungefähr eine halbe Meile vor dem Dorf erstickend auf unsere Lungen. Die Geschichte von Carefals Vernichtung war bereits lange erzählt, bevor wir die Leichen sahen. Je näher wir kamen, umso störrischer wurden unsere Pferde, also stiegen wir ab und gingen die letzten hundert Meter zu Fuß. Wir mussten mit eigenen Augen sehen, was aus der Bevölkerung von Carefal geworden war.

»Seid wachsam«, befahl Kest den beiden Frauen. »Wer auch immer das getan hat, könnte jemanden für alle Fälle zurückgelassen haben.«

»Wonach sollen wir Ausschau halten?«, fragte Valiana.

»Ritter«, erwiderte ich.

»Es könnte Kinder geben«, sagte Brasti. Seine Stimme klang zerbrechlich, als träumte er gerade. »Manchmal sammeln die Kinder im Wald Beeren.«

Das war eine idiotische Bemerkung. Genau wie ich kamen auch Kest und Brasti aus Dörfern, die kaum größer als Carefal waren. Wir alle wussten, dass die Erntezeit schon vor Wochen geendet hatte. Wir wussten, dass keine Kinder in das Dorf zurückkehren würden, aber Brastis angespannter Kiefer und das Zittern in seiner Stimme hielt mich davon ab, etwas davon zu erwähnen.

Das erste sichtbare Zeichen, was sich hier zugetragen

hatte, erwartete uns am Dorfeingang. Sieben Leichen hingen an Seilen von den Ästen eines hohen Baums; Rauch und Flammen eines mittlerweile erloschenen Feuers hatten die Körper verkohlt. Sie drehten sich in einer sanften Brise, als würde eine unsichtbare Hand Fleisch auf einem Spieß drehen, um dafür zu sorgen, dass es ordentlich von allen Seiten gebraten wurde. *Wozu sich die Mühe machen, sie zu verbrennen, wo man sie doch bereits gehängt hat?*

Dariana schien meine Frage zu erahnen. »Sieh dir die Knoten genau an«, sagte sie und zeigte in die Höhe. »Das sind Schlingen, die sich erst zuziehen, wenn man sich bewegt. Man hat sie dort aufgehängt und die Feuer entzündet, um dann darauf zu warten, dass Hitze und Rauch sie zappeln ließen.«

Der Drang zu würgen war beinahe überwältigend. Ich musste mich an einen Baum lehnen, um nicht auf die Knie zu fallen. Diese Menschen waren unter Schmerzen und voller Angst gestorben. Und vor allen Dingen langsam.

»Warum?« Brasti hielt den Reiterbogen mit einem eingespannten Pfeil in der Hand. »Worin liegt der Sinn?«

Der Sinn liegt darin, dass Dariana nicht die Einzige ist, die so einen Knoten erkennt, dachte ich. *Andere werden kommen, um zu sehen, was mit diesen Menschen passiert ist, und die Geschichte von Carefal wird sich verbreiten, und dann wird jeder wissen, dass jede Rebellion gegen die Herzöge einen höheren Preis als den Tod kostet.* Das alles wusste ich, aber ich konnte mich nicht überwinden, es laut auszusprechen.

Im Dorf war das Blutbad weniger arrangiert, dafür aber bedeutend geschäftsmäßiger. Männer, Frauen und Kinder, die ganz Jungen und die ganz Alten, sie alle lagen zu Haufen aufgeschichtet. Einige waren durch einen Schwertstoß in den Bauch gestorben, andere hatte man einfach nur geköpft. Ein paar sahen aus, als hätten Pferde sie zertrampelt. Sie alle waren verbrannt worden.

Man hatte das Stroh von den Dächern der Häuser gerissen und auf die unbefestigten Straßen geworfen. Dann hatte man die Leichen darauf gestapelt und angezündet. Das Fleisch war nur unvollständig verbrannt. Ein paar der Toten wiesen verkohlte Gliedmaßen auf, während andere Körperteile lediglich gerötet waren. In Gedanken sah ich die Mörder vor mir, wie sie Dorfbewohner mit gezückten Schwertern dazu zwangen, die Dächer ihrer Häuser einzureißen, um sie erst danach zu töten. Die Dorfbewohner hatten ihre eigenen Scheiterhaufen errichten müssen.

»Wie viele?«, fragte ich Kest.

»Dorfbewohner?« Er musterte die Leichenberge. »An die zweihundert, schätze ich.«

»Nein. Wie viele Männer haben das angerichtet?«

Kest blickte sich im Dorf um. »Es gibt Hufabdrücke und Spuren von Stiefeln. Sie sind methodisch vorgegangen, haben sich eine Straße nach der anderen vorgenommen, während sie alle Wege aus dem Dorf abgesperrt hatten. Dreißig oder vierzig, würde ich sagen.«

»Waren es Ritter?«, fragte ich. Ein winziger Teil von mir wünschte sich, dass es irgendwelche Banditen gewesen waren. Für die Toten würde das keinen Unterschied machen, aber es hätte die Last auf meiner Seele etwas leichter gemacht.

Kest verschwendet nur selten Worte, also antwortete er nicht. Die Fußabdrücke waren tief und stammten von Männern in Rüstungen. Jeder konnte sehen, dass die Mörder Ritter gewesen waren. Wieder verfluchte ich Herzog Roset, wie schon jede Meile vom Palast zu diesem Ort. Hinter mir erklang ein Schluchzen, und einen kurzen Augenblick lang hoffte ich, dass jemand überlebt hatte, jemand, der uns erzählen konnte, was genau passiert war. Aber es war Valiana, der Tränen über das Gesicht strömten, obwohl sie sich ununterbrochen die Augen wischte. Einen kurzen, unwürdigen Augenblick wollte ich sie für ihre nutzlosen Tränen anbrüllen. *Sie sieht nicht weg*, wurde mir klar. *Sie starrt sie einfach nur an.*

»Du musst dir das nicht …«
»Natürlich muss sie«, sagte Dariana tonlos. Sie stand im Schatten weiterer hängender Leichen. Ihre Augen erschienen so schwarz wie Kohle. »Das ist die Welt, in der wir jetzt leben.«
»Ich glaube das nicht. Ich weigere mich zu glauben …«
»Falcio.« Kest legte mir die Hand auf die Schulter. »Du musst mit Brasti sprechen.«
»Was ist …?«
Er zeigte in eine abzweigende Straße. Brasti zerrte Leichen von einem der Stapel. Als ich ihn erreichte, kniete er am Boden und grub nur wenige Zoll von den Leichen entfernt mit den Fingern in der Erde.
»Willst du dir einen Weg bis ins Reich von Shan graben?«, fragte ich so sanft, wie ich konnte.
»Ich will sie nur begraben. Das wird nicht lange dauern. Ich weiß, dass wir nicht bleiben können.«
Auf diesem Haufen lagen etwa dreißig, vielleicht auch vierzig Leichen aufgeschichtet. Ihre ausgestreckten Arme waren ineinander verschlungen, die Haut war verbrannt. Überall im Dorf gab es solche Stapel.
»Brasti, wir können sie nicht alle begraben. Selbst wenn wir Schaufeln hätten, würden wir dazu Tage brauchen, vielleicht sogar Wochen. Wir können hier nicht bleiben.«
»Ich weiß«, sagte er, grub aber weiter.
Ich kniete mich nieder und legte ihm eine Hand auf die Schulter. »Brasti, das funktioniert nicht. Du kannst kein Grab mit den Händen schaufeln.«
»Und ob ich das kann«, erwiderte er. »Sieh nur zu.«
Der Wind drehte sich, und der Gestank der Leichen schlug über mir zusammen. Ein leises Ächzen ertönte, und ich schaute alarmiert auf, von der Befürchtung getrieben, einer der Toten könnte auf uns stürzen. Ihre Gesichter wollten mich nicht mehr loslassen. Einige Köpfe waren abgewandt, als fürchteten sie sich vor den Lebenden. Andere verfolgten

Brastis Bemühungen mit einer Art stummem Entsetzen, ihre Münder und ihre Augen waren weit aufgerissen. Der Anblick eines Frauengesichts traf mich völlig unerwartet; der Zorn in diesen Zügen war mir vertraut. *Vera*. Die Bäuerin, die einer der Anführer der Revolution gewesen war. Am Ende war sie auf einem Leichenhaufen aufgestapelt worden wie alle anderen auch. Ich wandte mich wieder Brasti zu. Seine Finger bluteten bereits.

»Hör auf«, sagte ich.

»Das dauert nicht lange, Falcio. Lass mich einfach …«

»Hör auf. Du musst damit aufhören.« Ich schnappte mir seine Handgelenke und zwang sie vor sein Gesicht. Er hatte die Haut zerrissen, jede einzelne Fingerspitze blutete. »Sieh doch, was du machst!«

Er wollte sich von mir befreien. »Es tut nicht weh, Falcio. Gib mir einfach etwas Zeit. Ich schaffe das.«

Vielleicht wurde er ja verrückt, aber weder der Ausdruck in seinen Augen noch der Klang seiner Stimme deuteten auf Hysterie. Es war, als wäre seine Arbeit das Resultat kühlen Nachdenkens. »Du wirst dir deine Finger zerfetzen.«

»Ich brauche sie nicht«, erwiderte er und riss sich von mir los.

»Du bist Bogenschütze, du Narr. Du kannst doch keine Sehne spannen, wenn du dir die Finger bis auf den Knochen freigelegt hast.« Ich hielt meine Stimme unbeschwert, bot ihm die Gelegenheit, irgendeine Erwiderung zu geben, dass er falls nötig auch mit den Zehen schießen konnte. Brasti liebt es, falls möglich das letzte Wort zu haben.

Aber er fing nur erneut an zu graben. Dann murmelte er etwas, das ich nicht verstand.

»Was hast du gesagt?«

»Ich sagte, der Pfeil trifft nur ins Ziel, wenn er in die richtige Richtung zeigt.«

»Brasti, ich verstehe nicht. *Hör auf zu graben.* Hör auf,

oder ich hole Kest, und wir fesseln dich, bis du wieder vernünftig sprichst.«

Seine Hände hielten inne. Völlig reglos hockte er da, wie das alte Gemälde eines Mannes, der am Grab seiner Frau trauert. Dann wurde seine Atmung immer schneller, bis ich hören konnte, wie er zischend einatmete und ausatmete. Ich sorgte mich, er könnte das Bewusstsein verlieren, also griff ich wieder nach seiner Schulter. Bevor ich ihn erreichte, fuhr er herum. Seine blutigen Hände packten meine Mantelaufschläge.

»Was spielt es für eine Rolle, ob ich Bogenschütze bin? Was für einen Unterschied macht es, ob ich ein Ziel treffe, wenn ich doch nie auf das Richtige ziele? Was würde es schon für einen Unterschied machen, wenn ich mir hier und jetzt die Hände abhacke?«

»Brasti, beruhige dich. Lass uns hier verschwinden und in Ruhe reden.«

»Reden!«, rief er. »*Reden*. Das ist es, was du tust, Falcio! Du redest und redest, ohne jemals etwas zu sagen. Du lässt uns durch das Land streifen bei dem Versuch, die Antwort auf Fragen zu finden, für die sich außer dir niemand interessiert! Glaubst du ernsthaft, jemand will wissen, wer den verfluchten Isault getötet hat? Oder ob dieselben Leute auch Herzog Roset getötet haben? Oder ob jemand einen Krieg innerhalb des Adels anzetteln will?«

»Den König würde es interessieren. Er ...«

Brasti stieß mich so hart, dass ich rückwärts gegen die Leichen prallte. Arme und Beine lösten sich aus ihrer Starre und fielen über meine Schultern und mein Gesicht, als wollten sie mich in den Stapel ziehen.

»Vielleicht wollte es der König ja auf genau diese Weise haben. Ist dir je dieser Gedanke gekommen, Falcio? Dara war dort, in Isaults Thronsaal. Sie hasste die Herzöge, das weißt du. Also hat sie einen umgebracht. So einfach ist das. Aber du? Du musst glauben, dass es da irgendeinen verborgenen

Grund gibt. Warum halten dich alle für so verdammt schlau, wo du doch nur die Beweise verdrehst, bis sie zu deinen persönlichen Theorien passen.«

Ich stieß mich wieder auf die Füße, das Gefühl toten Fleisches noch immer auf der Haut. »Sie war nicht da, um ihn zu töten«, erwiderte ich und versuchte es ihm begreiflich zu machen. »Nile sagte, ihn hätte der König geschickt. Er war da, um ...«

Brasti fing an hysterisch zu lachen. »Ist dir jemals in den Sinn gekommen, dass dich Nile vielleicht angelogen hat? Vielleicht hatte es der König ja die ganze Zeit auf diese Weise geplant. Er befahl den anderen, auf den Augenblick zu warten, in dem einer seiner Erben entdeckt wird, um die Herzöge dann einen nach dem anderen zu ermorden und den Weg zum Thron freizumachen. Und weißt du was? Ich wette mit dir, er hat jedem anderen Greatcoat eingeschärft: ›Erzählt es ja nicht Falcio. Er würde es nicht verstehen. Falcio ist ein sensibler Kerl. Er will die Welt retten.‹«

Mir wurde heiß. »Ich kannte den König besser als du.«

»Ach wirklich? Glaubst du das? Denn ich glaube, so gut wie jeder in diesem verfluchten Land kannte den König besser als du.«

»Genug«, sagte ich. »Du bist zornig. Das verstehe ich. Was hier geschehen ist, es ist wie ... so etwas hat noch keiner von uns erlebt. Aber jetzt müssen wir nachdenken. Wir müssen einen Plan schmieden.« Selbst in meinen Ohren klangen die Worte abgedroschen und sinnlos.

Brasti winkte einfach ab. »*Einen Plan?* Zu allen Höllen mit deinen Plänen, Falcio. Ich habe jetzt einen eigenen Plan. Ich werde jeden Ritter töten, der auf Erden wandelt. Es ist mir egal, ob sie so schlecht wie Straßenräuber oder so edel wie dein beschissener Freund Shuran sind.«

»Brasti, wenn wir das Gesetz nicht aufrechterhalten, was wird dann ...«

Er fuhr herum. »Du willst Gesetze? Hier ist ein Gesetz:

Kein Mann trägt eine Rüstung. Niemals. Ein Mann legt nur aus einem einzigen Grund eine Rüstung an – weil er dann jeden schlagen, töten oder vergewaltigen kann, der zu arm ist, sich eine leisten zu können.« Er zeigte auf die Toten. »Sieh dir diese armen Schweine an! Ein paar von ihnen hatten Schwerter. Was hat es ihnen genutzt? Gegen eine gute Rüstung? Wie sie ein herzoglicher Ritter trägt? Da kommt nichts durch, es sei denn, man übt das sein ganzes Leben lang. Nun, ich habe ein Mittel dagegen. Ich besitze Ausschweifung, und er kann einen Pfeil aus Eisenholz selbst durch ihre stärksten Stahlplatten treiben. Ich kann so viele Pfeile herstellen, wie ich brauche, und ich werde sie so lange herstellen, bis kein Mann mehr den Mut hat, eine Rüstung anzulegen.« Brasti spuckte auf den Boden zwischen uns. »Du willst Gesetze? Das ist Brastis Gesetz.«

Ich bemühte mich um eine Erwiderung, irgendeine Antwort, die gegen seinen Zorn und seine Logik sprach. Aber vergeblich. In gewisser Weise hatte er recht. Bei den Göttern, einige der Toten hielten noch immer Waffen umklammert, denn die Muskeln ihrer Hände hatten sich im Tod verkrampft. Die mit Schwertern wiesen blasige Haut auf, da sich die Hitze der Flammen durch den Stahl verbreitet hatte.

Kest trat zu uns, dicht gefolgt von Dari und Valiana. »Lass ihm Zeit. Das hier ist etwas, mit dem er nicht umgehen kann.«

Das stimmte. Im Grunde seines Herzens war Brasti jemand, der die einfachen Dinge des Lebens liebte. Und diese einfachen Dinge entstammten dem Bedürfnis, unter Menschen zu sein. Kest trieb das Verlangen an, das Schwert zu meistern, und ich … Nun, mich trieb etwas ganz anderes an. Brasti wollte einfach nur unter Menschen sein. Aber irgendwie machte mich das im Augenblick zornig. Auch ich hatte Menschen, mit denen ich zusammen sein wollte. Die meisten davon waren tot. Die wenigen, die übrig geblieben waren, würde ich vermutlich nicht wiedersehen, bevor mich das Neatha umbrachte. Zu allen Höllen mit Brasti und seiner Wut. Der Leichengestank war überwältigend. *Seid doch alle verflucht,* dachte ich. Warum griffen Leute, die keinen Unterricht im Schwertkampf genossen hatten, Ritter in Plattenrüstungen an? Wieder musterte ich die Toten. *Bei dem heiligen Dheneph, der die Götter austrickst.* Warum war hier nicht die richtige Frage. *Warum* war völlig irrelevant. Die Frage lautete *wie.*

»Was ist?«, fragt Valiana.

»Die Schwerter.«

»Was ist damit?«

»Wir nahmen sie ihnen ab, wisst ihr das nicht mehr? Shuran bezahlte sie und nahm sie mit zurück in den Palast, um dafür zu sorgen, dass man sie nicht gegen ihn einsetzen konnte.«

»Glaubst du, sie haben neue gekauft?«, fragte Kest. »Mit Shurans Geld?«

»Nein. Erinnert ihr euch, was Shuran sagte? Bei einem Händler hätten ihn diese Waffen doppelt soviel gekostet wie bei den Dorfbewohnern. Wie hätten sie sich das leisten können? Und wenn sie sie schon beim ersten Mal gekauft hätten, warum kannten sie dann nicht den Preis für ein geschmiedetes Schwert?«

»Also versorgt jemand diese Bauern mit Waffen?«, fragte Dariana. »Warum? Aus Herzensgüte?«

Valiana schüttelte den Kopf. »Nein, das ist etwas, das Patriana getan hätte. Bewaffne die Bauern deines Feindes und entfache eine Rebellion, damit du die Soldaten des Herzogs zwingen kannst, ihre Mittel zu verschwenden, damit sie dreimal so viele Männer brauchen als es Bürger gibt, nur um den Frieden zu wahren. Schwäche sie innerhalb ihrer Grenzen, dann kannst du sie auf dem Schlachtfeld leichter besiegen.«

»Aber dieses Mal versuchen die Herzöge nicht, den Frieden zu wahren«, warf ich ein.

»Das können sie auch nicht. Herzog Rosets Gemahlin hatte recht, Falcio. Die Ritter müssen so viel Angst und Schrecken verbreiten, dass danach kein Bauer auch nur auf die Idee kommt, gegen seinen Herrn zu rebellieren. Denn wie sollten die Herzöge sonst Trins Heeren widerstehen können, wenn sie anrücken?«

Beytinas Worte kamen mir in den Sinn. *Was muss ein schwacher Mann mit einem Schwert tun, wenn seine Umgebung plötzlich seine Stärke infrage stellt?* Ich sah Brasti nach, der die Straße abging und sich jede Leiche genau ansah – wie ein Maler, der ein Porträt anfertigen wollte. »Kest, hol Brasti.«

Kest erschien unsicher. »Ich bin mir nicht sicher, ob er ...«

»Sofort«, sagte ich. »Er kann später den Verstand verlieren. Im Augenblick brauche ich ihn und seinen Bogen Ausschweifung und seinen Zorn. Er will Ritter töten? Ich habe Dutzende für ihn.«

Kest setzte sich in Bewegung.

Valiana bückte sich neben einem vielleicht zwölf Jahre alten Jungen, dessen Gesicht mit einem Hieb gespalten worden war. Er hielt ein Schwert aus Stahl, das er mit seinem Gewicht vermutlich nicht einmal hatte richtig heben können. Vorsichtig löste Valiana seine Finger und nahm die Klinge, dann zog sie ihre Waffe und drückte sie ihm in die Hand.

»Diese Klinge ist viel schwerer als deine«, meinte Dariana.

»Ich bin jetzt stärker, und wenn wir gegen Männer in Rüstungen kämpfen, brauche ich etwas Schwereres.«

Dari grinste. »Schön zu hören, dass du endlich den Wert der Vergeltung erkannt hast.«

»Es geht nicht um Vergeltung«, sagte Valiana. »Wenn die Herzöge des Südens dafür sorgen wollen, dass die Bauern keine Rebellion in Betracht ziehen, werden sie sich nicht damit zufrieden geben, nur ein Dorf zu massakrieren.«

»Warum sollten sie damit aufhören?«, fragte Brasti. Er stützte sich auf Kest, als wollten ihn seine Beine nicht länger tragen.»Warum sollte auch nur einer von ihnen aufhören? Sie ermordeten unseren König, und wir ließen es geschehen. Sie stahlen das Land, und wir ließen es geschehen.« Er schüttelte Kests Arm ab und kniete sich neben die Leiche des Jungen, dem Valiana das Schwert abgenommen hatte. Unbeholfen strich er dem Kind das Haar aus der Stirn.»Jetzt taten sie ... jetzt taten sie das hier. Warum sollten sie aufhören, wenn sie nie für ihre Taten bezahlen müssen.«

Ich sah Kest an, da ich mich vor allem auf seine Unterstützung verließ, aber nicht einmal er konnte meinen Blick erwidern.»Es sind einfach zu viele, Falcio. Trin. Die Herzöge. Die Ritter. Sogar die Dashini. Wir können nicht einmal mehr sicher sein, wer nicht unser Feind ist. Es ist einfach ... was sollen wir tun? Was befiehlst du?«

Alle standen da und starrten mich an. Ihre Mienen waren so kalt wie die der Toten von Carefal. Wie konnte ich das jetzt von ihnen verlangen? Valiana kannte kaum die Grundzüge des Fechtens und hielt ein Schwert, das viel zu schwer für sie war. Dariana kämpfte genauso grausam wie unsere Feinde, und vermutlich konnte man ihr genauso wenig vertrauen. Kest, der Heilige der Schwerter, konnte jeden Augenblick die Kontrolle über sich verlieren. Brasti, der lachende Schurke, beweinte die verbrannten Überreste der Dorfbewohner, während sein Verstand in tausend Stücke zerbrach. Und da war noch ich. Ein sterbender Narr, der ein paar letzte Schläge gegen einen Feind führte, den ich nicht sehen geschweige denn besiegen konnte. Wir waren fünf gebrochene Menschen, die ein zerbrochenes Land zusammenhalten wollten. Aber wir waren alles, das noch übrig war.

»Ihr habt recht«, sagte ich,»sie sind zu viele, und wir sind zu wenige. Verschwörungen sind in Verschwörungen verborgen, von allen Seiten greifen uns Attentäter an. Aber wisst ihr was? Es ist mir egal. Wir wissen nicht, wer unsere Feinde sind, sagt ihr? Ich sage, sie wissen nicht, wer *wir* sind. Vielleicht ist dieser Kampf völlig hoffnungslos.« Ich sah Kest und Brasti an, und ich musste trotz ihrer starren Mienen lächeln. »Aber hoffnungslose Kämpfe sind nun einmal unsere Spezialität.«

Einen langen Augenblick war nur der Wind zu hören, der die Glut niedergebrannter Häuser anfachte.

Brasti ergriff als erster das Wort. »Womit würden wir dann überhaupt anfangen?« Er sagte es zynisch und abwertend, und trotzdem war es ein winziger Funke der Hoffnung und darum die erste Wärme, die ich seit langer Zeit im Inneren fühlte.

»Wir jagen sie«, verkündete ich.

»Wen sollen wir jagen?«, fragte Valiana.

»Die Ritter. Trin. Die Dashini. Wir jagen sie alle.«

Dariana schnaubte. »Und wenn wir sie finden, was dann?«

Ich lächelte. Vielleicht weil ich wusste, dass es sie ärgern würde, vielleicht auch weil ich diese Menschen liebte, ganz egal wie gebrochen sie auch waren. Vielleicht bestand der Grund auch nur darin, dass man im Angesicht des Todes eben lächelt, wenn einem kein anderer Ausweg mehr bleibt.

»Das ist der einfache Teil«, sagte ich. »Wir lehren sie die erste Regel des Fechtens.«

ENTDECKE NEUE WELTEN
MIT PIPER FANTASY

Mach mit und gestalte deine eigene Welt!

PIPER

www.piper-fantasy.de

»Michael Peinkofer fesselt seine Leser!«

phantastik-couch.de

Hier reinlesen!

Michael Peinkofer
Die Könige
Orknacht (Die Könige 1)

Piper, 512 Seiten
€ 16,99 [D], € 17,50 [A], sFr 24,50*
ISBN 978-3-492-70209-6

Das dunkle Zeitalter ist angebrochen. Erdwelt ist zerstört, die Menschen besiegt, die Orks unterjocht. Die Welt leidet unter ihrem grausamen König, Winmar dem Steinernen. Seine Feinde riskieren ihr Leben, um der Tyrannei ein Ende zu setzen. Doch sie ahnen nicht, dass sie noch einen mächtigeren Gegner haben ...

Leseproben, E-Books und mehr unter www.piper.de

Kampfansage!

Jan Oldenburg
**Der Kampf des
Jahrhunderts**
Roman

Piper, 336 Seiten
€ 16,99 [D], € 17,50 [A], sFr 24,50*
ISBN 978-3-492-70339-0

Hier reinlesen!

Ohne das königliche Geschlecht derer von Grymmenstein wäre das Koboldreich Arkzul sicherlich nie geworden, was es heute ist: Ein einzigartiger Ort voller Leben, Leid und Unterdrückung. Horfax der Dritte von Grymmenstein hat sein Volk fest in seiner kleinen, fetten Hand. Doch kurz nachdem er sich selbst zum Gott erklärt hat, wird sein Leben von einem ehrenhaften Schmied durcheinander geworfen, der eine Rebellion anzettelt.

Leseproben, E-Books und mehr unter **www.piper.de**